150 STORIES

Ook deur Nataniël:

Dancing with John (1992)
Nataniël kook (1994)
Die Nataniël kombuis (1996)
Food from the Whitehouse (2002)
Kaalkop (2004)
Kaalkop Journal/Joernaal (2006)
Kaalkop² (2008)
Gatherings (2009)
Nicky & Lou (2011)
Kaalkop 3 (2012)

Nataniël
150 STORIES

Human & Rousseau

Eerste uitgawe van:
Oopmond: Human & Rousseau, 1993
Rubber: Human & Rousseau, 1996
Maria Maria: Human & Rousseau, 1999
Tuesday: Human & Rousseau, 2001
Kaalkop²: Human & Rousseau, 2008
When I was: Human & Rousseau, 2008

Kopiereg © 2014 deur Nataniël House of Music
Eerste uitgawe in 2014 deur Human & Rousseau,
'n druknaam van NB-Uitgewers,
'n afdeling van Media24 Boeke (Edms.) Bpk.
Heerengracht 40, Kaapstad
Bandontwerp deur Janhendrik Burger
Tipografie deur Michiel Botha
Geset in 11 op 14 pt Minion
Gedruk in Suid-Afrika deur Paarl Media Paarl
Tweede druk 2014

ISBN 978-0-7981-6664-5
ISBN 978-0-7981-6665-2 (epub)
ISBN 978-0-7981-6666-9 (mobi)

Inhoud

Oopmond

Oopmond 13
My Parlement-storie 14
Nuwe bure 16
Geboortemerk 18
Die Man 20
Lekkerkry 22
Dis innie gene 24
Elsa 26
Ventertjie 28
In die kas 32
Doodgelukkig 35
Doodgewoon 38
Kook met brandewyn 41
Ná skool 43
Billy-Dean 1 45
Billy-Dean 2 48
Billy-Dean 3 51
Billy-Dean 4 53
Billy-Dean 5 56
Billy-Dean 6 58
Billy-Dean 7 60

Rubber

Rubber 65
Buurvrou en die bruid 65
Buurvrou en die bus 68
Buurvrou en die trollie 70
Buurvrou en die bootjie 73
Koor 76
Orrel 79
Harige Hilda 81
Kersfees 84
Wie't gehelp 87
Egipte 90
Butterfly 93
Jellie 96
Mailbox 98
Choir Practice 99
The Glove 100
The Ad 102
Kaalvoet 105
The New Me 107
Blommetjie 110
The Party 113

Maria Maria

Maria Maria 119
Anna 124
Selling to a Prophet 126
Cheat 129
Pedestal 132
Die brief 135
Ballet 138
Keerpunt 141
Convoy 143
Souvenir 154
Waaiers 156
Deeg 159
Deeglik 161
Kermis 163
Katsu 165
Spanning 172
The Return of Steven 175

My nefie Vester   177
Die Vallei van die Pienk
   Bloeisels   180
Die groot skat   182
Die bok   185
In die pad   187
Josephine Maria Pontier   189
Dear Mister Polken   191

Tuesday
Tuesday   197
Piano   201
Venus   203
Brigitte   206
Green   208
Kenneth Wishes   210
Word from Ben   213
Wax   222
Claude Bummel   231
Rosemary I   244
Rosemary II   247
Rosemary III   250
Ma se kleed   253
Langs die hoofpad   265
Henrik   268
Drie susters   271
Stilte   274
'n Leë hand   276
Lughawe   279
Vlieg   281
Wemmer   285
Jaloers   288
Valentynsdag   292
Die fees   294

Kaalkop[2]: Die verhoogstories
Vakansie   303
Kol   305
Vlerke vir Virginia   309
Tielman   311
Dankbaar   314
Elizabeth   317
Dieter   319
'n Rooi neus   322
Rachel   324
Engelet   326
Swaan   329
Fliek   331
Wilkie en die blou   334
Die bruid   337
Hare   339
Troumars   342
Klets   346
Kreef   348
Sakkie   351
Laaste Kersfees   354
Pluk   357
Sammy Marks   360
Oorbegin   363
'n Oomblik   366
Pille   368

When I Was
When I Was 7   375
When I Was 8   376
When I Was 9   379
When I Was 10   381
When I Was 11   383
When I Was 12   386

When I Was 13   387
When I Was 14   390
When I Was 15   392
When I Was 16   397
When I Was 17   399
When I Was 18   401
When I Was 19   403
When I Was 20   406
When I Was 21   407
When I Was 22   410
When I Was 23   413
My Brother Fonzo   416
Hopeful   426
Turquoise   437
First-born   439
Profession   443
My Name Is Diamond   448
I Wear a Coat   459
The Hong Kong Kiss   469

Nuwe stories / New Stories 2014

Nappy   485
Broad Shoulders   488
Hagga & Dagga   491
Alzera   494
My Shoulders   497
Steel   500
Titia   504
Been   508
Die speld   511
Pop   514

This collection is dedicated to all the musicians, technicians, singers, dancers and backstage crew who had to listen to my stories, night after night, for the past 27 years. Thank you!

Oopmond

Oopmond

Ameliah de Nek-Nek se pa het homself doodgedrink.

Sy neem toe die boerdery oor en kyk na haar ma en kry so-
doende op ses-en-dertig 'n uiteindelike verskoning vir haar
enkelstaat.

Ameliah werk haarself gedaan om die plek aan die gang te hou,
maar alleen is alleen, en later word dit so erg dat die geringste
glimlag of knik haar hitte oopdraai.

Douw woon op die dorp. Hy's in matriek met 'n lang lyf, sagte
gesig en groot planne. Maar sy bestaan word onwerklik die dag
toe hy opgeroep word vir diensplig en hy uitvind almal aanvaar
dit as natuurlik, sy vrees is sy eie.

Elke nag lê hy wakker, hy's later uitgehuil. Hy bly wonder hoe
gaan hy wegkom, wie gaan hom troos. En op 'n Woensdag val sy
gedagtes op Ameliah en hy's uit plaas toe.

Ameliah was onder 'n afdak doenig toe sy vir Douw op sy fiets
sien aankom. Hy't in haar arms geval en sy't hom verwelkom asof
dit nog altyd so beskik was, vir ewig en ewig.

Hulle het mekaar kragdadiglik liefgekry. Elke dag, elke nag,
enige plek, in die wingerd, in die bakkie, in die spens, in die kerk-
saal, in Douw se kamer. Hulle het gesweet, gehuil, uitgeroep, hulle
het vir mekaar perverse vertonings gegee, geen druppel energie of
verbeelding is ontsien nie.

Douw wou by Ameliah in, tot heel binne, hy wou 'n plek oop-
boor waar hy kon wegkruip, en sy het die jeugdigheid ontvang
totdat haar lieste gevoel het of die sirkus daar oornag het. Weg was
die dorp, die plaas en die redes, hulle het beweeg in die oomblik,
die hartstog en mekaar se lywe.

Op 'n soveelste Sondagmiddag raak die twee weer aktief agter
'n wynvat en beloof mekaar lighoofdig die Melkweg en sy omvang.

Soveel, dat hulle van niks weet toe Ameliah se ma die gedruis
kom bekyk nie. Die aand sit Ameliah in die bad en spons haar

wonde, toe kom haar ma die badkamer in met die haardroër, sê, Verraaier, en gooi die ding in die bad.

By Ameliah de Nek-Nek se begrafnis trap die jonge Douw 'n kluit af en gooi homself teen die kis. Hy huil, oopmond, soos 'n ou man.

Van toe af kan hulle hom stuur, weermag toe, universiteit toe, winkel toe. Hy's 'n droomseun.

My Parlement-storie

Vroeër het ek mos by my ma-hulle in die Kaap gebly en my ma het my versorg tot sy nou nie meer kon nie. Toe vra sy of ek nie iewers anders wil gaan bly sodat hulle weer hulle gesigte op straat kan wys nie.

Ek kry toe vir my 'n verpleegster, ons trek Transvaal toe en ons bly in hierdie klein huisie in Pretoria.

Maar nou langs my ma-hulle in die Kaap het 'n oujongnooi gebly, Antie Huibre. Antie Huibre het vreeslik gecampaign vir die Nasionale Party. Elke keer as die Minister in die saal kom praat, dan maak sy 'n klomp tee en so. Toe gaan die Minister se vrou dood en hy trou met Antie Huibre.

Nou't my ma mos 'n kontak in die regering en elke keer as Antie Huibre-hulle opkom vir 'n sitting, dan stuur my ma vir my 'n pakkie saam.

So lui die foon weer eendag. Die verpleegster tel op en hulle sê daar't vir my beskuit aangekom by die Uniegebou en kan ek dit asseblief môre kom afhaal by Kamer 202.

Daai nag slaap ek, soos enige mens wat die volgende dag moet Parlement toe, heel onrustig en ek droom die verskriklikste ding.

Ek droom ek kom by die Uniegebou aan om my pakkie te kry en toe ek so om die hoek loer, sit daar derduisende mense op die gras met Nataniël-vlaggies. En soos hulle my sien, begin hulle skree en waai. Ek wil nog vra wat gaan aan, maar daar bars musiek los en om die ander hoek kom daar 'n optog met orkeste, ruiters, kanonne en balloons. En heel agter sleep hulle vir Laurika Rauch op 'n vlot in.

Laurika trek los, maar sy sing die "Vlaglied" dat selfs van die perde begin huilerig raak. Ek weet glad nie wat gaan aan nie, maar dis vir my heel aandoenlik.

En toe gaan 'n kollig aan op die trappe en daar staan ons eie prima ballerina. Phyllis. Die Vlootorkes trek los met "Die Stem" en Phyllis lig haar been. En sy ballet daai Stem dat ek openlik begin bewe.

Maar nou weet ons mos Phyllis is nie meer wat sy was nie, en elke keer as die orkes kom by daai stuk waar die kranse antwoord gee, dan maak sy die een been so op, nes 'n flamink. En toe sy weer so maak, val haar gehoorapparaatjie uit. Die orkes is naderhand klaar, die conductor rol al sy tweede joint, maar Phyllis weet van niks. Sy's daar oor die gras en tussen die bome in.

Met dié gaan die Parlement se voordeur oop en daar staan die hele regering. Heel voor in die middel staan Antie Huibre met my doos beskuit. En die Minister begin sy toespraak. Hy sê, Nataniël, omdat jy so slim is, neem ons jou hiermee as ons nuwe President.

Ek wil nog protesteer, maar almal waai net hulle vlaggies en Antie Huibre kom baie dramaties die trap af met my doos. Op daai oomblik kom Phyllis, met wat heel moontlik die laaste arabesque van haar loopbaan was, om die hoek en tref Antie Huibre vol in die wind. Ek, Antie Huibre, Phyllis en die doos is by die trap af.

Toe ek weer bykom, sit die hele Suid-Afrika op die gras, elkeen met 'n koffie en 'n beskuit. En toe gebeur die verskriklikste ding. Die eerste een doop sy beskuit en soos hy hom hap, val my een arm ghoeps! af. Hap die volgende een, ghoeps! val die ander arm af. En toe my been en so aan tot daar nog net 'n stukkie van my oorbly.

Hier reg voor my sit so 'n skeel vrou met 'n snor en 'n helse lang ding in haar hand en sy druk hom in haar koffie. Ek skree nog soos op TV, Nee! Nee! Nee! Maar sy luister nie en maak haar mond oop. En net toe sy wil hap, breek die stuk beskuit af en val plonks! terug in die koffie en ek skrik wakker in 'n dam sweet.

Hoekom gil jy so? vra die verpleegster.

Ek sê, Ek droom ek word President!

Sy tel my kop op en gaan hou dit onder die kraan. Sy maak die gangkas oop, haal my een been uit, skroef dit aan, toe die ander een, die arms en die res. Toe, sê sy, loop haal jou beskuit.

En toe ek so voordeur toe skuifel, sê sy, En moenie vir jou worry nie, hulle sal jou nooit in die Parlement sit nie. Daarvoor is jy darem net te mooi.

(uit *Crazy*, Oktober 1990)

Nuwe bure

Eendag was daar 'n vrou met 'n baie hartseer lewe. Haar naam was Griet.

Griet is gebore in 'n karavaan naby Langebaan, gevolglik moes sy vir die res van haar lewe opgeboude skoene dra. Weens dit en ander omstandighede wat nou nie hier ter sprake is nie, word sy toe op 'n dag gedwing om te trou met 'n man met 'n baie slegte asem. Sy naam was Rasper.

Griet en Rasper trek toe in by 'n huisie op die dorp, en heel eerste pak Griet die pot uit sodat sy kan tee maak as die bure kom kennis maak. Maar niemand kom oor nie.

Die volgende dag is Rasper by die werk en Griet maak weer tee. Maar niemand kom oor nie. Sy was toe maar die pot en dink vanaand kan sy en Rasper maar self oorstap en gaan kennis maak.

Maar Rasper kom nooit saans huis toe nie. Weens dit en ander omstandighede wat nou nie hier ter sprake is nie, word Griet toe gedwing om op 'n koel Sondagmiddag vir Rasper om die lewe te bring.

Sy wag toe dat dit aand word, grawe 'n gat in die agterplaas, gooi vir Rasper in, maak toe en gaan lê.

Die volgende oggend toe sy wakker word, staan sy hand 'n entjie bokant die grond uit. Sy parkeer toe die kar bo-op, net vir in case, en wag dat dit aand word. Die aand grawe sy nog 'n dieper gat, bêre vir Rasper, maak toe en gaan lê.

En die volgende oggend staan die hand nog 'n entjie hoër bokant die grond uit. Sy parkeer toe nou maar weer die kar bo-op en wag dat dit aand word.

Die aand begin Griet grawe. (Vir my klink dit 'n bietjie soos 'n Afrikaanse digteres: Hier's ons nuwe bundel, *Kak in die koring*, deur Griet Grawe. Maar weens omstandighede wat nou nie hier ter sprake is nie, is die bundel toe nooit gepubliseer nie, so ons gaan net aan met ons storie.)

Griet grawe. En Griet grawe die diepste gat ooit. As sy 'n bietjie langer aangehou het, het sy 'n Japannese gesin se ontbyt heeltemal ontwrig. Toe gooi sy vir Rasper in, maak toe en gaan lê.

En die volgende oggend toe sy wakker word, val daar 'n skaduwee so groot soos Tafelberg oor die huis. (Vir my klink dit so 'n bietjie soos 'n Afrikaanse treffer: Hierdie week is Edwill van Aarde se Nr. 1 "In die skadu van die berg". Maar weens omstandighede wat nou nie hier ter sprake is nie, het die ou liedjie dit toe nooit gemaak nie, so ons gaan net aan met ons storie.)

Toe Griet by die agterdeur uitkyk, is die hand al besig om oor die huis te groei. En voor sy iets kan doen, vou die hand toe. Oor die erf, oor die huis en oor Griet. Daar was net 'n sagte kraakgeluid en sy's nooit weer gesien nie.

En toe die hand weer stadig oopvou en kliphard burp, loer daar twee vrouens oor die heining aan weerskante van die erf. En die een skree vir die ander een, Hey, hoor hierso, miskien moet ons 'n bordjie goed oorvat, lyk my ons het nuwe bure.

(uit *The After Dark Horror Show*, November 1990)

Geboortemerk

Toe ek 'n nobody was het ek ook in die Kaap gebly, maar dinge verander en ek trek Transvaal toe. Nou bly ek in 'n bachelor's flat in Northcliff, maar die AWB's gee my vreeslik baie kak en ek besluit ek moet vir my honde kry.

Ek kry toe die mooiste twee klein boelterriërtjies, Bacchus en Cher. Alles gaan goed, tot op 'n dag, toe sien ek hierdie hondjies word al hoe groter, miskien het ons 'n bietjie spasie nodig. Ek huur toe hierdie lappie grond tussen Johannesburg en Pretoria by 'n Antie Laubscher, 'n ou vrou met 'n baie moeilike skildklier en so 'n los nekvel.

En omdat die Antie Laubscher haar hele lewe daar gebly het, kweek sy toe die gewoonte aan om tydig en ontydig daar in te val en dan krap sy 'n bietjie in die beddings rond.

Nou, diegene wat my al van naby gesien het, sal weet hier om my middel is daar ietwat van 'n walletjie, en die een onder hom is nog groter, met die gevolg, die stukkie tussenin kry nooit son nie. En op 'n dag besluit ek dis tyd om hierdie riffie te tan. Ek dra die strykplank agterplaas toe, drink drie spierverslappers, trek my klere uit en loop lê agteroor op die plank.

Die volgende oomblik staan Antie Laubscher hier langs my en krap in die kannas. Ek maak of ek van niks weet nie, wat de hel moet ek anders doen? Maar ek besluit as die ou vrou nou hier padgee, ry ek Johannesburg toe en loop koop 'n slot vir my hek.

Sy's om die huis, ek trek my klere aan en klim in my kar. Maar wat ek nie geweet het nie, is dat sy nog om die hoek tussen die vygies doenig was, en met dié wat ek om kom, moes ek haar seker met die agterste bumper aan die los nekvel gehaak het, en ons is af met die pad.

Ek wil Johannesburg net inry, toe's hier skielik sulke blou ligte wat so flits, ek dog eers dis 'n klompie fans wat my met 'n mobile disco die dorp wil inhelp, en ek trek van die pad af.

Hier kom 'n verkeersbeampte aan, hy't so 'n geboortemerk op sy wang wat nogals oulik is.

Ek draai my ruit af, ek sê, Middag.

Hy sê, Besef jy jy't 'n onwettige vrag?

Ek sê, Nooit.

Hy sê, Ja, hier hang 'n ou vrou agter aan jou bumper.

Ek sê, Ek weet van niks!

Hy gaan kyk weer na Antie Laubscher. Hy kom terug. Jy kon ten minste 'n rooi vlag aangesit het, sê hy en skryf vir my 'n kaartjie.

En toe ek hom sien omdraai en terugloop na sy kar toe, kry ek meteens hierdie warm gevoel oor my. Gaan ons mekaar weer sien? vra ek.

Ek sal nie weet nie, sê hy.

Dit kon so anders gewees het, sê ek.

Ek sal nie weet nie, sê hy en klim in sy kar.

En soos hy verdwyn op die horison, kom Antie Laubscher by hier agter aan die bumper. En nou? vra ek.

Nee, ek sal nie weet nie, sê sy, maar miskien moet jy kyk of jy my seun kan opspoor. Ek hoor hy's nou by die Verkeersdepartement. Hy't so 'n geboortemerk op sy wang.

(uit *Face Lift*, Desember 1990)

Die Man

In die straat agter die bakkery het 'n klein vroutjie gewoon, Budgie Beukes.

Budgie was een van daardie mense wat haar deur niks laat onderkry het nie. Nie eens die feit dat sy al van sestien af 'n houtbeen gehad het, kon haar spoed breek nie. Sy't net altyd gesmile en gevra of jy nog iets wil hê om te eet. En dis juis met hierdie vraag dat sy haar moses teëkom, want op 'n dag trou sy toe met die Beukesman, 'n man met 'n helse aptyt. Budgie het skaars haar houtbeen oor die drumpel gesit, toe's sy by die kombuis in en aan die kook.

Dis te betwyfel of Budgie ooit geweet het wat die man se naam was, hy was maar altyd net Die Man. Dis ook te betwyfel of sy geweet het wat hy vir 'n werk doen. Hy's net elke oggend met sy trommel by die huis uit en teen sesuur sak hy weer daar in met al sy pêlle, besuip en bemors die hele plek, en Budgie het maar net gesmile en nog 'n klont botter in die mash ingeroer.

Net soos die week het elke naweek ook sy roetine gehad. Saterdae is Die Man en sy pêlle – almal in dieselfde uniform – douvoordag dorp uit plaas toe om te gaan skyfskiet oefen en teen skemer sak hy doosdronk weer by die huis in, vreet ses helpings kos op, sleep vir Budgie kamer toe en daar werk hy nou vir haar. En sy wat nie eintlik lekker weet wat gaan aan nie, het nou maar smile-smile daar gelê tot hy aan die slaap raak en so by die derde snork dan skuif sy stilletjies onder uit om Sondag se hoender te gaan ontvries.

Te lekker gaan dit. 'n Jaar ná die troue is Die Man al so dik in die gat, hy kan hom skaars roer en Budgie twieter in die kombuis rond. So dol gaan dit, dat eers toe die klein vroutjie haar derde tydperk mis, besef sy daar's fout. En toe sy vir Die Man vertel, is hy so bly, dis nie 'n halfuur nie, toe's al sy pêlle daar en jy hoor net bierblikke en boerekrete en in die kombuis is Budgie so nervous, sy kry skaars die mince by die vetkoek in.

En daar kry Budgie toe vir die eerste keer in haar lewe 'n beklemming. Net daar in die sitkamer sê die man, come hell or high water, sy baby word in kakie gedoop. Budgie staan agter die kombuisdeur, maar dit voel vir haar haar hart klim by haar keel uit. Sy't so gekyk na die kombuis, die vetkoek, die houtbeen en toe't sy buite op die stoep gaan staan.

Van daai nag af het Budgie nooit weer 'n woord gesê nie. Sy't ook nooit weer geslaap nie. Dit was asof sy 'n vreemde besoeker verwag het. Snags het sy vir ure by die venster uitgestaar en verder het sy gekook asof al die kos in die wêreld skielik moes gaar kom. En Die Man het gevreet en geburp en gespog oor sy baby en die doop.

En toe een aand, toe die wolke 'n kring om die maan maak en Die Man se steak begin bloei op sy bord, kry Budgie 'n pyn deur haar hele lyf. Sy's skaars by die eetkamer in, toe sak sy inmekaar. Van die val skuif die rok op en daar waar die houtbeen by haar knie kom, sit 'n klein, groen blaartjie.

Die bediende het hulle die volgende oggend gekry. Sy't so geskrik, teen die tyd dat die bure daar aankom, het sy soos 'n hees alarm geskree.

Niemand kon verstaan hoe die plek toegerank gekom het nie. Orals was heldergroen ranke met klein, rooi tamatietjies. Aan die einde van die rank het Budgie gelê met 'n smile op haar gesig. En in die oorkantste hoek het 'n groot karkas in 'n kakie-uniform tussen die ranke vasgesit.

En vandag nog, as jy 'n ryp tamatietjie tussen jou vingers vashou, en jy druk hom hard, kan jy sien daar breek so 'n smile uit. Druk jy hom nog harder, kan jy sien hoe sê hy, Pappa.

(uit *How to Faint and Cry*, Junie 1991)

Lekkerkry

Nadat hulle op die TV gesê het van die nuwe Suid-Afrika, is my buurvrou ernstig aan die voorberei. Sy't 'n hoë muur laat bou, hekke laat aansit en blikkieskos in die tuin begrawe.

En elke keer as ek haar groet, kan ek in haar oë sien sy wil net gil, Weet jy dan nie ons gaan suffer nie?!

Aai, vrou, hoe kan 'n witmens nou ooit suffer, hy weet dan nie eens hoe 'n mens lekkerkry nie.

Kyk, daar ver in Vereeniging se karavaanpark het twee lesbians gewoon. Hulle name was Hetwieg en Skyf.

Hulle't nie juis op die dorp gekom nie, want die mense het darem te veel gepraat oor hulle dwarsgeid. Dit het hulle baie seergemaak, want hulle harte en hulle politiek was reg, maar die tweetjies moes hulle maar eenkant hou. Hetwieg was soort van die wyfietjie van die twee. Sy't mooi aangetrek en die boeke gedoen by die dorp se swembad. Skyf weer, was ontstellend butch met haar jeans en oefenskoene. Sy't trok gedryf by die Koöperasie en naweke dan bou sy eiehandig aan die huisie op so 'n plot wat die twee daar aangeskaf het. Verder het hulle gereeld gebad en was hulle baie lief vir mekaar. En dis juis waar hulle enigste probleem gelê het.

Of dit nou was van die oliedampe by die werk, of die plat skoene wat sy gedra het, weet niemand nie, maar Skyf kon nooit 'n klimaks bereik nie. Hulle het mooi woordjies gefluister, hulle het elke denkbare apparaat ingespan, hulle het mekaar getakel dat daai karavaan net met 'n hemelse genade bly staan het, maar niks wou gebeur nie. Hetwieg het gekom en gegaan, en Skyf het bly lê en hap-hap in die lug soos 'n haai met seer gums.

So raak die probleem stadigaan al hoe groter, totdat Hetwieg eendag by die swembadkantoor haar hande op 'n tydskrif kry en lees dat lekkerkry vir die middelklas-Afrikaner nog maar steeds gepaard gaan met 'n skuldgevoel en daarom is dit goed as ons af en toe in die tuislande gaan dobbel, en so.

Hetwieg besluit dis wat hulle nodig het vir Skyf se droogte: a change of scenery. Die aand is die karavaan agter die trok en hulle sleep hom heel uit die dorp uit tot daar anderkant langs die highway.

En hulle werk deur daai maand se groceries. Dis kerse, dis wierook, dis custard om die nippels, in 'n stadium het hulle mekaar daar beet met sulke waterpistole vol rooibostee. En soos die Afrikanervrou van vandag nou maar weet, het rooibostee sy genesende kragte, en dis nie lank nie, toe moan daai Skyf soos 'n kat met 'n brandwond.

Net daar, soos aan die einde van enige goeie storie, bereik Skyf 'n klimaks met die voltage van 'n nasionale kortsluiting. Hetwieg skrik so groot, sy wil nog huil, maar at the height of passion gryp haar vriendin haar en slaan agteroor met 'n impak wat geen gesinskaravaan kan weerstaan nie.

Met dié gaan die gasbottel aan die onderkant van die karavaan los en ontplof met so 'n slag dat die mense van Meyerton vandag nog gruisklippies in hulle beddings kry.

Drie dae later kom ou Oom Vermeulen die aand laat by die huis – die pad Vereeniging toe is nog nie reggemaak nie.

Vroumense, sê hy vir sy vrou. Jy moet die gat sien! Hulle sê die twee was toe al die tyd terroriste, maar ek weet nie so mooi nie. Jy moet sien wat tel 'n man in die veld op.

Toe haal hy 'n waterpistool uit en skiet sy vrou plonks! op die wang met 'n skoot rooibostee.

(uit *How to Faint and Cry*, Junie 1991)

Dis innie gene

Net hier voor die referendum, nou kuier ek by my ma-hulle.

En die een dag is ek en my ma fabrieke toe, ek soek 'n duvet met papegaaie op. Maar ek's benoud, man, ons loop die commonste mense raak, hulle gaan mos nooit ja stem nie, dan moet ek emigreer, vir wat soek ek nou 'n duvet in die eerste plek.

En toe daar so 'n harige vrou 'n rol ougoud sunfilter by ons verbysleep, hier haak my ma af en sê, Ja, Niëltjie, dis innie gene. Dis nou die soort met wie praatjies nie sal werk nie. As dit in jou gene is, kan g'n mens jou help nie.

Daai aand kan ek net nie die mense by die fabriek uit my kop kry nie. Ek's later so depressed, ek dink sommer dié vrolike storie uit:

Hier in die vroeë sewentigerjare, toe dit nog goed gegaan het in ons land – die swartes was lekker stil en die Engelse het glad nie getel nie – was dit mos ongelooflik hoe die minder gegoede Afrikaner tekere gegaan het. En tussen alles deur, het die gemors nog kinders ook gemaak dat dit 'n naarheid was.

En toe vlek die polisie een van die grootste skandale van die eeu oop (julle moet dit kan onthou, dit was nog in die *Brandwag*) toe hulle ontdek die minder gegoedes gooi drank in die babies se bottels dat hulle kan ophou skree en begin slaap. Die Welsyn gryp daar in en gooi al die kinders in die weeshuis.

Nou, een van die kleintjies wat van die ergste getref is, was 'n dogtertjie met die naam van Blydskap Joubert. Die stomme kind het soveel alkohol ingekry, dat jare daarna nog, as sy net bietjie lank in die son is, gaan sy daar aan die gis en raak geheel en al aggressief.

So beland Blydskap ook toe op 'n manier saam met die res van die weeshuis in standerd 6, en die een Saterdag kom die Vroue-aksie die weeshuis besoek en heelmiddag moet die kinders in 'n ry staan op die lawn dat die dames kan fudge uitdeel. En daar slaan die son vir Blydskap, sy raak so dol, die nag ontsnap sy deur die toiletvenster en loop weg.

En so word Blydskap Joubert een van die eerste punks in Suid-Afrika. Skeer haar kop kaal, laat haar potblou tattoo, maak vir haar 'n trourok uit 'n stortgordyn en trou met die slegste ou wat sy kon raakloop. Maar so sleg, dat ek vir die storie nou nie eens vir hom 'n naam uitgedink het nie.

Vir hulle honeymoon kruip die twee weg agterop 'n goederetrok en snuif soveel gom dat hulle eers twee weke later bykom, iewers op 'n plattelandse stasie. Maar hulle het sulke migraines dat hulle net daar besluit om 'n nuwe begin te maak. Trek in op die dorpie, die sleg ou kry vir hom werk by die garage en Blydskap groei haar hare terug.

Maar nou weet julle mos – en veral vandat ek in Pretoria bly, sien ek dit ook baie – 'n mens kan soveel geld maak soos jy wil, maar as jy 'n swak agtergrond het, kom jy nooit daarvan weg nie.

So, Vrydae, as die sleg ou pay, dan gaan hulle daar aan die suip en aan die baklei, hy neuk Blydskap se oë vir haar so dik, sy lyk soos een of ander Oosterse afgod.

Af en toe, in die middel van die week, is Blydskap darem 'n paar dae lank nugter genoeg om te sien wat om haar aangaan, dan raak sy vreeslik mismoedig. Op een so 'n dag is sy hoeka bietjie lank in die son, raak aan die gis, tip geheel en al oor na die malkant toe, en besluit sy doen standerd 8 oor die pos.

Dié vat haar toe omtrent twee jaar, baie trane, nog meer drank, 'n klomp fights en vreeslik baie blou oë. Maar wonders gebeur en sy druk deur, en op 'n dag kom die papier daar aan wat sê sy't standerd 8. Blydskap is so bly, sy't die brief onder die arm en sy's daar af garage toe, die sleg ou lê onder 'n kar.

Ag koop vir my 'n rok, man, sê Blydskap.

Vir wat, sê die sleg ou.

Ek het standerd 8, man, toe, sê Blydskap.

En wat de hel gaan jy daarmee doen, sê die sleg ou.

Jy sal sien, sê sy.

Ek neuk vir jou, sê hy.

En net daar pluk Blydskap haar moer en skop die jack onder die kar uit.

En word op agtienjarige ouderdom 'n weduwee met 'n toekoms.

(uit *Paradise*, Januarie 1992)

Elsa

Aan die begin van verlede jaar doen ek 'n show en in die show speel ek 'n vrou wie se naam Blossom is, en daarvoor het ek 'n nagrok nodig.

Die een laatmiddag is ek by die shopping centre, dis amper toemaaktyd, ek is in by 'n boetiek. Maar ek sien onmiddellik alles is nie lekker nie. Hier staan so 'n ou vrou en rook agter die till, maar die ding se oë sit heel dwars in haar kop.

Ek sê, Verskoon my, Mevrou, ek soek 'n nagrok vir my show.

Hygend! skree sy. Hoekom moet ek so suffer? En sy druk haar sigaret dood op haar arm.

Loop kyk daar agter.

Ek is tussen die nagrokke in, kry een wat reg lyk, daar's ewe 'n kappie by.

Verskoon my, Mevrou, sê ek, waar pas 'n mens aan?

Waar de hel dink jy?!

Ek soek, maar ek kry niks, koes agter 'n rak, trek die nagrok aan en loop staan voor die spieël. Die volgende oomblik is die ou vrou hier reg agter my, druk net so 'n lang gun in my rug.

Roer en jy vrek, sê sy.

Ek skrik ongeveer die grootste gedeelte van my gat van my lyf af.

Toe, sê sy, sit op jou kappie. En smile!

En so word ek toe die eerste persoon in die Suidelike Halfrond wat in 'n nagrok voor 'n spieël staan en smile met 'n gun in sy rug.

Nou kyk ek in die spieël of daar dalk wegkomkans is, maar ek sien die ou ding het klaar die winkel gesluit.

Trek uit, sê sy, ons moet ry.

Ek het die nagrok onder my arm, sy het die gun in haar sak en ons is af met die brandtrap tot in die parking lot.

Hou net op mince! sê sy.

Ek mince altyd as ek geskrik het, sê ek.

Hygend! skree sy. Hoekom moet ek so suffer? En sy stamp haar kop twee keer teen 'n brandblusser.

Op die ou end het sy my daar in by so 'n fucked-up Volksie. Op die deur staan Joyce Boutique – You can be a lady too. Ek bestuur, sy direct, verder praat ons nie eintlik nie. Behalwe by een robot sug sy, Ouboeta wil dan niks eet nie. Ry ons verder.

Ons is in by die commonste buurt in Pretoria, stop by so 'n toegerankte huis.

Trek aan, sê sy. Nou't ek weer die nagrok aan, kappie op my kop, gun in my rug. Ons is in by die huis, die hele plek is pikswart-donker, ruik na polish en pille. Joyce roep net vir Ouboeta.

En daar in die sitkamer sit die oudste, bleekste man wat ek nog ooit gesien het. Joyce is kombuis toe en ek is heeltemal te befok geskrik om te dink ek moet nou hardloop. Die ou man lyk vir my morsdood.

Hier kom Joyce terug met 'n potjie Purity en 'n lepel en sy sit dit in my hand. Ouboeta, sê sy, Ouboeta, kyk wie's hier. Maar Ouboeta kyk niks.

Hygend! skree Joyce. Hoekom moet ek so suffer? Neuk hom met die gun teen die kop, gaan sy oë oop.

Smile! sê sy vir my. Ek smile, maar die ou man lyk of hy 'n spook gesien het.

Toe! sê Joyce. Nou buk ek met die Purity en die lepel, maar die ou man kyk net.

Sê vliegtuigie, man, sê Joyce en toe ek vliegtuigie sê, maak die ou man sy mond so wyd oop dat die twee brommers op sy onderste gum wakker word en kombuis toe vlieg. En daar voer ek die ou man dat die sop so spat.

Ag dankie tog, sê Joyce en laat sak haar gun. Weet jy, sê sy, toe ek jou die eerste keer sien, toe glo ek dit glad nie. Jy lyk mos nes Elsa. (Viole word gehoor.) Ouboeta wou haar nog trou, toe vang die griep haar voor hy haar kon sê. Nou ry dit hom. Hy eet niks.

Toe buk sy langs die ou man en sê saggies, Toe Ouboeta, dis nou jou kans, sê haar. (Viole hou op.)

Die ou man lig sy voorvinger stadig tot by my voorkop en ek vee die Purity van sy ken af. Toe maak ek my oë toe en hoor iemand sug.

Dankie tog, sê Joyce, nou kan hy rus.

En toe ek my oë weer oopmaak, is die stoel leeg. Daar was 'n effense rokie bo die sitplek, maar ek dink dit was dalk my verbeelding.

(uit *Paradise*, Januarie 1992)

Ventertjie

Nou net daar anderkant Barrydale was daar die saagmeule wat behoort het aan ou Bloekom Smit en sy vrou, twee vredeliewende, fris mense wie se hande vir niks verkeerd gestaan het nie. Bloekom het by die saagmeule alles gemaak van teerpale tot vrugtekissies, soos die seisoen nou maar geloop het, en sy vrou het uitgebak. Maar groot gebak – van Montagu af tot by Riversdal het die tuisnywerhede tougestaan vir die vrou se soetgoed. Niemand in die kontrei het eintlik geweet wat is haar naam nie, almal het haar net geken as Doughnat Smit.

So, een keer per week dan haak ou Bloekom die ventertjie agter die kar, Doughnat pak hom vol gebak en hulle vat die pad van dorp tot dorp. En soos die Here wil, is die paaie nou nie te wonderlik nie en nes Doughnat sien daar kom 'n hobbel aan in die pad, dan weet sy al hoe spring haar pies rond hier agter, dan skree sy net, Bloekom! Die ventertjie!, slack hy af.

En so, op hulle oudag, Doughnat is al amper in die veertig, verwag hulle hulle eerste kleintjie. Doughnat moet eers ophou bak, want haar bene swel te verskriklik, maar hulle is vreeslik op-gewonde. En daar word die klein seuntjie vir hulle gebore, maar die tengerigste dingetjie moontlik. Hulle's so bly, hulle doop hom van albei kante af: Paulus Bloekom Smit.

Dis nie lank nie, toe bak Doughnat weer uit, kos agteraan ge-haak, klein Paulus Bloekom in die carrycot op die agterste seat, vat hulle die pad. En soos die hobbels aankom en Doughnat skree, Bloekom! Die ventertjie, man!, is dit al waarop die kleintjie later reageer. So word hy toe ses jaar later by Barrydale se laerskool ingeskryf as Ventertjie Smit.

En van die eerste dag af, met die leiding van 'n skooljuffrou, die geselskap van sy maatjies en die liefde van 'n ouerhuis, begin Ventertjie daar ontwikkel tot een van die walglikste nasate wat 'n plaaslike familie nog kon voortbring. Soos hy by die dag ouer word en sy brein kom aan die gang, voel dit vir hom asof die hele lewe uitgedink is net om hom 'n agterstand te gee. Hy's die kleinste seuntjie in die klas, hy't die meeste sproete in die skool, hy't die oudste ma op die dorp en sy pa ry nou geheel en al die kakste kar in die kontrei. Sy huiswerk kry nooit 'n goue ster nie, pouses lyk sy brood nooit so nice soos die ander kinders s'n nie, niks werk uit nie. Selfs die dag by die atletiek, ou Bloekom en Doughnat het ewe loop platlê daar anderkant die wenpaal met 'n bak trifle en 'n tienrandnoot om hulle lieflingskind aan te help, maar toe die skoot klap, skrik Ventertjie so groot, hy pie sommer teen sy been af en loop sit plat op die baan.

Daai aand is Ventertjie so kwaad, in sy kamer trek hy omtrent drie motte se vlerke vir hulle uit. Sy hart word swarter by die dag. En soos hy nou al hoe meer agterdogtig en jaloers raak, so onttrek hy. By die skool sit hy heeldag eenkant, krap so in sy neus dat g'n mens naby hom kan kom nie, en by die huis het hy daar agter die saagmeule so 'n leë houtkrat ontdek. Daarin kruip hy elke dag vir ure weg en kry die boosste gedagtes.

Maar niks was so erg soos die terugslag in standerd 3 nie. Dit was 'n Woensdagmiddag en Ventertjie het homself weer sit en uitwoed in die krat, toe's daar nou hierdie lorrie wat 'n besending vrugtekissies kom haal het, en niksvermoedend haak hulle toe Ventertjie se krat ook aan, sleep hom daar weg dat sy ma-hulle hom eers drie dae later in 'n pakstoor in die Langkloof opspoor. Maar toe hulle daai kind uit die krat uithaal, toe's hy nou meer gefok as 'n vlakvark in 'n Asterix-boek. Sy hart is pikswart, sy brein sit dwars in sy kop en omdat hy van kleins af nou maar tengerig is, val sy een long plat van skok. En van daai dag af sit Ventertjie met 'n bors op hom. As dit die dag net bietjie lyk na reën, dan trek hy so toe, teen die tyd dat die eerste druppel val, is hy al so benoud, hy hol zig-zag rond soos 'n hoender op die Transkeise hoofpad.

Sy ma hou hom nou maar uit die skool as dit lyk na reën, hy mag nie meer saam met die maatjies swem nie, hulle gaan nie meer vakansies see toe nie, hy bad skaars. En toe die skurf nou lekker dik sit in sy nek, toe dop hy matriek.

Vir 'n week eet niemand in die kontrei tuisgebak nie. Doughnat huil so, sy kom skaars in die kombuis, en ou Bloekom is so upset, agter op die werf loop hy al om dieselfde teerpaal, hy's later so dronk in die kop, twee dae later skok Doughnat hom 300 volts met die wafelpan dat hy kan ophou hik.

In die meantime sit Ventertjie in sy kamer en slyp sy knipmes.

Vir weke kom hy nie uit die huis uit nie. En toe gebeur daar 'n ding wat so ongelooflik is, dat toe die enigste ooggetuie, 'n swarte wat werk op die kerkgrond, dit die volgende oggend vir die polisie loop vertel, toe neuk hulle hom ses houe met 'n rottang en sê hy mag nie weer op die dorp kom nie.

Wat gebeur het, is dit: vir twee dae reën dit verskriklik. Almal sit nou maar in die huis, praat nie eintlik nie. Doughnat gee vir Bloekom sy koffie, vir Ventertjie sy borsgoed. Tweede aand kom Ventertjie glad nie uit sy kamer uit vir kos nie. Doughnat sê, Man, los die kind, hy's hartseer.

Maar kyk, 'n Smit was nou nog nooit mooi nie en ryk sal hulle ook nie word nie, maar die mense is nie onnosel nie, en soos dit nou later word, so raak Bloekom onrustig. Op die ou end is hy gangaf, maak Ventertjie se kamerdeur oop, daar's g'n mens nie.

Bloekom het so staan en kyk na die koerantuitknipsels op die bed, die klomp skoolalbums op die mat en die leë patroondoppe in die oop laai. Toe gaan haal hy sy geweer en hy sê vir Doughnat, Maak skoon daai kamer, dis vol gif. En hy vat die pad dorp toe.

Maar dis Woensdagaand, dis biduur, die hele dorp sit in die kerk. Bloekom stop nou so om die hoek, dan hol hy so koes-koes agterom die karre tot by die konsistoriedeur.

En daar sit Ventertjie. Hande-viervoet met sy home-made bom, hyg na sy asem en huil deurmekaar. Kort-kort trek hy 'n vuurhoutjie, maar dit reën so, die lont wil nie vat nie. Dit reën so, dat hy nie hoor toe ou Bloekom sê, Pa's jammer, nie.

En soos Wilhelm Tell in die movies haal hy oor en hy mik.

Maar daar's nie 'n appel nie. En dit reën so, dat die gemeente glad nie hoor die aand toe ou Bloekom Smit sy lieflingskind se kop daar wegblaas nie.

(uit *Paradise*, Januarie 1992)

In die kas

In Pretoria is daar verskriklik baie moffies. Party is mooi, party is lelik, party is getroud, party is onderwysers, party is vreeslik vet (dis nie altyd hulle skuld nie), party is hoere en party suffer baie, want hulle is Christene.

Alhoewel mense doktorstesisse daaroor skryf en heel dikwels die ouers blameer, weet niemand rêrig waar moffies vandaan kom nie. Soos Kobus. 'n Polisieman het hom uit die kas gehaal.

Straataf van Kobus-hulle se huis het Juffrou Blake gewoon. Sy was op die oog af heel vriendelik en het geskiedenis gegee by die hoërskool, verder het g'n mens iets van haar af geweet nie. Sy was in haar laat dertigs (alhoewel haar eksentrieke klere haar ouer, maar mooier laat lyk het), sy was ongetroud en moes iewers geërf het, want die huis was net bietjie te groot en die motor net bietjie te duur vir 'n gewone onderwyseres.

Juffrou Blake kon nooit vir haarself uitwerk hoe dit gebeur het dat sy in daardie spesifieke huis gewoon het, ongetroud was, geskiedenis gegee het en al amper veertig was nie. Dinge het nou maar net so uitgewerk en dit was te laat om nou van voor af te begin, al wat sy kon doen, was om dit alles te haat. Maar te haat met oorgawe. Van haar van af (met die "Juffrou" waarop hulle haar tydens en ná skool aangespreek het), tot die aaklige huise en winkels in haar straat, en die smaaklose mense wat hulle bestanddele daar koop.

Somtyds het sy haarself verwonder aan hoe sy dit regkry om deur 'n hele skooldag te kom en namiddae niks te kan onthou van een enkele klas of sinnelose gesprek in die personeelkamer nie. Sy't jare gelede al opgehou omgee wat hulle van haar dink of oor haar te sê het. Dat hulle wel oor haar gepraat het, was seker. Veral oor haar klere. Dit was die enigste iets wat verklap het dat daar in Juffrou Blake se lewe effens meer aan die gang was as net die gewone.

Juffrou Blake het reeds oorgenoeg bewyse in haar lewe gehad dat sy een van daai mense was met wie daar absoluut niks gebeur tensy sy self iets daaromtrent doen nie. Sy't gesweer dat sy haarself sou ophef bo alles rondom haar, dat sy haar drome – hoe vreemd ook al – sou uitleef en nooit sou verval in die middelklasbestaan wat sy so verag het nie.

Sy sou haarself eenkant hou. Sy sou haarself nie laat besmet deur ander iets van haar te laat weet nie. Niemand kom naby nie.

Nooit weer het sy 'n sent gespaar nie. Die duurste materiale wat sy in die hande kon kry, het sy gebruik om tafeldoeke, dekens en gordyne van te maak. Haar huis was vol spieëls in goue rame, foto's van beeldskone modelle, filmsterre en beroemde operasangers het orals gestaan asof hulle haar beste vriende was, beton-engele (die goed was grafstene) met perfekte grimering het in die sit-kamer gestaan en geborduurde doeke het oor haar meubels ge-hang. Kerse in eksotiese houers het dag en nag gebrand met sagte musiek gedurig op die agtergrond.

Middae ná skool het sy haar klere uitgetrek en haar hare los-gemaak. Sy't haarself met stringe pêrels behang en nakend die kinders se projekte nagesien. Somtyds, as sy 'n mooi seun onthou, het sy sy skryfboek oor haar lyf gevryf en gewonder wat hy sou doen as hy haar nou kon sien.

Kobus was ook in Juffrou Blake se klas. Hoegenaamd nie die briljantste leerling op aarde nie, maar sy gebrek aan prestasie het haar net so min geskeel soos die res van die spul. Die enigste werklikheid aan hom was dat hy elke Saterdag in haar gedwonge bestaan (die middelklas-een) haar motor gewas en die roos-beddings bewerk het.

Kobus wou eendag verder studeer en het geweet daar was nie geld in die huis nie. Van standerd 6 lewer hy koerante af en doen werkies in die buurt en spaar elke sent. Einde van die maand kollekteer hy sy geld. So ook by Juffrou Blake.

Twee weke voor haar nege-en-dertigste verjaarsdag koop

Juffrou Blake 'n ragfyn stuk sy, appelkoos soos in die movies uit die vyftigerjare en maak vir haar 'n rok. Twee dun bandjies wat oor die skouers afloop tot by haar naeltjie en rye kraletjies wat hang oor haar heupe waar die materiaal uitklok tot in 'n lang sleep. Die rug en borste heeltemal oop.

Die Saterdag van haar verjaarsdag hou sy die gordyne toe, steek al die kerse aan en neem 'n lang bad. Toe bind sy haar hare op, doen haar grimering en trek die rok aan.

Juffrou Blake het haar derde glas sjampanje in (galbitter, maar dis Frans), sy lê op haar maag op 'n rusbank en druk die twee kaal borste teen die kussing. Toe kreun sy saggies en draai op haar rug. Kobus staan in die deur.

Ek dog Juffrou los my geld op die stoeptafel, sê hy.

Hoe't jy ingekom? vra sy doodkalm en verstom haarself.

Ek het geklop, sê hy. Dis oop agter.

Ek verjaar vandag, sê Juffrou Blake en besef Kobus lyk nie of hy nog op skool is nie. Jy lyk baie ouer, sê sy.

Ekskuus tog? sê Kobus. Hy kan nie ophou kyk na haar borste nie. Dis spierwit. Dis die mooiste iets wat hy nog ooit gesien het. Hy kom glad nie agter hoe hoog sy stem is nie. Die juffrou sit nou regop en dit maak die borste nog groter.

Dis 'n gemors, sê sy. Hoor jy my?

Wat, Juffrou? sê Kobus.

Kyk hoe lyk ons, sê sy. Kyk hoe lyk jy. Kan niemand vir jou sê jy's lankal te groot vir daai broekie nie? Mens loop mos nie so nie. Dit lyk of die ding wil bars. Toe, draai om.

Kobus draai om. Juffrou Blake kyk na die broekie. Dis doodstil. Hy staan lank so.

Het iemand al jou naam vir jou gesê? vra die juffrou.

Hoe bedoel Juffrou?

Jou naam! Jou naam! Ek gaan dit vir jou sê. Kom hierso.

Die bandjies is van haar skouers af toe hy omdraai. Kom hier, sê sy.

Haar stem klink anders as wat hy nog ooit gehoor het. Hy loop sit op sy knieë voor haar. Sy laat hom al die sjampanje in die bottel vinnig drink. Sy laat hom al sy klere uittrek.

Kobus, sê sy. Kobus. Kobus. Kobus.

Ná die tyd lê hulle saam op die mat.

Ek moet gaan, sê Kobus. Moes al lankal by die huis gewees het.

Nie nou nie, sê Juffrou Blake. Ek moet eers dink.

Hy loop voor haar die gang af. Sy kan haar oë nie van hom af-hou nie.

Jy behoort nooit weer klere te dra nie, sê sy. Sy maak haar klere-kas oop en stoot hom binne. Sy sluit hom toe.

Wat's dit nou? skree Kobus.

Juffrou Blake staan voor die kas. Iemand weet nou alles. Laat sy hom loop, is daar moeilikheid. Hou sy hom hier, is daar moeilik-heid. Terwyl Kobus skree, maak sy haar hand vol pille. Jy't die mooiste gat, sê sy.

Toe neem sy 'n glas water en sluk die lot.

Die Sondagmiddag help 'n polisieman vir Kobus uit die kas. En die volgende Sondag weer. En die volgende Sondag weer.

Doodgelukkig

Ek het nog altyd gedink die toppunt van geluk is om as U aan-gespreek te word. Sy Edele Professor Doktor en so. Ek meen dis so half onwerklik en dan kry jy baie geld.

En toe vroeër vanjaar ontmoet ek so iemand in lewende lywe. Wat gebeur het, hierdie Saterdagoggend by Verwoerdburgstad is daar nou al hierdie local celebrities met handtekeninge, en sulke lucky draws en balloons en dan gooi almal geld in vir die minder bevoorregtes.

Nou sit almal so op die wal van die meer en hulle't 'n verhoog gebou vir die dag se aktiwiteite en daar's valskermspringers en sulke speakers met musiek.

Wat nou veronderstel is om te gebeur is, op die klimaks van die dag dan sal die cast van *Egoli* op die verhoog klim dat die mense kan skree en nog geld ingooi en dan kom ek op en introduce die Minister en hy maak dan 'n toespraak oor die minder bevoorregtes.

Nou't iemand besluit vir dramatiese effek sal ek en die Minister oor die water geroei word tot by die verhoog. Maar nie in 'n bootjie nie, in 'n Splash Pool wat deur Furniture City aan 'n weeshuis geskenk is. So as die klomp soap actors nou klaar is, dan sal die helikopter die balloons loslaat en dan vaar ek en die Minister nou oor die Verwoerdburgmeer in die Splash Pool.

Minister van wat, weet ek nie, ek dink hy ook nie. Met die geskommel in die Parlement het hulle lankal ophou worry.

Nou staan ons op die oorkantse wal. Ek het laat vra of Furniture City nie vlerkies ook wil sponsor nie, want ek kan nie swem nie. Langs die wal af, so ver soos mens kan sien, staan al Verwoerdburg se standerd 3's, elkeen met 'n skinkbord. Hulle gaan branders maak om ons by die ander kant te kry.

Aan die oorkant klim *Egoli* op die verhoog. En die mense is histeries. Ons staan nog en kyk toe kom een van die helpers aangehardloop en skree, Minister moet kom! Die mense's aan die mal word. Sandra Prinsloo het haar bloes verloor.

Ek dog die balloons kom uit 'n helikopter uit! skree die Minister. Waar's my vlerkies? skree ek. Kom klas! skree die juffrou. Plas vir Sy Edele!

En daar's ons op die water.

Ek weet nie wie van julle was al saam met 'n minister in 'n Splash Pool op die Verwoerdburgmeer nie, maar dis glad nie soos mens jou dit voorstel nie. Veral nie as 'n vreesbevange *Egoli*-cast halfpad op jou afgeswem kom en histeries aan die Splash Pool begin klou nie. Langs die Minister probeer Philip Henn inklim. Uit! skree die Minister en ons begin waggel. Moer hom met die toespraak, U Edele! skree ek. Jy wil mos met die meidjie lol! skree die Minister, maar op daai oomblik tref Brümilda van Rensburg die Splash Pool, hairpiece eerste, en toe snap al die draadjies in die pool se padding en die hele ding vou dubbeld tot oor ons koppe en so sak ek en die Minister bodem toe.

Ek was nog nooit in my lewe so bang nie. Nou sit ons op die bodem in hierdie plastic ding. Lewe ons nog? vra ek.

Voel hier, sê die Minister en hy sit my hand op sy wang. Glad, nè, sê hy.

Ek sê, Verskoon my, U Edele, maar in case jy nie weet nie, ons is gesink.

Kos my twee keer op 'n dag skeer, sê hy.

Ek sê, Hoe gaan dit ons hier uitkry?

Ek haat baard, sê hy. Ek haat skeer. Ek hou van gladde, gladde wangetjies.

Help! skree ek.

Ek haat my ampsmotor, sê die Minister. Ek haat dit as goed blink. Ek haat hierdie mense hier buite. Klomp arm gespuis. Ek haat my vrou. Sy maak haar eie klere. Alles is pers! Ga!

Help! skree ek.

Nou huil die Minister kliphard. Ek haat my sewe plase! Ek wil nie gaan boer as ek aftree nie. Ek haat FW! Hy's so butch!

Ons moet hier uitkom! skree ek. Dink aan jou titel!

Wat waar sit? skree die Minister. Voel my wangetjies! Niemand voel ooit my wangetjies nie!

Doen iets! skree ek. Ek kan nie swem nie!

Ons bly net hier, sê die Minister. Hulle gaan my net weer rond-jaag. Ek haat onderhandel! Met daai simpel, simpel mense. Weet jy hoekom is Codesa gestop? Weet jy? Oor die reuk! Hulle spuit nie vir hulle nie!

Minister moet nou stilbly, sê ek. Die suurstof gaan opraak.

Ek wil so graag huppel, sê die Minister. Weet jy hoe kyk hulle 'n mens aan as jy huppel in die Uniegebou?

En toe sien ek die verskriklikste ding sedert *Prins van Pretoria* vrygestel is. Op die bodem van die Verwoerdburgmeer, in die middel van 'n toegevoude Splash Pool spring die Minister op en begin huppel.

O ek is so gelukkig! roep hy uit.

U Edele gaan ons fokken versuip! skree ek en ek wil hom net trip, toe raak die suurstof op.

En so in die middel van 'n lugleegte is ek saam met 'n huppelende landsleier oorlede.

Ons kon nie sien of die onderhandelinge toe weer geflop het, wat van sy ampsmotor geword het en of sy plase aan die minder bevoorregtes uitgedeel is nie. Ons sou nooit weet hoeveel jaar die Burgeroorlog toe geduur het of hoe *Egoli* toe geëindig het nie. (En of dit ooit geëindig het nie.)

Ek sou nogals wou weet. Maar ek dink nie die Minister nie. Soos die meeste ander mense was hy doodgelukkig in die Splash Pool.

(uit *Untitled*, Desember 1992)

Doodgewoon

Hierdie is 'n ware verhaal. En soos alle verhale van helde en heldinne sal dit nog van geslag tot geslag oorvertel word. Daarom is dit vir my so 'n voorreg om die eerste te wees om hierdie een te vertel.

Dit is die verhaal van Bernadette.

Bernadette was van kleins af verskriklik doodgewoon. Nie dat daar iets mee verkeerd is nie, maar Bernadette was een van die ongelukkiges wat dit agtergekom het. En tot haar grootste skok, het sy, soos wat sy ouer geword het, net so gebly. Niks wou ver-ander nie. Sy het haar dit so aangetrek dat sy twee keer tydens puberteit op die morsigste manier moontlik haar lewe wou neem. Op die ou end kon haar ma dit nie meer vat nie en jaag haar uit die huis uit dat sy dit ten minste net op 'n ander plek loop try.

Bernadette loop kry vir haar 'n graad, hou skool op Tweeling en sy bly in die koshuis en eendag toe die skoolkoerant haar inter-view, maak sy so 'n klomp goed op, die volgende dag is sy die ge-wildste juffrou in die skool.

En so ontdek Bernadette die wonder van lieg. En sy gaan aan die lieg. Van die môre tot die aand lieg sy. Sy lieg vir haar vas en weer los in dieselfde hoek. Sy lieg die hel en al sy duiwels in 'n rash in. En die mense luister. Sy's die interessantste meisie op die dorp. Sy't al die wonderlikste dinge beleef. Veral as sy van haar kêrel praat. En hoe hy kort-kort oorsee gaan en hoe hy haar orals gaan saamvat as hulle eers getroud is. En die mense kan nie wag om hom te ontmoet nie en hy kom een van die dae.

Maar wat die regering al lankal weet en wat Bernadette nie ge-weet het nie, is: lieg is harde werk. Sy moes evidence fake vir al haar stories, sy moes alles neerskryf sodat sy nie deurmekaar raak nie, sy moes haarself 'n paar wonde toedien vir die keer toe sy deur terroriste in die wildtuin ontvoer is. Sy moes naweke in die gangkas sit met 'n strooitjie vir asem sodat almal kan dink sy't gaan kuier.

Net die kêrel kon sy nie optoor nie.

En die mense het gewag en gewag vir die kêrel en het later begin wonder en hulle het begin twyfel aan die stories en al hoe minder geglo tot hulle op die ou end alles uitgevind het.

En vir haar straf het hulle aanhou maak asof hulle alles glo sodat sy steeds elke naweek in die gangkas moet loop sit en dan lê die dorp soos hulle lag.

En so het dit aangehou tot op die dag van Tweeling se kermis. Wat ons bring by die eintlike heldin van ons verhaal.

Daar ver in die Boland, net buite die skilderagtige dorpie Wellington, het 'n bruin meisie, Jaklien Malherbe, saam met haar ma, pa, broers en susters gewoon. Jaklien was ongelooflik doodgewoon. Sy het selfs partykeer in die bad gesit en soek, maar daar was nou wragtag niks unieks iewers nie.

Sy het in een van Wellington se honderd inmaakfabrieke gewerk, op die appelkoosmasjiene. Elke oggend het sy wakker geword, vir haarself gefluister, Ek haat konfyt. Ongemerk brood ingesit, ongemerk werk toe geloop en ongemerk voor die masjien loop staan.

So doodgewoon was Jaklien dat van die fabriekwerkers gedog het die masjien in die hoek is outomaties, hulle't haar nooit opgemerk nie. Vir jare het sy nou maar daar gestaan en gekyk hoe miljoene appelkose verwerk word.

So staan sy ook op die dag van haar veertigste verjaarsdag tussen die appelkose, effens ontsteld dat selfs haar familie daarvan vergeet het, maar nou nie so dat 'n mens dit sal opmerk nie. Net kort-kort lig sy haar linkerhand en bekyk die verskriklik onopvallende ringetjie wat sy vir haarself loop koop het.

Maar selfs op die gewoonste verjaarsdag is daar 'n verrassinkie, en toe Jaklien weer so na die ring kyk, raak sy vir die eerste keer in haar lewe in vervoering, net vir 'n oomblik, en merk dus nie op hoe die masjien haar oorpak beetkry en tussen die rollers begin inwerk nie. Haar gilletjie was heeltemal te doodgewoon om in 'n fabriek gehoor te word en so word Jaklien Malherbe toe op haar veertigste verjaarsdag ingesluk, ontpit, geskil, geblik en gelabel en teen die tyd dat haar familie en haar skofbaas ontdek sy's missing, sit sy al op elke rak in die land.

Skielik het almal van Jaklien geweet, almal het oor haar gepraat, die hele gemeenskap het saamgetrek. Van so ver soos Graskop moes mense hulle konfyt terugstuur vir die begrafnis. En toe Wellington dink hulle't nou meeste van haar teruggekry, trek hulle weg. Vir dae het hulle gebak. En toe die grootste jamroll in die Suidelike Halfrond klaar is, smeer hulle vir Jaklien bo-op, rol toe, hou begrafnis en die koerante doop haar die Racheltjie de Beer van die konfytbedryf.

Maar ons weet almal in die Vrystaat word daar nie juis ernstig koerant gelees nie. En dis hoe dit gebeur dat op die dag van Tweeling se kermis, Bernadette by die kerrie-en-rys-tafel staan en vertel hoe sy in Kalkutta geleer het van 'n tikkie appelkoos in die kerrie en hoe mal Moeder Teresa daaroor is, om nie eens van haar kêrel te praat nie. En dan draai die mense om en skree van die lag.

En die vrou agter die pot gee vir haar 'n blik appelkoos en sê, Nou toe, roer in. Jy weet nooit wie kom hier aan nie. En almal draai weer om.

En van senuwees laat val Bernadette die blik in die kerrie. Teen daai tyd pis die mense.

Toe sê Bernadette saggies vir haarself, Ek haat konfyt. En druk haar hand in die kerrie. En toe sy die blik uithaal sit daar 'n ongelooflik onopvallende ring aan haar vinger. En al die mense hou op lag en sê, hoo.

Dis nou baie jare later. En as jy vandag vir die mense van Tweeling vra, wie's daai ou vrou, dan sê hulle, Dis Bernadette. Ons wag nou juis vir haar verloofde. Hy's in Kalkutta vir besigheid.

(uit *Untitled*, Desember 1992)

Kook met brandewyn

Hierdie is 'n ware verhaal. En ter wille van die vrede in ons nuwe land moet dit nou maar vir eens en vir altyd uitkom.

In Verwoerdburg se poskantoor het daar twee vrouens gewerk. Die een was ten minste 'n weduwee met 'n rinse, Evelyn. Die ander een was net dik, dis al. Haar naam was Esmé.

Op 'n dag kry ek die kaartjie wat sê my Leserskringboek het opgedaag en ek sit heel opgewonde af poskantoor toe.

Voor die poskantoor staan 'n hele ry mense op die sypaadjie. Jy eerste, sê een vrou vir 'n ander. Ag nee wat, gaan jy maar, sê die ander een. En niemand beweeg nie.

Ek dink, shit maar hulle is hoflik, en ek loop staan heel voor. Hier op die lawn staan so 'n ry blou vlaggies zig-zag tot by die poskantoordeur. Heel voor op 'n bordjie staan: Warning. Trap net by die vlaggies. En onderaan in Xhosa staan: Trap tussenin.

Nou dink ek, my *Kook met brandewyn* is daar binne, ek kry vanaand mense en almal ken al my appelkooshoender, ek soek my boek. Ek gee my karsleutels daar vir 'n man, twee ander hys my teen die vlagpaal op en toe ek bo is, reverse die man met my kar tot teen die paal en soos hy omslaan so val ek die poskantoor met 'n helse migraine binne.

Hier langs die toonbank lê 'n swart man op die vloer. Evelyn hou 'n stapler teen sy kop en Esmé hardloop al in die rondte.

Hoe de hel het hy ingekom? skree Evelyn.

Ek weet nie, skree Esmé.

Hou op in die rondte hardloop, skree Evelyn.

Ag dankie tog, sê Esmé, ek is al dronk in my kop, en sy loop staan agter die toonbank. Wat dink jy wil hy hê? vra sy.

What you want? vra Evelyn en staple hom in die oor.

Ek kan niks hoor nie, sê Esmé.

Haal uit daai ding, sê ek en klim van die paal af.

Siesag, sê Evelyn en haal die foonboek uit sy mond uit.

Haai Ou-. . ., sê die man. Maar voor hy die nooi kan uitkry, staple sy hom weer.

Gee hom seëls, sê Esmé, dis die veiligste.

Seventy cents, sê Evelyn.

Die man skud net sy kop.

Ek sê, Verskoon my, ek soek my boek.

Ha, ha, sê Esmé, try my.

Ek sit my kaartjie op die toonbank neer, help die swart man op en loop sit hom op die paal. Wag net hier, sê ek en gee hom 'n drukkie. Esmé is tussen die rakke in en Evelyn hou wag.

Sekuriteit is ons wagwoord, sê Esmé en sit my pakkie op die toonbank. Net 'n oomblik, sê Evelyn en druk dit teen haar oor. Val plat! skree sy, gooi die pakkie deur die lug en duik by 'n tiekie-box in.

Watsit nou? vra ek, en loop lê op my maag.

Die ding tik, skree Evelyn.

Dis 'n Leserskringboek! sê ek. Hulle gly maar so in die box.

Don't bullshit me, sê Evelyn, ek het M-Net.

Ek wou nog so graag kinders gehad het, sê Esmé en trap die alarm af. Evelyn, bid jy, sê sy, en sak op haar knieë neer.

Is jou beurt, sê Evelyn, en maak haar oë toe.

En toe's my geduld op. Ek sê, Verskoon my, maar hoe siek moet 'n mens wees om so tekere te gaan? Hoe verrot kan die samelewing nog raak? Hierdie is nie die einde nie! Dis *Kook met brandewyn!* Julle het nie 'n benul van die realiteit in hierdie land nie. Dis alles, alles julle verbeelding!

Toe staan ek op, stof my broek af en loop vat my pakkie.

En dis toe die bom afgaan.

(uit *Untitled*, Desember 1992)

Ná skool

Frederik was die slimste van almal in die skool.

Hy kyk na die grys bokant die bome, vervloek die dorp, trek die musiekklas se deur toe en loop oor die stofgetrapte speelgrond. Aan die oorkant slaan Henning die een tennisbal na die ander teen die muur. Henning is saam met hom in standerd 9.

Frederik maak 'n oomblik sy oë toe en sien hoe 'n tennisbal deur 'n venster breek. Hy sien hoe Meneer Basson vir Henning laat buk en hom slaan, ses keer. Toe maak hy sy oë oop en loop deur die skoolhek.

Elke middag loop hy met die lang pad huis toe, want hy haat sy ma en die bord klipharde rys wat wag in die lou-oond. Hy haat die kombuis met die tjoepstil radio en sy netjiese kamer, alles so grys soos die lug bokant hierdie dorp. Hy haat die teleurstelling van die musiekklas: die groot uitsien na elke middag, die twee ure se oefen, die verwagting na iets fantasties, groot en heeltemal onmoontlik en dan die oopmaak van die deur in die grys namiddag.

Frederik loop rivierlangs, die langste pad moontlik. Hy wens hy kan huil. Hy wens hy kan snik en geluide maak soos in die movies. Maar hy's doodstil soos sy familie en hulle huis. Hy loop tussen die bloekomme deur, af teen die skuinste tot by die water. Die rivier is vuil, maar ten minste raas dit 'n bietjie. Hy hou van die riete en die lang gras. Dit maak hom opgewonde, asof hy iets gaan ontdek, iets verkeerds. Iets wilds en sondigs.

Vanmiddag ontdek Frederik iets. Eers sien hy net die skouers en die rug. Hy sak af tot op sy knieë en sit sy boeke neer. Hy sien die swart man staan tussen twee bome. Die man se oorpak is om sy middel geknoop. Hy staan tjoepstil en sy rug blink pikswart soos 'n god wat van 'n ander tydperk oorgebly het.

Frederik se mond is kurkdroog.

Die swart man se oorpak val. Sy perfekte boude steek bo die lang gras uit. Frederik sien hoe hy sy hand lig. Sy arm begin stadig en met 'n besliste ritme beweeg.

Frederik se hele lyf ruk. Sy hande is yskoud en swaar.

Die swart man het omgedraai. Sy oë is toe en sy kop agteroor.

Frederik huil sonder keer. Hy wonder of ander mense op aarde ook al soveel geluk gevoel het. Ek sal sterf as hy weggaan, dink hy. Hy ruk sy das af, hy skeur sy hemp, hy trek sy broek en skoene uit.

Hy hoor nie hoe die voëls sy naam roep nie. Nie nou al nie, Frederik, sing hulle.

Hy hoor nie hoe die visse skree, Jy sterf te jonk! Jy sterf te jonk! nie.

By die huis sak sy ma inmekaar. Laat my dit net nie sien nie! sug sy.

Teen die skoolmuur kyk Meneer Basson hoe Henning se broek span.

Die swart man hoor hoe die gras breek. Hy kyk na Frederik. Frederik gaan lê op sy rug.

Billy-Dean 1

Billy-Dean White always thought of Death as a lover. A gorgeous being with long arms and huge hands and eyes that could read your soul.

Billy-Dean White always thought of Death as a lover. Because Death would know all your secrets and take you away from the life that was wrong for you and take you to where everything would be beautiful and you would be beautiful too.

Billy-Dean thought Death would come and whisper in his ear, I love you, I love you. Death would give him wings and they would go up in the sky and play and nobody would have to talk because everything would be clear and they would just go higher and higher and he wouldn't be scared.

Therefore Billy-Dean often used to walk through town and imagine what everybody's deaths would be like. For instance, if your partner were as fat as Mrs Lotz, you could go no other way but die under a bus. Or Phyllis would have to be murdered by kidnappers because her husband, Rodriques, had the take-away place. And Sheilah from the boutique would have to miss the road at midnight because everybody knew she slept with a black man.

But Billy-Dean could never imagine his own death. He had always been on his own. By no means could he imagine what his own death would be like. He only knew that the day he died, it would be beautiful. And better still, if he could offer himself as a virgin, it would be more beautiful than any honeymoon photograph could ever be.

But then when he died, he could see nothing. No lover, no honeymoon. He could not feel a thing. No passionate embrace, no hot breath in his neck, no tongue playing in his mouth, nothing.

He waited a while and then he screamed, I'm ready! Where are you?

Far away he heard Death laughing. Death said, You little clown. Where do you think you are?

Why don't you take me? Billy-Dean asked.

I only take the soul, he heard.

Well, take mine! he said.

This time Death laughed much louder. I can't find it.

What do you mean, you can't find it, Billy-Dean said. It's right here!

That's your imagination, Death said. And stop using it. You're dead now, I want the soul.

Where is it then? Billy-Dean asked.

How should I know, Death said. What's it with you people anyway? Didn't you have time to prepare?

I thought of nothing else, Billy-Dean said.

Then you find it, little clown, Death said. You have three days till Judgement.

What judgement? Billy-Dean asked.

To see whether you were good or bad, Death said.

I've always been good.

Then find the soul.

Wait! Billy-Dean shouted, I have to see you! I have tried to imagine you so many times! Please! Let me see you!

You will only see yourself, Death said. Only yourself in all this space. Isn't that what you've dreamed of? Look, just you. And no-one to scare you. That's the magic.

Billy-Dean had three days. And the last place he would find his soul would be in his room. But he had to start somewhere. So he closed his eyes.

He was somewhere above the house. Above the street, the garden, the fence so close to the house, and the door to the outside room where he spent the last two years of his life. Inside the room the sun came through the blind and made a yellow line across the bed and the body on top of it.

The body's one arm was folded behind the head, like that of a beauty queen, the other arm was hanging off the bed. Something like a veil had been draped around the head, but the face was open.

Oh no, Billy-Dean thought. He could not believe how ugly he was.

Oh no, Billy-Dean thought again. Outside the door, in the tiny little space between the fence and the house, were two policemen, a tall one and a short one, Mrs Olivier of the house, Mr B from the garage, Billy-Dean's youngest sister and his mother.

The tall policeman was hitting the door with his hip. Billy-Dean looked at the hips of the body on the bed and at the hips of the policeman. The policeman gave another thrust.

I was too ugly, Billy-Dean thought as the door opened.

All the people in the little space went into the room.

Mr B from the garage said Oh my God and Mrs Olivier of the house threw up on the short policeman. The tall policeman rubbed his hip and Billy-Dean's youngest sister lit a cigarette. His mother was hitting her own face with her handbag. Like all mothers who see their dead sons, she said Huh-huh-huh!

Please don't touch anything, said the policeman with the hip.

Do you have any idea, said the one with the vomit.

Huh-huh-huh!

Well, there you have it, said Mr B, and he picked up the empty pill bottle.

Huh-huh-huh!

He was so decent, said Mrs Olivier, my best lodger.

The drawer is locked, said the sister, and she pulled at the desk. Please. Don't touch anything.

Why the hell would he lock the drawer?

Billy-Dean, said the mother, how can you lie there like Marilyn Monroe? How must I tell your father this?

Please, don't tip on the carpet, Mrs Olivier said to the sister.

On the desk was a drawing of an angel. The sister tipped on the drawing. The one with the vomit looked at the angel. I know that face, he said.

No blood, said the tall one and he touched the body. Billy-Dean looked at his hands.

The policeman tried to take the veil off the head, but it was wrapped around the neck. We'll remove the body this afternoon, he said.

Ag, don't worry, said Mrs Olivier, he always paid in advance.

(from *White Soul*, Maart 1993)

Billy-Dean 2

Ek kon nooit verstaan hoekom Ma altyd polonie moes insit skool toe nie. Sulke drillerige pienk stukke wat so tussen die snye brood uitloer, soos toe die lorrie vir Oom Snyders teen die pawiljoen vasgery het. En in die somer gly dit rond omdat die botter al gal trek voor eerste pouse.

Ek dink Ma wou hê die dorp moes weet ons is fine, haar kinders eet polonie. Selfs nadat Juffrou Toerien haar skoonmaakrekening vir Ma gestuur het oor die een stuk polonie by die Lenteloop uitgeskiet en agter op haar sweetpak loop sit het, het Ma net aangehou.

So het ek polonie geëet tot standerd 5. Tot Vincent gekom het. Niemand het geweet van Vincent nie.

Dit was in standerd 5 toe Pyp die blouvlam laat val het by Pa se werk. Pa het heeltemal snaaks geraak en AGS gedraai. Toe besluit hy om hom te laat doop. My sussies het die hele naweek gehuil van embarrassment want hulle hero Chris Buys met die spermtelling gaan ook by die doop wees en Pa het hangtiete.

Toe sê Ma ek moet saamgaan. Pa was eerste. Maar toe hy opkom, toe sluk hy water en slaan Pastoor met die vuis, en die owerstes vat vir Pa uit en sê 'n blouvlam maak jou nie 'n Christen nie. En Pa is heel uitasem en die volgende dag moet Ma vir hom 'n pompie laat kom.

Ek het in die toilet gaan huil. Dit was verskriklik. Niemand in standerd 5 soek 'n pa met 'n pompie nie.

En toe, net skielik, was iets daar. Dit was in my kop. Dit was nie iemand nie. Dit was nie 'n stem nie. Dit was net goed wat ek geweet het. Huil as jy wil, maar dis fine. Hou op worry, jy's nie jou pa nie.

Die goed het bly kom. Elke keer as iets gebeur het, was dit in my kop. Moenie worry nie, en so. Ek het besluit dis 'n engel. Dit kon niks anders wees nie. En sy naam is Vincent, want 'n mens noem jou engel Vincent en klaar.

Maar ek kon vir niemand vertel nie. Mens kan mos nie vir iemand sê jy't ná jou pa se doop 'n engel in die toilet ontmoet nie.

Ek het net heeltyd aan Vincent gedink en partykeer met hom gepraat, maar hy't nooit teruggepraat nie, net die goed in my kop gesit as iets gebeur. Ek het ook baie gewonder hoe hy lyk. Miskien soos Meneer Wentzel. Meneer was baie mooi en het nog mooier gebid in die godsdiensperiode. Maar almal het snaaks gepraat, want sy seuntjie in standerd 4 het partykeer merke gehad op sy bene. So hy kon nie Vincent gewees het nie.

En toe bly Vincent weg. Die een keer toe ons weer in die klas kom ná pouse, het iemand 'n snor geteken op my Marilyn Monroe-potloodsakkie. Die hele klas het geweet, want hulle het heeltyd bly kyk wat gaan ek maak. Maar ek maak niks. Ek wag net vir Vincent. En Vincent kom nie. Ek kon dit nie verstaan nie. Ek het geweet hy ken vir Marilyn. Hy moet nou sê dis fine. Marilyn mind nie 'n snor nie en moet net nie huil nie, die kinders weet niks.

Vincent bly weg. Die middag ook. Ons moet ná skool bly vir atletiek en dis warm en ons gaan hokkies toe om ons atletiekgoed aan te trek en die seuns trek hulle broeke af om te kyk wie't al hare.

En ek raak so bang, ek kan vrek. Ek raak so bang, almal lyk vir my vreemd. Ek kan nie een se naam onthou nie. En my oë bly knip, ek gaan nou huil.

My bene loop vanself hoek toe en ek krap in my koffer dat my oë kan ophou knip. Ek maak sommer of ek nog honger is en haal my kosblik uit, maar ek is so naar, ek bewe. Al die seuns het al hare, Oom Snyders loer by die brood uit en Vincent is weg.

Ek sien eers die seuns is al weg toe Meneer Wentzel my kom haal. Ek kan nie dink dis hy wat so bid nie, hy lyk so vreemd. Hy bly vat aan my nekhare en hy skel. Ek bly dink aan die merke op sy seuntjie. Hy skel so, al die seuns kom weer terug om te kyk.

En hulle lyk almal soos hy.

(uit *White Soul*, Maart 1993)

Billy-Dean 3

Twee uur nadat Billy-Dean se lyk ontdek is, het die dorp begin lewe. Dit was asof iemand aas uitgegooi het. Soos hiënas het hulle begin verskyn. Uit hulle huise, winkels en kantore. Hulle het hulle koppe gelig en gesnuif in die rigting van Mrs Olivier se huis. Niks bloed nie, het hulle teleurgesteld gesê. Hulle het gesnuif in die rigting van die begraafplaas. Het nog nie begin grawe nie, het hulle teleurgesteld gesê. En toe't hulle aan mekaar begin snuif.

Mens weet nooit, het party gesê, dit kon enigiemand gewees het. Is De Klerk se skuld, het ander gesê, so sal hulle ons in ons eie beddens kom uitmoor. Was hyself, het een of twee gesê, sulke eenkant jongetjies broei in elk geval net onheil.

Maar die meeste het weer 'n keer straatop gesnuif en gesê, Dis die Slang. Wie anders? Sy kamer was hoeka so teen haar heining.

Die Slang is hoe die dorp vir Mathilda-met-die-borste genoem het. Mathilda-met-die-borste het in die groot Victoriaanse huis langs Mrs Olivier gewoon. Dit was die grootste huis in die dorp en het verskriklik geblink, want Mathilda het net ná die insident al die ruite met eenrigtingglas vervang.

Aan die binnekant van die vensters was die weelderigste gordyne gedrapeer, elke venster 'n ander kleur. Van die dorpsmense het gesê die Slang weef dit self en sy gebruik net menshare, dink maar net waar kry sy dit. Ander wou dit eers nie glo nie, tot Mathilda eendag kliphard in die slaghuis gevra het of iemand weet waar die Bothas woon, hulle tweeling lyk so lekker vet.

Maar die ding waaroor daar die meeste gepraat is, was die Slang se troffel. Orals waar sy gegaan het, het Mathilda hierdie troffel van egte silwer saamgedra. Met die troffel het sy koeverte oopgemaak, grimering aangesit, vir haarself helse stukke koek ingeskep, kinders van sypaadjies afgeklap en sement aangemaak. Wat sy met die sement gemaak het, het g'n mens geweet nie, maar elke twee weke, soos klokslag, is Mathilda se sement voor die huis afgelaai. En dan het die dorp van voor af gewonder.

Tot die dag van die insident.

Mathilda het die oggend vir Rodriques opgelui om te sê van haar wasbak en Rodriques is straatop met sy sak tools. In die kombuis het hy onder die wasbak gebuk en net begin werk, toe Mathilda haar borste oor die warmwaterpyp haak en sê, Ek moet dit in die dag doen. Ek wil sien wat gaan aan. Rodriques slaan van skok sy een duimnael in en sê, Ekskuus tog? En Mathilda sê, Rodriques, dek my nou. Rodriques sê toe saggies agt Hail Mary's op en gaan aan met die wasbak. En die volgende oomblik hoor hy schlop en toe hy omkyk, toe't Mathilda albei sy bene aan die kombuisvloer vasgemessel.

Vir die res van die middag het Mathilda vir haarself tee gemaak en tussenin het sy vir Rodriques aanhoudend op sy boude gesoen. Eers laataand het sy hom losgekap en is hy huil-huil polisie toe.

Die volgende dag het die polisie die troffel kom konfiskeer. Die's toe tydens 'n seremonie op die plein in 'n vuur gesmelt terwyl die dramagroep "Witter as Sneeu" in 'n tablo voorgestel het.

Die dag daarna het Mathilda die eenrigtingglas laat insit en nooit weer uit die huis gekom nie.

Dieselfde dag het Rodriques besef hy's verlief op Mathilda en begin om rukkings in sy onderlyf te kry. By die take-away-plek wag mense nou baie lank vir hulle kos. Dan lig sy vrou net haar skouers en sê, Wat verwag jy? Hy's gepik. In die hol.

Die dorp het ook nooit weer vir Mathilda gesien nie. Behalwe Sagte Lucas. Hy gaan nou elke dag na die blink huis toe, doen die inkopies en betaal Mathilda se water en ligte. En niemand kry 'n woord uit hom nie. Hy bly tjoepstil. Net soos Billy-Dean, wanneer hy partykeer uit sy buitekamer gekom het en sy was by die heining. Dan't hy na haar borste gekyk en elke keer gebloos, terwyl sy agter haar oor krap.

En dis hoekom, terwyl die dorp nou straatop staan en snuif,

niémand vermoed dat die Slang in haar boonste kamer besig is om, vir die eerste keer in jare, haar uitgaanrokke uit te pak nie.

(uit *White Soul*, Maart 1993)

Billy-Dean 4

Op die tweede dag maak Billy-Dean White sy oë toe en sien hoe Sagte Lucas oor die heining klim. Mrs Olivier het die buitekamer se deur oopgelos om die dood uit te kry en Sagte Lucas loop tot by die lessenaar. Hy ruk aan die laai, maar die laai is nog steeds gesluit. Toe ruk hy nog twee keer, sê saggies, Ag hemeltjie, en klim terug oor die heining.

Sagte Lucas was baie mooi. Van die mense het gesê hy's baie slim ook, daarom is hy so 'n bietjie af, maar mens sou dit nooit weet nie, want hy wou eers verpleër word, maar toe sy pa dood is, het hy sy training net so gelos en met sy erfgoed by die huis gebly.

Sagte Lucas was baie dierbaar, maar eenkant. En so het almal hom gewoond geraak. Tot ná die insident, toe hy skielik na die blink huis toe begin gaan het, en die Slang se werkies vir haar begin doen het. Toe wou almal weet hoekom en hoeveel betaal sy hom, en toe nou, Lucas, wat gaan aan. Maar Sagte Lucas is nog stiller as ooit.

So kyk hy nou weer 'n keer terug oor die heining, toe loop hy om die Slang se huis en af met die pad.

Sagte Lucas se huis is in die onderdorp. Die tuin is vol netjiese vierkantige beddings, maar daar's nie 'n enkele blom te sien nie. Net sulke rye wit klippe wat wys waar om te loop.

Op die voorstoep sit Billy-Dean se jongste sussie. Sy wag al baie lank. Sy wag al so lank dat sy haar bubble gum in haar neus gedruk het om te kyk hoe ver sy die lel kan uittrek. Sy wag al so lank dat sy vergeet het van die lel en nou besig is om te kyk hoe ver sy haar ooglede kan omdop. En toe albei se wit buite sit, maak Sagte Lucas sy tuinhek oop.

Hierdie keer sê hy Ag hemeltjie 'n bietjie harder en duik op die meisie af. Wat het gebeur? vra hy en gryp haar so styf vas dat haar oë terugdop. Niks man, sê sy, en sit die bubble gum terug in haar mond. Ma het my gestuur.

Hoe gaan dit nou met haar? vra Lucas.

Ag, sy huil net en sê ons moet weg van hierdie plek af, en dan sê Pa sy's maklik die gefokste van almal, so nou bly ons maar.

O, sê Lucas, en kyk hoe die sussie agteroor leun op die trap.

Ma het my gestuur, sê sy, en maak haar rug bak. Sy wil hê jy moet help kis dra.

Lucas se hande word klam en begin bewe. Wat? sê hy. Hoekom ek?

Die sussie steek 'n sigaret op. As ek rook, is die sigaret altyd nat, sê sy. Nog van altyd af. Ma sê dalk was julle maatjies. Ons het almal daai prent gesien.

Lucas se hande bewe so dat hy op hulle loop sit.

Watse prent? sê hy.

Die een op die lessenaar, ons kon eers nie weet nie, maar toe figure ek dit uit. Is jou gesig. Wat het julle aangevang, hè?

Niks! Van wie praat jy? sê Lucas.

Van jou en my broer, sê Billy-Dean se jongste sussie. Vandat hy daar ingetrek het, het hy mos heeltyd prentjies geteken en gedink ons weet nie. Mrs Olivier sê dis talent. Maar Pa sê prentjies teken is maar net soos gomsnuif, mens kan Satanisties word van die walms. Het jy vir hom gemodel? Julle's mos al twee weird. Wat's in daai laai, hè?

Sagte Lucas se hande is nou papnat. Watse laai?

Die een in sy kamer!

Hoe moet ek weet? sê Lucas. Ek kom mos nie in sy kamer nie.

Sê wie, jy's dan heeldag langsaan by die Slang, sê die sussie. Sy lê nou plat op haar rug en maak haar bene oop en toe. Dis darem warm, sê sy. Sy waai haar T-shirt op en af. Ma maak my vrek, maar ek dra nie bra in die hitte nie.

Ek dra nie kis nie, sê Lucas en kyk na haar tepels.

Wat maak jy en die Slang? sê die sussie.

Ek sal vir jou koeldrank gee, sê Lucas, maar dan moet jy gaan.

Die sussie lê nou agter 'n potplant sodat mens nie van die hek af kan sien nie. Sy't 'n bors in elke hand en is besig om hulle in die ongelooflikste formasies in te knie terwyl sy met haar tong in die lug rondwikkel.

Vir wat is jy so eenkant? sê sy. Is jy bang vir iets? Toe, ek sal vir niemand sê nie.

Wat gaan jy so aan? sê Lucas.

Jy't 'n helse knop, sê sy. Ek kon voel netnou toe jy my druk. Toe, wys my.

Wys wat?

Wat jy doen met die Slang!

Sagte Lucas staan op en toe hy by die huis ingaan, slaan hy die voordeur so hard dat die skets van die engelprentjie skuins teen die muur loop sit.

Ek's mooier as sy! skree die sussie buite op die stoep. Almal wil my hê! Almal! Behalwe die weirdos! Dit vergeet jy nooit!

Sagte Lucas kyk deur die gaatjie hoe Billy-Dean se jongste sussie haar T-shirt aftrek en tussen die wit klippe deur loop. Voor draai sy om en soos 'n spinnekop weef sy die hek toe met haar bubble gum.

(uit *White Soul*, Maart 1993)

Billy-Dean 5

On the second day, more magic waited for Billy-Dean.

On that day his search took him to the garage where he used to work. There he used to sit in the cardboard office in the corner of the workshop, answer the phone, tell people Mr B was out, and balance the books.

It was in that office that he drew the first picture.

Billy always used to make little drawings of houses that he dreamed of living in one day. Sometimes he drew people inside the houses. Beautiful women with dresses he saw in movies and tall men with moustaches. In the sitting room Marilyn was always standing at the window, wearing a long white dress. Billy never got the face right, but you could recognise her by the hair.

And on top of the sitting room there was always a bedroom. This room he kept for Vincent. There was never a door or a window because angels didn't need that.

Then one day in the office, Billy drew another house, with wings in the bedroom.

And when Mr B went out, he drew the body, and then the face. Billy could never figure out where the face came from, but it was there and it was right. From then on he couldn't stop. He drew pictures whenever he got the chance. Vincent was in every room. Sometimes there wasn't even space for Marilyn.

Billy-Dean worked at the garage for almost two years. Mr B used to scream at everybody, but never at Billy. And every time Mr B discovered an angel between the accounts, he just went pale and said nothing.

So now, on the second day after Billy-Dean's death, he went into the cardboard office, took out all the angels, burned them and washed his hands. Then he went home.

At home his wife was making a dress for the funeral.

Mrs B was a thin, tall woman with a bald patch. On top of her nose her eyebrows connected and on her forehead she had a mole with one long grey hair. She had long, thin breasts which she rolled up and bandaged every morning to create a bust.

Mrs B was cutting the collar when Mr B walked in and said, I need a drink.

And how will you hold the glass, said his wife.

With my . . . said Mr B and then he had a mild stroke, for both his hands were missing.

Like mist before the sun, said his wife, and cut the collar.

But I just washed them! said Mr B.

And didn't you do that well, said his wife.

Dance with me! said Mr B. Please! It will bring them back!

All right, said his wife seductively and played with the mole. But then we have to do it like in the old days. Like the first time. Remember how you threw up in the bouquet? And on the honeymoon, how you tied my tits behind my neck to make a cleavage? And how I saw the whole of the Kruger National Park on my stomach, because you liked it tight? Those were the days.

I'll do anything! said Mr B and grabbed his wife.

Say you love me, he said.

Snake shit, she said, and danced passionately.

Why B, she said, your mouth is disappearing. Is it because you washed it after you kissed Sheilah from the boutique?

Why B, she said, your arms are disappearing. Is it because you washed it after every massage in the maid's quarters?

Why B, she said, your crotch is disappearing. Is it because you washed it so well after every fuck next door?

Then the doorbell rang.

Buite op die stoep staan Billy-Dean se jongste sussie. Sy's nog bewerig van Sagte Lucas se stoep.

Sy sien hoe gaan die deur oop en 'n kop sonder mond hang in die gang.

My ma vra of Oom sal help kis dra, sê sy en wonder wat de hel die kop gaan doen.

But then the thin, hideous wife of Mr B appeared behind the head. Tell your mother it will be a pleasure, she said. Tell your mother it will be an honour. For both of us.

Then she lifted her dress above her head, rustled her feathers, and with her left wing hit her husband through the face.

(uit *White Soul*, Maart 1993)

Billy-Dean 6

Billy-Dean het in Mrs Olivier se buitekamer gaan bly net nadat Ouma uitgehaak het.

Omdat sy pa op die treine gewerk het, kon die gesin een keer per jaar verniet ry, en so is hulle toe die een naweek af Oudtshoorn toe.

Die Saterdagmiddag is hulle met die bus uit volstruisplaas toe. Op die plaas kyk almal eiers, die twee sussies kry elkeen 'n beurt om te ry en Ma koop drie pienk vere vir die sitkamer. Oupa en Ouma loop heel agter en stry oor Oupa wil pie en Ouma sê dis oor hy nie kan knyp nie dat hy nêrens in die lewe gekom het nie. En nou moet sy op haar ouderdom Oudtshoorn toe gesleep word net om nog 'n voël te sien wat nie kan vlieg nie.

Hulle hoor toe glad nie toe die toergids sê die mense moet eenkant staan, die plaasbevolking gaan resies jaag met die volstruise nie. En so trap die een volstruis toe vir Oupa die ewigheid in en Pa moet inbetaal op die trip huis toe, want die Spoorweë gee nie konsessie op lyke nie.

Twee dae ná die begrafnis kom Ouma nie tafel toe vir ete nie en Billy-Dean se ma stuur hom om haar te gaan soek. Hy kry haar op die ou end in die badkamer. Sy sit gehurk agter die toiletbak, met Ma se vererangskikking op haar skoot.

Ouma moet kom eet, sê Billy-Dean, voor Ma sien die rangskikking is weg.

Maar sy wil van niks weet nie. Sy kyk nie eens op nie en Billy-Dean gaan roep sy ma. Sy ma bly lank weg en toe sy terugkom in die kombuis is sy spierwit, haar rok is geskeur en daar sit 'n stukkende pienk veer in haar hare.

Sy's aan die broei, sê sy en gaan lê in die kamer.

Almal storm badkamer toe. Van die stoeigeveg is die hele plek vol wasgoed en vere. Ouma sit nog steeds gehurk agter die toiletbak en onder haar steek 'n helse volstruiseier uit.

Drie dae lank beweeg Ouma nie van die eier af nie en die kinders maak beurte om vir haar te gaan pitte gooi. Op die derde aand maak Billy-Dean se ma sy kamerdeur oop en sê, Ma is baie lief vir jou en Ma weet jy's lief vir Ma ook, maar jy moet nou asseblief by Mrs Olivier gaan bly dat Ouma in jou kamer kan kom broei. Ma't klaar gereël. Dis darem te aardig om kamer te verlaat met Ouma agter die bak, buitendien, netnou vind die mense uit.

So gaan woon Billy-Dean toe by Mrs Olivier, werk in die garage by Mr B, teken sy prentjies, kyk deur die heining na die Slang se borste en droom van Vincent. En in sy kamer by die huis sit Ouma op die eier.

En nou, op die derde dag van Billy-Dean White se soektog na sy verlore siel, sluit hy sy oë en sien hoe sy ma 'n uur voor sy begrafnis by die kombuis instap en vir sy pa vra hoekom hy nog nie aangetrek is nie.

En sy pa sê hy's nie van plan om te gaan nie, hoeveel vernedering moet 'n man vat in een leeftyd?

Toe sit sy ma haar handsak neer op die tafel, keer die asbak om, smeer haar gesig vol as en sê, Is ek nie vir jou pragtig nie? Is dit nie vir jou 'n heerlike dag nie? Is dit nie 'n vreugde om jou vrou so voor jou te sien staan nie? Ná 'n leeftyd in die kakste huis op die dorp, met haar oudste dogter wat op negentien moet borsvoed van al die gepomp in skooltyd, en haar jongste dogter wat haar twee stywe nippeltjies die dorp vol sleep, en haar seun wat dood is oor sy hom uit die huis uit moes sit sodat 'n ou vrou in sy kamer kan sit en broei! En dan moet sy op die dag van haar kind se begrafnis in haar man se hardlywige gevreet vaskyk en wonder, WIE DRA DIE FOKKEN KIS?!!

Toe vat sy haar handsak en loop sit heel voor in die kerk en begin saggies huil toe die afgryslike Mrs B inkom met haar man se kop onder die arm. Sy huil 'n bietjie harder toe sy Mathilda die Slang sien inkom met Sagte Lucas 'n entjie agter haar. En sy huil kliphard toe sy sien haar jongste dogter het al weer nie 'n bra aan nie.

Maar sy hou op huil halfpad deur die diens toe die kerk se deure oopswaai en Ouma die paadjie afkom met 'n bondeltjie in haar arms en kliphard vra, Weet iemand wat voer 'n mens 'n volstruis?

(uit *White Soul*, Maart 1993)

Billy-Dean 7

Ek kan nie glo ek was so simpel nie.

Vandat ek verstand gekry het, weet ek al van die Engel. Ek gee hom 'n naam, ek praat met hom, ek teken hom. Twee jaar lank al het hy 'n gesig, en ek weet hoe dit lyk, maar ek sien niks raak nie.

Eers een aand, twee maande terug, is ek in die straat en Sagte Lucas staan voor die blink huis. Die ruite gooi die straatligte oor sy gesig. En toe sien ek, dis Vincent se gesig! Dis hoekom niemand hom verstaan nie, Sagte Lucas is Vincent! Dis hoekom ek hier moes kom bly, die Slang sit met my Engel! Miskien is die stories waar! Miskien hou sy hom gevange!

Nou weet ek nie. Ouma het eenkeer van die eier af gesê elke mens kry 'n teken. En ek weet Lucas is my teken, maar wat doen ek?

In die nag lees ek, En hy het die engel nie herken nie.

Ek kry nie meer geslaap nie. Ek drink my slaappille op, maar dit help nie.

Ek lees nog, Maak jouself gereed. Soos die bruid vir haar bruidegom.

Ek is by Antie Baard se lapwinkel in. Ek vra satyn, goudgeel soos die son. Antie Baard vra vir wat is dit. Ek sê vir 'n troue. Wie trou? vra sy. Ek weet nie, lieg ek, Mrs B maak die tafeldoeke. Ek dog dis pienk, sê Antie Baard en knip die satyn.

Ek werk elke nag. Ek maak die kopstuk, die veil en die sleep.

Sondag 30 Augustus 1992. Ek kan nie meer wag nie. Die oggend ná kerk wag ek vir Sagte Lucas by die hek. Hy skrik bietjie. Ek sê, Lucas, jy moet vanaand na my kamer toe kom. En Mathilda mag nie weet nie.

Hoekom? sê hy.

Want dit kan nie meer wag nie.

Kwart oor sewe, dis al donker, klop Lucas. Ek is aangetrek, die kerse brand, daar's blomme en ek sit op die bed, so half agteroor, want dit lyk die beste.

Kom in, roep ek, en my stem breek op al twee woorde.

Lucas staan in die deur.

Ek hou my stem laag, Wat kan ek vir jou ingooi? Ek weet nog nie wat julle engele drink nie.

Lucas se hand bewe toe hy die deur toemaak. Ek is nie jou engel nie, sê hy. Wat gaan op jou kop aan?

Dis vir jou, sê ek. Ek wil vir jou wys ek weet.

Weet wat? sê Lucas.

Dat jy Vincent is, sê ek, kyk. Ek wys hom die prente in die laai.

Billy-Dean, man, moenie vir jou snaaks hou nie, sê Lucas. Wat teken jy my so? En watsit met die vlerke?

Ek sê, Maar Vincent, dis hoe jy rêrig lyk! Elke keer as jy met my praat, weet ek hoe jy lyk.

Wie's jou Vincent? sê Lucas. En van wanneer af praat ek miskien met jou?

Jy's dan die Engel! sê ek. En jy hoef dit nie meer weg te steek nie, ek weet dit nou.

Wat engel jy my so? skree Lucas. Is jy snaaks, hè?

Ek sê, Vincent, maar hier's ek dan nou voor jou. Ek is nou joune, meer as ooit vantevore. Jou slaaf, jou bruid, enigiets!

Billy-Dean, hou op! skree Lucas. Jy moet 'seblief ophou!

Ek kan nie meer wag nie, skree ek, ek moet by jou wees, Vincent, heeltyd.

Dit voel skielik of my kop wil bars. My oë brand.

Sy gesig is hier naby myne, ek kan sy asem voel. Sy trane val op my gesig. Eers dink ek hy wil die veil afhaal, maar hy draai dit net om en om. Hy's baie naby my. Ek soen hom. Ek voel hoe nat is sy gesig. Maar ek kan niks meer sien nie. Hy hou my oë toe en om my nek trek hy die veil nog stywer. En nog stywer.

(uit *White Soul*, Maart 1993)

Rubber

Rubber

Een outjie, nog jonk, stywe jean, lieflike knop, gat is 'n skoonheid op sy eie, hy loop af met die pad. Kuif is gekam, een helfte netjies, ander helfte los-los in die linkeroog. Hy loop kyk-my-boude-soen-my-lek-my af met die pad. Almal lus hom, hy lus homself.

Blind van wulpsheid vat hy sy draai en loop oor die pad. Om die hoek kom 'n bus, ry vir hom pap, pap, pap. Hy lê plat in die hitte, vang sy laaste tan.

Almal staan en kyk hoe hy bak, amper soos gom.

Da-ka-da-ka-da! kom 'n voos ou kar en vang hom met die agterste rim, tel hom op soos 'n tyre, ry hom dorpuit.

Ek dink, Goed so, jou bliksem, daar gaan jy, dink mos heeltyd jou lyfie vat jou iewers.

Maar ek verlang gouer as wat ek gedog het. Ek sien die ander ook. Ons koop almal karre. Ry heen en weer, voel die bande op die teer. Ons weet dis nie hy nie, maar dis iets. So ry ons rubber.

Soos op skool, toe die Engelsonderwyser se hand op jou skouer jou gevat het, iewers tussen hemel en hel.

Buurvrou en die bruid

Die Saterdagoggend wil ek bietjie in die tuin gaan krap, maak die voordeur oop, hier's net 'n gat met 'n hek.

Ek sê, Waar's my tuin?

Kerk toe, sê 'n stem, Vroeg al.

Ek sê, Hoe kom my tuin in die kerk?

Met die familie, sê die stem. Hele lot het kom help.

Ek sê, Ag, en kan jy dalk vir my sê in watter gemeente is my tuin? Ek's so bang hy't sy kollekte vergeet.

Man, sê die stem, Is AGS.

Ek sê, Wat soek hy by die apostolies? Ek gee hom elke dag water! En van wanneer af praat ek met 'n leë gat? En waar's my posbus?!

Ek is op die punt om grootliks te amok, toe sien ek hier anderkant hover iets pienks in die lug. Ek's deur die gat hek toe, hier hang my buurvrou in die lug. Sy's geklee in 'n vuilpienk chiffondriestuk, sy hou 'n boomtak in haar arms en haar voete trap teen die Vibracrete vas, nou hang sy dwars gespan in die lug.

Ek sê, Verskoon my, dit het seker niks met my te doen nie, maar kan jy dalk vir my sê hoekom hang jy op 'n Saterdagoggend in my boom?

My dogter trou, sê sy.

Ek sê, Dankie, dit verduidelik alles.

Die tak drup gom, sê sy.

Ek sê, Lede van jou gesin drup gom.

Sy sê, Ek moet hom vashou, anders drup dit op die kar. En die balloons moet nog op. Ek trou nie my kind af met 'n taai kar nie.

Ek sê, En waar's my lawn?

Watse ma dink jy is ek? sê sy. Dis in die foyer vir die foto's.

Ek sê, En my dammetjie?

Voor die kansel, sê sy, Ons tema is *Lagoon*.

Ek sê, En my poinsettias?

Watse geloof is jy? sê sy, Dis teen die banke vir die instap!

Ek sê vir haar, Oor die hele aarde woon mense langs mekaar. Hulle groet mekaar oor die heining, hulle leen mekaar se suiker, party kyk saam TV, in die Ooste vryf hulle hul neuse teen mekaar, maar NIEMAND leen mekaar se tuin nie! Besef jy dat ek reg onder jou staan? Dat ek binne die volgende tien sekondes my kamera gaan haal en jou groot pienk gat gaan afneem en dit gaan opblaas en billboards daarvan gaan oprig op elke hoofpad sodat mense gaan stilhou en by die duisende gaan selfmoord pleeg totdat net ek en jy oorbly? En dan gaan ek jou in hierdie gat plant en kunsmis voer totdat jy my hele tuin toegroei en dan gaan ek jou stadig afsaag met 'n stomp mes. Jy't 'n halfuur, dan's my tuin terug. En nou verlaat jy my boom.

Toe stamp ek haar voete onder haar uit en die tak spring terug dat sy buidel eerste op haar voorstoep land.

Ons moet ry! skree sy.

Ek's nog lank nie klaar nie. Ek's agter haar by die huis in.

My hoed! skree sy gangaf.

Hier in die hoek van die slaapkamer sit iets in poeierblou. Ek dog eers dis die jacuzzi wat ontplof het, toe beweeg dit. Net nie die veil nie! huil 'n stem. Toe sien ek dis die bruid. Op haar kop sit my posbus. Die deurtjie is oop en langs Maitlandstraat 40 loer 'n duif uit.

Langs die bruid staan 'n seegroen strooimeisie.

Ons werk al van gister af, sê sy, Ek moet lyk soos Brooke Shields.

Ek sê, Of soos 'n cracker wat te vroeg afgegaan het.

Die bruid wieg heen en weer. Het jy die veil gebring? vra sy.

Ek sê, Nee, ek het eintlik net kom pos uithaal.

Sy vat so aan die posbus. Die duif is vir vrede, sê sy.

Ek sê, 'n Voël op jou voorkop. Kan 'n mens groter vrede vind?

Toe kom haar ma om die hoek. Sy't 'n skulp met orgideë op haar kop en agter haar sleep sy al die blou tulle in Suid-Afrika.

Net nie dit nie, huil die bruid.

Sit stil, sê haar ma en buk vooroor en toe sy klaar is toe sit daar 'n gletser in die hoek.

Ek sê, Het julle pikkewyne ook?

Honde, sê die cracker, Is 'n polisietroue.

Ek kan niks sien nie, sê die bruid.

Wat wil jy sien? sê haar ma, Hy's 'n sersant! Ek trou jou in die range op, hulle trek vir jou 'n saluut van die sypaadjie af met elke van in die dorp en jy sit en ruk jou op! Wat wil jy van my af hê?

Ek wil by die huis bly, huil die bruid, Nog vir lank!

Die kerk is net geboek tot vanaand, sê Brooke Shields.

Ek sê, Blou bruid, jy hoef nie te trou nie.

En hy't so 'n mooi snor! sê die ma.

Ek sê, Trou hom.

Toe start daai bruid haarself op en trek stoep toe.

Wat gaan die mense van my dink? skree haar ma.

Hulle dink niks, skree die bloue, Dit weet ek van lank af! Toe ek tien was toe staan ek hier en toe sien ek die eerste keer oor die heining.

Ons kyk almal oor die heining. Voor ons lê die dorp en al die huise van almal wat ons so goed ken. En voor elke huis is 'n gat.

Sien julle, sê die bol net, Hulle wag nie vir swembaddens nie. Hulle sleep alles kerk toe en trou iemand af. Dan bou daai een 'n huis en krap 'n gat oop en nog een trou af. En dit traak my nie, almal kan vir ewig woon in lelike dorpe, maar ek loop nie eendag padaf en dink daai gat is myne nie. Nie vir 'n snor of 'n saluut nie en ook nie vir Ma nie.

Toe haal my buurvrou haar skulp af en gaan lê in die kamer.

Daai aand is dit volmaan en al die vans is weer op diens en ek en die bruid begrawe die rok in die gat en pak die lawn bo-op.

So bly ek op my eie en as mense verbyry dan sê hulle, O, maar jy't 'n mooi tuin.

Dan kyk ek oor die heining en ek smile, want ek weet my gat is toe.

Buurvrou en die bus

Twee dae nadat ek in Verwoerdburg ingetrek het, ontdek my buurvrou mens kan goed leen. Sy's medies ongeskik, want sy bewe, maar niks van afslack nie, sy's aktief. Dis senuwees, kort-kort in trane, daai onderlip wil net moed opgee, maar daai klokkie lui, dan's dit net, Ag ek het gewonder, en daar gaan ons weer.

Dis Saterdagoggend, klokkie lui, ek het die vorige aand 'n show gehad, twee van die ushers is nog in my kamer, ek sê, Lê nog bietjie, ek sal gaan kyk.

Kry vir my 'n handdoek. Hier staan sy weer, vryf die handjies, bewe haarself halfpad uit fokus uit, trane sit net hier.

Het jy vir my 'n helmet? sê sy.

Ek sê, Gaan jy weer kondensmelk kook?

Nee, sê sy, Ek wil dorp toe met die bus.

Ek sê, Nou wat met die helmet?

Higiëne, sê sy.

Ek is by die kas in. Ek het net 'n fondue set, sê ek.

Is fine, sê sy en sit dit op.

Ag, wil jy nie saamkom nie, ek raak so nervous. Passasiers maak my vreeslik agterdogtig.

Nou staan en dink ek aan die tweetjies wat wag, en aan my ma wat altyd sê van jou naaste. Maar my ma wen altyd.

OK, sê ek, Ek trek net gou aan.

So ry ek toe bus vir die eerste keer, langs my sit liggeel pinafore met die helmet en 'n mandjie. Ons is op die highway, verby Unisa, en net toe die bus die afdraand vat, hier staan my buurvrou op, loop vorentoe en maak haar mandjie oop. En toe kry my metabolisme 'n permanente knak.

It's showtime! skree sy en gooi 'n baksteen onder die briek, en daar gaan ons.

Ek sê, Is jy mal?

Vandag, skree sy, is daar geregtigheid op hierdie dorp!

Die busbestuurder is te besig om die verkeer en ander bekende bakens te mis om by die briek uit te kom. Nes hy wil buk, slaat sy vir hom wap! met die mandjie.

Ek is by die agterste ruit besig om die pram wat ons by die putt-puttbaan gehaak het, los te maak, dis vir my so hartseer, ek kan al klaar sien die tweeling binne-in gaan eendag leerprobleme hê en die regses join.

Met dié is ons deur Sunnyside se Kentucky, die twee queens in die toilet wil net begin afterglow, toe sit hulle op straat.

Intussen het ek begin om my kleingeld onder die armes op die bus uit te deel en 'n gelofte gemaak om nooit weer buite die huwelik te verkeer nie, as ek net gespaar bly.

Alle oë na voor! skree my buurvrou, Hier's ons nou!

Toe ry die brieklose bus deur 'n tiekiebox, in by 'n voorportaal, dwarsoor ontvangs en die meegaande personeel, deur 'n muur en toe sien ons net hoe verdwyn 'n vaal man met 'n computer en 'n lessenaar, en toe staan ons tjoepstil.

My kaartjie is nog tot in Wonderboom-Suid, sê die vrou voor my.

Man, klim net uit, sê my buurvrou.

En toe sien ek sy't ophou bewe, die helmet is af en daar staan sy met 'n lieflike blos.

Stoot mos my huur op vir niks, sê sy, En kyk hoe lyk hy nou.

Ek sê, Maar hy mag mos, dis mos sy plek.

Ja, hy mag, sê sy, Hulle mag almal. Word mos in die botter gebore, almal van hulle, is niks anders gewoond nie, en dan moet ons hulle daar hou. My kind wil ook loop leer, met wat? Dis net dié wat klaar gevreet is wat mens moet bly volstop. Nou sê ek vandag vir jou, jy kry vir jou 'n helmet en fuck them all.

Toe gaan loer sy onder die bus in.

Shame, sê sy, Kyk hoe plat is hy nou.

Buurvrou en die trollie

Die Saterdagoggend kom ek by Woolworths aan, dis tjoepstil. Daar's honderde mense, maar niemand beweeg nie. Ek vervies my oombliklik. Kyk, ek weet ek is famous, maar hierdie is nou heeltemal onnodig.

Ek vat 'n mandjie, niemand beweeg nie. Almal se oë staan stokstyf. Ek sit die mandjie neer, ek sê, Kry julle nooit genoeg nie? Nou maar kyk dan.

Sjjt! sê 'n man, Die ding gaan spring!

Ek sê, My skat, vir my koop jy eers blomme voor dié ding spring.

Skrik julle moffies dan vir niks nie? sê 'n vrou, Hier staan ons voor die einde.

Ja, sê die een langsaan, Hier kom hy nou, die ding met die koppe.

Ek sê, Man, dit lyk net so, ek koop altyd my jeans te klein.

Nou maar kry jy ons dan hier uit, sê die vrou en loer om die rak.

Ek loop om. Hier sit my hele buurvrou in 'n trollie. Sy's bloedrooi in die gesig en sy wikkel so vorentoe.

Stoot my, sê sy.

Ek sê, Nee, ek is 'n Christen.

Man, die wielietjie is gedraai, sê sy, Kry my net aan die gang!

Wat soek jy in die trollie? vra ek.

Hulle bly vat my goed, sê sy.

Sy lieg! skree die mense.

Ek sê, Vir wat sal hulle jou goed vat? Die rakke is vol!

Sy hou sommer op wikkel. Ken jy mense? sê sy, Die goed soek mos net wat klaar gevat is, kan nie hulle hande afhou nie.

Lieg, lieg, lieg! skree die mense.

Ek sê, Dan roep jy die manager.

Ken jy die manager? sê sy.

Ek sê, Ja, en hy's pragtig.

Hier kom die manager aan.

Ek ken vir jou, sê my buurvrou.

Ek sê, En jy's nog mooier van naby.

Dankie, sê die manager, Ken jy dié vrou?

Ek sê, Dis my buurvrou.

Vat sy jou goed ook? skree die mense.

Sy kom nie in my huis nie, sê ek.

Wel, sy kom hier, sê die manager, En dis kort-kort se ding, die goed bly verdwyn.

Ek sê, Nou maar wie vat wie se goed?

Almal! skree my buurvrou, Uit my trollie uit!

Lieg! skree die mense.

Is haar rok, sê die manager, Die ding lewe!

Ek kyk my buurvrou. Gebruik jy nie Sta-soft nie? vra ek.

Aan wie se kant is jy? skree sy.

Ek sê, Ek soek net 'n hoender vir môre, nou sit jy in die trollie met 'n lewendige rok! Is jou kamerjas besig om karre te steel in die parking lot? Was jy die goed met steroids, of wat?

En toe, voor sy my kan antwoord, gee die rok 'n nies en sê, Ekskuus tog.

Shame, sê my buurvrou, Sy kry seker bedompig. Is jy orraait? vra sy en kyk by die collar in.

Toe's die manager in my arms en die res huil oop en bloot.

Ek sê, Jy moet die ding laat skiet!

Onbeskof! sê my buurvrou, Sy's my suster!

Ek sê, Van waar?

In my rok, sê sy.

Ek sê, Weet jy wie's Murray Janson?

Man! sê sy, Dis al hoe sy bietjie uitkom. Dagin en daguit sit sy in die kamer.

Ek sê, Is dit Siamees?

Is haar oë, sê sy, kan nie lig vat nie. Ses jaar terug, kom by die huis, kry nie die sleutel in nie, buk by die gat, anderkant lê haar man wydsbeen met sy beste vriend. Toe kry sy die flikkers. Sit soos 'n mol.

Ek sê, Nou steel sy by Woolworths. Wie probeer sy terugkry?

Ek wou sê iets krap, sê my buurvrou. Druk haar hand voor by die rok in en haal die chips-papiere uit.

Ons moet praat, sê sy vir haar suster en klim uit die trollie uit.

En soos hulle uitstap en die mense begin weer shop, so druk die manager my nog stywer vas.

Jy verstaan mos, sê hy, Ek kon dit net nooit oor my hart kry om haar te vertel nie.

En ek bly maar stil en elke Sondag eet ek my hoender, want ek kry dit verniet.

Buurvrou en die bootjie

Saterdagoggend wil ek bietjie in die tuin gaan krap, maak die voordeur oop, hier sit my buurvrou op die sproeier. Die rok is nat, is net seep en bloed, hare is vol glas.

Ek sê, Was ontbyt bietjie rof ?

Bly uit die wasbak, sê sy, Bly net uit die wasbak.

Ek sê, En dankie dat jy so betyds kom sê. Ek het juis Saterdae so 'n ding vir die wasbak.

Haar oë gaan al in die rondte. Space-mannetjies, sê sy, Hulle's in die pype. Kom orals uit.

Ek sê, Maar gaan fokken snap in jou eie tuin.

Proppe help niks! skree sy, Hulle skiet dit af met space-bommetjies! Wakka!

Ek sê, Klim af van my sproeier af. Die pyp gaan bars.

Help niks, skree sy, Hulle kom net weer. En dan bring hulle nog. Is oorlog-space-mannetjies. Die bure anderkant het ook. Gys en Messie hier agter het al padgegee Kaap toe. Met die trein. Hulle was in die kar ook, in die tenk, skrik vir niks.

En toe staan die drukking op tien en die hosepyp maak 'n bol en lig my buurvrou dat sy in die driveway land. Space-bommetjie! skree sy.

Ek sê, Uit my jaart uit.

Ja, sê sy, Hier's hulle nou. Nou't jy ook.

Ek sê, Ek het niks. En jy het niks.

Sy's langsaan om die hek, ek's agterna. Waar's jou kind? sê ek, Vir wat sit hy jou nie in die bed nie!

Die seun is in die polisie, hier staan hy wydsbeen in die gang. Sopnat, dis net seep en bloed, hare is vol glas. In my broek, sê hy.

Ek sê, Man, voertsek, dis heeltemal te skielik.

Sy oë gaan nes sy ma s'n al in die rondte. Mamma! skree hy, Haal dit uit!

Ek sê, Julle's walglik!

Haal jy dit uit, sê die buurvrou vir my.

Ek sê, Nee, nee, nee! Ek het al genoeg seergekry.

Die seun gryp sy broek. Hoor daar! skree hy, Hulle praat met die klomp in die kombuis! Hulle gaan skiet!

Poep! skree die buurvrou, Boetie, poep hom dood!

Dit was nou die laaste, sê ek.

Dis wat jy dink, sê my buurvrou, Die kombuis is nog vol.

Ek's om die deur. Hier in die kombuis sit die huishulp met 'n bak Weet-Bix. Die hele plek is sopnat, daar sit kos teen die mure, die vloer is toe onder skottelgoed.

Hulle't nog 'n dogter ook, sê die huishulp vir die Weet-Bix, Sy's ook in die polisie.

Ek sê, Met wie praat jy?

Comrade X, sê sy.

Hier in die Weet-Bix sit 'n klein duikbootjie met 'n ANC-vlag.

Ek sê, Is dit 'n kompetisie?

Viva, skree die duikbootjie, Gee ons net water, ons sit vas.

Kom die seun om die deur. Mamma hang in die garage, sê hy.

Ek sê, Nat konstabel, gaan haal haar af, ons is besig.

Hulle's kwaad vir my, sê die huishulp, Ek het twee ingesluk.

Ek sê, Nou kyk jy nie waar jy eet nie?

Mens mag net een sluk, sê sy.

Ons moet beweeg, sê die duikbootjie.

Ek slaan hom klak! met die lepel. Sit in jou pap, sê ek, Niemand beweeg voor hierdie plek skoon is nie.

Hier gaan die bootjie oop, klim net 'n klein mannetjie uit.

Vuil sal dit bly, sê hy, Vrot binne en vrot buite.

Ek sê, ANC-space-mannetjie, ek wiks jou weer.

Jy kan niks meer doen nie, sê hy, Ons is oral. Ek is 'n Viva-soldaatjie en ek veg vir die waarheid en jy's volgende.

Ek sit hom op die lepel. Ek sê, Ons weet almal van die Truth Commission en hoe hulle apartheidsmense jag op die TV. Daai Truth-minister was op die nuus, toe sê Freek Robinson mense met letsels kan inbel vir 'n refund, wat net reg is, duisende mense is deur 'n leeftyd van pyn, en moenie net kom met townships nie, op Mosselbaai moes ek in die skulpwinkel sing oor die kerksaal KP was. Nou kom vaar julle met speelgoed in mense se pype en pap rond. Dink jy ek gaan op die sproeier loop sit met 'n skuldige gewete net oor jy die buurvrou op hol het? Van my weet jy en die Truth-spul niks. Fok terug in jou pyp en gaan doen iets met jou lewe.

Daai mannetjie wip vir hom twee duim hoog op die lepel. Ek het my planne gehad, sê hy, Maar mense doen net wat hulle wil. Hulle krimp vir jou, hulle druk vir jou morsdood, jy kan nie help waar jy is nie. Jy sit met jou pa, jy sit met jou ma, loop kla jy by die skool, hulle glo niks, loop kla jy by die huis, hulle glo niks. Die een fight daai een en daai een loop fight weer 'n ander een en daai een kom fight vir jou en jy kan nie help waar jy is nie, jy word net kleiner en kleiner.

Mens mag net een sluk, sê die huishulp, As hy eers in is, is dit verby. Hulle sien alles.

Ma sit in die kar, sê die seun om die deur, Sy't 'n pyp in die exhaust.

Ek sê, Loop ruik saam.

Gaan hy skiet? sê die seun.

Jy kan maar vergeet, sê die huishulp, Niks bly geheim nie. As jy jou bek oopmaak vir asem, dan praat hulle. Sommer hier verby jou tong.

Sluk jy? sê die seun.

Ek sê, Net in verhoudings. Gaan sê koebaai vir jou ma.

Sien jy? sê die soldaatjie, Die kak lê altyd by die huis. Ons ken almal, jy hoef nie oorlog toe te gaan nie. Jy moet net kyk.

Ek kyk mos, sê ek.

Sluk my, sê die mannetjie.

Ek sê, En dan wat?

Dan help ek jou kyk. En as jy nie praat nie, dan praat ek.

Ek sê, Maar jy mag nie skiet nie, en jy hou jou vriende uit my pype.

Ek moes kleintyd geskiet het, sê die mannetjie, Dan was ek nou groter.

Toe sluk ek die Weet-Bix en die Truth-duikbootdingetjie, want dit word laat en ek gaan huis toe en trek my costume aan. En as ek shows doen dan staan die mannetjie reg voor op my tong.

Partykeer skree die mense, Vullis en Boe, maar ons staan kierts-regop en sing.

Koor

Soos die verkiesing nou klaarmaak, so besef die vooroorlogse in-stansies hulle moet ook nou shape om aan die gang te bly, maar nie te veel nie, so bel hulle vir my, want ek is mos nou half tussenin. Nou bel hulle, man, kak wat nooit naby my wou kom nie.

Lui die foon, ek sê, Môre. Hier sit 'n diep stem op die lyn, sê hy's van die Afrikaanse Stigting.

Nou sit 'n mens mos die foon neer. Maar ek sê vir myself, as hierdie man lyk soos sy stem, kan mens mos maar hoor wat hy wil hê.

Nee, sê hy, Kan hy my kom sien, sommer vandag.

Ek sê, Oo, ek het 'n paar goedjies, maar kom sewe-uur.

Halfsewe maak ek die voordeur op 'n skreef, dim die gang, tap die bad, maak skuim, gooi wyn in, nou's ek en die g-string in die water.

Tien oor sewe, ek begin net goed rimpel, hier gaan die klokkie af. Ek's net Mae West, vat nog 'n slukkie. Ghoef, slaan die voordeur toe. Dis tjoepstil, hy's nou seker in die gang, ek plas bietjie dat hy kan rigting kry.

Naand, sê die man om die hoek.

Ek sê, Hoe vang jy my nou onkant. Kan dit al sewe-uur wees ?

Ag jammer, sê die man.

Ek sê, Sit sommer hier wat, ek is nou in die water. Wil jy ietsie drink?

Nou sit hy op die rand, ek gooi vir hom 'n wyntjie, kers vang hom reg van voor. Snor op die lip, ken is onder baard.

Ek dink, Nataniël, kyk hom in die oë.

Ons by die Stigting doen allerhande goed, sê die man.

Ek sê, Wragtag.

Ja, sê die man, Dit gaan oor 'n koor.

Ek sê, En daar is niks fout met jou stem nie.

Nee, sê die man, Dis nie vir my nie, ons gaan een stig.

Ek sê, Stig julle baie goed?

Ag, ons doen wat ons kan, sê die man, Hier 'n fonds, daar 'n trust, maar ons soek nie erkenning nie.

Nou weet ek dis tyd.

Ek roer so in die skuim, laat sak my oë en toe sê ek saggies, En ek? Waar pas ek in?

Die man gooi sommer nog wyn in, nou weet ek hy's nervous, maar ek speel my hand. Gently bombardeer ek hom verder. Spanning is so magtig, fluister ek, Dit oorweldig jou net en dwing jou na wie weet waar.

Ons gaan na al die gevangenisse, sê die man.

Vang my vas, sê ek.

Nee, sê die man, Wat ons nou stig, is die Amnestie-koor.

Ek sê, Bandiete?

Ja, sê die man, Hulle kry mos nou almal amnestie. Maar ons vat net die beste.

Ja, sê ek, Mens moet vat wat jou kant toe kom. Stig 'n koor, stig 'n brand.

Wat moet hulle nou doen? sê die man. Party sit al jare, kan nie net begin werk nie, en musiek is so helend.

Ek sweet sommer in die water. Ek sit my nat hand op sy been. Ons kyk mekaar in die oë.

Ek vra weer, sê ek driftig, Wat van my?

Jy doen mos bietjie van alles, sê die man.

Jy's 'n digter, sê ek.

Jy kan mos raak vat, sê die man.

Ek sê, Jy praat in verse.

Ons het jou te lank onderskat, sê die man.

Ek sê, Fok Langenhoven, fok almal.

Vat die koor, sê die man, Laat hulle sing, uit hulle kele.

Ek sê, Soos Cutt Glas! Volksmusiek, jazz, blues, pop!

Bietjie van alles, sê die man.

Bietjie van jou, sê ek, Bietjie van my.

Ek is naak. Ek slaan my g-string voep! op die water, voep! teen die bad.

Ek sê, Stigtingsmannetjie, wat sê jy vir my? Sê jy vir my ek moet perform met 'n galei van diewe, moordenaars, ontvoerders en verkragters?

Skielik gly hy. A cappella! gil hy. Hy's in die water. Blommetjie gedenk aan my! borrel sy mond. Ek is bo-op hom. Thank you for the music! maak die borrels.

Ek's klaar ingepak toe hulle die Stigtingsman uit die bad uit kom haal.

Net 'n paar goed, want hulle gee vir jou klere. Nou lyk ons

almal dieselfde, maar ons mind nie, ons weet ons is klaar 'n koor.

Ons oefen kliphard, party goed in stemme, party goed saam. Die dag as hulle ons loslaat, perform ons oral. Ons weet wat ons gedoen het, mense kan maar skree, Vullis en Boe. Ons staan kiertsregop en ons sing.

Orrel

Waar ek vandaan kom, was daar 'n man wat nooit getrou het nie. Hy't elke dag net so in die pad afgekom dan't ons hom dopgehou in case dit gebeur. Eers maak sy oë so pap en sy mond raak soos 'n speed cop, stokstyf en blou, en dan kom dit. "Hoe groot en magtig oorweldig my die klank van die orrel."

Dan hardloop ons en hou hom vas en vryf sy rug en sê, Voel Oom beter?

Partykeer as dit baie warm was en daar's nie weerstand op die dorp nie, sommer twee keer per dag. "Hoe groot en magtig oorweldig my die klank van die orrel."

Hardloop ons.

Sondae was die ergste. Ons sit almal op 'n ry. Dié van julle wat al in 'n kerk was, sal weet daai tyd het elkeen mos sy eie plek gehad en as daai plek oop was dan't hulle geweet wie. Maar nie ons nie. Ons is almal daar vir die sideshow. Heel teen die kant, net agter die bank met die earphones, sit die man. Buig eers die hoof, sit sy kollekte neer, dan kom die twee hoofouderlinge, Meneer Brynard van die spesiale skool en jags Oom Fick en dan strap hulle vir hom vas.

En familie wat kuier van die ander dorp af raak dan heel op die rondskuif, watsit nou, ons sê niks. Maar laat die orrel net die eerste noot gee, dan gaan daai man homself tegemoet. Hy slaat apostel in daai bank, dit krul en skuif, dit snik, dis 'n gemoan, pelvic thrusts, sy hare is later nat. En laat die orrel net klaarmaak, ffpp, slap in die strap.

Die mense het gepraat oor die man, want die res van die tyd was daar met hom niks verkeerd nie. Party het gedink dis oor die orreljuffrou wydsbeen speel, want sy't oor die pos geleer. Baie het gesê hulle moet hom inspuit, hy soek net aandag en 'n paar het gesê hy's werklik vervuld.

As hy was, was hy nie al een nie, Sondag vir Sondag het ek in daai bank gesit en ek het geleer hoe lyk sweet op 'n man.

En toe op 'n dag, die kollekte is al verby die bleek Willemses hier agter, orrel is oop-en-toe op pad klimaks toe met een van Wydsbeen se Unisa-stukke, hier gaan die krag af, orrel gee net 'n sluk.

En onthou vir 'n dorp vol vuil gedagtes is stilte 'n groter skok as 'n los bom. Ons skrik vir ons rein.

Asem, snik die geheimsinnige, nat, gestrapte man. Water en lig, snik hy.

Kom pomp die ding, sê die orreljuffrou.

Oom Fick is oor die balkon.

Kyk hoe gloei die malle, sê een van die Bosman-susters.

Maak los die strappe! skree Antie Henning van die koshuis.

Heel agter sit blinde Oom Emsie in met vers 2 van "O, eensaam, eensaam woestyn".

Toe gooi die man sy kop agteroor en toe kan ek dwarsdeur hom sien tot by die anderkantste strap.

Weg, skree Antie Henning, Weg is hy!

Mense hou mekaar vas en huil skaamteloos. Oom Emsie sing nou so hard, niemand kan met mekaar praat nie.

En toe gaan die krag aan.

Speel! skree die mense.

Die juffrou maak haar bloes toe en druk die eerste akkoord af. Daar's niks.

Is my blindgeid nie genoeg nie? skree Oom Emsie. Vat alles! Laat my wandel in die nag!

Orreljuffrou druk, maar dis tjoepstil. Dit maak net so ghoef! of die pype vol is.

Daai aand het ons 'n buitelugdiens, die mense voel te aardig vir binne.

Die hele kontrei se pype is vol, oral sing mense alleen, soos by die Groot Trek, stadig en depressed. Maandag sit almal orders in vir orrels, hulle mis die man, hulle ken niemand anders wat tekere gaan nie, niemand wat kan moan nie. Ons sit buite, niemand kom padaf nie.

In standerd 8, toe's my bene lank genoeg. Nou neem ek orrel.

Ek oefen elke dag, loop verby die straps, op met die galery. Sit die orrel aan, daar's niks. Dan wag ek bietjie tot hy weet dis ek, dan maak hy die pype oop. Ek weet mens oefen aparte hande, maar ek trek daai ding oop, hy's in die straps, ek is wydsbeen, en ons kry so lekker, g'n mens sal ooit naby dit kom nie.

Sondae sit hulle nog steeds buite.

Dan sing hulle. Heel aardig en vals.

Dan staan Oom Emsie kiertsregop en hy skree, Laat my wandel! In die nag!

Harige Hilda

Ek weet nie of die mense mal is of wat nie, Kersfees het mos sy eie storie.

Maar reg rondom die wêreld is daar allerhande sprokies en legendes oor Kersfees. Die enigste een wat vir my mooi is, is 'n ware verhaal, die verhaal van Harige Hilda.

Jy weet mos, as iemand wat jy ken 'n kleintjie kry, dan gaan jy mos hospitaal toe met blomme en 'n bababaadjie om geluk te sê, en dan wil hulle mos die kleintjie vir jou wys dat jy kan sê, "O, dis mooi" en "Mens kan sommer sien na wie trek hy" en so, en dan lig hulle daai kombersie op en dan lê daar 'n ding met rooi bulte en geswelde oë, party is mos so geel om die neus en dan't hulle sulke klein knoppies.

Van geboorte af, klein Hildatjie had it all. Dit was die grootste, lelikste baba wat 'n mens jou kon indink. Die kraamsuster het haar goed toegedraai en by haar ma loop los. Een keer per dag het hulle 'n skoon doek by die kamer ingegooi en verder wou g'n mens ooit weer naby kom nie. Buiten haar naam erf sy toe nou nog van haar ma se kant af die tipies Duitse gestalte wat sorg dat sy van kleins af massief is met 'n oorweldigende neiging tot harigheid.

Hildatjie het geweet daar's fout, maar sy het onverpoos probeer maatjies maak, die gespot verdra, haar skoolwerk gedoen en dapper geglimlag. En toe in sub B voer die skool *Aspoestertjie* op en almal moet deelneem en die juffrou het nie 'n benul wat om aan te vang met die reusekind nie en besluit toe maar op die ou end hulle maak haar die vark in die slottoneel. Draai haar toe in pienk papier met 'n tennisbal in die mond en toe Aspoestertjie trou en die bal begin, dra hulle vir haar op met 'n silwer skinkbord, maar die ses kleintjies onder die skinkbord is net in sub B en die vark is groot en so beland Hildatjie toe gesig eerste op die tafel en sluk die tennisbal in.

Gordyn sak en haar ma het haar daar weg om die bal te gaan uithaal, maar van die Tweede Wêreldoorlog af weet ons almal van die Duitse gestel, daai tennisbal is verteer lank voor hulle by die huis aankom. Net Hildatjie het glad nie gehuil nie, sy't skielik geweet sy's vir iets bestem.

By die dag het sy eensamer geword, maar Hildatjie het haar dierbare self gebly, en in haar binneste was die tennisbal aan die woel. En toe op twaalfjarige ouderdom, toe al die meisietjies met hulle eerste bra's rondloop, toe sit sy agter in die klas met 'n grasgroen snor.

Die kinders was histeries, die dorp was in rep en roer en haar ma was na aan waansin. Sy het vir Hilda gesleep van dokter tot dokter, sy't haar geskeer drie keer per dag, sy't haar tot by 'n tapytplek gehad, maar Hilda se harigheid het net weelderiger en groener geword.

Harige Hilda het deur alles niks gesê nie. Sy't geweet sy's vir iets bestem.

Maak klaar met skool en skryf in vir universiteit. Universiteit laat weet hulle's glad nie ingerig vir harige groen persone nie, sy sal iewers anders moet regkom. Harige Hilda doen aansoek vir werk. Werk laat weet volgens beleid word harige groen persone slegs toegelaat as hulle reeds versekering het.

Hilda doen aansoek vir 'n polis, hulle laat weet daar is wel dekking vir harigheid, maar hulle spesialiseer glad nie in groen nie.

En so ontdek Harige Hilda haar roeping. Sy spring weg en doen aansoek by universiteite, kolleges, technikons, klubs vir eensames, kerke, politieke organisasies en enige maatskappy wat sy kan opspoor. En so ver sy gaan, word nuwe dinge uitgevind. Heel eerste ontdek hulle diskriminasie. Dié werk toe so goed hulle vind toe sommer vooroordeel ook uit. Toe kom skynheiligheid. Burokrasie word uitgevind en onmiddellik tot 'n hoogtepunt gevoer.

En toe die pers te hore kom van hierdie hele ongelooflike sosiale struktuur en uitvind wie is verantwoordelik vir dit alles, laat hulle vir Harige Hilda kom vir 'n foto. Hilda kam haarself op haar mooiste, loop sit, haal haar dierbaarste smile uit en die fotograaf druk die knoppie. En toe die flash afgaan, is Hilda missing. Daar's net so 'n groenerige skynsel. Fotograaf loop ontwikkel die foto. Daar's net 'n groot kol, soos wanneer mens in 'n helder lig afneem.

En elke jaar as jy so afloop met die straat en kyk na die liggies, met elke flash kan jy maar weet hulle't weer iets uitgevind. En jy kan maar weet daar's weer iemand missing.

En dan weet jy ook ons hoef nie te wag vir Kersfees nie. Die engele loop heeljaar. En hulle kom in alle kleure.

Kersfees

My eerste Kersfees weg van die huis af was iets verskrikliks. Daar's nie geld vir grappies nie. Dis net ek en die matras en die braaipan.

Maar dis ék wat besluit het, skop op, ek het nie 'n graad nodig om myself te bewys as volwasse individu nie, so ek kan nie nou huis toe hol en onder die boom gaan huil nie, ek moet my ding doen.

Maar nou't ek darem ook geleer van gee en jy sal ontvang, dis Oukersdag en pleks van hier sit en depressed raak, kan ek ten minste iets doen om my naaste te vertroos soos die Royal Family maak op die TV. Ek sit af hospitaal toe.

Klim van die bus af, loop deur die tuin ingang toe en net toe ek die eerste trappie wil klim, besef ek vir die heel eerste keer in my lewe ek is nie Prinses Diana nie. Wat de hel kom soek ek nou eintlik in hierdie hospitaal?

Wie op aarde soek 'n bemoedigende handdruk by 'n pienk ding met 'n swart kaftan? (En daai tyd het ek nog 'n Afro ook.) Ek meen, tot vandag toe stap ek nie by 'n vreemde man se kamer in as ek nie sy pyndrumpel ken nie.

In die kraamsaal lê daar dalk hierdie hoogswanger vrou, for all I know het haar water al in November gebreek, maar sy knyp dat sy bars, want die hele familie hoop vir 'n Kersfeesbaba, nou stap ek in, daai vrou pop mos dat hulle die bybie gangaf moet loop soek.

Ek kan ook nie die plek vol mince met 'n lekkergoedtrollie nie, mense sal dink dis 'n sirkusbeer op 'n trapkar. So wat nou?

Ek loop sit op die trappie. Hier langs my is so 'n geroeste geut wat van bo af kom. Nou sit en dink ek. Daar moet tog iets wees wat ek kan doen.

Ghoeps! val 'n druppel by die geut uit. Eers kliek dit glad nie by my wat soek 'n druppel in die geut in die middel van die somer nie.

Ghoeps! val nog een. Ek kyk teen die muur op.

Ek's lief vir jou, sê die geut.

Ek sê, Voertsek, jy ken my nie eens nie.

As ek jou net kan sien, sê die geut.

Ek dink, OK, loop staan op die lawn. Ek draai eers diékant, dan daaikant.

Ek sê, Kan jy nou sien?

O, ek het jou lief, sê die geut.

Ek sê, Wil jy agter ook sien?

Twee oumense kom by die deur uit.

Die mowwe is almal mal, sê die vrou en gee my 'n vieslike kyk.

Jy's ontsettend onbeskof! sê ek.

Hou my net vas, sê die geut.

Ek sê, Nee, sies man, die mense praat al klaar.

Kom jy? skree 'n spierwit nurse skielik agter my.

'n Ambulans hou stil en hulle ruk 'n stretcher daar uit. Wat op die stretcher was, weet ek tot vandag toe nie. Óf 'n rugbyspeler, óf die grootste bloedklont op aarde, maar daar's nie tyd vir vra nie.

Hou vas! skree die nurse en druk die drup in my arms. Vinnig, vinnig! skree sy.

So hol ek saam met die stretcher die hospitaal in, op met die lift, tip die klont op 'n bed en hang die drup op.

Was jy al by die geut hier buite? vra ek vir die nurse.

Ekskuus tog? sê sy.

Ek sê, Gaan staan net bietjie daar.

Het jy koors? vra sy.

Ek sê, Iemand moet net gaan kyk.

Help! skree die nurse gangaf, Hier's nog een!

Ek sê, Jy hoef nie vir almal te vertel nie.

Hier kom 'n dokter aangevlieg. Het jy 'n mediese fonds? vra hy.

Kyk hoe sweet hy, sê die nurse.

Trek af jou broek, sê die dokter.

Julle's almal dieselfde! skree ek.

Moenie worry nie, sê die dokter en druk die naald in, Jy's nou veilig.

Donkernag kom ek by. Dis tjoepstil. Ek lê in hierdie piepklein kamertjie, wit jurkie aan, papiertjie om die arm.

Maar ek's dronk in my kop. Waar's die boom? skree ek.

Dis tjoepstil.

Waar's my presente? skree ek.

In die deur staan twee spierwit engele.

Die malle is wakker, sê die een.

Ek sê, Watter liedjie gaan julle nou sing?

Hou jou bek, sê die ander een, Ek sit jou uit.

Hy gaan die hele nag raas, sê die eerste een, Ons beter die naald loop haal.

Nou weet ek, ek moet hier uit. Slinger venster toe, maar dis op die boonste verdieping.

O, ek's lief vir jou, sê die geut hier langs die venster.

Ek sê, Dis alles jou skuld. Help my nou.

Hou net vas, sê die geut.

Ek's uit by die venster, klim die geut tot op die dak, my hart klop op my voorkop.

Boetie, is dit jy? vra 'n stem.

Ek skrik my hele jurkie nat. Voor my lê 'n ou vrou met 'n gipsbeen.

Ek sê, Wat maak Antie op die dak?

Dis Krismis, sê sy.

Ek sê, Ja, maar die skoorsteen is aan die ander kant. Kan ek saamspeel?

Ek wag net hier, sê die ou vrou.

Ek sê, Antie moet afklim!

Soek my eie bed, sê sy, Hulle vat my nie weer nie. Hulle steek jou weg!

Ek sê, Vir wat?

Oor Boetie my kom haal. Hulle weet hy kom vir Krismis. Met die kleintjies en al. Boetie't 'n nuwe kar ook. O, ek's lief vir jou.

En sy huil 'n traan by die geut af.

So sit ek toe my eerste Kersfees van die huis af op die dak en wag vir Boetie. Maar daar kom niks.

Volgende oggend is ek en die ou vrou van die dak af. Sy lê weer met haar been en ek loop die straat af. Ek worry nie meer oor die mense nie. By elke geut gaan ek staan, dan sê ek saggies, Geseënde Kersfees.

Wie't gehelp

Ek's op universiteit, hier bel my ouma.

Ouma't gedink jy kan nou nie so aangaan sonder 'n kar nie, met die gebus en getrein weet mens nie meer nie, deesdae is dit enige ding wat opklim, netnou lol hulle daar met jou, jy weet die kondukteur is ook nie altyd byderhand nie, en jou goed is altyd so mooi gestryk. Nou't Ouma gedink jy moet loop kyk vir 'n tweedehandse karretjie, dan lui jy vir Ouma dat ons 'n geldjie kan deurstuur.

Nou kyk, ek loop omtrent elke dag verby die garage, ek weet wie werk daar. Ek raak so opgewonde, vergeet amper van die kar. Ek werk myself daar in 'n jean in wat laas in standerd 7 gepas het, bootse en 'n wit hemp, so half sigeuner. Sit af garage toe. Daai jean sê net, Kyk wie's hier.

Kom by die garage, daar's g'n mens nie, net 'n ou vrou met 'n optelmasjien.

Ek sê, Waar's die een met die shorts?

Af, sê sy.

En die een met die kettinkie?

Af, sê sy.

Ek sê, Hoeveel kos 'n tweedehandse karretjie?

Duisende, sê sy.

En 'n klein tweedehandse karretjie?

Duisende.

Ek loop soek die goedkoopste een, maar die een is so duur soos die ander. Die jean maak al hoe seerder, wil net loop, hier staan so 'n kleintjie, net twee sitplekke.

Ek maak die deur oop.

Kan ek kyk? vra ek.

Voel hom, sê die ou vrou.

Nou klim ek in. Maar dis so klein jy moet die anderkantste deur ook oopmaak om in te kom, dan tel jy drie en klap albei gelyk toe en dan wag jy tot die ergste duiseligheid oor is.

Waar's die starter? vra ek.

Onder jou knie, sê die vrou, Jy moet start voor jy inklim.

En die gears?

Hy't net eerste, sê sy, Die plek was op.

Nou hoe ry 'n mens? vra ek.

Vorentoe, sê die vrou, Tot hy warm raak, dan klim jy uit vir asem. Maar's 'n bargain.

Ek moet nou huis toe gaan, sê ek en wil die deur oopmaak, maar ek kry niks geroer nie.

Maak vir my oop, sê ek.

Hy kan net van binne af, sê die vrou, Is tweedehands.

Maar ek sit vas, sê ek.

Te veel gesweet, sê die vrou.

Nou wat nou? vra ek.

Ghries, sê die vrou.

Wat ek waar kry? vra ek.

Die ghrieser, sê sy.

Nou waar's hy? vra ek.

Af.

Nou haal die dak af! skree ek.

Dis vir die sweiser om te sê.

Nou waar's hy?

Hy werk van die huis af, sê sy, Jy moet 'n dag voor die tyd reël.

Bel hom! skree ek.

Waar's jou lisensie? vra sy.

Vir wat? sê ek.

Ek moet dit invul. Anders kom hulle nie uit nie.

Dis by die huis, sê ek, Bel soontoe, sê iemand moet dit bring, doen net iets!

En toe maak die ou vrou die optelmasjien toe en vat haar handsak.

Wat maak jy nou? vra ek.

Dis vyfuur, sê sy.

Gaan jy nie bel nie? vra ek.

Ek loop vyfuur, sê sy.

Ek sê, Ek kan mos nie hier bly sit nie!

Tien oor vat ek die bus, sê sy.

Ek sê, Is jy mal, ek sit vas!

Ek mag nie eintlik nie, sê sy, Maar ek los die draadloos aan.

Toe skuif sy die voordeur toe.

Laat daai nag, terwyl ek baklei teen die trane, die sitplek, die jean en die pyn, toe hoor ek hoe hulle vertel oor die radio van 'n outjie in Pretoria. Hy't 'n klomp mense doodgeskiet op die plein. 'n Ander ou in Massachusetts skiet almal in 'n winkel. En in Londen skiet een die hele spul in 'n kantoorblok.

En toe dink ek by myself, ek wonder wat hulle wou hê. Ek wonder of dit ook tweedehands was. En ek wonder wie't hulle gehelp.

Egipte

Die oggend nadat ek vir die eerste keer my virginity verloor het, was vir my verskriklik. Dit was die weirdste gevoel. 'n Paar ure terug was ek nog besig om lief te hê, te bemin, en hier staan ek op en ek voel soos Hadush, die moeder van alle hoere. Ek is nog nie eens behoorlik wakker nie, toe's ek aan die beddegoed was, ek bad in Dettol, kyk nie af nie, want niks hier onder is meer myne nie. Skuif meubels rond, hang paintings oor, maar niks wil help nie.

Op die ou end besluit ek ek moet net uitkom. Hier af Verwoerdburgstad toe, maar ek's so half in 'n dwaal en verder voel dit vir my almal weet wat ek laas nag aangevang het. Hier spring so 'n meisietjie voor my in.

Julle ken mos daai look, aan die begin van elke jaar is die hele plek mos vol sulke eerstejaarmeisietjies met gefluffde ponytails wat kollekteer vir koshuise en karnavalle, en dan bestorm hulle jou soos 'n Siamese tweeling wat tiet soek.

Hier kom die enetjie op my af met so 'n B.A. Tale-grin.

Ag toe, sê sy.

Ek sê, Maar voertsek, jou klein woer-woer.

Ek's van Huis Embuia af, sê sy, Ag koop 'n kaartjie.

Ek sê, Besef jy wat met my gebeur het?

Ag toemaar, sê sy, My kamermaat is net so vet, jy moet net baie water drink. Toe, dis net vyf rand.

So koop ek toe die kaartjie, kyk nie wat daarop staan nie.

Twee weke van selfkastyding verby, lui die foon. Ek het 'n vakansie gewen in Egipte.

Kan mens dit omruil? vra ek.

Nee, sê die vrou. Een van die koshuismoeders het 'n contact op 'n olieboor, anders sou hulle dit nooit kon bekostig het nie.

Op die ou end besluit ek enigiets om vir 'n tydjie weg te kom.

Die Vrydag staan ek en my wardrobe op die lughawe. Maar

hulle kon wragtag nie baie bekostig nie. Ek's in economy op Air Tanzanië. Die hele vliegtuig is vol inboorlinge met draadhokke en fietse. Ek soek net hulp.

Hier in 'n hoek staan 'n donker ding met so 'n blou streep. Ek dog eers dis 'n broodboom wat gemerk is vir teeldoeleindes, toe sien ek dis die lugwaardin. Shame, hulle het seker 'n lugleegte getref toe sy die make-up wou opsit.

Kan ek 'n bietjie water kry? vra ek.

Die water het 'n virus, sê sy, Ons drink net champagne. Maar ons moet eers try opstyg.

Drie bloekombome, die uitsaaitoring en die helfte van die parking lot later is ons in die lug, heel van koers af, want die een pilot is dood soos ons deur die electric fence is.

Hier agter my slag hulle hoenders vir lunch en die een met die streep deel net champagne uit. Ek's so nervous, ek vergeet heeltemal van my virginity.

Lang storie kort te maak, net ná lunch, ek's op soek na 'n toothpick, want daar's 'n veer in my kiestand, toe sê die pilot ons moet 'n noodlanding maak, die roof rack het losgegaan, daar sit 'n melkbok in die een propeller.

Ek het eenkeer by die blindeskool gesien hoe duik een van die prefekte in 'n leë swembad in. Met dieselfde impak tref ons toe die enigste teerpad in Kenia. Almal uit die vliegtuig, ons moet deur die oerwoud loop, ons mag nie op die pad nie, want die koning van Kenia oefen vir sy learners, hy't al amper die helfte van die bevolking op die teerpad uitgewis.

Twee dae later, ek's amper dood, kom ons by so 'n kraal aan. Almal storm vir die hut met die Coca-Cola sign. Die plek is pikswart, die waiters is pikswart, die kos is pikswart. Maar ek leer vinnig. As daar iets verbykom, gryp net. As dit nie tande het nie, is dit jou sop.

Gelukkig kry ek toe 'n lift met 'n sendeling wat moet fietsry vir sy arthritis. Dié's so nice, vat my rivier toe en verpand sy onderstel dat ek kan plek kry op 'n kano en so vaar ek Egipte binne, net betyds vir die laaste twee dae van my prys.

Nou sit ek in 'n hotelletjie langs die rivier. My bagasie is weg, my geld is weg. Die TV kan jy nie kyk nie. Dié's (seker nou vir toeristedoeleindes) in die shape van 'n piramide. Blake sê vir Crystal hy't haar lief, dan kyk haar een oog hier by die Nyl af. Maar ek voel beter, ten minste kry ek bietjie slaap en my virginity is amper terug.

So besluit ek ek kan darem by die piramides 'n draai loop maak. Sit af soontoe. Maar die goed is groot. Ek is agter 'n spul toeriste by die deur in. Maar dis boring. Alles is van klip. En alles is vol toegeverf met sulke geel Biggie Best-kak. In die hoek staan 'n mummie, as jy vyf rand ingooi, val daar 'n pakkie Camel onder uit. Maar die heel ergste is die stof.

Hier reg voor my loop so 'n maer vrou met 'n dik vlegsel. Sy't een van daai sweetpakbroeke aan wat so bol hang hier onder. En ek kan my mos verkyk aan sulke goed. Nou loop en dink ek, as ek nou hierdie bol hier vastrap tot sy anderkant uit is en ek laat los dan, gaan daar mos nou nie 'n krieseltjie stof in hierdie piramide oorbly nie. En dis die minste wat ek kan doen vir die toeristebedryf in Egipte. Trap vir hom vas.

Die spul is om die hoek. Ek staan en kyk hoe begin hierdie ding styftrek. En toe hy nou net lekker begin spanning opbou, hier kom so 'n man om die hoek, vol make-up en verbande. En dis 'n mooi man.

Maar iets sê vir my hierdie man is derduisende jare oud.

Ek sê, Chris Barnard, wat maak jy in Egipte?

Ek is Ramses XI, sê die man dat die plek weergalm.

Ek sê, Maar wil jy dan nie bietjie gaan lê nie, shame, jy's seker al moeg, jong.

Met dié bereik die vrou die ander kant en ek laat los en die ding spring terug dat hulle daai toeris en haar broek die volgende dag chirurgies van mekaar moes verwyder. Maar as daar nou al ooit 'n skoon piramide was, was dit toe. En soos die lug helder word, kyk ek vas in die moegste paar oë wat ek nog ooit gesien het.

Ek sê, Is jy nog steeds hier?

Ek kry nie geslaap nie, sê Ramses, As ek my oë toemaak, sien ek dit.

Ek sê, Wat?

My glips, sê Ramses, Ek wou net 'n entjie gaan stap, toe sit sy daar agter die duin.

Wie?

Die kamermeisie. Ek kon nie help nie. Dit was net die een keer.

Het jou vrou uitgevind? vra ek.

Maar natuurlik nie.

So what?

Maar ek weet, sê Ramses XI en hy lyk nog 'n eeu ouer.

En my virginity? vra ek.

Dié kry jy nooit terug nie, sê Ramses.

Toe gooi hy sy verband oor sy skouer en gaan koop vir hom 'n pakkie Camel.

Butterfly

Tweede keer dat ek my virginity verloor, toe's dit nie meer snaaks nie, net lekker.

Word wakker, maar ek voel heel uitbundig, kan myself nie op-krop nie, ek sit af Verwoerdburgstad toe. Nou loop ek daar rond, ek's op soek na lekkerruikgoedjies, mens weet mos nie wanneer dit weer gaan gebeur nie.

In by 'n winkel. Ek sê, Môre, ag ek soek ietsie besonders, maybe with a hint of musk or so.

Hoeveel in die bottel? vra die vrou.

Ek sê, Tot bo.

Nee, sê nou, sê die vrou.

Ek sê mos, sê ek.

Jy sê verkeerd, sê die vrou, Toe, skud dit 'n bietjie.

Ek sê, Nee, dis nog te seer.

Man, voel net, sê sy.

Ek sê, Nee, ek sal by die huis.

Hoeveel in die bottel? vra die vrou.

Ek sê, Tot bo!

Jy jok, sê sy.

Toe sien ek, hier langs die till staan 'n helse bottel, driekwart vol boontjies, voorop staan, Help ons bejaardes: R1,00.

Ek sit een rand neer. Ek sê, Ek haat kompetisies, maar ek dink dis 837.

Dis reg! skree sy, Hier's jou prys. Twee kaartjies, Vrydagaand, *Madame Butterfly*.

Ek sê, Gaan sy my fortuin vertel?

Nee, sê die vrou, Dis 'n opera. Die een wat dit geskryf het is al lankal dood, maar blykbaar voer hulle die ding nog steeds op. Shame, sit seker nou maar met die kostuums. Sy self was nou nog nie daar nie, maar dit gaan blykbaar oor 'n Japannese meisie, Suzuki, wat verlief raak op 'n Amerikaanse matroos. Dié neuk op 'n kol weer terug huis toe, los haar net daar, sy raak so mal, sy hou nooit weer op met sing nie.

Ja, sê die vrou, My vriendin was die ander aand daar, g'n mens kon haar stilkry nie.

Nou kyk, ek het nog nooit 'n opera gesien nie, kan my ook nie indink mens wil dit op 'n Vrydagaand doen nie, maar ek's mal vir 'n matroos, now's as good as ever. En ek gaan alleen, mens weet mos nie, netnou vang jy die oog.

Vrydagaand kom ek by die Staatsteater aan. En dis grand, met kandelare en matte, die mure slaat jou 'n bietjie, maar daar's duisende mense. Ek kan nie glo daar's soveel mense sonder TV's nie. Ek gee my kaartjie, dis heel voor. Maar daai matroos moet verskriklik mooi wees, daar's soveel mense, 'n klomp moet hier voor my in 'n gat sit. En toe die musiek begin, het die een ou daar 'n stok beet, maar hy werk daai stok. Ek dink, Hierdie man gaan homself seermaak, nie dat ek hom kwalik neem nie, g'n mens kan iets sien uit daai gat uit nie. Ek staan op, tik hom op die skouer, ek sê, Verskoon my, maar ek het nog 'n leë seat langs my. Man kyk vir my asof ek van Mars af kom. Ek dink, Nou maar bly in jou fokken gat. En ek loop sit.

Gordyn is op, ons wag vir Suzuki. Maar ek moes seker 'n program gekoop het, dan sou ek geweet het daar's iets op pad, want toe Suzuki opstap, toe's sy pikswart.

Sien jy, sê die vrou agter my, Waar vlug ons heen? Kyk hoe lyk dit al in Japan!

En toe maak daai pikswart Suzuki haar mond oop, en toe weet ek hy gaan vir haar los. Sy sing daar dat 'n polisiehond sy hele training sal vergeet voor sy die noot los. Maar dalk is dit oor sy agter by die gordyn kon insien, want op daai oomblik kom die Matroos op die verhoog en hy is dik. En hy is horingoud. En hy begin sing. En die pienk padda in Paul McCartney se video is 'n mooi moer.

Daar sit ons toe op 'n Vrydagaand met 'n dik matroos en 'n swart Suzuki. Ek begin net dink miskien is dit dalk beter om 'n tydjie in die gat te loop sit, toe kom 'n klompie van die bemanning op die verhoog en hulle is mooi. Hulle het sulke broeke aan wat sê, Naand, ek's 'n jong tenoor.

Ek skree, Suzuki, fok die padda, kyk die koor!

Maar tipies, luister glad nie, draai net om en roep haar diensmeisies. Hulle kom opgeskuifel en hulle is spierwit.

Ek sê, Verskoon my, maar het ek nog 'n verkiesing gemis?

En dis op daai oomblik dat die ou pienke toe vir haar vertel hy gaan terug. Ek wil nog skree, Los net die koor hier! Maar daai motorfiets slaan 'n noot dat twee van die foyerpersoneel die vrou agter my se hare met 'n brandblusser moet kom platmaak. En toe daai noot sy laaste draai maak, toe kraak my bril se glase van oor tot oor en toe ek opkyk, staan daar tweeduisend swart Suzuki's voor my. Ek sê, Vat alles, los net my floss.

Ek wil net duik, toe sê 'n stem dis pouse en ek loop soek die kroeg. Maar niemand sê vir my ek is gekraak nie, so ek klim 8000 trappe deur 600 foyers, kom aan by 1200 gespieëlde kroeë, sit my geld neer en kry 7,5 miljoen whiskeys. Een sluk toe's ek dronk.

Nou loop soek ek weer my seat. Maar nou's daar miljoene. Rye en rye. Langs mekaar, bo-op mekaar. In daai gat is 'n massa doenig met stokke, op die verhoog is 'n leërskare dik matrose en swart Suzuki's aan die sing.

Sit! skree die mense.

Ek sê, Julle's lelik met my.

Stil! skree die mense.

Ek sê, Hoekom teel julle so vinnig? Waar's my plek?!

En toe klim duisende matrose van die verhoog af en ek sien hoe hulle hulle arms na my toe uitstrek en ek voel hoe haal hulle my bril af en toe staan daar net een. En dis die ou dikke. Maar dis die mooiste matroos wat ek nog ooit gesien het.

En voor almal vat hy my twee hande vas en hy sing vir my 'n aria uit *Madame Butterfly* van Puccini.

Jellie

Eendag was daar 'n groot konsternasie in die land. Die koning se kop was moeg. En al die ministers gryp die koning. Hulle jaag af na die hospitaal en hulle skree, Dokter! Dokter! Help ons! Die koning se kop is op en wie gaan nou al die besluite neem? En die dokter sê, Moenie worry nie, Ministers, ek het 'n splinternuwe brein op ys.

Maar dieselfde oggend het die kok in die hospitaal se kombuis 'n groot bloedrooi jellie gemaak en toe hy die ding wil bêre, is die hele yskas vol. Hy stap toe die lang gang af, en daar onder in die groot koelkamer sit hy die jellie neer.

En daar sit die jellie en word vreeslik hartseer. Ek meen, hoe gaan jy voel as jy weet lunchtyd word jy opgeslurp deur een of ander ou vrou met 'n swak blaas? En die jellie sê vir homself, Ek wil iets beteken. Ek wil my plek vol staan in vandag se samelewing.

Net toe kom die dokter uitasem daar ingehardloop om die koning se nuwe brein te gryp, en die jellie spring met 'n hartstogtelike boog tot in sy arms. Die dokter kyk nie twee keer nie, hy skree, Ek het hom! En hy hardloop die gang af en opereer en hy opereer en die volk hou hul asems op.

Vir dae en nagte het die koning in die hospitaal gebly en toe op 'n sonskyndag is die koning mooi gesond. Die ministers reël 'n groot Parlementsopening met orkeste en optogte en kanonne en vreeslik baie balloons. En daar staan die koning en hy salueer al die goeters wat by hom verbygaan. Maar van al die staan in die son begin die jellie in sy kop toe nou 'n bietjie smelt, en toe hulle uiteindelik in die Parlement kom, kan die koning aan niks dink om te sê nie. Daar sit almal en wag, en hy kry nie 'n woord uit nie.

En die ministers sê, O Koning, die mense in ons land baklei al 'n bietjie onder mekaar. Sê nou iets. En *plrrt!* skiet 'n stuk bloedrooi jellie by die koning se oor uit.

Die Minister van Verdediging is nou heeltemal uptight. Hy sê, O Koning, hier gaan 'n oorlog kom en ons gaan dit nie kan keer nie. En *plrrt!* kry hy 'n stuk jellie teen die voorkop.

Nou is die ministers heeltemal histeries. Hulle skree, Meneer die Speaker! Meneer die Speaker! Help ons! Wat het ons nou nodig?

En toe Meneer die Speaker opkyk, kry hy 'n blop jellie op sy bolip. En hy't so 'n tydjie gesit, toe sê hy, Ek dink, nè, ons kan doen met bietjie custard.

Mailbox

On Tuesday nights at quarter to seven Mr Fazakas rubs himself against the mailbox. It's a thick pole with a huge golf ball on top and out of the golf ball comes another pole and on top of that is a piece of cardboard with birdseeds.

Mr Fazakas holds on to the pole at the top and crosses his legs round the bottom one. Then he throws his head back and wiggles against the golf ball. Sometimes he makes noises and calls the golf ball Vanessa.

Mr Fazakas is Greek and very attractive. The ones that were born overseas get ugly at about thirty, but the local ones stay nice till fifty. But Mr Fazakas doesn't know he's still nice, so he's with the mailbox.

At nine minutes to seven Stephnie Landman, Douwlina and thick Elsbet walk past.

Pervert, says Stephnie Landman.

Ja, says Douwlina, His inner self is suppressed. It's people like that who end up at the Gilbert and Sullivan society.

Then they reach the corner and thick Elsbet says, I wanna be a golf ball. And then they turn left.

I don't walk past. I stay at the fence till he reaches climax. He does it with a rattling movement, then the birdseeds fall on his head and when he's finished he just hangs there like an attractive baboon with dandruff.

Then I run, because it's four minutes to seven. That's why I never sing the scales at choir practice, because I'm out of breath. Me and Mr Fazakas. But he has the fun, I just watch.

Choir Practice

I belong to the choir that sings "Abide with Me" the falsest in the world.

At the back there's a row of men, we sing sharp. At the front there are two rows of women, they sing flat.

And at the organ is Miss Wilna, the pale person. She's one of those people you never find in groups, there's always just one in every town. They're completely white and when they make quick movements, parts of them turn pink. She can't be very good, otherwise she wouldn't have to teach in this town and have this choir. But still, she must know something about music if she finished her degree. So it must be tough.

Sometimes I think she uses cocaine to give her guts, because then she makes us sing without the organ. And that's something unbelievable.

When it's very false, I get a hard-on. It's like when you know something is wrong or it's really bad, but you can't get enough of it. It turns me on so much I go crazy.

The best part is when Miss Wilna gets up to conduct.

Miss Wilna is single, so she doesn't come to practice in her day clothes.

She dresses up in different outfits that she makes every week. Nobody knows why she does it, the choir has only got married men and me.

When she conducts, it starts slowly. First she makes triangles so we get the beat, and then she goes up and down for loud and soft, and then comes the hand thing for emotion. That's where the bosom starts.

Miss Wilna has got two of those incredibly round breasts that very pale people have. So when you look at it you can't ever look away again because you're trying to figure out where the nipples would sit but that could be anywhere, so you become hypnotised completely.

And the more she conducts, the wilder the breasts become until you think they must be looking for the nipples too, because they're all over the place and then you're so hypnotised, you just stand there, producing this mass of loud noise that's so bad, Miss Wilna turns pink and goes completely crazy till eventually that bosom heaves the choir to heights of falseness that would be unthinkable in bright daylight.

And it's every Tuesday. It's like we can't get away from it. We're just there, stuck inside all this noise, and we just stay there. It's like Miss Wilna is this farmer who gets hysterical because the rain is coming and he wants to plough his fields but the tractor starts singing and the more the farmer tries to get the tractor going, the louder the tractor sings, and nothing happens.

And the whole time I'm horny.

The Glove

The one Tuesday night we were practising for the end-of-year thing, Miss Wilna took out all these pencils and white paper and said we must trace our right hands before we leave.

Stephnie Landman said she's not tracing anything and Miss Wilna mustn't think we think only black people and Greeks are perverts.

Miss Wilna went all pink in the neck and put the papers in a file.

Next week we all got gloves. White gloves for the finale. We sing "Minstrel from Heaven", then we raise our hands for the chorus.

Stephnie Landman said she's not waving no white glove like a lesbian speed cop, can she go stand at the back.

Miss Wilna just changed colour and said we must take the gloves home.

At the flat I didn't take off the glove, I watched TV with the glove.

I kept looking down at the glove, it didn't look like my hand anymore, it was like it was somebody else's hand and it was on my leg. I was getting all hot inside and I loved Miss Wilna for making the glove.

The glove moved up my leg.

I said, Don't do that.

Up went the glove.

I said, If you do that, it's not right. We just sit here, then it's nice.

The glove squeezed my hand. My hand was sweating but it did nothing. It just went with the glove.

Just pretend you have a visitor, said the glove.

Visitors are not like this, I said to the glove.

How the hell would you know? said the glove, You don't go for tea with the others after practice. You don't sit with anybody at work.

I don't have to, I said.

But you want to, said the glove, Miss Wilna doesn't look at your tits, you look at hers. And tonight you couldn't take your eyes off Blignault's ass, he wasn't looking at yours. And what's this?

The glove took my hand to that place.

I didn't know what was happening. The glove was saying all these terrible things and doing the most wonderful things. But it felt wrong, in the flat like that, with the TV on and everything.

Don't! I said to the glove.

You like it, said the glove.

Still, I said, We should go to the bedroom.

The Ad

I quit singing in the choir just before the end-of-the-year thing. I didn't think it was appropriate anymore and I didn't want to give the glove back.

The Tuesday night I watched Mr Fazakas till four minutes to seven. Then I walked to the corner and turned right. I walked three blocks till the sign said Accommodation and Ladies' Bar.

By the time I realised I was trembling and I've never been so scared in my life and are you off your head, what the hell are you doing here, it was too late. I was standing inside a new world, four blocks from choir practice.

I sat down at the first empty table. But my left knee doesn't bend when I'm nervous, so I kicked the table and the ashtray fell on the floor and ev'rybody looked. I knew people don't usually blush in bars, but I did, full face, till I was glowing like a bulb and then a black man with a tray said, Ev'ning, Sir.

I knew I couldn't run because my knee was still locked. So I said softly, Can I see the menu, please.

The man looked at me like a blind person who'd just been healed. No menu, he said.

I suddenly remembered a TV program. Scotch, I said.

On the rocks, he said, Or with soda?

I thought, If this man brings a rock, everybody's gonna look again.

Soda, I said.

Then he left and I picked up the ashtray. I looked at the people.

There were three men at the bar and men with women at the tables. They were talking to each other but their eyes went all over the place like they were looking for somebody.

In the corner a man and a woman both sat at the same side of the table. The man had a red face and red hands and he was putting it all over the woman. The woman had a straw in her mouth and everytime he squeezed her boob, she blew bubbles in the wine.

Suddenly the man looked at me.

Hey, papgesig, skree hy bo-oor almal, Wat kyk jy?

Ek bloos bloedrooi en my knie skop weer styf.

Die vrou wikkel teen die tafel. Tieties! giggel sy en blaas nog bubbles.

Ek vra wat kyk jy? skree die man, Ek betaal vir my pop en my dop.

Los hom, sê die barman, Hy's 'n customer.

Maar kyk hoe lyk die ding, skree die man, Is jy 'n fokken spook?

Ek sit net daar met die asbak. Voel my ek gaan dood en kom weer by. Die drie by die bar het nou omgedraai.

Het Boetie verdwaal? sê die een.

Ek sit net.

Ons laaik jou wangetjies, sê die ander een.

Ek voel hoe gaan my gesig. My wange swel tot ek opstyg en om die vertrek sweef en weer kom land.

Die man in die hoek squeeze weer die hele vrou. Hey, blakertjie! skree hy vir my, Het jy al pruim gepluk? Is 'n lekker ding, jy skop suur tot in jou enjin!

Ja, sê die een by die bar, Hy ploeg jou propellertjie tot jy man raak.

Ek kyk hoe ver is die deur.

Six-fifty, sê die man met my Scotch.

Die geld sit vas in my sak. Ek verrinneweer my hele baadjie en gee hom tien rand.

Toe's ek uit by die deur, verloor my rigting om die eerste hoek, hol zig-zag deur die dorp, bo-oor die maan, deur die hel, verby my geboorte, laerskool, hoërskool, katkisasie, twee jaar op Tech, drie jaar by die werk, 'n leeftyd in die woestyn, trapop tot in my flat.

Ek sit met my lelike gesig, my dooie hande, my dik gat, alles op die bankie.

Op die tafel lê die koerant, bo-op lê die handskoen.

Jou skuld! skree ek. Alles was fine tot jy kom loskrap het wat moet bly!

Niemand soek onderlyf as die res fout gegaan het nie! Help my niks! Ek bly net simpel vir ewig!

Handskoen lê op die Classifieds. Lang vinger sit op 'n blokkie. New Life sê dit. Looking for young man. En die nommer. Net so amper niks daar onder die vinger.

Ek lê heelnag wakker. My drange sit later in my keel, maar ek los die handskoen in die sitkamer.

Volgende oggend is ek opgewroeg. Vat die Classifieds en ek bel.

Dis confidential, sê die stem, Daar's eers 'n interview. En dis ver, maar jy hoef niks te bring nie.

Ek sit siekverlof in. Lyk seker siek genoeg, want hulle vra niks. Middag vat ek die trein, amper twee ure, klim af waar die stem gesê het, die wit bussie wag in die parking lot.

Hulle ry my die ewigheid in, verby lawns met sproeiers en gesnoeide bome tot by 'n gebou wat lyk soos 'n space ship. Op die trap staan 'n beeldskone meisie.

O, hy gaan freak oor jou, sê sy, Jy's rêrig die lelikste een wat ons nog gehad het. Masturbeer jy?

Ek sê, Ekskuus tog?

Dis vir die vorm, sê sy, Ons moet alles weet. Het jy vriende?

Ek sê, Nie een nie.

O, stunning! sê sy, En seks?

Nog nooit, sê ek.

Jy's 'n absolute hit! sê sy, Huil jy baie?

Ek sê, Elke nag.

Dis wonderlik, sê sy, Was jy van kleins af so walglik?

Ek sê, Nog altyd.

O, ek wens ek was jy! sê sy, Hy gaan freak!

En toe gaan die deur oop en daar staan 'n wit jas. En binne-in is die mooiste wese wat nog ooit 'n broek beset het.

Sewe-en-twintig jaar se koerasie bestyg my van onder en al my senuwees sak van bo af en toe die twee bymekaarkom, gaan ek aan die bewe, byt my tong oop en huil kliphard.

You must be Stevie, sê die wese.

Ek sluk net bloed en trane en hou aan die trap vas.

Dis Dokter Seager, sê die meisie, Hy gaan vir jou toor dat jy niks meer glo nie. Teken net hier, dis vir consent.

Ek maak 'n streep oor die papier.

Dankie, sê die meisie, En jy kan maar huil soveel jy wil, hy's bilingual.

Toe vat die wese aan my arm. Ek soek nog vir die halo, maar hy trek my saggies teen die trap op.

Kom ons gaan bad jou, sê hy.

Kaalvoet

Twee dae lê ek op my rug. Kort-kort kom die beeldskone meisie met water en vrugte.

Ons cleanse vir jou, sê sy, O, hy gaan jou fix dat jy hik.

Derde dag stap Dokter Seager by die kamer in. Ek draai muur toe dat ek my sin kan onthou.

Ek weet nou nog nie wat ek hier soek nie, sê ek.

Maak dit saak? vra hy en vat weer aan my arm.

Ek skop hout met elke hormoon wat verbykom.

Hm-uhm, sê ek.

Jy moet my vertrou, sê die dokter.

Ek sê, Al van eergister af.

Ons gee jou alles, sê hy, Alles wat van jou weggevat is. Maar eers moet ons uitvind waar jy vandaan kom, waarvan jy aanmekaar-gesit is.

Toe plak hy twee proppe teen my kop vas, druk 'n knop teen

die muur en pomp 200 volts deur my ore. Hy buzz my dat dit voel my hele as val uit en rol bultaf. Hy zonk my ingredients terug tot by die keisersnee en toe zoom hy in.

Uit spring die skooldokter wat begin huil het, want sy kon nie my ruggraat kry nie.

Uit spring die dag toe ek ná skool moes bly, want ek het twee periodes gevat om die 800 m te hardloop.

Uit spring die vrou by die wildtuin wat geskree het, Kyk hoe mak is hulle! en toe vir my peanuts gegooi het.

Uit spring die handskoen en ek wat rillings vang voor die wasbak.

Toe druk hy weer die knop en switch my af. Ek lê klaar gemelk en hy kyk my in die oë en ek weet hy weet alles.

Kry ek nou 'n pil? vra ek.

Jou gesondheid makeer niks, sê hy, Dis net die verpakking wat lol.

Ek sê, Nou wat nou?

Beeldskone meisie kom om die deur. Ons tune jou tot jy sing, sê sy, Ons klits jou op!

Sy's onder die bed in.

Ons vat jou skoene, sê sy, Die pad paradys toe loop jy kaalvoet.

Die dokter kyk na my met sy advertensiegesig tot dit voel ek smelt en loop albei kante van die bed af.

Hy druk met sy hande al onder my voete.

Droom jy van 'n reguit rug met breë skouers? vra hy.

Ek sien hoe die son en die maan opkom oor hom.

Droom jy van dik, gladde hare en 'n vierkantige ken? vra hy.

Ek sien hoe die wolke om hom oopgaan.

Droom jy van 'n plat maag en perfekte heupe? vra hy.

Ek sien spierwitte duifies wat sirkel om sy kop.

Droom jy van bene wat aanhou en aanhou? vra hy, Gespierde dye wat geen tong kan weerstaan nie?

Al daai, hyg ek.

Ek maak my oë toe. Ek sien hoe stap ek in by Accommodation and Ladies' Bar.

My voorarms bult oor die toonbank en my kuif hang wild in my oë. Ek grom saggies. Ek sien hoe skrik hulle.

The New Me

So bly ek in die wit gebou met die bome en die sproeiers op die lawn. Normaalweg sal ek nie glo wat met my gebeur nie, maar my kop is binnekant so gemince, ek tel tot by twee dan's drie missing. Nes ek wil vra wat gebeur nou, druk die dokter die knop teen die muur, dan's ek plat.

Ek soek jou fantasieë, sê hy, Jou verste drome.

Ja, sê die beeldskone meisie, Maak liefde met jou toekoms!

Sien dit voor jou, sê die dokter, Voel dit, ruik dit, doen dit.

Ek sê, Ek kry skaam. Dis in elk geval sonde.

Wil jy terug flat toe? sê die dokter op sy beeldskoonste.

Ek maak my oë toe. Ek fantasise padlangs tot by die plaaswerf. Tette en boude, spiere, nippels en suntan lotion. Ek droom tattoos, cocktails met sambrele, seiljagte, seks met O. J. Simpson, Italian suits, twee Oscars, drie orgieë en 'n bosbrand. Ek moan, ek hyg soos 'n siek Alsatian, dwarsdeur my lyf, deur my ore, af met die kabel, in by die muur.

Dokter voer my vrugte, vryf my voete, draai my toe, hang my aan kettings, doop my in stroop, toor my bewusteloos, druk my in duur masjiene, ek trip tot by Ararat en terug.

Soggens kom die meisie, koer my wakker. Sy's buite haarself.

Fokkit, jodel sy. Ons is te goed!

Dokter Seager draai die verbande los. Elke oggend kom nog iets by. Ek kry cheek bones, bene met bulte, my gat shape tot by die Olympics, my hare maak my hele kop toe, ek score die ganse Hollywood.

Beeldskone meisie bly kyk net een plek.

Goliat, Goliat, sê sy, Verwoes my met jou tempel.

Ek dink, Praat jy met my?

Tot ek afkyk en besef ek is onbetwisbaar goed bedeeld.

En dis alles verniet, sê die meisie.

Teen die derde week is ek een oggend so mooi, ek kan dit nie meer vat nie. Gee my net 'n straathoek, ek hoer die traffic tot stilstand.

Dokter Seager smile ses miljoen dollars.

Dinge vorder mooi, sê hy.

Ek dink, Jou moer, man, ek lyk soos 'n movie. Kry my net op circuit.

Vandag beweeg ons uit, sê hy, Jy moet lug kry. Net so een keer om die tuin.

Plak my met 'n wit gewaad, ek's uit by die deur. Ek loop oor die lawn, Mark Spitz, Naomi Campbell en Madonna. Ek's hot, man, ek kook soos 'n primus.

Aan die einde van die lawn staan 'n plaat rose. Pienk en geel in reguit rye.

Is beautiful, en ek pas in.

Hier in die middel sit 'n kol in off-white. Maar dit beweeg, stadig bietjie links, stadig bietjie regs. Dis óf 'n kaktus met batterye, óf 'n ikebana met suurdeeg.

Maar ek's mos mooi, die ding moet skrik, ek's deur die rose.

Reg voor my, plat op die kluite, sit 'n ou vrou met 'n blomkool in elke oor.

Ek sê, Antie het kool!

Wat? skree sy, Ek kan niks hoor nie!

Ek sê, My ma sê, al was jy niks, jou ore hou jy skoon!

Het jy 'n knipmes? vra sy.

Ek sê, Ek het nie eers 'n knip nie, maar dinge verander.

Pluk my! skree sy.

Ek breek die blomkool af.

Hou dit, sê sy, Ek diet. Is jy van Dokter Seager?

Ek sê, Ag, verskoon my, maar as ek in die middel van 'n roostuin sit met 'n bolla op my kop en groen goed in my ore, sal ek nogals worry. Voel Antie sleg?

Ek's net so moeg vir kool, sê sy, Het jy mayonnaise?

Ek sê, Nee, ek's 'n hunk.

Dan kom hy seker nou op dreef, sê sy, Het maar gesukkel in my tyd.

Ek sê, Ekskuus tog?

Ek was die eerste, sê sy, Vir ou Seager. Hy's 'n mooi ding, maar't ook maar lank gevat. Maar ek dra nie 'n wrok nie. Was my man se gedoente. Sê vir my op veertig, hoe moet hy dit opkry, ek lyk af. Ek dink, Shame, met 'n man is dit baie meer oppervlakkig. Met 'n vrou kom dit van binne af, jy weet. Toe sien ek die ad. Daai tyd vat hy nog enige ding. Ek dink, Meld aan, Cornelia, en word visueel. Maar dit was heel aan die begin, was seker 'n ding met die knoppe. Ek dink nog ek word wakker, tight soos 'n virgin, toe sit ek met die kole. Chemiese misplasing, en gefok is ons vir ewig.

Ek raak yskoud deur my stywe lyf. Ek sê, Wie's ons?

Betsebel woon onder by die bome, sê sy, Soek meer koelte, sy't mos die mushrooms. Jy weet. Maar Seager oefen seker nou harder, jy lyk vir my heel op datum.

Ek sê, Dokter Seager oefen wat?

Proewegoed, sê sy, Hulle weet mos ook nie aldag waantoe nie. Dis wetenskap en somme. Dis 'n klomp detail. Rome is nie in een dag gebou nie. En die lawns vat baie water.

Ek sê, Ek het niks te doen met lawns nie, niemand het vir my gesê dis proewe nie!

Was jy in die hulpklas? vra sy, Mense wat iets regkry, charge 'n fooi. Hier's Betsebel nou.

Voor my staan 'n vrou met regaf enkels. Op haar voorkop hang drie mushrooms met verskriklike lang stele.

Het ons gaste vir lunch? vra sy.

Dis die nuutste, sê Cornelia, Maar hy't niks om te eet nie.

Dis wat jy dink, sê Betsebel, Sak jou oë.

Ek sê, Hoeveel pasiënte is hier nog?

Pasiënt jouself, sê Betsebel, Ons is 'n sanggroep.

Sit, sê Cornelia, Ons sing in thirds.

Ja sê Betsebel, Ons naam is Dish.

Is reg, sê Cornelia, Gee ons net witsous en ons is lasagne.

En toe gaan sit ek plat op die kluite, the new me, en ek sien my eerste kabaret.

En so halfpad tussen die liedjies, toe pluk Betsebel 'n mushroom en sê, As jy weer afkom, bring net bietjie kaas. Is so bland sonder kaas.

Blommetjie

Maak nie saak wat is die rede nie, maar ek het altyd gedog as mens ná tien jaar vir die eerste keer teruggaan huis toe, is dit nogals 'n ding.

Eers maak jou ma die deur oop en staan net daar. Dan gaan haar hand so half stokkerig mond toe en sy sê, Ek glo dit nie. En dan skree sy agtertoe, Pappa! Pappa, kom kyk wie's hier.

En Pappa kom by die trap af en hy sê, Magtag man, maar jy't lyf gekry!

En dan val julle in mekaar se arms en huil soos op die TV en dan gee hulle vir jou geld.

Die een oggend maak Dokter Seager my wakker. Dis klaar, sê hy, Jy's perfek. Nou moet ons kyk hoe vat jy die buitewêreld.

Beeldskone meisie bring my klere. Ek wil net by die een mou in, toe sien ek die blommetjie. Net hier op my arm.

Ek sê, En dié?

Jy's nou een van ons, sê die dokter, Die begeerlikes.

Ja, sê die meisie, Is heeljaar lente. Almal wil jou pluk.

Ek sê, En wie pluk die sanggroep in die tuin?

Dit was bietjie ongelukkig, sê die dokter, Ons almal maak foute. Ek kan hulle nie meer terugstuur nie.

Ek sê, Dis regte mense! Jy kan nie net aanvang wat jy wil nie.

Hulle't ge-consent, sê die meisie.

Ek sê, En jy staan net hier en toekyk wat hierdie man aanvang! Waar's jou gewete?

Ek's verskriklik dom, sê sy, Ek mind niks.

Jy's ondankbaar, sê die dokter, Ons gee jou 'n tweede kans. Klim op jou trein en begin voor.

Ja, sê die meisie, Life's an oyster. Sluk hom heel.

Ek sê, En my tattoo?

Jy's nou uitsonderlik, sê die dokter, Dan maak ek my merk.

Ja, sê die beeldskone meisie, Is net ietsie vir keeps. O, hulle gaan freak oor jou!

Mooi loop, sê Dokter Seager.

Ou blompot, sê die meisie.

Toe's ek op die trein. Ek begin voor. Ek ry langpad tot by anderdorp. Ek loop soek my ouerhuis. Eers moet ek regmaak wat verkeerd was, dan vat ek weer die lewe.

Ek klim af op Ma se dorp, eerste keer in tien jaar loop ek die ou pad, verby al die plekke van kleintyd, elke seer kol. Maar nou's ek mooi, ek loop regop, trap trots soos 'n koetsperd. Tot by die voordeur, klop drie keer. Nou wag ek vir die oopmaak, die stilte van skok, en dan Ma wat skree.

Daar's niks. Ek klop weer.

Dis tjoepstil.

Ek maak die deur oop. Alles lyk nog soos daai tyd. Ek loop af met die gang, die prins is terug.

In die kombuis staan Ma met 'n byl. Jy moet uitkom! skree sy, Die toiletpapier is op!

Ek sê, Ma, dis ek.

Dit ook nog, sê sy, Draai jou gat! skree sy, Ek kap die hele spul af!

Ek sê, Ma, ek was tien jaar weg!

Regtig? sê sy, En wie't jou toe gekry? Willem! skree sy, My kop wil bars, ek waarsku jou!

Ek sê, Hoe lyk ek vir Ma?

Soos 'n pou met 'n perm, sê sy, Staan syntoe.

En toe kap sy met een hou die kombuiskas uit die muur uit. Hele vloer is vol breekgoed. Heel onder lê my pa.

Hello, Stevie, sê hy, Het jy sigarette?

Ek sê, Wat maak Pa in die kas?

Ek rus bietjie, sê hy, Sy maak my klaar.

My ma lig weer die byl. Dis tyd! skree sy, Gaan jy papier koop of nie?

Man, kak in die tuin, sê my pa, Die bure is met vakansie.

Wak! slaat my ma 'n gat in die vloer.

Ek gaan nou loop, sê ek.

Nee, bly vir die begrafnis, sê sy, Ek gaan hom vandag vermoor.

Onthou net, sê my pa, In die tronk moet jy saamstort.

Ma laat val die byl en gryp haar arms. Ek ontsnap weer, sê sy.

Ek sê, Wat praat julle? Waar was Ma?

Ag, Pappa, sê sy, Kry net papier, ek moet oes.

Raai wat eet ons vanaand? sê my pa, Gaan jy mash of maak jy tjips?

Ek sê, Ma, ek het kom vrede maak.

Jy lyk mooi, sug my ma, Ek het ook probeer, maar jou pa't my nooit weer gevat nie. O, ek haat dit so met die kaalhand, ek soek papier.

Toe buk sy en druk haar hand onder haar rok in. Haar mou skuif op.

Op die boarm sit 'n blommetjie. Ek staan net daar.

Eina, sê sy en kom regop, In haar hand hou sy twee aartappels.

Kry die pot, sê sy, Ons eet mash.

The Party

It was a cold and windy night and I was back in town.

I was walking down the road, walking against the wind, bulging in my Levi's, rippling in my sweat shirt.

I was on my way to the flat when I said to myself, Stop! Where are you going? The night is young, make it yours!

I turned at the corner. There was a party at Accommodation and Ladies' Bar.

I could hear them, laughing, drinking, like the world was theirs.

I pushed the doors open. I walked up to the counter. I said, Howzit, man!

O fok, skree die barman, Dis papgesig!

I said, Hey buddy, no jokes. Gimme a Scotch.

On the rocks? he said.

I said, Cool.

It was time to make my move. I turned around. Two girls were sitting at a table. I walked up to them. I said, Yoh. Wanna feel my fan belt?

They looked at me. No thanks, they said, We're gay.

Ek dink, OK, ek ook. Ander tafel.

Sit twee queens met kuiwe.

Hi, I said, I'm Stevie.

Hi, they said, We're involved.

I turned around. I said to myself, Handsome, this is a test. Step outside, take a breath, come back and do what you have to.

Uit by die deur. Hier onder 'n straatlig staan die beeldskone meisie. Haar rok is so kort, lyk of sy twee keer smile.

Ek sê, Wat maak jy hier?

Skep lug, sê sy. Het al twee gehad.

Ek sê, Whiskeys?

Mans, man, sê sy, En dis nou eers nege-uur.

Ek sê, En waar's die dokter?

Werk, sê sy, Dis mos al wat hy ken.

Ek sê, Nou wat maak jy met ander mans? Ek kon mos sien hoe kyk jy na hom.

Aan my sal hy nie vat nie, sê sy, Ek's mooi gebore.

Sy gaan sit op 'n bankie teen die muur.

Maar vir jou't hy darem goed bewerk, sê sy.

Ek sê, En nou's ek hier en niks gebeur nie. En ek's dan mooi.

As jy dit nie glo nie, glo niemand dit nie, sê sy, Jy was te lank verskrik. Die bang sit in jou oë. Mens ruik jou kop vir myle. Dis vol van daai watse goed.

Ek sê, Gedagtes.

Ja, sê sy, Dit maak jou desperate. Mense soek nie dit nie. Hulle't lus vir pret en TV.

Ek gaan sit ook op die bankie.

Ek sê, En jy?

Hou my besig, sê sy, Kop is leeg.

Oop gaan die kroeg, uit kom 'n man. Hy wikkel sy sleutels.

O, smelt my ys, sê die meisie, Hy't 'n Mazda.

En floep! val sy in sy arms.

Ek sê, Waar gaan jy nou?

Sy loer so oor sy arm.

Mooi met gevoelens, ore met blomkool, dis alles dieselfde, sê sy, Moet net nie dat die dokter hoor nie, hy sal uitfreak!

En daar sit ek langs die pad.

Ja, loop! skree ek, Loop soos al die ander! Ek bly net sit! En môre by die werk bly ek net sit en ek lek my seëls. En dan gaan sit ek by my flat! En dan kom sit ek teen die muur! Ek bly sit teen elke muur in die wêreld!

Iemand gaan my raaksien.

Epilogue

Last night the world witnessed something wonderful.

From different parts of the globe came reports of the sightings.

Some say it was a man, some say it was a woman. Many claimed they saw it in a dream.

It had an unusual face, said one woman, But it was beautiful, I keep seeing it.

It was as if I've known it all my life, said an elderly man, I know it will come again.

Several groups believe it to be a long-awaited sign of peace. They described it as an angel of many colours.

I knew he was real, said a young boy, I saw him. It was Superman.

Maria Maria

Maria Maria

It was the perfect evening. The moon was round and clear, like the stone in a massive wedding ring. And the sea was restless and beautiful, like a marriage between two passionate people.

Her name was Maria Maria Mendez and she chose that evening because it would have been perfect for a small reception. She chose a view of the ocean because it made her peaceful and she chose that building because it was high enough to kill, but not mutilate.

When she got to the roof, she didn't wait at all, she simply leaned forward and jumped. But because of the size of her hat, the fall was very slow. So slow that her dress got caught on a balcony rail on the fourth floor.

While she was hanging there, Maria Maria looked into the apartment below her. She liked everything about it. The lavish furnishings, the sensual fabrics and the exotic objects. What she did not like, was the dead man. She loved his gown and she could see that he was a gentleman, but that he was lying so perfectly still, that made Maria Maria Mendez feel really uncomfortable.

* * *

Miguel Montez decided at a very young age that he could only live a life in which he would be surrounded by the very best of everything.

From the moment he could afford it, he became a frequent visitor to the theatre, feeding on the wit of playwrights and stage actors, although he secretly felt that he could do each one of those performances better.

Learning to appreciate only the best wines and patronising only the most exclusive of restaurants, he firmly believed that paying a compliment would make him the lesser person.

Realising that there was some form of charisma and authority attached to the well-travelled person, but never being able to afford the travels himself, he started acquiring exotic-looking objects, until he felt he had personally seen the world.

Miguel also lined his walls with books, never to be read, but nonetheless well bound and creating an air of wisdom.

Living in this cloud of superiority, that at the best of times only intimidated himself, Miguel so strongly believed it would be impossible to find somebody good enough to love, he never realised he would remain unloved in return.

And so, at the age of forty-one, managing a popular department store, he reached the climax of this carefully created existence by moving into a beachfront apartment.

It took him one week to unpack and arrange his exquisite belongings, and on the seventh day he finally looked at his surroundings and decided it was perfect. He put on his gown from the East, sparingly poured some expensive wine and put on some music.

It was a beautiful evening and he could see the moon reflecting on the ocean as he slowly danced around the apartment. Then the doorbell rang and he wished he could afford a full-time servant.

So overwhelmed was Miguel Montez still with his new and lush abode, it all felt slightly unreal as he opened the door and the huge man pushed him back into the apartment. The man pointed a gun at him.

Where's the safe? he said.

There is no safe, whispered Miguel.

So where's the money? said the man.

There's no money, said Miguel.

Did you break in too? asked the man.

I live here, said Miguel.

So where's the money? said the man.

No money, said Miguel.

You live here and you have no money? screamed the man.

It takes all my money to live here, said Miguel.

Fuck, said the man and shot him in the head.

Miguel Montez didn't die immediately. He fell slowly and gracefully. He lay on the cushions and heard the music. He heard the man ring the bell at the next apartment. Miguel closed his eyes and felt glad he was wearing his gown.

*   *   *

When Maria Maria Mendez was fifteen, she came home from school on a Monday and found her mother standing at the back door. Her mother's eyes were dark and tired, like they had been used for more than one lifetime.

Her mother lifted a bright piece of fabric.

Tell me, what is this, my child, she said.

The underwear of a slut, said Maria Maria.

From where? asked her mother.

Sewn by the devil, worn by his sister, said Maria Maria.

And what do we do with it? asked her mother.

We spit on it, said Maria Maria.

Spfftt! said her mother, I taught you well. I found this in the truck of your father, said her mother, That shadow of a dead dog I married because I was blind and stupid. He's been planting his beans in the bag of a whore. And where can we turn? Nowhere. Where can we go? Nowhere. Because what are we?

Nothing, said Maria Maria.

Good, said her mother, Now go eat.

Maria Maria was a plump girl. After each one of her mother's heartbreaks, she ate. The women of her family marked their lives with food. The stove was their only kingdom, ingredients their only distinction. Since she could walk, Maria Maria had been suffering under the weight of her mother's marriage, her two grandmothers' names and the knowledge that she was nothing. Every time she bit into a taco she promised herself her life would be different.

Two weeks after she had left school, she found a job at the button shop near the movie house. Trying to save as much as possible from her small salary, she didn't catch the bus but walked the twelve blocks twice a day. Leaving the house early and coming back late, she also started missing out on many of her mother's spicy tantrums and tearful stews. Soon Maria Maria had a beautiful figure. She piled her hair up like that of a model and she started walking with her head high.

It wasn't long before rich Bieno Cortés slowed down his convertible and asked her to dinner.

Like somebody of royal stature she declined three times until he was almost begging. But on their first date she was so overcome by the splendour of the restaurant and the price of the wines that she gave herself to him straight after the meal. They copulated wildly in the parking lot until her dress was torn and her hairdo destroyed. He gave her money for a new dress and took her home.

Their relationship was dramatic and steamy. She was living a dream. What had been the fantasy of every woman in her family became the real thing for her.

Twice a week he took her out. She never met his family and never asked questions. He took her to exotic restaurants and exclusive supper clubs. Afterwards they always drove along the beach. She would look at the beautiful apartments.

I could get you one, he would say.

Maria Maria started planning their life together. Nothing her mother had said, mattered any more. She was definitely somebody.

On a moonlit evening Bieno stopped the car next to the beach. I have something to say, he said.

Maria Maria smiled. She had been waiting for this.

I'm getting married, he said.

Maria Maria's heart stopped.

But I want to keep on seeing you, he said.

Maria Maria looked in the rear-view mirror. Her dress was bright and happy. She was the sister of the devil.

The next night the moon was just as clear. Maria Maria greeted her mother and took a taxi. In front of the most beautiful building she got out. She put on her hat and started climbing the stairs to the roof.

*   *   *

Sometimes you do not need to think a lot about things. Sometimes the most important decisions only take a few moments. They just come over you like they've always been there. Maybe you just need a little push, a little fresh air, maybe a little more blood must flow to the brain.

Maria Mendez hung from the fourth floor for nine hours before she was discovered. But it felt like a very short time. In fact, when the maid unlocked the front door of the apartment and discovered her dead master, Maria Maria wasn't sure she was ready at all.

The maid gave four screams, three high ones and a very low one. Then she looked up and saw Maria Maria floating outside.

She fell to her knees.

Oh, thank you, thank you, she cried, You came for him!

Oh, thought Maria Maria, what the hell.

Then she spread her arms and flew away.

She didn't fly like it was her first time and she didn't fly like a bird or an angel, Maria Maria Mendez flew like the Queen she was meant to be.

(from *Stone Shining*, 1999)

Anna

In Bloemfontein is daar toe die meisie wat werk in die fotostaat-kamer van 'n afgryslike vaal maatskappy. Dag na dag kopieer sy stapels onsinnighede wat van die een dwaas na die volgende versprei word. En toe op 'n Dinsdagoggend toe die fotostaat-masjien vir die driemiljoenste keer in haar oog flits, skei sy 'n waansinnige ensiem af in haar brein en gryp haar handsak.

Wild en sonder toestemming storm sy by die voordeur uit, af met Bloemfontein se hoofstraat en kom natgesweet tot stilstand op die dolle stadsplein.

Wyse man, ek soek jou! gil sy.

Ek is hier, sê 'n stem.

Onder 'n sambreel sit 'n blinde man. Op sy skoot is 'n papier-sak en hy gooi hande vol pitte in die pad. Langs die pad sit tien histeriese duiwe en kyk na die verkeer.

Die duifies gaan mal word, sê Anna.

Sorry, sê die man en gooi die pitte anderkant toe. Ek hoor vrees in jou stem, sê hy.

Ek moet wegkom, sê Anna, Ek vergaan.

Daar's 'n kompetisie by die trekkergarage, sê die man, Dis jou enigste kans.

So storm Anna by die trekkergarage in en koop twee kaartjies. Toe gaan sit sy in haar woonstel en begin wag. En twee weke later bel die garage en sê sy't gewen, sy gaan Comores toe vir 'n week.

Die volgende dag begin Anna voorberei. Sy gaan koop 'n tanga en twee bottels Quick Tan en twaalfuur die middag, toe Bloem-fontein bleekgebak staan en snik van die hitte, toe verskyn Anna op die balkon met haar badkamermat. Blink van die Quick Tan vlei sy haarself neer, maak haar oë toe en sink in 'n vredevolle slaap.

Sy droom van haar nuwe lewe. Sy sien haarself sterf op 'n stapel brandende fotostaatmasjiene. Sy sien haarself verrys in 'n stywe halternekrok. Sy sien haarself oor die strand hardloop langs 'n god met 'n plat maag. Sy sien hoe hulle knibbel aan pynappelringe en hartstogtelik rondplas in 'n brander.

So bak Anna op die balkon. So braai die vloerteëltjies die badkamermatjie dat hy aan die smelt gaan en vir Anna vasplak om nooit weer daar op te staan nie.

En so word Anna toe om drie-uur die middag uit haar slaap wakker, bruiner as 'n rogbrood en vas aan die vloer.

Verdwaas gaan sy aan die wikkel. Maar dis net haar kop en voete wat beweeg. Verwoed wikkel sy weer, maar daar's net 'n brandpyn. Dis eers toe sy ondertoe loer dat sy besef sy's nou deel van Bloemfontein soos nog nooit vantevore nie.

En dis toe dat die akkedissie van die geut afklim en reg voor haar kom staan.

En wanneer jy net 'n tanga aanhet en ontneem is van alle beweging en 'n akkedis kyk jou vol in die oë, dan moet jy 'n merkwaardige persoon wees om hoflik te bly.

So spoeg Anna die akkedis. So kom sit die akkedis op haar voorkop.

En toe maak Anna haar longe vol en gil. Sy gil dat die mense 12 kilometer verder by die Ultra City uit hulle motors klim en op aandag staan, sy gil dat die diere en plante in die veld spontaan van die son af wegdraai, swak bejaardes skielik daarop aandring om hulleself te bad en ongebore babas vir die eerste keer vrees beleef.

Toe staan sy uit die vloer uit op.

Anna het nooit 'n stywe halternek gedra nie en sy was nooit Comores toe nie, maar sy't wel 'n nuwe lewe. Sy werk in die fotostaatkamer en verwonder haar as die masjien so flits. Sy dra groot swart rokke en bly uit die son uit, want dis nog seer as die matjie warm raak. Sy slaap op haar rug, want die teëltjies krap te veel. En as sy slaap, in die hoek van haar oog, is daar so een traan.

Sy droom nog steeds van pynappels en bruingebrande gode. Sy

weet net dis nie nou die tyd nie. Miskien eendag. Wanneer almal loop met matjies.

(uit *Slow Tear*, 1998)

Selling to a Prophet

I was very proud of my shop. It was perfect. Unlike any other shop I have ever walked into. Every single object had its place. I spent days deciding on the position of a chair or the angle at which I would leave a book on the counter. My shop did not look desperate like the others. Nothing was screaming to be bought. In fact, I would be deeply upset when something was sold. That meant everything else had to be moved until the composition was flawless again.

I had designed the interior long before I knew what I was going to sell. That was the least important. I wanted to be the creator, owner and keeper of a space that would give people a taste or a confirmation of what The Better World would be. Those who felt intimidated would know they did not belong there. (And few belonged.)

Two weeks before I opened the doors to my beautiful world I had finally decided to sell paper. Exotic, fine, perfectly crafted paper imported from the most revered manufacturers around the globe. Paper so exquisite it could hold thoughts, poems and messages without being soiled by ink and hideous handwritings.

Not many people entered the shop. Those who did were mostly puzzled, uncomfortable and unattractive. They would stand around, disturb the space or talk too loudly. It took all my strength to stay courteous. I became a watchman, a guardian, a protector of precious paper. I started resenting the presence of those vile beings who showed no understanding of perfection, completely

126

unskilled in appreciating the wonder of paper, the charm, the touch, the smell of these wondrous blank sheets.

And then one day he walked into the shop. He did not look like a prophet at all. He was wearing black pants, a tight black top and a bright blue jacket. Casual, yet perfectly cut. His face was breathtaking. Radiant and beautiful. I was startled. By that time I had given up all hope of ever seeing somebody look good in my shop. And there he was standing as if it were no achievement at all.

There are many ways of creating beauty, he softly said.

And almost nobody who has the interest, I said.

Oh, they are numerous, he said, Everywhere.

How well they must control their needs, I said.

The prophet laughed. The muscles in his face, the lines around his eyes, the shape of his teeth, everything was perfect.

You have wisdom, he said, I can even sense that you understand the Ways of Light. But you don't allow yourself your gifts.

He moved his hand like somebody who had practised in front of a mirror.

What is your biggest dream? he asked.

I want to live in Japan, I said.

Japan? he laughed.

There's a lot of paper in Japan, I said, They even live in paper. They walk in and out through paper doors. They have silence and grace and can spend an entire day drawing a single line. And they are beautifully dressed while they are doing it. That's how you work with paper. Not like the fools who think it's for carrying fast food.

So why are you here? asked the prophet.

I don't travel, I said, It makes me sick.

The motion? he asked.

No, I said, The thought of it. Moving around in chaotic filled-up spaces, surrounded by loud people with no dress sense, travelling

127

exhausting distances with your belongings left behind, having no privacy, never knowing if the water is clean, it's impossible.

He laughed again. This time it was the lips that caught my attention. Moulded.

Would you like to buy anything? I asked.

No thank you, he said, We can leave as soon as you are ready.

Leave for where? I asked.

Japan, he said.

He came into the shop every day. Positioning himself at the exact right angle in the exact right light. Looking good, making people stare. He spoke softly, looked at the paper, laughed at my jokes, and waited.

I knew I had no choice. I knew I was going to Japan. I feared the journey but I knew that he would let no harm come to me. Only once did I ask him why and he answered that it was his job.

The travel arrangements were left to me. It was surprisingly easy. I knew I had to pack only a few important items and I knew we had to go when the weather was good. I decided that if I were to travel towards my dream, and do so with somebody who knows everything, it had to be most special.

So I decided on a swan. I paid two idiotic but huge schoolboys to steal the swan from the hotel pond. We made the bird calm down, fed him well and left in the middle of the night.

It never occurred to me that the swan might not know where Japan was. I just assumed the prophet would know and take charge when it was necessary.

We talked for hours. We discussed wishes and dreams, religion, divinity and its purpose, violence, music, books, fame, acts of God, war and meditation. I lost everything. The hotel swan was obviously not used to flying and tired easily. Halfway over the Indian Ocean I had to throw off my TV set. The next day, my favourite footstool. Two days later, my entire paperweight collection and a whole case of liqueurs.

I was permanently light-headed from the lack of oxygen, the cold air and the beauty of the prophet. I floated on his voice, I soaked up every word of wisdom, I fed on his healing presence and protective ways.

Just when I started thinking the swan could carry us no further, we saw Japan. Slowly it came into sight. It was grey and hard looking. I didn't want to believe it. Japan was ugly.

And it still is. It is a hell of neon lights, concrete, public transport, cramped little apartments and millions of people. But my life here is beautiful. The swan did not like Japanese food and died after two days. The prophet left to go to faraway places and do what prophets do. And I stayed with the knowledge that there is guidance in this world, peace of mind and safety.

My memories of the prophet are clear and with me all the time. What he gave me and taught me became my life. I see him everywhere. Sometimes on a billboard, sometimes in an ad for aftershave, sometimes on a shampoo bottle.

And then, just for a moment, I wonder. Would anybody love a prophet if he was not absolutely beautiful?

(1999)

Cheat

Aan die kant van die dorp is die mooiste, mooiste bome. Weelderig dwarsdeur die jaar. Agter die bome lê die tuin met grasperke, groen soos die afguns, sag soos die boud van 'n welgestelde gay. Heel voor is die hekke, spierwit en bedrieglik.

Maar almal weet en ry verby.

Die opstal is Victorian, met 'n veranda en 'n wiegstoel. Bo-op sit Henry. Henry wieg vorentoe en agtertoe, jaarin en jaaruit. Soos die gety van die Dooie See, al op een plek en swaar van die sout.

Suster Bee sê dis oor sy kop loop staan het. As sy hom net kan hartseer kry dat hy kan huil, dat die sout kan uitkom, maar hy sit aangeslaan soos 'n slagding in 'n Boesman-spens, gepiekel vir die winter.

Suster sê die dag toe hulle hom kom aflaai, toe ruik hy al soos katpie in 'n skakelhuis. Dom en doof loop sit hy op die skommelstoel, skif homself tot biltong, gestroop van hoop en wanhoop.

Suster sê dis net sy blaas wat nog verlos, sy moet waghou dwarsdeur badtyd, hy pie die teëls van die muur af.

Res van die malles speel almal op die lawn, hol in die rondte, bedwelmd en beroerd, Henry sit.

Was 'n lang tyd terug, toe Henry nog op die been was. 'n Droom van 'n man, gesonde gesin, stewige beroep, aktief in die kringe, dit was 'n lieflike prentjie.

Maar so is Henry ook die derde geslag uit 'n bloedlyn legendaries vir hulle kliere, baanbrekers in die geskiedenis van die onderlyf. Hy bly ook nie gespaar nie en ontvang sy bewustheid reeds vroeg in die lewe. Sy baard het skaars ontkiem toe sy lendene begin weer opsteek. En Henry byt vas so lank hy kan, beveg die roep van die oerwoud met 'n forse dapperheid, slaan een-en-twintig net betyds, trou met 'n dingetjie in wit, stil sy honger, les sy dors, alles binne die perke van die eg, dingetjie in wit baar accordingly erfgenaam op erfgenaam.

En so kom die wreedheid van roetine en die drome van 'n weiveld. Daai man se drifte versprei op hom soos 'n bamboesbos langs 'n oop drein. Hy't geknyp en geklou soos hy kan, maar dit was soos 'n bloedklont in 'n ouetehuis, net 'n kwessie van tyd.

En toe, op 'n stil aand, toe sy klierkas genoeg lading opgebou het om 'n shopping centre weg te blaas, toe verlaat Henry sy broek en doen ten volle gestand aan die sondes van sy vadere. Hy trek los en bevredig homself met elke vleis wat verbykom, hy bewerk die dorpsvrouens dat hulle wens hulle het ekstra liggaamsdele gehad, hy pomp dat die mense moet gaan oplees of Sodom rêrig al verby is.

Natuurlik sê niemand 'n hardop woord nie, helfte is jaloers, res is te moeg.

Dingetjie-in-wit se hart is gebreek, maar sy't hom lief, sy wag tjoepstil en vernederd, hulle kom mos altyd weer huis toe, dis net die menopouse-ding.

Misgis sy vir haar. Nag vir nag is hy op nog voor die maan. Werk deur die dorp soos 'n myner met 'n gaslamp, in by elke gat wat 'n skatkis kan huisves.

En soos Henry een aand nog 'n jong stuk opsaal en galop oor die pieke van vleeslike vreugde, so sit Dingetjie-in-wit by die kombuistafel. Sy wieg vorentoe en agtertoe.

Waai wind, sing sy en plak 'n lang nael aan haar vinger.

Bring hom terug na my, sing sy en sy plak nog 'n nael. Sy verf hulle spierwit soos haar kabaai.

Ek moes lankal begin sing het, sê sy en blaas al tien droog.

Toe loer sy of die kinders al slaap, druk 'n nael in haar bolla en laat val haar hare op haar skouers. In die kamer haal sy die bulb uit die bedlamp.

Shake it loose, sing sy en ruk die haardroër se draad uit. Druk een punt in die lamp, split die ander kant in twee en toe in by die kopkussing.

Laat gewerk, sê Henry in die deur en gooi sy tas neer. Hy val op die bed. Wat gaan aan met jou kop? vra hy, Jy lyk soos 'n heks.

Magic, sê Dingetjie-in-wit, Lê, dan wys ek jou.

Toe skud sy verleidelik haar lokke, strek haar sexy naele en sit die lamp aan. Brrr maak die kussing en brand twee pikswart gate deur die sloop.

Henry lê styfgeskop en ruk soos 'n diet-belt op hoë spoed.

Dingetjie sing "Waai wind" twee verse lank, toe maak sy 'n key change en sit die lamp af.

Henry lê met botteloë en wit gebarste lippe.

Dingetjie haal die drade uit. Vir encore sing sy, Wat gaan aan, wat gaan aan, wat gaan aan met jou kop. Toe trek sy die kussing skoon oor en bel die ambulans.

Daar's fout met my man, sê sy, Ek dink dis oor my sang.

(uit *The Last Witch*, 1996)

Pedestal

Nee, sê hy vir die vrou, Ons sit jou op 'n pedestal.

Vrou dink, Vir wat? maar sy sê net, Hoe hoog? So?

Nee, sê die man, So.

So?

Huh-uh, so.

Is hoog.

Hulle sit weerskante van die lessenaar. Res van die kantoor is net glas en mat. Die vrou was vierde in die ry. Sy's net in by die kantoor, toe buk die man foontjie toe en vertel vir reception die res moet loop, hierdie een is perfek, vul solank die kontrak in.

Is dit jou eerste booking? vra die man.

Ja, sê die vrou. Sy verkyk haar. Tom Jones, van bo tot onder, net mooier.

Man dra Levi's met 'n baadjie, das is los, bek vol bubble gum.

Seks en mag in die corporate world.

Pop, daar's 'n reënboog, sê hy, Jy't so pas die goudpot raak gesit. Ons gee jou vyf syfers, less tax. Hoe voel dit?

Is hoog, dink die vrou. Voel orraait, sê sy.

Sy's fokken gross, dink die man. Jy's perfek, sê hy.

Jy ook, dink die vrou. Dankie, sê sy.

132

Ons rekord is 100 persent, sê die man, Daar's nie 'n produk wat ek nie kan verkoop nie. Nou's dit die Age of the Female. Just be yourself. Ons lift jou sky-high. Die hele wêreld kyk na jou en sien hulleself. Ons dress jou in wit, up you go, Die Ewige Bruid, Virgin met Experience, The future is your lover.

Is hoog, dink die vrou. Wat verkoop julle? vra sy.

Is 'n period-pil, sê die man, Painkiller, antidepressant, vitamins, all in one, is die Pil van die Eeu. En jy's die girl.

Wat maak ek? vra die vrou.

Dis die launch, sê die man, Jy's op die pedestal. Nobody knows, suspect niks. Next thing, ons start die crane, up you go. Everybody stops, they stare. Is it an angel? Is it a bride? Ons slow down met die crane, jy kyk vir 'n oomblik af. Hulle sien jou gesig, the girl next door, nothing special. But she's flying. Jy kyk op, jy strek jou arms. Suddenly there's music – violins – and then the voice: This could be you. Deprogone. The flight to freedom. Uit kom die reps, pille vir almal. Huh? Is 'n killer.

Wat maak ek dan? vra die vrou.

Jy freeze net, sê die man, Daai image, die symbol, burn it into their minds, ons betaal jou by die uur. Volgende dag, we hit the next town.

Vrou sit klaargevries. Ek vrek eerder, dink sy.

Man ken al die signs. Sit agteroor, spread sy Levi's. Hy maak sy mond stadig oop, Beechie lê op sy tong, this could be you. Seks en mag in die corporate world.

Sien ons jou Vrydag? vra die man.

Tom Jones, dink die vrou, Vyf syfers, deposit vir die kar, TV vir die kamer, 'n jaar se scratch cards.

OK, sê sy.

Teken net by reception, sê die man.

Vrydag, dis halfvyf. Die hele wêreld kom van die werk af. Sy's op die pedestal, wit rok bewe van senuwees, is al klaar hoog.

Ek wil opgooi, sê die vrou.

Sluk, sê die vyf syfers.

Knor, sê die crane.

Daar gaan sy. Almal staan stil. Verkyk hulle. Sy staan lam op haar bene, vergeet van die afkyk. Op gaan die pedestal. Sy strek haar arms uit. Nou waar's die musiek?

Spring! skree iemand.

Toe, spring! skree die res.

Die hyskraan begin wieg, heen en weer.

Hou op! gil die vrou.

Daar's 'n mal vrou! skree die mense.

This could be you, sê die stem.

Help my! gil die vrou, Julle gaan te hoog!

Is that how you sometimes feel? sê die stem, Desperate? On the edge? In pain?

Stop dit! skree die vrou.

Spring! skree die mense.

This doesn't have to be you, sê die stem, We have the solution.

Julle't gelieg! skree die vrou.

Is 'n killer, sê die man, She's perfect.

Deprogone, sê die stem.

Spring! skree die mense.

Uit kom die reps, pille vir almal.

Die hyskraan swaai heen en weer.

Die vrou maak haar oë toe.

Die mense is mal van opwinding.

Sy leun vooroor. En toe vlieg sy.

(uit *The Last Witch*, 1996)

Die brief

Tussen die droë berge van Suid-Amerika, in die laaste straat van die klein dorpie Quentalombo, het Servez Vintros en sy vrou, Vincetta, gewoon.

Van hy die dag self sy lyfband kon vasmaak, het Servez trots sy familie-ambag beoefen met die maak van saal- en wynsakke. Veertig jaar aanmekaar bedryf hy sy looiery met die enigste onderbrekinge sy troudag en die burgeroorlog. Geen man word 'n baron van hierdie besigheid nie, maar hy kon voorsien vir sy vrou, daar was 'n dak oor die kop, 'n leivoor in die tuin en hul albei se grafte was betaal.

Vincetta was 'n heel ander storie. Ietwat onvas op die voete, met 'n permanente sleep van die tong, bly sy maar in die koelte van die huis, natlap in die nek kom sy ook deur die dag, groet g'n mens nie, Servez ingesluit.

Die slag as sy na genoeg aan 'n venster kom, kon 'n mens nog hier en daar die spore van skoonheid uitmaak wat die formidabelheid verklap van dit wat was, die toentertydse blas godin wat die jong Servez kom verower het.

Maar dieper as die skag van 'n kopermyn, so diep in haar hart lê die geheim van 'n onbesonne oomblik. Dit was twee jaar ná die troudag, tydens die Fees van die Huilende Heuwel. Op dié dag dans die hele gemeenskap, getof en gemasker, by die dorp uit tot by die bult, skiet vuurwerke tot die ganse woestyn lont ruik, Padré sprinkel almal met water en dan gaan staan stewige Valencia voor die bult en sing met haar diep stem, Huil o Heuwel, Was my skoon met jou goue traan. Tien sterk seuns wat bo wegkruip, tip dan 'n krat lemoene wat bultaf rol, dan padaf tot terug in die dorp. Met die eerste lemoen wat voor die kerk verbykom, lui die altaarkneg die klok en almal se sondes is vergewe vir nog 'n jaar.

Dit was tydens dié fees, net twee jaar ná die troue, dat Vincetta te veel bola inkry en tydens die tip van die lemoene agter die bult beland, haar rok oor haar kop gooi en met die hulp van 'n sterk seun 'n gulsige posisie inslaan en uitvind met presies hoeveel wellus die natuur haar toebedeel het.

Geen mens vind ooit uit van haar kortstondige ontsporing nie, maar die skuldgevoelens vreet vir Vincetta van die oggend tot die aand, totdat sy besluit as Servez sy manlike pligte behoorlik nagekom het, die noodlottige gekoppel nooit sou plaasgevind het nie. Uiteindelik vloek sy hom vir 'n woestyntrol met melkbaard, jaag hom uit die bed en slaan die kamerdeur vir ewig agter hom toe.

Dag na dag bly sy in die bed en verdoof haar pyn met gegiste granaatpitte. Servez slaap op die kombuisvloer. Drie maande, toe's sy 'n verslaafde, hy's sonder behoefte en oor die huis sak 'n stilte toe wat die doodstraf na pret sou laat lyk het.

* * *

Byna veertig jaar gaan verby. Toe, op 'n dag vol stof, sit Servez en kerf aan 'n buffelvel, Vincetta sleep slapgesuip 'n pot rond op soek na die stoof, toe stoot iemand 'n koevert onderdeur die deur.

Op Quentalombo kry niemand pos nie. Dit bring net dood of groter onheil.

Servez is wit geskrik. Bid, fluister hy.

Hail, sê Vincetta, maar sy kan glad nie op Mary se naam kom nie.

Maak oop, sê sy.

Servez skeur die koevert oop en haal bewerig die brief uit. Hy vou die papier oop, kyk stip daarna en val toe met sy kop op die tafel.

Ek het dit heeltyd vermoed, sug hy.

Wat? vra Vincetta.

Ek kan nie lees nie, sê hy.

Vincetta laat los die pot. Probeer môre weer, sê sy en gaan lê in die kamer.

Volgende dag sit Servez heeldag, maar hy kry nie gelees nie.

Vincetta lê in die kamer met al die linne in die huis nat oor haar gesig. Af en toe kom sy op vir asem en 'n sluk pitte.

Derde dag toe hang die spanning dik teen die dak. Servez sit natgesweet en staar na die brief. Ek voel dit kom, sê hy, Dis nou-nou, dan lees ek hom.

Toe ruk Vincetta die kamerdeur oop en maak dit net-net tot by die muurkas. Sy gryp 'n bottel rooswater en gooi dit by haar rok in.

Ek moet bieg, hyg sy, Ek moet klaarmaak.

Ag sien jy, sê Servez, Daar's dit weer weg. Hallo! skree hy by die koevert in.

Vincetta is nou sopnat. Hoeveel jaar se vullis groei op my soos gars! skree sy en slaan haarself met die vuis.

Lees jy glad nie? vra Servez.

Soek jy die tyding? gil Vincetta, Loop lees dit in die sterre! Lees dit in my oë! Verdoem is ek wat om vergifnis wag! Die pes hang oor die drumpel, die vergelding blaas in my nek. Jy laat jou uit jou bruidsbed skop, jy vra nie vir 'n rede nie! Jaarin en jaaruit wag ek om te bieg! Ek wag 'n ewigheid vir skoonkom! Vir vra, Vergeef my! Maar niks! Nie 'n chip van die pispot!

Toe is sy uit by die deur en af met die pad. Daar was die klap van 'n houthek, die gekletter van hoenders en so lê Vincetta Vintros gewelddadiglik beslag op platbors-Maria se werfdonkie en ry hom bloots die woestyn binne.

Servez is die volgende dag klooster toe om sy brief te laat lees. Daar staan dit in ink, hy't die lotery gewen.

Twee weke later, hy't net sy geld opgeëis en sy droomhuis begin bou, toe keer platbors-Maria se donkie alleen terug uit die woestyn, skeelgeslaan deur die weerlig en sonder 'n haar op die lyf. Hy word getoor verklaar en daarna net met feeste losgelaat. Vincetta is nooit weer gesien nie.

Servez se huis is klaar, drie verdiepings hoog, hy sit heeltyd op die dak.

Dan skree die mense, Kyk jy uit vir Vincetta?
Nee, sê Servez, Ek lees die sterre.

(uit *The Last Witch*, 1996)

Ballet

Hoe groot is die wonder van die natuur. Selfs tot in die skemeruur van die menslike siklus ontvang jou verwysingsveld sy weerstand.

Op vyf-en-vyftigjarige ouderdom trek Martie se man een aand sy mond skeef langs die tafel en kom tot ruste in 'n warm bak oxtail.

Martie bly gedemp sterk deur die smart, begrawe hom met waardigheid, bedank almal vir die blomme en bel haar vriendin Fay.

Die huis word al groter, sê sy, Pak jou goed, ek koop 'n flat.

Fay is al single van puberteit af en trek met dankbaarheid by Martie in. Die twee sit kort-kort vas, maar hulle bly op die derde verdieping, dis naby die winkels en die flats het 'n nagwag.

Martie weet die lewe moet aangaan, bly in die kombuis en bak soos vroeër, vries wat te veel is. Fay het weens die jare van onthouding haar behoefte aan genot voel opkrimp totdat die laaste bietjie hittigheid nog net in die vingers te vinde is. Sy sit voor die TV en brei haar kombers. Sy't lankal vergeet wanneer sy begin brei het en of sy ooit gaan ophou. Die kombers maak amper die hele flat vol. Slaaptyd bind sy af, gaan klim in onder die stuk in die kamer, volgende dag brei sy verder waar daar nog plek is. Martie sê not te hel sit sy haar plante uit, maak plek. Nou hang een deel by die venster uit.

Die aand sit die twee in die sitkamer, floep! ruk Fay van die bank af, Martie kyk by die venster uit.

Daar's weer 'n kar op die kombers, sê sy, Wag net tot die robot groen is.

Kar trek weg, Fay soek haar steke.

Jy moet die ding uit die pad loop haal, sê Martie, Jou knieë gaan ingee.

Fay staan op met vreemde oë. Ek hoor 'n roepstem, sê sy.

Dis die TV, sê Martie.

Ek hoor hom duidelik, sê Fay, Deur my lyf.

Dan't jy concussion, sê Martie.

Kry jou jas, sê Fay, Ek bel vir transport.

Martie protesteer, maar Fay het haar uit by die deur, taxi staan op die kombers.

En waantoe gaan ons? vra Martie.

Ek weet nie, sê Fay, Ry net, Meneer, ek sal jou sê om te stop.

Twee blokke verder kry Fay 'n rilling en skree Briek! so hard dat die drywer eers moet help om Martie onder die seat uit te kry voor hy kan kleingeld soek.

Sien jy, sê Fay, Die skrif is aan die muur.

Voor hulle staan 'n massiewe gebou, heel bo sit 'n billboard met liggies.

Fay lees hom kliphard. Geselle, sê sy en sleep Martie tot by die box office.

Hoeveel? vra sy vir die meisie.

Lyk vir my soos twee, sê die meisie.

Sy's wragtag slimmer as wat sy lyk, sê Martie.

Ek praat van die prys, sê Fay.

Vyf-en-veertig rand 'n kop, sê die meisie.

Ek eet nie afval nie, sê Martie.

Dan vat jy twee keer poeding, sê Fay en gryp die kaartjies.

Op met die trap, daar staan duisend mense met wyn.

Moet 'n helse kombuis wees, sê Martie, Hoe hou hulle alles warm?

Hou net jou bek, sê Fay. Sy's nou rooi van die koors.

Ek hoor hom duidelik, sê sy en trip 'n meisie met 'n uniform. Waar's my plek, sê sy, Die tyd raak min.

Meisie vat hulle in tussen rye seats. Orals peul mense by die deure in. Skares ou vrouens met pêrels en mannetjies met polo necks en Melton-baadjies.

Dis soos oordeelsdag, sê Martie, En die mowwe is heel voor. Waar's ons tafel? Ek haat hierdie geëet op die skoot. Wat worry ek in elk geval, nou's die krag ook af.

Plek raak pikdonker, iewers trek 'n orkes los met 'n klipharde wals. Toe skuif 'n gordyn weg en daar's 'n groot vloer met blou ligte.

Dis 'n hoerhuis, sê Martie, Geselle! Jy sal rekenskap gee van hierdie nag! Nie eens op my troue het ek 'n dansvloer geduld nie.

Toe flits 'n wit lig en daar staan 'n visioen met spiere en tights. Hy trek sy tone op 'n punt en lig sy been tot by sy oor.

Fay gooi haar handsak met 'n boog tot tussen die polo necks en klim op haar stoel. Vervloek is my breipen! gil sy, O roepstem! Vergeef my! Neem my nou en wag nie langer!

Die orkes speel al hoe vinniger en die visioen hardloop spring-spring in die rondte. Bravo! skree die polo necks.

Sit! sê Martie, Die ding soek sy broek.

Die meisie met die uniform kom kruip-kruip tussen die seats deur. Is daar 'n probleem? fluister sy.

Nee dankie, sê Martie, Stuur net die waiter as die krag aangaan.

Fay sit en snik in haar hande. Die orkes maak 'n drumroll en toe spring 'n anoreksiek meisietjie agter die gordyn uit en trippel al agter die spiere aan.

Ek dog sy's dood, sê Martie. Sing "Mister Postman"! skree sy.

Sjjt! sê 'n vrou in 'n fur.

Blaas jouself, jou harige tert, sê Martie.

Die een met die spiere swaai die meisietjie al in die rondte.

Wurg haar! skree Fay, Weg met die bronstige feetjie! Vervloek is elke vlinder!

Teen die tyd dat *Giselle* die laaste toneel bereik, is Martie al naar van die honger by die deur uit om die kombuis te gaan soek. Fay is besig om die stoffering in bolle uit haar stoel te ruk. Sy skuim soos 'n brandslang, sy's duskant haarself van koors, sy gloei so dat eenduisend mense sopnat sit van die sweet en die visioen sy tights afruk en kaalgat rondspring.

En soos die orkes die klimaks bereik, gooi hy sy arms in die lug, bol sy rug en lig sy knop direk na die spotlight.

Fay is uit haar stoel uit soos 'n sirkuskanon.

O Magtige Magneet, gil sy, Hier kom ek nou!

En toe spring sy. Sy breek haar nek in Ry F en word eers drie dae later wakker toe die verpleegster haar drup omruil.

Engeltjie, sê sy, Vlieg net gangaf en vertel vir Roepstem ek is hier. Ek het huis toe gekom.

In die hel is waar jy is, sê Martie en sleep die stuk kombers wat sy by die robot afgeknip het om Intensive Care se hoek, Bedek jou sondes dat jy kan berou kry.

Fay draai haar oë venster toe. Ag, gaan huis toe, sê sy, Vries jou kos en snoei jou plantjies, ek lê net hier. Waar't jy gelees elkeen moet sy hart net een pad vat? Die een kyk hier, die een kyk daar, toe my lig kom, toe sien ek hom. Judge jy maar soos jy lus kry.

(uit *The Last Witch*, 1996)

Keerpunt

Stel jou voor: 'n spierwit, lieflike huis met verskeie verdiepings, omring deur oorvloedige tuine, versorg van hoek tot kant. Maar die huis staan direk langs 'n groot sportkompleks en ná elke wedstryd waai die wind net genoeg vullis en papier oor die muur om die hele tuin te bedek.

So was my lewe. Wonderlik genoeg om ander jaloers te maak (my shows is vol, albei my ouers leef, ek was in *Huisgenoot* se blokkiesraaisel en so), maar met genoeg vullis om my wakker te hou.

Tot 'n paar maande terug.

Ons hou hierdie promosie-ete by my huis, *De Kat* neem foto's, TV verfilm alles, dis 'n hele Hollywood-storie. Ek nooi vir Mimi Coertse (wie's after all meer famous?), Brümilda van Rensburg (goeie vriendin en 'n aanwins vir enige kamera), Mariëtte Crafford (bekend vir haar kosboeke en gesels die doodste partytjie aan die lewe) en Iain MacDonald, senior solis by Staatsteater Ballet (een van die mooiste wesens wat nog bo-aan 'n paar bene verskyn het).

Ek persoonlik besluit om by die eetgerei te pas en wurg myself 'n ontwerpersuitrusting van silwer kunsleer binne. So gesels ons oor Mimi se mooi stem (myne is so hees, almal dink dis net 'n kwessie van tyd), Mariëtte se dun middel (myne is onder die tafel op pad vloer toe), Brümilda se mooi hare (my laaste drie sit nog net met jel, gebed en hipnose) en MacDonald se gesonde lewe as danser. (Ek doen inwendige bloeding op as ek vinnig buk en ek raak al hoe meer gespanne.)

Lankal kom die storie met my saam en ek ignoreer hom, whiskey vir whiskey, sigaret vir sigaret, maar op dié aand kom sit hy helder voor my en ek kry hom nie weg nie. Al hierdie lieflike mense om die tafel en op die punt sit ek en blink in 'n rookwalm soos 'n duiselige Marsman met 'n swak long.

En hoekom? Want op twintig toe dog ek die toppunt van rebelsheid is om in 'n kafee in te stap en te sê, Pall Mall, please. En ek moet altyd ietsie drink, want 'n glas laat my vingers langer lyk. En oefen kan jy glad nie, daai tyd is dit nie goed vir die image nie. En kyk hoe lyk ek nou.

Laatnag toe lê ek en my maag nog wakker. Teen die ceiling hang my Engel.

Wat kyk jy? sê ek.

Ek wil nie baklei nie, sê hy, Maar jy ken die waarheid.

En wat's dit? vra ek.

Jy wil ook graag fiks wees. Jy kry net moeilikheid met die drank. En jy weet die rook maak jou ongemaklik.

Ek sê niks, maar ek weet dis die reine waarheid.

Engel soen my op die voorkop en toe's hy weg. Hy's nou nog weg, maar ek mis hom nie.

Dit was verskriklik vinnig. Volgende dag kry ek vir my 'n instrukteur, 'n maere. Hy oefen my nou al vir maande, ek weeg minder as 'n leë skilferkors, maar hy dink nog steeds ek's te dik, geseënd is hy vir ewig.

Nooit weer het 'n sigaret op my lip kom sit nie (die mense wat vertel dis moeilik om op te hou, het aandele in die tabakbedryf, glo my) en die enigste alkohol wat ek inkry, is in my aftershave.

Ek sing lang note, ek slaap vas, ek ruik lekker, ek oefen soos Jane, my middel is in my middel (nie die vertrek s'n nie), my depressies word al minder, ek kan myself nie glo nie. (Diegene om my, nog minder.)

Uit volle bors wil ek bulder, vanaf die hoogste, hoogste berg. Elke mens het 'n Engel, jy moet hom net kans gee, dis so maklik.

(1997)

Convoy

It happened late afternoon. As usual everybody was at the little stream. First the children came running from the trees. Their eyes were big with fear and some of them were crying.

The women stopped working and asked what was wrong.

Peligro! screamed the children, The Spirit of the Big Bear, it is shaking the earth!

Nonsense, said the women. But now their eyes were big too.

And then we all heard it. It was a horrible, deadly sound. Persistent and piercing like the wind through a desert mountain.

The women picked up their washing and got the children together. Only Mami stayed on her knees. She was hitting Papi's blue shirt with a stone.

The sound got louder and higher.

Everybody stood frozen.

Then the forest gave birth to an apron with two enormous breasts. It was my Aunt Bolka. Her hair was in her face, and she was running with her arms in the air, producing the most deafening wail.

She ran through the water and fell on her knees in front of Mami. Hit me, she screamed.

Mami dropped the stone and hit her Wak! through the face. Aunt Bolka fell backwards. Then it's true! she cried, I'm wide awake!

Stop the crying, said Mami.

I saw it with my own eyes, said Aunt Bolka, Blood streaming from her hands!

Whose hands? asked Mami.

Maria, said Aunt Bolka, The child came to the truck with her hands bleeding. She said she went to look at the Virgin. She said she asked the Virgin to keep the winter away this year. She said then the blood started coming.

Mami took the stone and started hitting the shirt again.

Why me? she said, Why me?

I made her lie down, said Aunt Bolka, But you have to come, she is frightened.

Mami looked at me. Go wake up your father, she said, Tell him to get the wagon.

Aunt Bolka and her husband lived on the other side of the forest in a truck without wheels. We had to wait till it was dark to take the wagon through the forest because Papi could not pay taxes and the forest belonged to Michael Gometh Hermanez who said he would shoot us if he saw the trail again.

Papi walked in front because the horse could not see in the dark. I sat on the wagon with Mami and Aunt Bolka.

I told that child to stay away from town, said Mami, But she runs to that statue the moment I turn my back.

Shows you what comes from marrying a lazy woman, shouted Papi, I told you, cook the meat longer. You eat old meat when you're pregnant, the child is born Catholic.

Shut your mouth, said Mami, The old meat hangs on you. Maria, she went to pray because her father is too useless to provide.

We could hear the people long before we got to the truck. They were everywhere. On the roof of the truck, in the trees, on each other's shoulders, trying to see through the windows. Show us the child, they were shouting, We want to see magic.

There is nothing, shouted Mami, You had too much wine.

They put a blanket over Maria and put her on the wagon. Her face was glowing like a church window.

There is an old doctor who is friendly to our people, said Mami, We take you, but you don't say anything. You say you fell. The Church of the King will not smile when they hear there is magic in the hands of a forest girl.

It was the first time I saw the town after dark. There was music with a sound I had never heard before. It looked like everybody was on the square. People who spent their days in brown and grey were dressed in the brightest colours, the women wore golden chains and flowers and the men had shaven faces and shining hair. Around the fires they moved in a way I had never seen before. Their hands were in the air, turning like the heads of snakes, their eyes were dark and hungry and their hips were swaying in a way I knew was sinful. I could not look away.

So there, while Mami was inside showing Maria's hands to the doctor and Papi was hiding so as not to get beaten up, hypnotised by the dancing and drunk from a feeling of which I did not know the name, I stood on the back of the wagon and started puberty.

* * *

Puberty was exhausting. Suddenly everything was changing. Everything looked different. I hated the clothes we were wearing. I wanted to look like the people on the town square. I didn't want to go with Mami to the stream anymore. I didn't want to play with the children. I became angry at things for reasons I did not understand. Every day I was looking out for new people. Travellers, soldiers, strangers who looked different from us and carried the world with them. Looking at them made me feel better and warm and I would imagine I was one of them until the fire of a thousand forests was burning in my loins.

I didn't want puberty to end. I liked having the fire and feeling angry. I knew when it was over I would have to be a man and I didn't want to be like Papi.

One day I had to walk with Mami to buy meat from the woman at the crossing. Papi never left the house anymore. He waited for the people to come. As the word spread, they came from everywhere to look at Maria, and he would make them pay. One coin, they could look from the door, two coins or a chicken, they could come inside.

There was nothing to look at, just Maria sitting in the white dress Aunt Bolka had made of the tablecloth her first husband had stolen from the whorehouse in Latva, and next to her Papi sat in the remains of a wheelchair he had found at the building site where he had his last job. But times were difficult and people were ready to believe in anything.

He looks like a pimp who had an operation, said Mami and closed the door.

At the crossing there were more people than usual. They were

shouting and waving their arms but not about the price of pota-
toes or the flies on the meat, there was something else.

Trouble, said Mami.

We're dead, said a woman, They will come and they will come
tonight.

The men have already gone, said another one, Into the moun-
tains again.

What is wrong? asked Mami.

It's the townsfolk, said a woman. They were looking for a reason,
now they got one.

The woman had two eyes that were not made for the same face
and the more upset she got, the further they moved from each
other. I looked at my feet.

There was a robbery, she said, Somebody broke into a food
store. Pissed against the counter and stole the wine. And you know
what that means.

The woman's voice went higher and higher.

You know what will happen! she screamed, Who do they blame?
Us! More and more of them are coming from the other towns.

The woman's voice was so high nobody could hear what she
was saying.

Hit her, said a fat one, My hands are full.

Wak! Mami hit the woman and her voice came down.

They will burn the whole settlement down, said the woman,
And not just us, you too. They will clean up both sides of the
forest. And the police will just stand and watch like last time.

Where's Bolka? said Mami.

She's doing washing, said the fat one, She wants to die in her
wedding dress.

We turned around and ran back to the house. We took food
and blankets and went into the forest to wait. Papi went into the
mountains. Always with trouble, the men left for the mountains.
The women and children were safer on their own.

That night we watched from the trees. They came with their dark eyes and their tailored coats and their tight pants and they cursed us and put our wooden house on fire.

And I was burning too. I was stunned by their power and their wildness. I was crying because they were beautiful. I could not look away. I was in love with the people who were burning down our house.

*   *   *

It took us four days to get to the town of Borda. We walked with three other families until we saw the first smoke from the chimneys, then Papi said we should walk alone, we looked like the eleventh plague approaching.

Outside Borda we wiped our faces and cleaned our shoes while Papi looked for a tree to hide in. I walked with Mami and Maria, past the first few houses, round the corner down a narrow street.

In front of a dark little house stood two old women with big shoes and heavy clothes.

I beg you tell us, said Mami, Where do we buy meat and soap?

How well do you fly? asked one.

Lost my wings in a fire, said Mami.

It's a shame, said the other one, Such good weather for flying.

It's the chimney or nothing, said the first one, Only way to get in.

But we can't help you, said the other one, Our wings fell off. Didn't eat our vegetables.

Hmm, said the first one, And our shoes are too big.

They went into the house and we walked on.

There's the church, said Maria.

If you bleed, I'll hit you, said Mami.

We turned the corner and found the store, a square little building of red mud with pieces of wood nailed over the door

148

and windows. In front stood a crowd of people, looking up at two enormous feet sticking out of the chimney.

She's been there since this morning, said somebody.

Get out, screamed a woman, I want sugar!

An old man turned around. You better stand back, he said to us, They're all nervous as it is, if they see you lot, there's no telling.

What is happening? asked Mami.

It's Pedro Alvaro, said the man, His eyes are no good, so the past few years he only makes big shoes. They all get stuck.

Why the chimney? asked Mami.

Only way to get in, said the old man, We need to eat.

What's wrong with the door? asked Mami.

Oh, they warned her many times, said the old man, They said, Christina Milente, you stay friends with Herta, we will nail you inside your store. Christina Milente is a good woman, but she never listens.

Herta, the singing woman? asked Mami.

She's one of you, said the old man, The people of Borda, they don't like the dirty skins, they smell blood. Herta came at night. Burned candles with Christina Milente, made songs and poems. All night long you could hear that voice, like a wolf at full moon. Where's my place? Where's my name? Where're my people? So they went and got her out and they nailed Christina Milente inside. A woman with no man, dirty skin or Christian, it's a bad thing. A woman who sings alone, she curdles the blood, she stops the line of children.

And Herta? asked Mami.

She sings where she hurts no ears, said the old man, You find the last street, you go round the big wall.

We turned and we ran like we always ran. We ran till there were no more houses and only one more street. We saw the big wall, we ran to the end and looked around it.

On the other side it was dark. The sky was grey and much

lower, like a ceiling. There was a noise, like the wind, but nothing we could feel. The road was gone and the horizon was empty. In front of the wall, like a tiny dance floor, was a platform of clay, and mounted knee-deep in the clay, was a woman. Just above her one shoulder the moon was hanging.

Herta, said Mami, Herta, the singing woman.

The people of Borda, they made a statue out of me, said Herta. They feel safer now.

It is cold, said Mami.

The same hand that pushes you, said Herta, It lives here too. Are you without a man?

No, said Mami, he's in a tree.

Herta smiled. Oh, she said, How nature always takes them back.

What will you do now? asked Mami.

Well, travelling is out, said Herta, And it gets lonely. But the thing you miss the most is colour.

* * *

(Journalist): I met him at the station. It was just after the war, late autumn, and I was on my way to Dachau. It seemed like every journalist in the world had some destiny that would give him the story of his career. I had just stepped off the train and I was trying to find out when the next one would be leaving, when I heard this voice.

Somebody was calling out names, at the top of his lungs, one after the other. When he got to the end of the list, he started from the top again. Over and over, the same names.

I started pushing through the people until I saw him. Since the start of my journey I had only seen people in dark and faded clothes, wearing what they could find, trying to make a life with what was left. He stood halfway up the stairs in a long, shiny fur coat, holding out his hands in this dramatic way. He stood there like the hero of some tragic opera.

I was trying to get my camera from my bag when somebody pushed him. He fell backwards. People stepped over him. And then I heard that word for the first time. A man hissed at him. Softly but clearly. Rubbish. And then somebody else. Rubbish.

I held out my hand to help him, but he made me wait. He simply lay there, taking the abuse, like it was some blessing, long overdue.

*   *   *

I was standing outside Claus Wanda's castle with the left foot of a very thin woman in my hand.

At first I thought she was extremely pale, but now I realised she was yellow. She had that sick, powdery complexion that rich people often had, almost like the top of a very thin shortbread. In the centre of the shortbread were two vicious little eyes. At that moment they were very dark. I could tell she was on heat.

I derive such pleasure from a saddle, she said and wriggled her foot.

I lifted her onto the horse and stood back.

I always ride like a man, she said, With every gallop I defy nature. Now lead me onwards.

I looked at the horse. There was some kind of strap round its face. I grabbed it and started walking.

Which way are you inclined? she asked.

Round the vineyards towards the river, I said.

No! she said, I meant men or women.

I do not think about it, I said, we have much work every day.

Oh stop it, she said, You tease me.

Deep down in my throat I could feel the beginnings of a really bad taste.

I need my breasts to move, she said, Do go faster.

I started running.

Claus has such exotic taste, she shouted, Both in furniture and staff. I find it so refreshing. Wherever did he find you?

I went to the factory to ask for work, I said, But then he brought me here.

It is that face of yours, she said, So unusual. Do go faster.

I was sweating. I was starting to smell the horse. I thought of the meat wagon at the crossing.

I love your little buttocks! shouted the shortbread, I adore the way they move! I think I will kiss them after dinner!

I felt sick.

After dinner I went to Claus Wanda. I looked at his beautiful face.

Please, Sir, I said, I have a fever, I need your mercy.

There is a world at war, he said in the most cultivated voice, The likes of you are vanishing like trash in a can. I give you safety, I give you work, I let you live like one of us, are you not grateful?

I said, I want nothing more than to be like you.

Then go on, said Claus Wanda, We have guests.

I started climbing the stairs and I looked down at my lord and master and I envied him. I envied him for every man who had to run to the mountains because he had no protection, I envied him for every man who had to sit in a tree because he had no power, and I envied him for every man who had to climb stairs to make love to a shortbread with vicious eyes.

* * *

(Journalist): I travelled with him for about four months. We climbed the steps to every archive left in Europe. Every library, every control point, every registration office, every deeds office, every courthouse, every hospital.

We paid, we begged, we bribed with cigarettes and whiskey, but we did not find much.

Every day the same story. We would sit in the same cheap restaurant, sipping bad coffee, and he would say, What do we know?

And I would say, You know what we know. The earliest record in the Romanian archive claimed that in 1360 a gift of forty families were made to the monasteries at Vodita and Tismana. From the 1939 book by George Potra we learn that the first slave families came from India. In what looked like medieval shopping lists, exchange rates were listed: a young couple for a few barrels of wine, one man for a garden, a girl for a pair of copper pots and a defective one for a jar of honey.

For centuries, as they spread through Europe, they could manage little more than raising their status from one of slavery to that of a massive social problem, second-class citizens with colourful clothes, illegal immigrants with dancing bears.

In convoys they crossed border after border, carrying with them their Muslim and Hindu rituals, but believing in no god. They spoke Romani, a mixed language with over sixty dialects, which up to this day has never been written down.

And what else? he would say.

Nothing, I would say, no more records.

Not even when, in the modern sunshine of the twentieth century, they started disappearing with the Jews and the homosexuals and the disabled, was one name written down.

And every time at that point he would jump up and I would watch the tail of his fur coat disappear through the door and I knew I would find him at the nearest station, loudly reciting his long list of names.

(from *La Mano Fría*, 1997)

Souvenir

Toe ons aan die show begin werk het, was ek nog nie seker of ek kastanjette wil gebruik of nie, maar nou dink ek, soos met die meeste goed in my lewe, kry dit maar, dan het jy dit.

Ek vind uit die enigste plek waar jy dit gaan opspoor, is in die middestad van Pretoria. Gaan parkeer onder die grond by die Staatsteater en vat die naaste trap winkels toe.

Nou, as jy 'n langhaarpoedel vat en jy trek hom agteruit deur 'n posbus dat al sy kroese vorentoe staan en jy maak hom regop sit in die middel van 'n bakkie en jy kyk hom van agter af, dan weet jy hoe lyk 'n Pretoria-meisie op 'n date. En soos ek by die trap uitklim en my voet neersit in die gehawendste van shopping centres, so is al Pretoria se poedelmeisies op lunch. Daar's nie 'n gesig te sien nie. Massas hare is aan die beweeg, stroomop en stroomaf.

Langs my staan 'n poster wat sê R5,00 en langs die poster sit 'n vet vrou op 'n opvoustoel. Sy't 'n coolbag op haar skoot en sy plak spreekwoorde op pakkies gevriesde koeksisters.

Elke bok het sy hok, sê sy en kyk vir my.

Ek sê, Weet Antie waar's die souvenir-winkel?

Slap langs Jet, sê sy.

Sterk wees, Boet, sê ek vir myself, trek al my manlikheid op 'n knop en klim by die hare in. Ná 'n dolle gestoei en mal van die hooikoors kom ek by die winkel aan. Hele venster is vol vals blomme en gewapende teelepels. Agter die toonbank is 'n vrou met 'n string blomme om die nek.

Ahoi! sê sy, En waantoe is ons op pad?

Ek sê, Ek doen 'n show.

Sies tog, sê sy, Met dié stemmetjie? Of tap jy?

Ek sê, Dis so half Spaans-Latyns.

Oo, sê sy, Ekself het al 'n krat spanspek gewen met die bossa nova. Daaityd was ons mos op Velddrif. Naweke vat ons die brug

Vredenburg toe. Dan dans ons kompetisie in die Hawesaal. Die ander val vroeg uit, maar ons kon die reuk vat.

Ek sê, Ek's te bang om te vra.

Nee, sê sy, Oopseisoen, dan pak hulle vis in die saal. Naweke dan word dié nou net weggeskuif vir die dans. O, as jy die vloer vat en hy swing jou so verby daai stack snoek, daai reuk slaat vir jou bo en onder, jy voel soos 'n meermin met 'n gaar vin. Maar ek kon dit vat, ballroom en footloose, ek was fiks, man, blou van die are.

Ek sê, My show is meer oor emotion.

Die blomme is agter jou, sê sy, So 'n angelier in die kop laat jou darem wragtag vrou voel.

Ek sê, Ek hoor julle het kastanjette.

Plastic en hout, sê sy, Ons het gedagtetjies uit elke land.

Ek sê, Vir wat? Dis Pretoria.

En wat wil ons meer hê, sê sy, Maar so met die afwaartse ge-fladder van die rand, kom koop die paar wat nog kan rondvlieg hulle aandenkings maar hier as hulle terugkom. Die meer ge-goedes vat almal blou porselein, en dan die gays natuurlik, mal vir 'n Callas-pop. Ons verkoop ook vreeslik baie kiekies van Kerk-plein, hulle dink almal dis Piaf se graf.

Die kastanjette is heel bo, sê sy, Die boks wat sê Olé. Jy moet maar afhaal, ek sukkel so met die stoel.

Toe sien ek die wiel van die rolstoel by die toonbank uitloer. Ek raak heel ongemaklik. Ek's jammer, sê ek.

Ja, ek ook, sê sy, Maar ek was seker hoog van die vis toe hy my kom vra. Vat my vas en hy dans my dat dit voel ek vat vlam en brand af tot in die blaker. Hy doen shows, sê hy. Hy't my sien dans, sê hy, Wil ek saamkom, ons toer die land vol, sy karavaan het warm water en als.

Ek dink nie twee keer nie, vry hom tot sy bors toetrek, pak my blink rok en vat die pad. Eerste dorp stop ons voor die hotel, ek sit my lipstick aan. Is hier 'n band? vra ek, Of dans ons met die hi-fi?

Is jy mal? sê hy, Ek toor. Ek's Guiseppe en jy's Pinocchio. Ek kul jou eers aan flarde en dan kul ek jou weer heel.

Dit kan 'n bottel whiskey ook doen, dink ek by myself, maar ek bly tjoepstil. Daai aand lê ek plat in 'n boks. Hy laat val die een lem na die ander. Dan lig hy die flap op. Ek weet self nie waar ek is nie, maar ek is weg. Almal klap hande, toe toor hy my terug.

So ry ons die land vol en ek kry g'n step gedans nie. Ek sê, Guiseppe, wat van my talent?Hy gryp my aan die nek.

Dink jy ek gaan jou op die verhoog laat rondtrippel dat die mense kan sê Guiseppe sleep 'n hoer in sy karavaan rond? skree hy, Weet jy wat dink ons van 'n meisie met talent?

Daai aand huil ek so, ek vergeet om die safety plank op te sit, ek klim in die boks en gaan lê oop target.

Guiseppe laat val die lem en toe pass ek saam met die audience uit. Hulle sê daar was soveel bloed, in die parking lot moes die ambulans uitswaai vir 'n rooi konyn.

Ek loer oor die toonbank. Die vrou lig haar skirt op.

Ek het niks gevoel nie, sê sy, Maar toe ek bykom, is ek 12 duim korter.

En dis hoekom daar nie kastanjette in die show was nie. Ek was te naar om die boks af te haal.

Ek moet gaan, sê ek.

Die vrou vat 'n Eiffeltoring en begin hom blink vryf. Geniet dit, sê sy, Ek mis dit so om te travel.

(uit *La Mano Fría*, 1997)

Waaiers

Die dag is ek in by 'n gift shop. Maar dis een van daai winkels waar jy orals teen die muur vaskyk, want die stock is te min. Alles staan so een-een op die rak soos by 'n tuisnywerheid net voor toemaaktyd.

Agter die toonbank staan 'n vrou met klipharde hare. Dit begin plat op die voorkop en loop dan op tot 'n helse punt bo en kom dan tot 'n einde met 'n skielike afgrond.

Ek sê, Môre, ek soek van hierdie waaiers wat so oopvou.

Waaiers vir wat? sê sy.

Ek sê, Ag, ek het 'n paar reuse vir aandete, ek wil dit graag op die roomys sit.

Ek voel nie gemaklik nie, sê die vrou.

Ek sê, Jy spuit dit te veel. Hoekom dra jy dit nie los nie?

Ek praat van jou, sê die vrou, Dit voel nie vir my reg so met jou in die winkel nie. Wat vir 'n man loop rond met 'n pelsjas en koop waaiertjies?

Ek sê, Wat is dit met jou? Ek dra my jas oor dit vir my mooi is en ek soek die waaiers vir my show.

Ja, sê sy, Ek weet presies wie jy is. Ons sien vir jou. Maak van alles 'n sirkus. Vertrap die volkskern met jou boheemse gefuif. Jy maak net 'n gek van jouself.

Ek verkyk my aan die vrou.

Reg bo-op haar kop verskyn 'n klein mannetjie op ski's. Hy skuif sy bril reg en ski met 'n helse vaart by haar middelpaadjie af en val plonks in die bak uitveërs op die toonbank.

Ek sê, Ek glo nie wat ek sien nie.

Dan beter jy jou oë oopmaak, sê die vrou, Ons probeer bou aan orde, aan 'n tradisie, aan 'n volkseie. Dan kom jy met jou tabberds en jou los bek en maak 'n bespotting!

Bo-op haar kop verskyn nog 'n mannetjie. Hy't 'n bloedrooi outfit aan met 'n hamer en 'n sekel op die bors. Hy buig sy knieë en ski woerts af met die skuinste en val met 'n boog in die bak.

Ons het kinders! sê die vrou, In wat moet hulle nie alles vaskyk nie.

Ek sê vir die vrou, Jy weet van my niks. Wat weet jy van waar ek af kom, hoe weet jy in wat ek moes vaskyk? For all you know, was my pa heelpad missing, dalk moes ek heeltyd kyk hoe suffer my ma om 'n dak oor my kop te hou, for all you know, is my suster 'n saint met bloeiende hande. Dalk het ek al twee-en-twintig ander jobs gehad. En nou kom besluit jy ek is breindood oor ek 'n jas dra en shows doen.

Die vrou is nou spierwit van woede. Onder haar kuif klim twee mannetjies uit met stewels. Hulle gooi 'n tou oor haar kop en begin klim.

Ons soek nie jou soort nie! skree die vrou, Alles word vertrap en opgemors! Iemand moet betaal!

Die mannetjies staan nou heel bo-op haar kop en plant 'n vlag met 'n swastika.

Ek sê, Verskoon my. Hier staan jy en gal pis met 'n kop wat lyk soos die Alpe en 'n winkel wat lyk soos Auschwitz en dan rek jy jou bek oor wie inpas of wie nie. Fok jou en fok elke volkseie tradisie wat nog ooit gesorg het dat een mens 'n ander een judge.

Die mannetjies waai die vlag heen en weer.

Ek sê, Dis buitendien alles in jou kop.

Die vrou val vooroor op die toonbank. Al twee mannetjies val in die bak.

Ek mis hom so, huil sy.

Ek sê, Hy's in die bak. Hulle's almal in die bak.

Hy's dood! skree sy, Niemand weet eers van hom nie. Agtien jaar oud sit hulle hom op die grens. Hy't niks gedoen nie, nie 'n skoot geskiet nie, toe trap hy die ding af. Vir wat moes ek hom grootmaak?

Ek sê, Die hele wêreld mis iemand. Hang sy kiekie in die winkel, loop skree sy naam op die stasie, gaan hou 'n plakkaat voor Loftus, plant 'n boom. Iewers is 'n groot hand wat jou goed vat wanneer jy dit nie verstaan nie en elkeen probeer dit terugkry op sy manier, dis fine.

Vier mannetjies loer by die bak uit.

Het jy rêrig reuse vir ete? vra die vrou.
Ja, sê ek, Hulle klim elke aand af met die rank.

(uit *La Mano Fría*, 1997)

Deeg

Waar ek vandaan kom, het dit gelyk soos enige ander dorp.

Welkom, sê die bord, dan ry jy deur die laaste landerye, verby die ry bome, dan die arm deel en dan die hoofstraat met die sirkel. Langs die stadsraad staan die kerk en bo teen die bult staan die skool.

En dis daar waar ons dorp se begin en einde lê.

'n Maand ná die damwal breek, sterf die Smitte se ouma aan vog, hulle vat die erfgeld en koop 'n duur sonwyser vir die skool se tuin. Uit dankbaarheid, sê hulle, dat die vloed darem die huis gemis het.

Die volgende jaar word die Smit-kind hoofmeisie.

Mevrou Fought is so kwaad sy breek haar karsleutel af in die deur. Moet ons hulle nou omkoop? skree sy. Van sub A af is sy al besig om Slim Lita af te rond, vir wat? Daai nag vat sy 'n baksteen en loop moer die sonwyser so skeef, dis heeljaar drie-uur.

Volgende dag verklaar die dorp oorlog. Niemand sê 'n woord nie, maar die hel sit wit in hulle gemoedere. Dit lieg en bedrieg, dit bou op en breek af, dit koop om en pers af. Niemand bly agter nie. Tjoepstil en doodgeskrik sit die kinders in die skool terwyl hierdie magspel homself uitwoed. As die een ma 'n komitee stig, dan stig die ander een 'n raad. As die een 'n fonds insamel, hou die ander een 'n kollekte. Binne 'n jaar is die skool twee verdiepings hoër, met 'n lift, 'n swembad en 'n visdam.

Deur dit alles bly Stil Freda aan die kant van die dorp in 'n misverstand van 'n huis. In 1972 het haar man gaan brood koop en nooit weer teruggekom nie. So vir jare sien sy die lewe alleen deur en maak kind groot. Dié is klein Wandatjie, een van daai spierwit kinders wat die lewe sonder enkels inkom en vir ewig lyk of hulle in dryfsand staan.

Jaarin en jaaruit kyk Freda hoe haar kind stil-stil suffer deur al die kompetisie by die skool en soos Wandatjie haar matriekjaar begin, besluit sy sy moet haar ding doen. Ses maande voor die matriekafskeid hou sy op rook en begin haar sigaretgeld spaar.

Maar so met die skielike ophou rook, begin sy allerlei smake ontwikkel, gee haarself gereeld oor aan die oorweldigendste drange en dis net drie weke toe's sy verslaaf aan pannekoekdeeg. Nege-uur in die oggend dan drink sy al haar derde glas.

So begin sy stoel tot 'n formidabele grootte geteister deur die verskriklikste winde.

'n Week voor die matriekafskeid sleep sy haar groot lyf tot op die bus en op die volgende dorp loop koop sy vir Wandatjie 'n paar dansskoene. Terug by die huis haal sy haar trourok uit die kas uit en kook vir hom twee ure lank met 'n tuinbeet en toe Wandatjie van die skool af kom, hang daar 'n pienk rok op die draad.

Dié aand daag die hele gemeenskap, slap van die skuld, gaar van die senuwees en verteer deur die jaloesie, by die skoolsaal op om hulle verruklike kinders af te lewer.

Freda besluit sy mis haar oomblik van glorie vir niks. Vroegaand drink sy 'n groot glas yskoue pannekoekdeeg, vat haar kussing en gaan maak haarself ongemerk tuis agter die tuintoneel in die hoek van die saal.

Trots sit sy en kyk hoe dans Wandatjie om en om die baan sonder enkels. Wandatjie sweet dat die beet sulke pienk vlekke op haar loop sit, maar sy dans te heerlik.

En so van die gesit agter die tuintoneel begin 'n deegwind sy pad terugwerk deur Freda se monumentale gestel. En dat die ge-vlekte Wandatjie soos 'n pienk batik weer verbygewals kom, verlaat hierdie wind Freda se keelgat soos 'n hoeksteen uit 'n fort. Sy blaas die tuintoneel dat hy soos 'n eiland teen die oorkantse muur loop sit.

Stom van die slag en oorweldig deur die deegwalm sit almal soos lam lyke in 'n slagveld van vanilla.

Freda verrys uit die hoek uit op en vee die mos van haar af.

Dans, my kind, sê sy. Dans soveel jy wil, môre skrop ons jou weer spierwit.

Toe loop sy by die deur uit. Buite buig sy die sonwyser se punt reguit en stap huis toe met 'n warm hart.

(uit *Pie Jesu*, 1997)

Deeglik

Op 'n dorp met 'n naam wat niemand sal verryk nie, het ons gebly. Gewone storie van diékant en anderkant die treinspoor, kerk, biblioteek en pleintjie in die middel, en die hoofstraat kan jy alkant sien eindig.

Net so off-centre – niemand het geweet is dit bo- of onderdorp nie, maar net vir ingeval het jy jou besigheid gedoen en padgegee – het 'n peanut-geel geboutjie effens te regop gestaan. Dit was die uiteindelike paradys van ou Serwitsj Bolgarof en sy vrou.

Dié twee het jare vantevore gevlug uit een of ander land met 'n gordyn, maar niemand kon uitvind presies waar nie, net dat ou Serwitsj twee dae op sy maag by 'n berg afgeseil het met sy vrou op die rug, en eenkeer mol geëet het vir oorlewing.

Hulle kies toe ons dorp as vesting (losgat Annelise sê dis oor die Oosblok-grys waarmee die munisipaliteit geverf is) en begin 'n bakkery. Die vrou teel Dalmatians, die kolle laat hulle vreeslik koeëlvas lyk. (Toe ek in standerd 8 was, het sy al sewentig gehad, want op ons dorp was daar nie 'n behoefte aan dié spesifieke hond-soort nie.)

Serwitsj bak brode en plat koeke met bestanddele, geure en vorms wat ons nog nooit van gehoor het nie. Semolina, polenta, rog, alles voer hy in van verre, verre lande, maak suurdeeg met sulke donker aartappels en ruk die een oorlogbaksel na die ander uit die oond. Maar die goed hou langer as lorriebrood, 'n week of wat, en gou eet die hele dorp Serwitsj se suurdeeg.

Dié een Donderdag voor Paasnaweek sit bitter Mercia Ruys-wyk af bakkery toe om te gaan opstock vir die publieke dae, koop bolletjies en 'n onwrikbare rogbrood.

Vrydag ná kerk sit Mercia die rogbrood op die tafel in haar see-groen kombuis en lig die mes. Toe sê die rogbrood met 'n krake-rige stem, Worstewroknowa!

Mercia verloor haar bewussyn, val 'n seegroen stoel se leuning af en kom eers teen kwart oor twee weer by.

Gwatsjnowmadunsjtika, sê die brood van die tafel af.

Mercia moet onmiddellik die toilet gebruik en in haar flou-heid onthou sy die brood het nie beentjies nie. Sy's uit by die deur.

Deur al die jare bly daar iets aan 'n spoeltoilet wat menige vrou moed gee in die vreemdste van tye, en twee minute later spring Mercia met 'n kreet (wat gewoonlik net deur 'n onlangse virgin in 'n plattelandse Holiday Inn uitgevoer word) om die kombuis-deur en slaan die brood een hou middeldeur met die spaarbed se kopstuk.

Op die tafel lê 'n transmitter met 'n knop en 'n aerial. Mercia herken dit dadelik, die swart-en-wit movies het dit almal. Koop Serwitsj sy rog in Hollywood? Dryf hy handel met Bosnië? Eet ons meel uit Moskou? Die moontlikheid lê enige rigting.

Mercia stap tot by die tafel. Sy buk vooroor en draai die knop. Sy praat in die transmitter. Haar stem kom hees uit.

It's my first time, sê sy.

Net anderkant Moorreesburg trek 'n graanlorrie van die pad af.
Die drywer maak sy broek oop en sit agteroor.

Hierdie huisvrouens, sê hy, Hoe kom hulle op die lug?

Hy gryp sy transmitter. Talk to me, sê hy.

(1997)

Kermis

Hier vroeg in die hoërskool, standerd 7 het net begin, sit ons almal in die klas, mal van die aknee en vuil gedagtes. Ja, sê Juffrou Cloete, Die fabriek op die dorp het helfte van die werkers afgedank weens die swak ekonomie, dinge op die dorp gaan verander, ons sal moet saamstaan.

Juffrou Cloete is net die vorige jaar klaar met kollege, ons hoor nie 'n woord nie, ons wil net weet of haar ferm voorkant in 'n bra is of nie, ons is beneweld van puberteit, bronstig tot in ons naele.

So veg ons deur die brandende vuur op pad na volwassenheid, daar's nie tyd vir die gemeenskap of sy geldsake nie. Maar dis nie lank nie, toe begin die armoede saamkom skool toe. Die Basson-kinders begin eerste stink en 'n week later die Vissers. Ná 'n maand ruik daai skool soos die slagpale. Slim Corlia val elke periode flou, want sy weier om asem te haal, Juffrou Cloete het heeltyd griep van by die venster uithang en die res van ons is so gesnuif aan die uitveërs, jy val vier keer van jou fiets af voor jy die hek tref.

Na nog 'n maand is die plaaslike onderwys lamgelê. Dis genoeg, besluit die skoolhoof, nou moet die armes gehelp word. Hy kondig 'n kermis aan, almal moet deelneem dat hierdie dorp op die been kan kom.

Elkeen wat kan, bring sy kant. Die De Kock-vrou bak soveel

kluitjiepasteie dat haar been weer gespalk moet word, die Engelse daag op met 'n kombi vol peperment-meringues, die Brandte bring hulle dwerg-ouma, vir vyf rand maak sy jou rêrig skrik, en op die tennisbaan kan jy die Bakkesse se vark of se ma gaan vang, hang af hoeveel jy betaal.

En toe kondig Willempie Stone se ducktail-pa aan om presies eenuur spring hy met sy Opel oor 'n bus.

En waar kry jy 'n bus? vra die De Kock-vrou.

Ons verf 'n stuurwiel op jou groot gat, sê die Stone-man, Hier's mos 'n skoolbus.

Se hel, sê die De Kock-vrou, Ek het daai met pasteie betaal, jy loop spring op 'n ander plek.

En waar gaan jy land? sê die skoolhoof, Nie hier nie.

Ja, sê die Brandt-vrou, En jy rev nie daai kar voor die kinders nie. Net skollies rev. En hoere.

Waar kry jy 'n hoer met 'n kar? sê die Bakkes-vrou.

Het jy 'n spieël? sê die Brandt-vrou.

Toe vat die Bakkes-vrou die Brandt-vrou agter die skool in en moer haar dat sy vir ses maande deur 'n strooitjie moet eet.

So loop die kermis tot 'n einde sonder dat iemand weer gedagte kry aan Willempie Stone se ducktail-pa.

Sondag sit almal in die kerk vir die dankdiens, die armes het weer water en ligte.

Ja, sê die predikant, Eerder as oordeel, laat ons die hand uit-steek. Kyk hoe mooi lyk dinge nou.

En toe's daar 'n slag wat die aarde laat skud. Ons gryp ons harte en hol by die kerk uit.

Buite is dit pikswart van die rook en by die pad steek 'n halwe Opel uit. Aan die ander kant van die Engelse se kombi staan twee planke skuins teen 'n trailer en op die kerk se trap lê 'n ducktail-skoen.

Hy's wragtag bo-oor, sê die De Kock-vrou.

Ons staan tjoepstil en kyk na die gat en die rook en die dooie ducktail-man. Langsaan staan Willempie Stone. Hy huil glad nie, soos ons kyk so swel sy bors.

Maandag by die skool val Willempie kort-kort uit die ry uit, want hy loop op ducktail-skoene en dié's geheel en al te groot.

(uit *Slow Tear*, 1998)

Katsu

It was 1944 and Japan was frail. Hardly breathing she lay under the American hand. Her cities were defeated, her tea houses were closed and her trees were without blossoms.

The geishas, jewels of the Oriental crown, had lost their faces. Bleak and ordinary they slaved in old silk factories, now used for the making of parachutes and aeroplane parts.

In the early evening of a cold 4th of January, in the backroom of the Isamu factory, Yoshia Kita closed her eyes and put an American cigarette between her lips. She smoked with passion.

Then she ate a chocolate and watched Lieutenant George Ducas free his soldier's body from his uniform. Yoshia Kita threw back her head, spread her legs and let out a soft cry.

The next morning she had bruises on her neck.

Shameful whore, hissed old Ma Suyo and slapped her in the face.

Eight months and two weeks later, one month after the war had ended, I was born. Ma Suyo took me in her arms and looked at my Western eyes. Shameful whore, she said and slapped Yoshia Kita in the face.

Yoshia Kita closed her eyes and complained of a headache.

By the time Yoshia Kita's headache was over, I was nine years old.

Old Ma Suyo took my hand and dragged me up the stairs.

Shameful whore, this is your son, she said.

Yoshia Kita sat on her knees in front of the mirror. Her face was painted white with black lines round the eyes and a tiny little mouth.

My name is Katsu, I said.

I cannot hide him anymore, said Ma Suyo, He has to go to school or he has to work. I cannot run the okiya with the burden of a bastard child. You have to make your decision.

And then, only once, Yoshia Kita lifted her eyes and looked at me.

She did not say, My, but you have grown, or, I miss your daddy. She did not turn to Ma Suyo and say, Leave him with me. She lowered her eyes and said, I have customers. Who is it that brings food into this house?

Then she touched the ornaments in her hair and Ma Suyo dragged me down the stairs. From tomorrow, she said, You will go with the wagon to the government school in the new district. And you will frown a lot so they will not ask about your eyes. In the afternoons you will come back and work in the kitchen to earn your stay. You have no mother. When you turn sixteen, you will go and forget this place.

Every morning from then on I went to school and frowned. Then I came back and learned how to clean vegetables and carry tea. In the evenings I sat in the courtyard and watched the apprentice geishas practise. If they played the wrong notes on the shamisen or dropped a fan, Ma Suyo would appear from nowhere and slap them in the face. I quickly learned how cruelty bred elegance. How coldness and beauty lived together.

One night, while I was lying on my mat, one of the girls lifted the screen and came to sit next to me. A geisha is trained to entertain, she whispered, And only when the customer fully understands and appreciates the value of her art and many skills, may she give herself.

She put her hand under the cover.

Never out of lust, she said, They will always make you pay for the sins of your mother. But I dream of the foreigners too.

And as her hand got hold of me and led me through the gates of paradise, she put her mouth over my ear and told me about the boat.

*   *   *

I was standing naked in a small dark room. The man put his hands on me and spoke with a heavy accent.

You will make a fortune, he said. For one year I take 50 per cent, after that we talk again.

I was fifteen years old and still believed in obedience. I put on my clothes and stepped outside. Two men in suits took me to the boat and showed me where to hide. I made the journey from the East without being seen.

*   *   *

Istanbul, 1961. In a quiet little street behind the Hotel Barbarossa an unmarked flight of stairs led down to the doors of the Golden Cage. There were many of us, dressed-up in birdlike outfits and doing our acts in different rooms. Some were dancers, some were acrobats or jugglers, others waited on the guests who watched in luxury and silence. Afterwards they would make their choices. The boys were young, beautiful and mindless.

Me, I was a flower. Exotic and fragile I stood next to the piano, my face painted like that of Yoshia Kita. And as I sang, they watched. Like they never saw a thing before. Even those who afterwards took me upstairs, they wanted nothing but to watch.

For the first time I was being looked at. And I learned that only when you're looked at, then you grow arms and legs, hands and feet, a face and a heart.

*   *   *

It was 1968 and I was performing at the Purple Room in Berlin for the first time.

From the first moment I walked onto that stage it became my favourite venue. We had an audience other theatres could only dream of. Cultivated, well dressed and discreet they sat at their tables. Royals, diplomats, dealers, assassins, gangsters, and spies. Men who not only controlled governments and borders, organised the drug trade and closed arms deals, but also owned fashion houses and car factories.

These were the people who ran the continent, gentlemen equally dedicated to blowing up a building, shooting an ex-Nazi or enjoying an evening of exquisite entertainment.

It was a Tuesday night, a quiet evening and I was trying out a new routine.

As the music started, I entered with only a small spotlight from behind. I used two fans that I slowly opened above my head, transforming myself into a lilac butterfly. Then I moved one fan across my face until I glanced over it at the audience. I knew this would drive them wild.

Hey, one eye, said a voice, What the hell are you looking at?

I was so startled, I dropped one of the fans.

Why don't you stick the other one up your ass and pretend you're an aeroplane, said the voice.

At the table right in front of me sat a fat man with a red face. He had red cheeks as big as furniture and two little red eyes trying to see over them. A piece of chicken skin was hanging from his chin.

I see your brain is on the outside, I said.

What do you want? said the man.

I said, Excuse me?

What do you want from us? said the man, What are you, a freak? We come here for a good meal and some fun and what do we get? A half-bred little ding-dong in a tablecloth! What the hell are you doing?

What I get paid for, I said, I entertain people, I make them forget.

Forget what? screamed the man.

Where they come from, I said, And what they carry with them. Trash doesn't, but people aspire to things, they dream about things and they have secrets, and the world takes it from them. For a few moments every night I try to give it back.

The fat man broke a wind. Well, hell, that's all I got, he said.

I said nothing. I left the stage and went to my dressing room. I cleaned my face and called for Suzanna. Suzanna was my assistant. She came through the door with her cheeks burning.

I saw the light! she said, He's tall and blond with Italian shoes. He sends you this.

It was a violet. A single flower with a note. No-one will bother you again, it said.

Two hours later they found the fat man. He was sitting dead in his car, wearing a violet in his buttonhole. He'd been shot through the heart.

*   *   *

It was always the same pattern. I would get out of the taxi about two blocks from the restaurant or coffee shop. I would walk until I could see him clearly and then I would wait until his order had arrived.

I would be dressed in one of my perfectly cut suits, always Dior, white shirt and silk tie. My head shaven, shoes and briefcase the same leather, sunglasses the latest.

The waiter would be gone, the man would sip his coffee, maybe read a paper. I would wait another minute and then walk up to him.

Excuse me, Sir, I would say and put my hand on the chair opposite him. Do you mind?

The man would shrug or say, Go ahead, and continue reading

his paper. I would sit down and order exactly what he was having.

And then I would say, Lovely day, isn't it? The man would look up and say nothing.

Almost as if something extraordinary is about to happen, I would say.

The man would cough and start looking around.

In fact, I would say, I have the feeling that soon you are going to make the world a much better place. Make an enormous contribution.

I would lean over. Wouldn't that give you the greatest satisfaction, I would say, Almost like somebody secretly touching you. At this point the man would show the first signs of being really uncomfortable. Are you talking to me? he would say.

I would take off my glasses and look him straight in the eyes. You are like a TV, I would say, Every time I push a button you change colour. You were a nice caramel when I got here, now you're beige, last night you were pink.

I don't know what you're talking about, the man would say.

See? I would say, Now you're white. I would open my briefcase and take out a photograph.

What I have here, I would say, Is a picture of a bloated pink pork being massaged by an exotic-looking Oriental woman. And the more I look at it, the more it looks like you, except for the colour, of course. You've just turned blue.

Who are you? the man would whisper.

I would put my hand inside the briefcase again. Then I would take it out and with my finger I would draw a white line from my forehead to the tip of my nose, then one under the right eye and one under the left. Recognise me? I would say.

The man would open his mouth and turn green. I would take a napkin and wipe my face. I would close my briefcase and leave without looking back.

I knew Hugo would appear and take my place before the man

could move. What he would demand from the man, who the man was, whether it was business or politics or how dangerous it was, I never knew. My assignment was over.

For almost nineteen years that was our agreement. Since that first night when he so graciously defended my honour and Suzanna so passionately fell in love with him. He provided protection, a luxurious apartment and more money than the Vatican, and I delivered his victims to him.

At any given night I would find a single violet in the dressing room and I would know. During the performance Hugo would enter the club, move between the tables and give a slight nod when he passed the victim.

After the show I would invite the gentleman for a drink. Within minutes I would have him undressed. Hugo waited in the next room and photographed the event through a screen. Next day the man would be helpless. I had no details but I suspected we brought empires to their knees.

For nineteen years I never asked questions and I never looked back. For nineteen years Hugo never saw my real face. And for nineteen years Suzanna looked at the violets and thought we were lovers.

Until the night I called Hugo to the dressing room.

You look wonderful, I told him.

And so do you, he said.

No, I said, Yoshia Kita does. That's who I've been painting on this face. The shameful whore who only looked at me once. Tonight, after nineteen years, I will wipe this face and for once you will look at me. And tomorrow night I will do my last show. I will go to America and I will find Lieutenant George Ducas and for once I will make him look at me. Then I will find a nice place and I will retire.

Hugo said nothing. He watched me clean my face and then he left.

The next night Suzanna was standing in my dressing room with her cheeks burning. She was holding a violet.

But I told him! I said.

Oh no, said Suzanna, This one is for me.

* * *

On the 18th of October 1987, exactly two years before the Berlin Wall came down, Katsu Kita gave his last performance at the Purple Room.

That night after the show he talked briefly to a few patrons, handed out gifts to members of the staff, went into the dressing room to change and left through the back door. His assistant, Suzanna, walked with him. At the corner he stopped and turned to face her.

Don't be sad, he said.

Oh no, said Suzanna, I have my first assignment.

Then she took a tiny pistol from her bag and shot him in the forehead.

Katsu Kita was found two hours later, lying motionless in a perfectly cut suit, white shirt and silk tie.

(from *Violet*, 1998)

Spanning

Ek het net my eerste verskyning in 'n tydskrif gemaak, die hele land is upset, nou doen ek my eerste toer.

En so ver soos ek gaan, so kom hulle in opstand. Stadsrade, vrouefederasies, kerktydskrifte, elke ding met 'n plooi draai dit na my toe. En so raak ek gespanne. Teen die tyd dat die vrou op Ceres vir my skree vir wat is haar seun 'n vlugkelner, hulle't dan 'n plaas, is ek al so benoud, ek haal net Maandae asem.

Nee, sê die meisie wat klavier speel, sy ken 'n vrou wat werk met stres, ons moet net bel.

Bel die vrou. Ja, sê sy, Dis nog net tandartse en terroriste wat meer stres as mans met make-up. Jy moet jou gedagtes afkry. Camomile-tee en 'n hobby, dis al wat help.

Volgende dag klim die klaviermeisie in die kombi met 'n warmwaterfles, 'n krat geel wol en 'n tapisserie met die gerusstellende ontwerp van drie sonneblomme en 'n mielie. Begin in die middel, sê sy, Dan werk jy vir jou uit kant toe.

Ons het die aand 'n show in Virginia. Ek sit agter in die kombi met 'n skoot tee en 'n dik naald, ons vat die pad. En soos die camomile begin werk, so raak my arms al hoe slapper, teen die tyd dat ons die Vrystaat inry, het ek nog net een mieliepit borduur. En soos ons die grondpad vat Virginia toe en die kombi gaan aan die skud, so steek ek myself drie keer in die arm vir elke steek in die lap. Teen die tyd dat ons voor Virginia se skoolsaal stilhou, het ek al soveel bloed verloor, hulle moet my dra tot by die voordeur.

Sit hom neer, sê die opsigter, Julle moet hom verf, die spul raak rumoerig.

Die show is eers vanaand, sê ek.

Hier's g'n show nie, sê hy, Hulle soek jou op die agterpad voor die son sak.

Ek sê, Ek voel gespanne.

Borduur nog, sê die meisie.

Julle moet kom! skree die man, Daai Hester-kind is al flou geblaas.

Ek sê, Het sy dronk bestuur?

Sy's dan blind! skree die man, Sy't 'n skilpadjie met vyf gaatjies in die dop. Sy blaas vir hom soos 'n panfluit, jy sal dink dis 'n tape. Sy't eers klokke ook gespeel, maar toe op Oom Wemmer se begrafnis pak haar ma die klokke verkeerd uit, en toe sy speel, toe's dit "Saai die waatlemoen". Sy't nooit weer haar hand op 'n klok gehad nie. Heel van die scene af, tot haar pa die skilpadjie raakloop tussen die kool.

Ek sê, En wat het dit met my te doen?

Ou Wim Booysens het 'n bus Japannese op die agterpad vasgekeer met sy veldgun, sê die man, Hulle't band omgeruil by sy garage, toe steel een 'n blikkie Coke. Ou Wim sê hy wou hom nog agterna sit, toe lyk hulle almal dieselfde. Toe jaag hy die bus in en skiet weer die band pap. Hy sê wat te erg is, is te erg, het jy al gehoor die boere loop steel Coke in Japan? Hulle sit al van vanoggend af langs die pad. Twee dorpsvrouens is nou hier weg Welkom toe om te gaan Tastic haal, hulle kan nie die mense laat omkom nie. Ou Wim sê daar's nie 'n kans nie, hulle lyk vir hom al klaar meer as vanoggend. Hy't vir hulle beduie die skuldige moet homself net oorgee, toe vinger hulle vir hom terug hulle steek eerder die bus aan die brand. Toe laat weet Mevrou Louw van die skool af, al hoe jy 'n Japannees kalmeer, is met musiek.

Ja, sê die man, Hester se skilpad en jou bleek gesig is ons laaste kans, ry net agter my aan.

Teen die tyd dat ons by die bus aankom, is ek wit geverf en so vol camomile, ek is slap van voor af.

Ons hou jou regop, sê die klaviermeisie, Sing net wat jy kan onthou.

Langs die pad staan 'n bus halfpad by 'n sloot af, teen die draad sit Wim Booysens met sy veldgun, en agter die bus huil blinde Hester kliphard.

Sy't net die skilpadjie neergesit vir 'n bietjie water, toe loop hy weg, sê haar ma. G'n mens kan hom kry nie.

Ek sal ook loop as een my in die gat staan en blaas met "Song of Joy", sê Wim Booysens.

Toe help hulle my by die kombi uit, in die bus lig 'n honderd Japannese hulle kameras en ek sing my mooiste liedjie.

En soos ek die laaste noot klaarmaak, gaan die busdeur oop en 'n klein Japannesie klim uit en sit twee rand in die pad neer.

Veilig ry, sê Wim Booysens en loop vat sy geld.

(uit *Violet*, 1998)

The Return of Steven

It was on the Tuesday, at the washing line, while Ems was hanging out the top sheet of her lonely bed and the autumn wind blew it back against her, it was then that she remembered she had breasts.

In wonder she looked down. And there they were, in the same place she last saw them. Ems lifted her hand and touched the one on the left. Then she lifted the other hand and held them both. They reacted the same way they did on their wedding night. When he so carefully touched them. Ems had been so grateful she married a sensitive man that she did not mind when he fell asleep without doing much else.

Betty Black and the Simmons woman were watching from Betty's kitchen window.

She's doing the breast thing, said Betty Black.

Well, he practically left in his wedding suit, said the Simmons woman.

It was true. Only days after they opened the gifts, while they were still awkward and strange to each other, he left for the war. At the station Ems cried more than the other women. They had memories, she had none.

Back at the house she packed away all the gifts and started to wait. She had no clue about war and what the waiting did to the women. She didn't know how ugly it made them and how old. Long after the others forgot their vows and started opening their doors and other parts to the menfolk who were left, she was still waiting.

Every day she wrote tearful letters to the beautiful man she married and hardly knew.

Twice he wrote back, both times the stamps were smudged and she still didn't know where he was. She started going down to the government office every day and would not believe them when they told her they had no file on this man.

Then, only after months had turned into years and brides had turned into whores, they started coming back. Every day the train delivered more of them. Pale, broken and impotent they returned to their previous lives.

Ems started cleaning the house like there had been a party and on the Tuesday she discovered her breasts, on that same day, Steven opened the door and looked at her in disbelief. Ems threw herself against his chest and cried more than she did at the station.

Then she cooked him the best meal you can cook after a war and watched how he ate almost nothing. That night he slept like a tired man while she pressed her breasts against his back.

The next morning the neighbours came to look at him.

He doesn't look like war to me, Betty Black said at the gate.

Skin like a baby, said the Simmons woman.

Ems heard nothing, she had too much to be grateful for.

Steven took a night job on the other side of town. At some bar, he said, You have to take what you can get.

So they slept at different times and he never touched her. Ems kept herself busy, all day, every day. She started living like every unwanted woman, high on pain and looking for trouble exactly where it was.

And one day she got on the wrong bus. By the time she realised it, they were in a part of town she'd never been before. Stay on the bus, said her head, but her heart was wilder.

She got off on the corner and walked across the street. She was walking towards a building that looked as bad as only a night-club can in the middle of the day. Turn around, said her head, but her heart was wilder. She walked right up to the door and found trouble like it was waiting for her.

On the door was a poster and on the poster was Steven. With skin like a baby and breasts more perfect than hers.

She leaned against the door and whispered, That woman.

That's Orchid, said the doorman, She's our best.

How long? whispered Ems.

Since the beginning of the war, every night, said the man, Show goes up at nine.

That night, after Steven had left for work, she cried a bucket full of tears. Then she thanked the Lord for a husband and prayed Betty Black and the Simmons woman never take the wrong bus.

(from *Slow Tear*, 1998)

My nefie Vester

Dis alombekend dat ek uit 'n baie hegte gesin kom, maar verder as die ouerhuis kan ons nou nie beskryf word as familievas nie, hoofsaaklik weens die feit dat die een kant van ons familie uit 'n onbehoorlike agteraf bloedlyn stam. Hulle woon almal so teen die Weskus op en dié's wat verder as standerd 6 gekom het, bly al vir jare so kol-kol in die buitewyke van die Paarl.

Buiten dat hulle op hulle beste dag eenvoudig wêreldvreemd is, is die hele lot bysiende. En as gevolg van 'n hoogs oordraagbare en noodlottige klier, word dit erger by die geslag. So dik is hulle brille, op 'n warm dag brand hulle 'n gat in jou hemp as jy te lank groet.

Oogkontak vermy jy heeltemal, daai oë kyk vir jou soos goudvisse uit die hel. My ouma sê, Kyk net af, hulle sal vir jou hipnotiseer dat jy jou hele boedel opgee.

So sit Ant Minnie se kombuis al vol bebrilde dogters, toe raak sy weer swanger. My ouma sê dis kindermishandeling, die stomme goed lyk soos 'n bottelstoor, wie de hel gaan met hulle trou.

Dalk het sy geweet dit kon nie erger nie, of dalk is sy daai tyd betaal, maar so kondig Ant Minnie aan hulle soek vrywilligers, sy doen een van die eerste watergeboortes in die land. Drie weke voor die beplande datum laat hulle haar toe te water en ná een van die morsigste halfure in die mediese geskiedenis kom my nefie Vester die lewe binne met 'n helse tekort aan suurstof. Standerd 7 toe snak hy nog na sy asem.

Boonop is hy so bysiende, hy moet omtrent 'n Pyrexbak dra om iets te sien. Die kind lyk soos 'n lasagne, sê my ouma, Julle moet hom laat aanneem.

Niemand sit voet naby Vester nie. En van te min suurstof wil sy kos ook nie verteer nie, dit loop sit direk aan sy buitekant. Standerd 8 toe's hy so breed soos die straat.

Kersfees moet ons gaan kuier. My pa sê hy slaan ons dood, ons moet met Vester ook gesels, ons sê ons gaan opgooi. Ouma sê dis by die skool ook so. G'n mens wil by hom inmeng nie. Sy pa wil hom glad uit die skool uit haal, maar wat doen hy dan, as jy so sleg lyk, vat net die Polisie jou. Is jy mal, sê Ant Minnie, hy skryf dan gedigte.

Iewers deur dit alles moes Vester seker begin het om ontuis te voel. Die skole het net gesluit toe verkoop hy sy duiwe aan 'n bruin man en haal die hok uitmekaar uit. Hy sit ure in die biblioteek en teken ingewikkelde grafieke in 'n boek. Soggens vroeg kap en timmer hy in die agterplaas, die familie gaan kyk nie eens nie, hulle's te bly hy is besig.

Twee weke voor Kerfees storm een van die dogters by die kombuis in.

Vester bou twee vlerke aan die buitetoilet vas, skree sy.

Daar's macaroni op jou bril, sê Ouma en daarmee is dit ook vergete.

Drie dae voor Kersfees dra Vester die karavaan se yskas by die toilet in. Niemand sê 'n woord nie. Die volgende dag dra hy 'n koffer in. Niemand sê 'n woord nie. Oukersdag dra hy 'n boks crackers in.

Die aand sit ons om die boom. My pa lees uit die Bybel en ons gril vir die niggies. Buite in die toilet trek Vester 'n vuurhoutjie.

Voem! sê die toilet en skiet by die lawn uit. Ons storm almal by die deur uit. Soos 'n ster trek hy oor die taalmonument.

Anderkant Paarlberg haal 'n plaaskoor asem vir "Kom herwaarts", toe tref Vester die plaaspad. Lank staan die koor tjoepstil.

Ons sing ontsettend kak, sê die tenoor.

Drie dae ná Kersfees toe staan die hele familie langs die graf. Dis 'n snikhete dag. Ouma sit met 'n bottel en gooi water al om haar opvoustoel.

As die son vandag daai ry brille vang, brand hierdie berg dat hulle hom sien tot in Amerika, sê sy.

Ant Minnie haal 'n stuk papier uit. Dis een van sy gedigte, sê sy.

Toe kyk sy ons een-een in die oë. By die goudvis kom 'n reusetraan uit. Hy rol onder die bril uit en val op die papier.

Eendag, lees sy,

> Eendag gaan ek wegvlieg
> na 'n land van groot, groot mense
> met baie min te sê
> waar ek ook 'n familie het
> waar almal halfpad blind is
> en waar die liefde lê

(uit *Slow Tear*, 1998)

Die Vallei van die Pienk Bloeisels

In die vou van die berg Nu-Nu, in die Vallei van die Pienk Bloeisels, het die klein dorpie Tunuki elke oggend wakker geword met die diep geloof dat die son net aan hulle behoort het.

Met dagbreek het hulle die deure oopgeskuif, effentjies na die son gekniel en dankie gefluister. Dankie dat hy so vriendelik oor hulle skyn en Ma Meya se wreedheid versag.

Ma Meya regeer Tunuki met 'n ysterhand. Sy's die laaste van die familie wat byna al die grond in die vallei besit. Dié het hulle as 'n geskenk bekom nadat hulle grootvader die keiser se honger poedel tydens 'n optog toegelaat het om aan sy arm te byt.

Maar dit was lank gelede en geheues is kort.

Ma Meya is nou al wat oorbly. Veertig jaar terug was dit 'n dorpie van vreugde. Ma Meya was getroud met die mooiste man in die vallei. Toe op 'n dag leun hy oor die brug en sien 'n ryp jong meisie haar borste in die water loslaat. Hy't kop verloor, sy jurk gelig en haar tegemoetgekom. Hulle wilde gekreun is tot in die boord gehoor en Ma Meya is geroep. Sy't hulle uit die dorp verban en die brug laat verbrand.

Dit was die laaste keer dat iemand Tunuki verlaat of binnegekom het. 'n Hele geslag is gebore vir wie die wêreld bestaan het uit 'n dorp, 'n berg en 'n boord. En die griewe van Ma Meya.

Ergste van alles was haar los oog. Net links van haar neus het die moorddadige klont gesit. Verkalk, bitter en bewegingloos het dié kyker tussen haar ooglede gehang en wag op die einde. En om dit minder opvallend te maak, het sy geweier om die ander een ook te beweeg. Stokstyf het sy voor haar uitgekyk en die koninkryk verken met die stadige draai van haar kop. Dan was dit of die kole in die hel verskuif het. Met elke kraak van 'n horingou nekwerwel het sy ongekende vrees ingeboesem onder werkers en onderdane.

So leef hulle op rys, gehoorsaamheid, tradisie en bitter min opwinding.

Net een keer per jaar word daar feesgevier. Op die dag van Ma Meya se verjaarsdag mag jong meisies hulle hare los dra, seuns mag in die rivier swem, eksotiese disse word voorberei en een paartjie mag trou. Op die hoogtepunt van die dag word Ma Meya deur haar getrouste volgelinge halfpad teen die berg uitgedra met die res van die gemeenskap sing-sing agterna. Almal kyk een keer oor die vallei en dan is dit vinnig terug dorp toe voor iemand gedagtes kry.

Op die oggend van Ma Meya se neëntigste verjaarsdag, sê die jong San-Lee nie dankie vir die son nie. Sy sit doodstil terwyl haar hooftooisel klaargemaak word. Haar hart is swaar en haar oë kyk vloer toe.

Op dié dag trou sy met die lelikste man op die dorp. Die enigste een wat oorbly.

Op dié dag word sy verenig met 'n boggel en 'n pens. Sweer sy trou aan 'n skurwe vel, 'n breindood jafel met plat boude.

Langs haar staan 'n heerlike ontbyt van forel en heuning. Sy vat aan niks. Sy droom van die boom met die giftige bloeisels. Die een agter die pienk boord. Eet net een, het die meisies gesê. Dit maak jou lam van binne. Die gevoel in jou tepels, die koors in jou dye, dis alles weg, sê hulle. Dan kan hy jou maar vat, hy kan lê solank hy wil, jy's nie daar nie. Kyk vir Ma Meya, sê hulle, sy eet dit al jare.

Heeldag hou San-Lee se ma haar dop. Sy kom net nie weg nie.

Teen die tyd dat hulle vir Ma Meya in haar stoel lig, staan San-Lee beeldskoon voor in die optog. Anderkant staan haar bruidegom, lelik en haastig, soos 'n vrat met voete. Ma Meya sit stokstyf met haar oog, grys van die gal en ouer as die berg.

Gee haar voorspoed, sing die dorp vir Ma Meya. Hulle klouter die steiltes uit.

Red my, bid San-Lee, Red my.

Toe gebeur alles vinnig. Die voorste draer trap skeef en ruk aan die stoel. Ma Meya se kop klap hard teen die bamboes. En toe spring die oog uit. Soos 'n ghoen uit 'n rek skiet hy by die berg af. Van klip tot klip hop hy tot hy weg is.

Sy maak ons vrek! skree die dorp en gaan aan die hardloop. Hulle soek die oog soos besetenes. Hulle spring oor bosse, klim in bome, klouter oor kranse, swem deur strome. Hulle sien wêrelde, veraf paaie, hulle sien vreemde wesens, langes, kortes, mense wat mekaar liefhet, mense wat ry met die wiel.

San-Lee hardloop die vinnigste van almal, verby die pienk bloeisels, verby die giftige boom.

Julle is myne! skree Ma Meya oor die berg. Maar dis leeg in die vallei.

Onder langs die rivier, op 'n klip, lê 'n oog en blink in die son. Hy's moeg en hy's amper klaar, maar hy't vreeslik baie mense laat sien.

(uit *Stone Shining*, 1999)

Die groot skat

Dit was 'n yskoue winternag in die hartjie van St. Petersburg. Nikolei Petrowitsj het bewerig agter die skerm gestaan. Hy't gekyk hoe swaai die gloeilamp heen en weer. Dink harder, het hy vir homself gefluister, maar hy kon net nie verstaan wat aan die gebeur was nie.

Die harige vrou loop om die skerm en ruk sy broek af. Die drie polisiemanne agter die tafel glimlag. Stilstaan! blaf die vrou en trek 'n handskoen aan. Sy buk agter Nikolei Petrowitsj en woel haarself tussen sy boude in.

Nikolei weet hy gaan nie die traan kan keer wat nou op pad is nie. Voor hy sy oë toemaak, sien hy hoe drink die polisiemanne uit dieselfde bottel. Die traan hardloop dieselfde pad as die een kleintyd toe blinde Oupa die ploegperd geslag het.

Net twee ure vroeër het hy met Alexanderstraat af gestap. Skemer het net begin. Hy't sy jas om hom gevou. Wat 'n heerlike naweek, het hy gedink. Wag tot Moeder dít sien, het hy gedink. In sy sak was 'n reuseaartappel, nog nie eens verkleur nie. En onder sy arm, die rogbrood. Wat 'n fees, het hy gedink.

Toe gryp hulle hom. Hy't nie gedink aan hoeveel arms daar skielik was of aan die houe oor sy rug nie. Hy't net gekyk hoe val die rogbrood en hoe gryp 'n ou vrou dit en hoe vinnig verdwyn sy.

Waar's dit? het hulle heeltyd gevra. Komaan, jou dwaas, het hulle aangehou, Jy kan net sowel praat.

Tot in die donker gebou, af met die trappe, tot in die kelder en toe agter die skerm.

Hier's niks, sê die harige vrou en trek die handskoen uit.

Dalk weet hy niks, sê die eerste polisieman.

Wie anders dan? vra die tweede een, Dis Vrydag.

Laat hom aantrek, sê die derde een, Netnou vrek hy voor hy praat.

Hulle los hom alleen. Nikolei Petrowitsj bly staan agter die skerm. Hy gryp sy jas en voel na die aartappel.

Hy is skielik weer tien jaar oud. Hy staan agter die vlag op die verhoog van die kindersentrum. Sy ore brand soos Moeder hom geskrop het. Die weermag is in die stad. Hulle sit in rye in die saal. Agter sit die ouers. Die onderwyser staan spierwit teen die muur.

Wie sorg vir ons? sing die seuntjie voor op die verhoog.

Moeder, sing die koor, Moeder Rusland.

Die seuntjie steek sy hand uit. Agter die vlag staan Nikolei met die aartappel. Hy't nog nooit so 'n mooie gesien nie. By die huis is dit altyd swartes met sagte plekke en bitter kolle.

Wie sorg vir ons? sing die seuntjie weer en steek sy hand uit.

Die onderwyser begin droom van vodka. Nikolei kan homself

nie help nie. Hy vat eers 'n groot hap, toe gee hy die aartappel aan.

In die stilte wat volg, word sy ma honderd jaar oud agter in die saal en die onderwyser beleef 'n skyndood.

Toe begin die weermag lag. Hulle lag dat die saal bewe. Domkop! skree hulle.

Hy bly staan agter die vlag tot sy ma hom daar uitklap. Sy klap hom teen die kop tot hy negentien is.

Nikolei werk nou al tien jaar by die agterdeur van die stadsmuseum. Hy vat sleutels by die personeel. Wanneer alles op 'n ry hang, bel hy boonste vloer toe. Aleksei Dmitriwitsj kom sluit die kas toe. Om presies tien voor ses storm Nikolei by die deur uit. Hy hardloop na die naaste mark. Hy droom nou al twintig jaar van die perfekte aartappel.

En vandag toe kry hy hom.

Maar sesuur breek die glas in die hoofsaal van die stadsmuseum en iemand beitel die groot steen uit die Tsaar se kroon. Halfsewe gryp hulle vir Nikolei in die straat en stop die lied in sy hart.

Teen die tyd dat hulle hom loslaat, weet hy nog niks. Sy lyf is seer, hy sien weer die vlag, hy hoor die weermag brul en hy weet Moeder slaap lankal.

Hy loop verby die beskonke burgers, oor die straat, verwilderd in tussen die bome. Hy sien die lang man staan in die donker. Hy steek sy hand in sy sak.

Dè, sê hy, Vat jy hom, môre is hy pikswart.

Nee dankie, sê die man, Ek het dié. Ek is weg voor dagbreek.

In die man se hand lê 'n dowwe steen. Dié wat al in die hoofsaal was, sou dit herken, maar Nikolei Petrowitsj werk by die agterdeur.

Jou aartappel is môre nog goed, sê die man, Hy's veilig in die donker.

Lank ná die man weg is, bly Nikolei nog staan. Eers teen dagbreek loop hy huis toe. Vinnig en met 'n beeldskone aartappel.

(uit *Stone Shining*, 1999)

Die bok

Die dag van die begrafnis is die priester dronk. Nog 'n vark uit die dorp uit, sê hy en gooi 'n kluit op die kis. Toe slinger hy tussen die bome in.

Langs die graf staan Frederik en Eileen en twee hoere.

Hy gaan nooit rus nie, sê die lange, Mens kan dit aanvoel.

Gooi toe jou pa, sê Eileen, Dit word laat.

Sy vat haar fiets en ry huis toe. By die huis haal sy haar sluier af en voer die diere. Toe skil sy groente en steek die stoof aan. Sy dek twee plekke aan tafel. Die ou man se bord loop sit sy buite neer.

Dis al donker toe Frederik die graaf teen die huis neersit en natgesweet kom sit vir kos. Hulle eet sonder om te praat. Frederik gaan klim in die bed sonder om te was en weer gril Eileen te veel om te slaap.

Middernag toe die maan homself oor die nok van die huis lig, toe vaar die ou man in die melkbok in en storm die boom dat die kwepers val. Hy ruk die posbus uit en hardloop dwarsdeur die hoenderhok.

Eileen stamp Frederik teen die arm. Jou pa is in die bok, sê sy, Hy maak die hele dorp wakker.

Die bok jeuk, sê Frederik, môre dip jy hom.

Toe storm die ou man die agterdeur dat die huis bewe.

Gaan praat met hom, skree Eileen, Sê hy moet loop rekenskap gee dat ons kan slaap.

Jy's verdomp gek, sê Frederik en draai op sy sy.

Die volgende oggend het hy skaars op sy fiets geklim toe storm die bok hom dat net sy broek bly sit.

Eileen verbind hom in die kombuis en toe hou sy die leer dat hy op die solder kan klim. Van die geiser af swaai hy tot in die boom, van die boom af op die pakkamer en toe oor die heining.

Die oomblik toe hy weg is, gaan Eileen aan die skoonmaak. Sy trek die bed vars oor, sy gooi haar wit doek oor die tafel en pak haar erfkoppies uit. Sy was haar hare en gooi laventel in haar nek.

Sy kyk op die horlosie en toe maak sy die venster oop.

Hoe voel dit in die hel? skree sy vir die bok, Het jy gedink jy gaan verskoon word? Hoe't jy jou vrou verniel! Almal se lewe vergal! Almal verneuk! En 'n vark van 'n seun grootgemaak! Vandag sal jy sien!

Die bok word mal. Teen elfuur toe die posman voor die hek staan, ploeg hy vore deur die werf.

Die bok is besete, skree Eileen, Klim op die pakkamer.

Sy maak haar hare los en ontvang hom op die solder.

Mensig, hyg sy, Nooit gedink jy sou eendag tot in die huis vorder nie.

Die posman is bruingebrand en baie groot.

Tee vir jou? vra Eileen en skeur sy hemp oop.

Hy vat haar op die solder, toe tussen die koppies en toe weer in die kamer.

Eileen slaan teen die mure. Vuilgoed, skree sy vir die bok, Vertel dít vir jou seun!

Die bok is uit sy vel uit en weer terug. Toe Frederik by die huis kom, staan nog net die huis.

Dit was chaos in hierdie plek, sê Eileen en skep sy kos in, As dit so aangaan, kom ek nooit weer op 'n ander plek nie.

So lewe Frederik van boom tot heining, Eileen lewe vir die pos en die mal bok word nooit gemelk nie.

Frederik drink al meer. Twee keer val hy uit die boom uit en kom nie eens agter die bok is te swaar om hom te storm nie. Gereeld lê daar vreemde pos in die huis rond, maar dit gaan hom verby.

'n Maand ná die ou man se begrafnis sit hulle een aand aan tafel. Is die lewe vir jou lekker? vra Eileen.

Frederik druk sy vurk in 'n aartappel en dink aan die hoer by die graf.

Toe ontplof die bok.

Frederik storm deur toe. Buite is dit spierwit. Tot die kloktoring is toe. Kyk, sê Frederik, Dis alles oor.

Wys jou net, sê Eileen, Mens moet so versigtig wees.

Sy skuur by hom verby. Die maan skyn op haar hare en Frederik kyk verdwaas hoe sy wegstap deur die sneeu.

(uit *Stone Shining*, 1999)

In die pad

So drie jaar terug is ons op toer met 'n show. Ons is op pad PE toe met 'n kombi, net anderkant Colesberg gaan die rooi liggie aan.

Die ding gaan seize, sê die drummer, Ons moet olie kry.

Ons kan ingooi op Noupoort, sê die bass-speler.

Nou's dit vir my klaar erg genoeg dat ons op pad is PE toe, die mense hou net van Gilbert & Sullivan. Ek is glad nie gereed vir enigiets wat se naam Noupoort is nie. En daai tyd het ek ook nog nie terapie ontvang vir my plattelandse skooljare nie.

Nee, sê ek, Ons kan nie indraai by die dorpie nie, iets gaan gebeur.

Is jy simpel, sê die drummer, Ons gaan mos nie uitklim nie.

Ek is onmiddellik gespanne. Al wat ek sien, is Porterville se baksteenskool en die stowwerige atletiekbaan en die witspan en Oom Attie met die gun en my pa wat glad nie verstaan hoekom hol ek anderkant toe nie.

Noupoort, sê die bord. My nek is vol knoppe.

Wat gaan in die pad aan? vra die klaviermeisie, Die karre staan strepe by die dorp uit.

Seker 'n bees in die pad, sê die drummer.

Ek maak of ek nie hoor nie.

Rom-rom-rom, sing die witspan langs die baan. Ek sit agter in ons stasiewa, ek wil nie een kind sien nie.

Sit af, sê die klaviermeisie, Ons gaan kyk.

Ons staan tjoepstil in die pad, mense begin by hulle karre uit-klim.

Ek sit stokstyf in die kombi.

Gaan jy alleen hier bly? vra die drummer.

Nou loop ek ook agterna. Saam met honderde vreemdes in die middel van nêrens.

Standerd 5 loop ons Lenteloop. Omtrent halfpad Citrusdal toe. My bene is lam, my maag pyn, ek sluk heelpad my trane. Die ander seuntjies hol in die grondpad af met hulle keppies op. Op-gewonde, soos goggatjies in die stof. Vir wat! wil ek skree, Dis dan nie eens lekker met die kar nie!

Hier loop ek weer, selfde maagpyn, alles.

Daar lê 'n vrou in die pad, sê die drummer.

Is sy dood? vra die klaviermeisie.

Nee, sy tan, sê die bass-speler.

In die middel van Noupoort se hoofstraat lê 'n vrou met haar hand by die afvoerpyp se rooster in.

Langs haar staan twee vet vrouens en 'n polisieman. En agter hulle die res van die dorp.

Gaan huis toe, sê die een vet vrou, Jy klou verniet.

Wat het dit jou nou in die sak gebring? vra die ander een, Hier lê jy nou, in by die drein, vir almal om te sien.

En waar's hy? vra die eerste een, Vra bietjie jouself, waar loop hy nou?

Wat gaan aan? vra die drummer.

Dis haar trouring, sê die polisieman, Hy't voor die poskantoor afgeval, toe rol hy oor die pad. Sy vang hom eers hier. Nou sit haar hand in die rooster, sy kan hom net uitkry as sy haar vingers oop-maak. Dan val die ring.

Diep in my binneste begin 'n onaardse gedreun. Ek sien hoe

kom die witspan op hulle voete. Hulle brul soos onweer. Hansie Nel kom oop en toe om die baan. Ons hardloop aflos in die stof. Nou moet hy die stok vir my gee. My pa staan met groot oë langs die baan. Ek bewe soos 'n riet, maar ek weet dis my laaste kans. Hansie hol dat sy lip so krul, hy storm op my af. Ek gryp die stok, maar hy wil nie laat los nie. Ek sien hy's net so bang. Hy klou dat dit bars. Die gedreun word al hoe harder.

Is jy mal, skree ek, Laat los die ding! Die vrou skrik haar boeg-lam. Die ring val klonks! by die pyp af.

Sy kyk my verstom aan. Sy en die hele Noupoort.

Vir wat klou jy so? skree ek.

Die vrou huil dat die trane loop. Ek ook. Ons huil tot ons moeg is, toe gaan sy huis toe en ek klim in die kombi.

Toe ons in PE aankom, is ek 'n heel ander mens. Die knoppe in my nek is weg. Ek gee nie 'n moer om van wie of wat hulle hou nie, toe die lig aangaan, doen ek my show soos ek hom lankal moes doen.

(uit *Stone Shining*, 1999)

Josephine Maria Pontier

Josephine Maria Pontier could by no means live up to her name. Inheriting two quite ordinary names from her tired grandmothers plus getting adopted by her mother's well-to-do but slightly alco-holic second husband resulted in a combination worthy of the heir to an aristocratic title or some exotic actress. But it befell a girl so middle-of-the-road, she regularly astounded even herself.

By the age of thirty-five Josephine was living on her own at No. 58 Dawson Street. It was a homely cottage in a quiet neigh-bourhood with many oak trees. Compared to the life of a wounded person in a refugee camp, Josephine had it all, but looking at the wealth the universe had to offer those who had the wisdom to take, she had barely progressed beyond existing.

And never had it been more evident than the previous week.

Josephine was sitting at the window. It was a bay window with sheer white curtains (which would almost have been out of the ordinary had she made them long enough) and the rain falling against it from the outside. Anywhere else in the world this would have been a striking scene, but instead of having her hair loose, she had it in a bun. Instead of wearing a comfortable, oversized men's jersey with only her socks, she was wearing a pleated skirt with flat shoes. Instead of holding a jug of steaming tea, she was holding nothing.

For all aesthetic or esoteric purposes the room was empty. Josephine truly had the dooming talent of blending. She only had to put on her off-white gown and she would melt into the wall. Wearing her pale blue V-front blouse, she would blend into the sky so completely, a bird could fly through her. In her office suit she became the desert.

Josephine was remembering the previous few days.

Monday. On her way to work she had passed the school and heard the noise of many children, something she does not hear over weekends. She had wondered if she would ever have children. That is what she always wondered about on Mondays. She did not really have any thoughts on the issue, she just wondered.

Josephine looked at the rain and remembered Tuesday.

On Tuesday she had experienced a mild tingling sensation. After work she had taken the long way home, to pass the Portuguese café. The old man inside kept an extensive collection of adult magazines. Josephine had stood in front of the yoghurts and had glanced to her left. Every Tuesday the sensation was caused by reading the same words, Full Frontal. From somewhere it came, a tiny little moth that opened its wings against her womanhood.

For an instant Josephine was alive and wild. The warmth inside always left her when she entered the cottage.

Wednesday. Josephine thought about Wednesday, but she could remember nothing. Nothing.

During her lunch break on Thursday she had gone out to pay her electricity bill. She had walked through the mall and had passed several boutiques. Josephine had looked at the displays and had seen rows of dresses, many of them in dramatic colours like red, mauve, emerald and black. She had even concentrated for a few moments, because it had to be somewhere deep inside her, that thought of trying on something and then perhaps buying it, simply because it was beautiful. But that thought never came.

On Fridays Josephine always got a hint of excitement when she realised, together with the rest of the world, that the weekend was on hand. Then on Saturdays she could not remember why on earth she got excited on Fridays.

One Saturday, about two months before, she had woken up with the idea of going for a drive, actually visiting her family. Within an hour that thought had become such a weight on her, she had spent the rest of the day in bed, exhausted.

It was Sunday. Outside it was raining. Josephine Maria Pontier was sitting at the window of No. 58 Dawson Street.

Only hell knew what she was going to do next.

(1999)

Dear Mister Polken

Dear Mister Polken
I suspect that only the most competent writing could possibly

convey the gratitude I feel towards you. Please accept the sincerity with which the following lines are offered to you.

Firstly I apologise for the apparent awkwardness with which I received you during your unexpected visit after the show. Visitors are few and a trailer does not offer the surroundings you are obviously accustomed to. When we face the audience we are exactly what they expect us to be, but without the music, without that superwhite spotlight, we become small, fragile, scientific statistics.

My dearest Sir, I salute your bravery, your soulful persistence and your graceful social skills. When I opened the door and you first saw me in that cruel, yellow domestic light, your heart must have made an athletic jump. How saintly not to show the slightest reaction! Not even your eyes betrayed you. Thank you. Our arms have become heavy and tired of waving to the hordes floating by on the clouds of sympathy and disgust.

It is with the utmost care that I have considered your offer. For the past ten days I have not allowed myself any dreams, not one fantasy, not a single irrational moment. As sober and clear-headed as I can possibly be – as a member of the circus! – I have given thought to your generosity.

It is true, never have I been able and never will I be able to collect the amount of money needed for the necessary surgery. If ever I were to join the human collective as it is known and accepted, surely this would be my only chance. What kind of distorted soul would not jump at an opportunity like this?!

Mister Polken, it is with a pounding heart that I have to decline your offer.

I have dreams of a career, a family, a car and an address. You brought me closer to these things than I have ever been. For days after your visit I walked through the circus as if I were saying goodbye. I felt as if I had never really been a part of it. Until I closed my eyes and tried to picture the new existence. What will

I be? This defect is what gives me a life! Should the operation not turn out to be completely successful, I will no longer be a freak, only hideous. What skills do I have? How will I understand the absence of love? At the moment it is easy and expected. My friends are dwarfs and giants and magicians. We have no expectations. Our success is survival, our rewards come in small gestures.

Life without a nose is not easy. Sleeping with a mouthpiece, never lying on your stomach, eating little and fast, speaking in short phrases, this has been all I have known. No lengthy kisses (or any other oral activities), never knowing what the world or its beauty smells like, never knowing what intimacy would feel like, resting your face in somebody's neck to find comfort. These things are not on my path. Still, Mister Polken, I have a life!

They laugh at me, they gasp and they applaud. They will never know that the skin on the blank part of my face is normal, properly stretched, soft to the touch and still youthful. They will never know that I can play the piano or recite long passages of classic literature from memory. They will never know my sense of humour. But they all know my name.

The circus is no heaven. Being on the road, living in a ramshackle trailer, never being independent, always feeling the sadness of the animals, this is our routine. Pain is what we breathe, it is how we do the next cart-wheel. What will become of us when we find happiness?

Dear Mister Polken, blessed you will be with every step you take. I thank you for making your offer, for making me close my eyes. You gave me gratitude.

I greet you from my yellow light!

Hopefully your new friend

Roland The Alien

(1999)

Tuesday

Tuesday

Sedge lived up north on what was left of a once glorious farm estate. Sold off piece by piece through generations of his troubled family, only the original house and rustic front garden remained after the death of his parents.

He lived surrounded by second-hand car dealers, funeral parlours and obscure holiday resorts. And he lived on his own. Apart from the woman who came once a week to do his laundry and some hopeless dusting in the huge house, Sedge saw few people.

Digging around in the chaotic storeroom, dragging his toolbox between the two old cars, trimming the wild trees behind the house, he was busy. Not unhappy, not ecstatic, just busy. He owned a television set and a radio and both were playing all the time, but he took little notice. He also paid little attention to the noise around him and seemed quite unaware of how the once faraway town was creeping closer.

He was the kind of citizen any lazy politician, pastor or municipal official would dream of – no trouble and no complaints. And that might be the reason he was chosen to enter where few had been before, why, on that day, on his way into town, on a busy byway, only he seemed to notice the couple standing to the side of the road.

As he pulled off and stopped his car behind theirs, he saw that the bonnet, the boot and all the doors were open. He hardly looked at the people themselves. He nodded in reaction to their greeting, walked past them and stuck his head under the bonnet.

At first he could see nothing wrong. And then Sedge realised he had no idea what he was looking at. The whole engine, the different parts and the way they were put together, the material it was made of, it was unlike anything he had ever seen.

There was a strange noise coming from the back, said the woman.

Again Sedge did not look at the strangers. He walked to the back of the car and kneeled down. He looked at the exhaust. Something drew him closer. He suddenly felt light-headed.

Somewhere in the distance two voices were talking to each other.

He's not the one, said the man.

We don't know, said the woman.

Sedge could hear angels sing. It was coming from the exhaust. He was not surprised, nor was he shocked, he was himself, being called by something unknown. He simply leaned forward.

It would be ridiculous to say that Sedge suddenly started shrinking and was then sucked into the exhaust of the car. But that was more or less what happened.

His head was spinning and his body was as light as a feather. He was spiralling through a well-lit tunnel, but it was not like falling. It was more like an autumn leaf, travelling with the wind for the first time. Breathless but not hysterical.

At some point he must have closed his eyes, because when he opened them again, he was looking at the round face of a woman. She was old, but had no wrinkles. She had kind eyes and a shiny skin.

Please put this on, she said softly, No-one but His Majesty dresses in costume.

Sedge was not agitated or hesitant. He was slightly amazed.

He took the simple off-white robe from the woman and pulled it over his head.

You have some time to familiarise yourself with the palace, said the woman, His Majesty will only need you when he returns at dusk.

Sedge turned to look around him. He was standing in the middle of an airy room. Large columns were rising up to an ornate ceiling. Massive oval windows were framing a light grey sky. There were no gardens, gates or roads, just sky.

I'm in a floating castle, thought Sedge. He didn't think about his car next to the road, the two strangers or the woman who was now leaving the room through a high, narrow door. He did not wonder about His Majesty, who he might be or how this king could possibly need him. He was only mildly puzzled about his journey and the technicalities of it. For the rest, he would wait and see.

At some point the outside sky turned into a solid dark grey and the woman with the kind eyes returned.

Follow me, she said, And remember it is his birthday today.

She led him through the door to a large staircase. They seemed to reach the top giving fewer steps than were needed. Sedge noticed this but did not frown or ask a question.

The king was standing in his bedroom, a spacious hall with soft drapes in light gold and a fantastical bed with hundreds of pillows. He was young and extremely attractive. He was wearing an Arabian outfit with many jewels.

Beautiful, thought Sedge. This was his first adjective since his journey had started and he did not find it strange that he was using it on a man.

Help me, said the young king. He turned around and stretched his arms. The woman pushed Sedge forward. He stepped up to the king and clumsily removed his coat and then his boots. He reached up and lifted the turban from the royal head. Long strands of dark hair tumbled onto His Majesty's shoulders.

Beautiful, thought Sedge again.

The king turned around. Without his costume he was less majestic, less exotic, and much younger.

Happy birthday, said Sedge.

The king sighed. He walked towards the bed and pulled his pants down. Flawless and naked he fell down on the bed.

My legs, he said.

The woman tapped Sedge on the shoulder.

Be gentle, she said and handed him a bowl of oil, And do not stop before he falls asleep.

And so Sedge, who used to live quietly on what had been left of the family farm, and up to now had used oil only on second-hand cars, climbed up on the bed, kneeled among the hundreds of pillows and started massaging the legs of a naked young man who lived in a floating castle.

The king turned his head.

Tomorrow it's Elvis, he said to the woman.

And so it will be, Your Majesty, said the woman. She moved closer to the bed and picked up the Arabian pants. She leaned towards Sedge.

And remember, she whispered, Tomorrow is his birthday.

Then she was gone.

The next day Elvis had his birthday. And the following day, some Persian king from Biblical times. There was also a baseball player, followed by an Indian film actor. And at night, as each one returned exhausted and was transformed back into a naked young man with long hair, Sedge did his massage with his bowl of oil and the necessary birthday wishes.

Then one night the gorgeous creature, more exhausted than usual, turned his head and asked the woman, What day is it to-morrow?

Before she could reply, Sedge said, Tuesday.

There was the scream of a strong wind and the next moment Sedge was standing in the room with the oval windows. The woman was standing in front of him.

What? she whispered.

Sedge cleared his throat.

The woman pointed towards the door.

That is the king of all who need one, she said, Every single day he is reborn as another. Whatever the needs are, whatever the dreams, whoever they long to look at, he is there. Have you not learned a thing? Have you not been touched? Being with him, soothing his pain? Do you not have one question? Are you not in wonder?

Sedge had the beginnings of a frown.

Tomorrow is his birth, the woman fiercely whispered, The entrance of another idol, one more dream, and you used that word!

I thought . . . em . . . started Sedge, but the woman waved her hand.

Gone! she said.

Sedge was pulled backwards. He was violently pulled into the tunnel. It was not like the previous time. It was quick and cruel.

He opened his eyes. He was lying on the ground behind his old car. He stood up and wiped the gravel off his pants. Then he got into his car and started the engine. He waited for an opening and then slipped onto the road. He drove towards town, one of the hundreds, thousands, millions, untouched by magic.

Piano

It was in the second part of my matric year that it happened. Spring had just started and we were preparing for our final exams. The standard 9's were decorating the school hall in an Oriental theme for the farewell dance and for weeks the school had been filled with excitement.

It was seven forty-five in the morning and the secretary of the school, Mrs Pippe, was driving through the gates when her blood sugar unexpectedly dropped.

Mrs Pippe had been married for twenty-eight years to the only electrician in town. It was a dull but peaceful marriage. Until earlier that year when the widow Gucke started having problems with her geyser. Four times Mr Pippe was called out and each time he failed to find anything wrong with this unfortunate appliance. Only when he was called out the fifth time, did he realise what the problem was. Out of the goodness of his heart Mr Pippe took the widow into the bathroom, locked the door and mounted her with all the thoroughness of a true electrician.

This in itself would have been a true act of compassion, had little Ninette Vinke not looked through the bathroom window as she had done every night at seven. She then ran home and told this to her mother who rose to the occasion. Mrs Vinke carried a grudge against life itself and everyone who tried to have one. For no matter how you looked at it, she was simply the ugliest bitch ever born. It was therefore her duty to pick up the phone and inform Mrs Pippe of her husband's actions.

So, it was only days after the unexpected and bitter divorce that Mrs Pippe drove through the gates of the school. And as her blood sugar dropped and she fainted, her right foot just put itself down. She drove up the stairs, crashed through the foyer and burst into the hall, destroying the gates of Peking, a massive foamalite Buddha and two hundred rice hats. Then she bumped into the wall and came to a dead stop underneath a huge poster.

And that is the reason that when Mrs Pippe regained consciousness and opened her eyes, she was looking up at the face of Mao Tse-tung. Around her a hundred red lanterns were flickering and from the bonnet smoke was rising.

Mrs Pippe knew then that she had died and gone to hell.

She freed herself from the car and started climbing over the rubble. Under the Great Wall of China Mr Bange was lying. He was our German teacher. There was a huge bump on his forehead. He opened his eyes and looked at the devil hanging over the Renault.

Then he looked at Mrs Pippe.

Mrs Pippe looked at him.

All my life I wanted to play the piano, she said, That was all I ever wanted.

And I wanted to sing, said Mr Bange, Not in church, on my own. With a band.

Mrs Pippe held out her hand.

And so it happened that at seven fifty-five that morning, three hundred pale children stood in the garden of their school and watched two people walk out of the ruins of Asia.

That is what you get! screamed Mrs Pippe, After a lifetime of stupidity! That is the price you pay for denying who you are!

Mr Bange cleared his throat. I will now go somewhere to sing, he said.

And I will go look for a piano, said Mrs Pippe.

Then they kissed and walked out of the gate.

The children who had witnessed that morning at our school, have since grown up and settled in different parts of our country. For their families' sake many of them have over the years given up on singing, but most of them are still playing the piano.

Venus

It was a Tuesday evening. I had been living in my new house for about two months and I was walking outside to see how the garden was coming on. I was just thinking how wonderful it was to live in a quiet neighbourhood when suddenly across the street there was an explosion that shook the earth and sent my dog running into the house. It took me an hour to find her, drag her out from underneath a couch and calm her down.

If ever a scale were to be established to define the different levels of existence, then surely the lowest form of life would have to be people who shoot crackers or light fireworks. Not until they've seen me hugging a frantic bull terrier while humming highlights from *Yentl*, can anybody imagine what this does to animals. Not in my darkest moments can I picture the emotional profile of the person that finds any degree of entertainment in a loud noise.

It was with this anger that I marched across the street. As I touched the gate, there was another deafening bang and thousands of little stars exploded in the sky. I was beside myself. I ran up the stairs and started beating the door with my fist.

Whose side are you on? said a voice.

Around the corner of the house came an old woman in a white uniform. She had a red cross on her chest and another on her head.

Is this the church of Satan? I asked, Or do you work at Edgars?

Are you on your own? asked the woman, Did you come for supplies?

I said, Did you light a cracker?

It's not a cracker, she said, It's a flare. I shoot it to help the troops.

I said, What kind of a flare says Happy New Year Hong Kong?

Oh, she said, You people can pretend nothing is happening, but I know they are near. They might be wounded. We have to show them where we are.

I said, The war is in Bosnia.

Oh? she said, Then where is Leopold?

Listen to me, I said, I don't know where Leopold is, but in my house is a dog on the verge of a stroke. You light another cracker and I'll stick it up your ass and blow your menopause through your face!

I walked back home and slammed the door. For a week there was peace.

The next Tuesday night I was standing in my garden when the mother of all bangs exploded across the street. Happy Halloween, said the sky.

I stormed across the street.

The old woman was standing in front of her house. Her eyes were huge and sparkling like those of a mad person. Not for an instant did she recognise me.

Are you wounded? she asked.

Yes! I screamed, I'm nearly dead!

My name is Venus, she said, I am here to help you.

She led me up the stairs. Inside the house hundreds of candles were burning.

Lie down on the couch, she said, You are safe here.

She put my head on her lap and wiped my face with a cloth.

Their war must be almost over, she said.

Completely, I said.

She started putting a bandage around my head. Shame, she said, He wanted to spare me the anguish. He just left me a note saying he had to go. Like I didn't know about the war. What else can keep a man from coming home for so long?

I looked at her face. She was as nuts as they come.

Leopold spoke of you many times, I said.

You saw him? she said, You spoke to him?

I took a deep breath. He died in my arms, I said.

Venus sat frozen for a whole minute. Then she took another bandage and put it around my arm.

Was he brave? she asked.

Yes, I said, Very brave.

Later that night Venus helped me across the street.

And remember, I said, The war is over. No more flares.

Yes, she said, I promise.

So if you ever come to Pretoria and you see a few of us walking around with heavy bandages, then don't be scared, it's not the war, it's just Venus, having another lapse.

Brigitte

Brigitte The Quiet Woman had been married to her husband for exactly thirty-six years when he had his heart attack and died on top of Yvonne Simmons.

He was a huge man and with him on top of her, Yvonne was unable to move. She had to scream for twenty minutes before somebody came to her rescue. Afterwards she told the police that he had come for a haircut and while she was looking for a towel to put around his shoulders, he just died and fell on top of her. She said he fell with such a force that her bra and panties just popped off.

When they told Brigitte, she said nothing. She just turned around and went into the garage. She opened every cardboard box until she found her old music books. Then she phoned the church and told them that she will be playing the organ at the funeral.

Not since the Kubus Milk Miracle had so much excitement filled the hearts of a town. The suspense was unbearable. Everybody knew Yvonne Simmons was a slut, but never before had she killed the man. Will she be at the funeral? And Brigitte. Where did she learn to play the organ? And what will she be wearing? Will she be hysterical and faint at the grave?

Two hours before the service nobody could find parking near the church. The whole world was there. On the pavement the ladies from the school board were selling light meals, children were having pony rides and for a few rands anyone could be photographed next to the hearse.

Inside, the church was packed. They were whispering and fanning themselves with programmes, but fell dead silent as Brigitte took her place at the organ. Wearing a grey suit and without a hint of a facial expression, she sat down and opened her books. As she played the first note, in walked Yvonne Simmons. She was wearing a black dress with thousands of beads that moved as she sobbed loudly. It was fantastic. No-one could have wished for a more dramatic event.

Things got even better when, halfway to the cemetery, the entire procession had to turn around and go back to the church because Brigitte was missing. But they could not find her at the church. Nor was she at the house or anywhere else.

And so the dead man was buried without the presence of his widow. The moment was saved by Yvonne who became hysterical and fainted at the grave. Brigitte was never seen again.

It was a few years later and I was a music student in my second year, when I was asked to play the organ at a wedding in that same church.

It was a tired affair. An overweight groom stood motionless as seven inbred little girls entered the church in a cloud of turquoise, followed by a near-sighted bride wearing something that looked like it had just been used to slow down a Boeing.

After a short, but severe misunderstanding of the Bible they were taken to sign the register. I was just about to start playing the interlude when I looked up and saw a woman in a grey suit standing in front of me.

Would you mind not using the pedals, she said, The bass notes are the worst.

I love playing the pedals, I said.

I sleep next to the D-flat pipe, said the woman. Please, the headaches are killing me.

Why do you sleep in the organ? I asked.

Where must I go? said the woman, I cannot face them, whispering and pointing fingers. My husband was found dead on top of a tart. Do you have any idea what they're saying?

What do you care? I asked.

You're one to talk, she said, All soft in the face and playing the organ. Don't you know what they're saying?

They don't know the truth, I said.

They don't need the truth to turn your life to hell, she said. Where I'm now, it's peaceful. I played the organ before I met him, it's all I know. You are very talented, but next time go easy on the pedals, you never know who's there.

As I left the church, I felt a bit safer. After all, there was a place for the freaks and the frightened. And I thought to myself, isn't it lucky that we are such a churchgoing nation, with so many churches and such enormous organs.

Green

It was the day after Monday and the wife of Simon Wittcliff was painting her toenails peppermint green. She was making a mess because she couldn't see what she was doing and she was too tired to open her eyes.

She was tired because everything inside the house was green. She was tired because downstairs the maid was making broccoli soup. Once a week, on the day after Monday, her husband always ate broccoli soup. She was tired of watching him eat bowl after bowl until she was convinced he was green on the inside as well. She was tired of going up to the bedroom and watching him take off his clothes and put on his golf shoes. She was tired of faking fear and screaming, My, that's a birdie.

Sylvia was tired of having a face-lift, two breast reductions, a sports car and three credit cards. She had all of that because of a husband who couldn't be a man unless he burped broccoli and wore his golf shoes.

Sylvia waited for her toenails to dry, put on her shoes, got in her sports car and drove to her favourite place. She loved the chemist because nothing there was green.

Inside the chemist was a huge poster of a girl with reds lips. Because I'm worth it, said the poster.

Yes I am, said Sylvia and picked up a blood-red lipstick. But that day she didn't go to the counter. For some reason she just put it in her handbag and walked out.

Her heart was beating and she was out of breath, but for the first time in her life she felt fantastic.

She drove to the next shop and stole a cellphone. She was trembling with excitement.

She could feel real fear.

That night Sylvia went to bed and gave her husband the time of his life. She closed her eyes and imagined stealing a pair of shoes, a matching handbag and a huge hat. She was shivering with tension. Simon Wittcliff didn't know what hit him. He finished three rounds, won the world cup and nearly had a stroke.

That was unbelievable, he whispered, I think we should paint the ceiling too.

Paint your mother green for all I care, thought Sylvia, I got stuff to do.

Two days later she bought leather gloves, rubber boots and a pair of black stockings. At midnight she pulled them over her head and broke into the neighbours' house. She stole their ugly curtains, six hideous teacups and their stupid little dog. And as she drove out of town and dumped it on the highway, she knew what power was. She wasn't just some dependent little wife with a credit card, she was a dangerous woman, somebody with skills and the guts to use it.

Nothing could stop her. Sylvia Wittcliff stole the town empty. She bankrupted the neighbours, she pickpocketed the maid until she was so poor she had to move away and live with her family. Then she employed one who'd never heard of broccoli.

Simon Wittcliff's golfing career came to an abrupt end. He

started spending all his time at the office. Some nights he didn't even come home.

Sylvia didn't notice. She was preparing for her big moment.

On a Tuesday night she left the house and took a taxi. On the other side of town she got out and took a deep breath. She was ready to steal her first car. She walked around the corner and saw one standing in an alley. Sylvia couldn't believe her luck. The door was unlocked and the key was inside. She got in and slammed the door.

My, that's a birdie, said a voice.

Sylvia's heart stopped.

On the back seat of the car was Simon Wittcliff. Underneath him was a huge woman with green toenails.

He made me do it, said the woman.

Me too, said Sylvia.

I won't tell if you won't, said the woman.

Fine, said Sylvia.

She opened the door and got out. She walked to the corner, waited a while and then she turned around.

She knocked on the car's window.

Need a lift? asked Simon.

Sylvia nodded.

I'll make soup, she said.

Kenneth Wishes

According to most people it would be a beautiful day. In a cloudless sky the sun is hanging motionless and bright, a gentle breeze is moving through the trees and the seaside crowd is mellow and content.

Walking through the crowd is Kenneth. He wishes he was dead.

No not dead, that would mean he had to live first. He wishes he never existed. He looks at the roadside full of sporty vehicles and their self-assured occupants, grinning at the world from behind their aggressively shaped sunglasses. He turns his head and looks at the beach. White, black, red and bronze bodies are moving, turning and twitching towards the sun and each other. Gorgeous and ugly, perfect and fat, luscious and revolting, they all seem to be inhabited by souls wanting to be there. Kenneth wishes he could not see them.

He looks down at the chair he is pushing. He sees his hands, pink and uncomfortable, with his knuckles white from his nervous grip on the handles. For a moment he forgets the beach and the gods and the peasants and looks at the chair. It is one of those you get at the provincial hospital where everything gets used again and again until it carries the pain, tiredness and desperation of everyone who has ever touched it. It is one of those they give you at no cost, because you're poor or won't be needing it for much longer because there's no more hope for you. And then when you sit in it or push it the whole world will know that you are truly, truly pathetic.

While the sun dreamily shines on, while polluted waves elegantly break on the shore and children joyously scream, while large women in small bathing suits ignore their cellulite and gym freaks oil their evidence, while gay men hungrily stare at each other's designer crotches and mothers wipe the sand from their babies, while all of this is going on, Kenneth looks down and quietly curses the grey head resting against the chair he is pushing.

He does not know her name, her family or the details of her condition. He did not even look at her when he said, Yes, Mother, and pushed her into the lift.

Could that be a clue? Does part of the reason for his dreaded existence lie in his frequent visits to his mother? Would he have a chance at life if he only saw her once a month? Would he eventually be able to buy himself something modern or remotely out of the ordinary if he spent less time inside her flat? Would he be able to start having relationships or (even just) conversations with people his age? Would he one day be able to look his age and not fifteen years older?

Kenneth looks at the wrinkled hands weakly holding on to the chair. Did she have a life once? Did somebody like her? Could she have been loved? Could she talk? What was she doing in his mother's flat? He doesn't care. What he cares about is how her situation became his. Why did he say yes? Why did his mother ask him in the first place? No mother on earth would ask this of a favourite (or only) son with a boyish hairstyle (or any hairstyle), a deep voice and a wild attitude.

She rarely gets out, Ken. It would do her so much good and I can get a few things done. They're only coming to fetch her at seven. Just a few blocks, dear.

Kenneth looks up and sees a couple staring at them. He wishes he never owned this olive-green shirt. He wishes he didn't button it all the way to the top. He prays none of them looks down and sees his sandals. He wishes the wheelchair was new and expensive. And somewhere else.

The couple walks past them. The woman's breasts are golden brown and swaying deliciously inside a revealing plastic top. A plastic top. Where do people get that? The man is wearing a knitted shirt without sleeves. Like his pants, it clings to him.

Kenneth is overwhelmed. He knows the image of himself pushing a stroke victim through a trendy crowd on a fashionable beachfront is not the only picture of his life. Nor is every bare page in his diary. Nor is the fact that he has never been able to push a single original thought past his tongue. Nor is the fact that in the past thirty-two years he has only made love to himself. But today, today it has all come together. The world has gathered here to watch his march and celebrate the end.

Despite his own conscience, despite the inevitable judgement of God and despite every day of his life, he does not want to be here.

In the clear sky the sun is slowly sliding down towards the ocean. Kenneth throws a bag into his car. He leaves the house unlocked, the office without notice and the city without any plans. He drives with a heavy foot and a light heart. He is slightly out of breath, slightly horny, slightly light-headed and slightly excited.

Kenneth wishes he hadn't just left the chair like that. He hopes somebody finds her.

Word from Ben

That night I was having dinner with Thomas Howard, 3rd Duke of Norfolk, uncle of that dear lady, Anne Boleyn, who was so rudely interrupted by her husband, Henry VIII.

Not that I knew the Duke well at all. The previous night I was reading about life in sixteenth-century England and for some reason he was the one that stood out. The next morning he was still very clear in my mind and throughout the day continued to manifest until that evening I found him sitting in my study, paging through the book I had been reading.

So many of these things are not true, he said, And look at this portrait, they made my nose too long.

Yes, I said, I was just thinking what a fine nose you have, Sir.

I was not too clued up on the protocol, but I decided an invitation to dinner would be appropriate. He readily accepted. And since it must have been almost four hundred years since his last meal, I decided to start with a light soup, I did not want to provoke the royal stomach.

Thomas Howard ate like a beast. This gentleman who spoke the most beautiful English. After each perfectly executed sentence he dipped his face in the bowl and sucked like a pig.

After a particularly violent gulp he looked at me.

You look like a man of imagination, he said.

You flatter me, Sir, I said.

If I could ask you to join me in a little game, he said, There was a lady whom I held very dear to my heart. But I could never declare this, she was kept for the King's amusement.

Small pieces of vegetable were sliding down the Duke's neck.

If you could perhaps wear something more appropriate, he said, And maybe find some hair, and for a few moments play this game with me, and I can finally tell her, then maybe my period of rest will become easier.

This is not new to me, I said, Inside the walls of this house I have been many people, but I'm afraid most of my wardrobe is of a much later period.

I am sure you will be perfect, said the Duke, And, oh yes, she lost her eye during the summer festivities in '36.

I will do my best, I said.

Ten minutes later I was back, elegant in a black robe and curly wig.

I hope this will do, I said.

The Duke of Norfolk went pale. He fell on his knees.

Katherine, he whispered.

I held out my hand.

And that's when I heard the first kicks on my door.

The King! shouted the Duke.

There's no king in this town, I said.

Then there was a loud crash and I heard my front door fall. My inside went as cold as ice. This was the first time they entered my house.

I could hear things break. And they were shouting the way they did at sporting events. A large man with a pink face stormed into the dining room. He was followed by about eight or nine more.

What the hell is this? he screamed.

The Duke loves me, I said.

I looked around at Thomas Howard, but there was nobody, just me, being Katherine. And a room full of men, looking even more haggard than I had imagined.

Where is he? shouted one of them.

Where's my child? screamed the pink man.

What did you do to him? screamed another one.

There is nobody in my house, I said, And never has been.

Oh yes? someone shouted, Then who ate from the other bowl?

I looked at the table. There were two bowls. And the one on the other side was empty.

*   *   *

Nobody put a hand on me. They did not handcuff me, they did not push me or lead me by the arm. They kept their distance. Like hunters from long ago, too scared to kill a strange animal because they didn't know what the spirit might do.

They allowed me one bag. I took my brushes and my paints. And one or two outfits that would keep them at a distance. At the police station they told me I was allowed one phone call.

I wanted to tell them that I haven't made a phone call in over nine years, but I decided they didn't deserve to have that much fun.

Later, I said.

Follow me, I heard a voice say.

I looked around and found myself staring at a greyness in the corner. I had to blink to realise I was looking at a police uniform with something inside.

Come on, said the blurred being.

Even in the days when I was still socially active, detecting dullness was beyond my abilities. And now to suddenly try and follow a man with absolutely no presence, was virtually impossible. It became a little easier after I decided to do it by smell. But by the time we reached the door of the holding cell, I was exhausted.

The blur unlocked the door to a small, dark room that was completely empty.

Was this modelled on your brain? I asked.

Heyto, he said and slammed the door. I was in detention.

Obviously they had no case against me. Some freckled little half-breed had been missing for four days and people were getting nervous. A gesture was needed to calm them. I was the obvious choice.

I sat down on the floor. High up on the wall behind me was a small window. It threw a square of light on the wall opposite me. I sat looking at it. Like I was the only patron in the world's saddest movie house, waiting for the show to begin.

And it did.

A woman stepped onto the screen. She had an extremely familiar face.

Please forgive the dress, she said, It is so creased and I have no way of fixing it, being chained and all.

Why have you been chained? I asked.

I was caught long ago, she said, Those days they were still scared you might fly away. It was before TV.

What is your name? I asked.

I was never named, she said, I grew up on the streets. The only thing I was ever called was Hey You after I'd stolen something. These days some people who see me think they know my name, but they really know nothing. And yours?

Matthias, I said.

She looked at my bag. I can't stay long, she said, You better start working.

I took out my brushes and started painting her. We talked

216

about our lives, about travelling or not travelling, about being seen and by whom and about being caught and having no trial.

I was doing the finishing touches on her dress. How often do you get painted? I asked.

There was no answer. I looked up and saw that she was gone. Her image stood before me like it had been there for centuries.

As I closed my bag, the door opened.

I looked up and saw a vagueness hovering in the doorway. I felt the beginnings of a vicious migraine.

What is that? I heard him ask.

I presumed he was looking at the picture.

My life, I said.

Heyto, he said.

It doesn't go away, I said, It stays with me wherever I am.

He moved towards the painting and touched it. The paint on the dress was still wet. I could see it come off.

You touched my life, I said.

I could feel the vagueness was having a thought. Slowly his outline started to appear until I saw a complete police officer standing in front of me. Ordinary, but present.

Welcome to the world, I said.

* * *

Within days every inch of the holding cell was covered in paint. I could not sleep and when I tried to close my eyes, they would appear. Characters from plays, people out of poems, lovers I have dreamed about, figures from history, everybody that had ever manifested in my house was suddenly jumping out from where they were resting or hiding. I painted them all.

Not that I was an artist at all or enjoyed the process for a second, but I had to place them somewhere or it would be chaos. No matter how your world was created, it always needs order.

My seclusion did not come from a scandal or hiding from the

law or a fear of people. The circumstances that were given to me, the seemingly abnormal childhood, the way my head reacted to it, all of it needed my attention. I had to take charge in putting it all in place and by the time I had finished, years of isolation had passed.

I looked up at the ceiling of the cell. An overweight prophet was hanging between two little clouds. I had placed him in such a way that he could see out the window.

What is happening? I asked.

They're inside your house, said the prophet, Not just the police, everybody wants to see what's in there. But they're not finding what they're looking for.

How long will they keep me? I asked.

They have no evidence against you, Matthias, said the prophet, But they will keep you as long as they can. Since you haven't broken the law they wanted you to, they will look for another one.

I need to sleep, I said.

Put your trust in your little scholar, said the prophet, Make him help you.

I thought about the police officer. Since he had come out of his vagueness, he treated me with great kindness. He looked at every figure in the cell and asked many questions.

That night he brought my food and sat down with me while I ate.

I can't stay long, he said, They'll wonder.

Whether it was because of my lack of sleep or whether I was not used to company in the flesh, I will never know, but suddenly I said it.

I have a brother, I said.

I could hear the prophet searching for his breath.

Well, where is he? asked the policeman, I swear they'll let you go if they know you have family.

He travels, I said, He lives in far-off places. He does research.

218

How do we reach him? asked the policeman.

I don't know, I said, His name is Ben.

I'll see what I can do, said the policeman.

That night I slept for the first time. I dreamed the way I had been doing for years. I dreamed about all the exotic places Ben had lived in. And the foreign people and the clothes they wore.

The next morning the prophet woke me. I can't see him, he said.

He never comes early, I said.

I'm talking about your brother, said the prophet, I have no picture of him.

A block of ice fell through my heart and got stuck in my spine, but I kept myself busy with my brushes.

The policeman opened the door later than usual. He looked puzzled.

When did you last see your brother? he asked.

I don't remember, I said, He's much older than me.

You were adopted, said the policeman.

We were adopted together, I said, But later he had to go away to work. I was still a baby.

There's no record of him, said the policeman, It was just you.

She said she took us both, I said.

Did she say why he never came back? asked the policeman, Did you ever hear from him?

He was busy, I said.

And she was jailed, said the policeman.

It's a lovely day outside, said the prophet.

Eighteen years ago the woman who took you was jailed, said the policeman, Because everything she'd ever said was a lie. It's in there, in black and white, a file as thick as a phone book.

In my spine the ice was refusing to melt. It stayed there like it wanted to preserve my insides for all eternity.

I looked up at the prophet. He was staring out the window.

I wish you could see your house from here, he said, It doesn't matter how it got there, it's a real piece of work.

I looked at the policeman.

Heyto, he said.

* * *

They released me after six days. I asked them if they could take me home after dark, I was in no mood for a circus.

It was a cold night and the wind was moving leaves as we drove down the street. In front of my house I took my bag and got out of the car. I closed the door and turned around. It was the first time in years I saw my house from the outside. The moon was hanging between the two chimneys. It made it look huge and scary.

Then an old woman stepped out from behind a tree and looked at me with big eyes.

My cat's name is Dorothy, she said.

I just looked at her.

She's only nine months old, she said.

The top button on her jersey was missing and she was trying to hold it closed with one hand. The other hand she held in a tight fist.

She loves to go for walks, said the old woman, She's like a little dog.

I have a birthmark on my left thigh, I said, But for some reason I have no need to tell you about it.

She's on your roof, said the old woman. She opened her fist. A flat little fish was lying on her hand.

Please, she said, She hasn't eaten since noon.

I was too tired to think of a polite reply. I opened the front door. There's a staircase at the back, I said.

I know, said the old woman, Next to the shelf with the kimonos. Most people prefer your Spanish room, but I love the kimonos.

I turned on the lights. Were you sent from hell? I asked, Have I just been released from prison to be tortured by an old bat with a dead sardine? What were you doing in my house?

The woman started climbing the stairs.

Oh, we came every day, she said, But nobody took anything, they were too scared.

I looked around me. From the walls faces were staring back at me. Classic figures who used to be my friends. In the cupboards costumes were waiting for me. On the shelves were hundreds of souvenirs from places I had never been. But everything looked different. They had been seen by strangers who had been inside this house.

Outside the woman was calling for Dorothy.

I walked through the rooms. Every country, every far-off place I had ever imagined my brother to be. I had been sure he would have been proud of me. On his return he would have seen that I got away too. I also made a life.

The woman was screaming for Dorothy.

Now it was just a museum. A warehouse of fabrications. And on the roof Wizard of Oz was in full swing.

I picked up the empty soup bowls and went to the kitchen.

The woman came down the stairs with an ugly little cat.

You should open the place to the public, she said, You'll make a fortune. You can live in the back. I can help out if you want, I'm just down the street.

Maybe, I said, But now I need to sleep.

I locked the door and thought of Ben. I didn't know how you're supposed to remember something that had never existed, but I was sure I would think of him with great fondness.

(from *Word from Ben*, 1999)

Wax

I don't know what scares me most, working in the kitchen or Rudolf's nights off.

In the kitchen you can lose your face. Damage yourself beyond ugly. Secret is to remember you're plastic, stay out of the heat. Six months ago I bent over the stove to taste the sauce, by the time I turned around for the salt, my lip was hanging in my neck.

But when Rudolf has his night off, the gods be with you. We don't know where he goes, we don't know where he finds them. Every time he goes out, like clockwork the next morning he returns with some godforsaken creature on his arm. Last week he arrived with this thin little queen, boasting the mother of all empty grins, like a till that's just been robbed.

What's with the smiling? I said.

He's content, said Rudolf, His parents know. And they accept him for what he is.

The queen's grin was turning into a proud one.

Somewhere in the back of my mind I could see a whole family clubbing in to buy a gun.

And how, I said, Does this involve me?

He just needs some cash, said Rudolf, He's becoming independent.

I could see the family dancing around their dining room table.

Make him a waitress, I said, But the smallest slip-up and I close his mouth forever.

I dread the cooking. Twice a week each of us does kitchen duty, that's the deal. Seventh night we rest.

So there I was standing in front of the fridge, firming up my face, when the door opened and the queen followed his grin into the kitchen.

One seafood platter, he breathlessly announced.

Somebody wants food? I screamed.

Yes, said the blossom, The gentleman says he wants to smell the ocean.

I decided not to react to that. Why in hell do people want to eat here? I said.

The weightless queen looked at me the way you look at a baby just before it says Mama for the first time. Because this is a restaurant, he said.

I closed my eyes and imagined his funeral. Tragic, but small. I opened my eyes and looked at the fridge. Once a month Freddie goes to buy cheap fish from the halfwit at the pond behind the paint factory. Only the gods can imagine what that place throws in the pond. And the fish must have come from Cuba, because they seem to take it all. One week they're blue, the next week they're purple.

Inside the fridge I found a green one and threw it in the pan.

When it turns into food, put it on a plate, I said, And tell him if he eats the whole thing, he's got three days to live.

* * *

It was on a fourth day, to which some of the older people still refer as a Wednesday, that Frans Winner put his wrist on the scanner to pay for his groceries. But the face that appeared on the screen wasn't his. While Frans stared at the screen in amazement, the woman at the counter put her foot on the alarm button and two security guards appeared.

Frans said nothing when they threw him out. He ran to the next store and put his wrist on the scanner. The same face appeared. It was an elderly man, red in the face with small bunches of white hair above his ears. Frans left the store before security arrived.

By the sixth day of that week, twenty-four Frans Winners had committed suicide. They could not buy food, start their cars or enter their homes. Every time they tried to show their identity, the red man appeared. Immediately they were branded as criminals or imposters.

It was commonly known that prisoners escaped by killing their guards and cutting their chips from their wrists. Then they would have it implanted in their own wrists and tried to make their appearances match those of their victims. But none of the Frans Winners had been prisoners. And no-one thought that it might be Osmund's fault.

Osmund was the same age as me. At the same time I was born in 2051, they started building him in some secret facility in what was then known as Prague. By then it had already been chosen as the new capital of the world. The best engineers from all over the globe were taken to work on Osmund, the brain that would control it all, the one computer that would save the earth. For years they worked on him, while the people knew of nothing. Then gradually governments were dissolved and countries all became one.

I was twelve years old when my chip was implanted and I became a citizen of the world. Everybody thought, Let them have their way, soon it will all be back to normal. But it wasn't. Osmund knew us all. And he ran our lives with the greatest efficiency.

Until a year ago. When a Frans Winner put his wrist on the scanner, and Osmund could remember only one. The oldest one. Suddenly the others did not exist. They were no longer citizens.

Maybe Osmund had a power failure. Maybe there was a rat in his memory. The engineers who built Osmund were either dead or senile. And the World Senate would not believe that their god could make a mistake.

And so it happened that nine months ago Operation Face got its first customer.

When Rudolf's mother died, she left him the restaurant. It was a dump that sold nothing but oily food to the tasteless, but because our dear friend Rudolf was devoid of any plan or ambition, I said,

Keep it, it's all you've got. So we all jumped in, helped out, deep-fried and dished up anything that was dead.

But the word spread, and because we are what we are, soon we were attracting every emotional wash-out, theatrical has-been and sexual deviant in the vicinity.

So it was a sixth night and everybody was practising for the Fernando Street Swing Finals. I was standing in the corner, looking at this bunch of rejected flesh, when the door opened and this clean, healthy man walked in.

Can I offer you a table? I said.

I cannot pay, said the man. My chip, it shows somebody else.

So you want to kill yourself with our food, I said.

I have nowhere to go, said the man.

I wouldn't say that out loud in this place, I said, These people are very lonely.

I need help, said the man.

Sit down, I said, You need something with no oil.

I went into the kitchen and as I put the pot on the stove, from somewhere out there, a thought entered my brain.

I turned around and went to his table. So what is wrong with you? I asked.

Excuse me? said the man.

Osmund has a file for Lesser Citizens, I said, And while everybody wants to be perfect, for years now, nobody admits anything. That file is virtually empty. We find you a mistake, we can get you in there. We change your face a bit, we say, Sorry, this man has a defect, you become whoever-with-the-little-whatever, they give you a new chip. So, what's your problem?

That man looked at me. I can't swim, he said, It scares me to death.

And so it should, I said, Have you seen what our seafood menu looks like?

Look at that man, I said, His name is Rudolf. He's useless, but when he's in the mood, he makes the most beautiful dolls. You let him try, he will fix your face, then you go see Osmund.

The man looked at me with huge eyes.

I said, Behind that door you'll find the stairs. Go down to the basement and wait there. You will never be the same.

And so the man went down the stairs and I told Rudolf of my plan. At first he refused. Got all upset and said poofy things in a high voice. But I have a way with unwilling people. I really do.

* * *

Rudolf was becoming better every day. He spent nights in the basement, experimenting with plastics, moulds, surgical glue and paints. While he changed people's features, I found their defects and changed their identities. All you needed to get into Osmund's Lesser File was a new face and a good mistake.

Except those who wanted to get away. To travel you needed to be a full citizen. Those with problems could be in the system and have a life, but their chips would not allow them to travel. For that you needed an identity that Osmund would remember, an advanced chip and the face to match.

We were not making money, the people we helped could not pay us and the restaurant could barely keep its doors open, much less support the operation.

It was an ordinary night, people were coming and going, we were trying to decide who really needed help, who wanted bad food and who might be an agent. It wouldn't be too long before somebody started suspecting us.

The door opened and a huge man walked in. He had dark hair, a body for which some people would face a jail sentence and a motherless tattoo. He walked straight up to me and used the most beautiful voice to say the following: I know what you do. I have money, I can pay. I have to go away. And not be traced again. I need an identity nobody would look for. I need the name, the face, the whole thing. Somebody who's got no friends or is dead or something.

Rudolf looked at me. Sounds like you, he said, Sell him your face.

I was stunned at the ridiculous thought.

We need the money, said Rudolf, I'm running out of supplies.

And then what do I look like? I said.

Anyway you want, said Rudolf, I need the practice. You haven't used your real name since school, sell it. And what do you need your advanced chip for? You hate travelling. You're one big mistake, we'll get you one from the Lesser File in a second.

And so the deed was done. My features were modelled over the hunk's face, my name was taken away and we had money again. Only thing that hurt was when our surgeon friend came to take the chip out of my wrist. Suddenly I was a nobody with a scar.

Until I had a new face, and were scanned into Osmund, I did not exist.

Rudolf worked for two days and two nights. By the time he was finished no-one could tell I was forty-nine. I was a doll.

I ran home and had my first cold bath, no steam would ever damage my new complexion. I changed and went back to the restaurant.

I tried to open the door, but it was locked.

Freddie was standing on the inside. We're closed, he screamed.

Open the door, I screamed, We've got work to do!

Sorry, he said, We are cleaning.

I banged on the door.

Not when two possessed pigs copulate in a tank of nuclear waste, can they produce a baby as dumb as you! I screamed, It's me!

Freddie laughed. Yes! he screamed, And this is me!

And then I realised he didn't recognise me. He was the only

one of us not knowing what was going on in the basement. And how could we possibly tell him?

Freddie's grandparents originally came from somewhere that used to be called South Africa. According to legend, in 2006 major riots broke out in that little country because everybody was upset about their national anthem. Because some idiot had parked his ship there three hundred years earlier, everybody spoke a different language and now they all wanted to sing the anthem their own way. In order to prevent a civil war, the government eventually had to fix the bloody thing. They say at the 2020 Olympics the South African anthem was so long, the choir had to sing it in shifts. Afterwards they broke three toilets and stole a bus. And to top it all, the country had no athletes, just a very old woman who kept running round the track with no shoes. The UN then decided they had had enough and declared the whole place a taxi rank. Freddie's grandparents fled within weeks. Anonymously they settled on the other side of the world and gave birth to a row of descendants with terrible accents.

It was not that Freddie was stupid, he just had the strangest habits over which he seemed to have no control. Like being friendly to strangers, playing with a leather ball in the backyard and roasting chunks of meat over an open fire while wearing ugly shorts. And after one drink anything inside his brain became public knowledge.

Telling him what we were doing would have been suicide.

And so we were standing on either side of the front door, screaming our lungs out, until Rudolf woke up in the basement and made him open the door.

I walked up to Freddie and took his hand in mine. I ran his finger over my cheek.

This is not my real face, I said, This is just a new one I have to wear so that we don't have to close the restaurant.

Freddie was having a blank moment.

We needed some money, I said, So I let somebody use the old face.

Why? said Freddy.

Sometimes, I said, People need to go away. Things do not work out for them. Then they hate the place where they are and they no longer can see what is really around them. They believe that when they are far away, things will suddenly be different and people will like them more.

They don't know in the new world, everywhere is the same.

* * *

I was standing in the store with my wrist on the scanner. On the screen my doll's face appeared. Underneath my face the red letters flashed. LESSER CITIZEN: SPEAKS IN ABNORMALLY HIGH VOICE.

The woman behind the counter looked at me. Shame, said her eyes.

Piss off, said mine.

I took my parcel and turned around. For a second my heart stopped beating and my breath went away. Through the door came a huge man with my old face on his shoulders.

You are back! I whispered.

The man looked at me with fear in his eyes. Obviously he didn't recognise me with my new features.

What are you doing here? I whispered.

The man pushed me to the side and disappeared between the shelves.

I wanted to scream, Stop! I wanted to scream for help. But then what do I tell them?

How do you explain to a security guard you've just seen a man running away with your mother's eyes and your dad's mouth? And that the fear in his eyes was the same fear you saw in the mirror before your first day at school?

I walked down the street with a feeling I'd never experienced before. I believe it's called being homesick.

* * *

I was behind the counter, looking for a bucket. I had just served a two-headed fish with red spots to the couple in the corner. They were quite happy, because I told them it was a very clever fish, but I was expecting a violent reaction.

Downstairs Rudolf was working on one of the three hundred Elsa Smiths who recently got kicked out of Osmund's memory, and on the other side of the restaurant Freddie was talking to a man that had me nervous since the moment he walked in.

Freddie's glass was empty and I saw the man pouring him some more wine. Then they both looked at me and Freddie laughed. The next moment, like a dead seagull from a cannon, that South African accent shot through the room.

No, said Freddie, He's really old, you just can't see it because that's not his face.

Everybody stopped talking and looked at me, the band missed a bar and the lady in the corner swallowed one of the fish's four eyes.

I looked at Freddie, he was as white as a ghost. The man got up and walked straight to me.

I will not take you with me now, he said, But you will report to the Agency Headquarters tomorrow morning at seven.

So now we've closed up for the night. Everybody's gone, it's just us three and the band. Nobody that reports to the Agency is ever seen again. What happens to them, nobody knows. But as sure as hell, in a few hours' time, I will be finding out.

In the meantime we're trying to have as much fun as we can.

(from *Wax*, 2000)

Claude Bummel

Dearest Mother

The journey finally came to an end. It is clear that not many travellers visit these parts. The roads were impassable and the coachman possessed by demons. I have been suffering from a stomach ailment the entire week.

I did, however, arrive at my destination with two perfectly formed feet resting in my lap. These belonged to my travelling companion, a lady of unknown descent and disturbing beauty. She seemed completely unperturbed by our ordeal and only talked about the discomfort of the latest fashions and the possible damage to the human body. Several times she took off her shoes and asked me to massage her feet. Surprised but honoured I obliged each time.

Our arrival in the village caused quite a stir. People were staring openly at the exquisite woman who stepped out of the carriage with no luggage. Not even the smallest little bag. She simply smiled and disappeared between the houses.

I do not think a single soul noticed me.

*   *   *

Madame Cloete was an enormous woman with a weathered face and very small eyes. She had just killed a rabbit when I knocked on the door. She came round the house covered in blood and holding a huge knife.

I'm in a bad mood, she said. She had the voice of a man.

I wrote you a letter, I said, About two months ago.

I don't read, she said.

I need a place to stay, I said, I heard you had some rooms.

Madame Cloete wiped the knife on her dress. It was a huge brown dress that looked like she had been attacked several times while wearing it.

What's your name? she asked.

Claude, I said, Claude Bummel.

Are you an orphan? she asked.

No, I said.

Anyone in your family been to jail? she asked.

No, I said.

Do you drink wine and copulate with strangers?

No.

Do you practise witchcraft?

No.

Then what are the books for?

I'm the new teacher, I said.

For a moment Madame Cloete looked like she wanted to laugh. Then she turned around and opened the door.

Wipe your feet, she said.

At the top of a narrow staircase was a tiny door. She had to bang it with her shoulder before it opened. Behind it was a small room with a single bed, a broken chair, a small table and the lowest ceiling I had ever seen.

You pay in advance, said Madame Cloete, Supper is at seven. And you take your bath on Tuesdays. Candles you buy at the market.

Then she bent down and looked under the bed.

I'll have to get you a pot, she said.

She pulled out a pair of shoes.

You can have these if they fit, she said, They forgot them here when they came to pack his things.

Whose things? I asked.

The previous one, she said, Found him next to the river. Dead. Drowned, poisoned, cursed, who knows. The poor thing just didn't fit in.

Who? I asked.

Madame Cloete looked at me.

The teacher, she said.

And that was the only time I ever saw her smile.

* * *

Each one of you will tell me your name and I will write it down, I said.

The school consisted of a single classroom. It had one window and a door that did not fit in its frame. A few tables and desks of different shapes and sizes stood in a row. Behind them sat my pupils. Fourteen beasts of different shapes and sizes, looking at me with utter distrust.

In front sat a girl as unbecoming as the bottom of an old man. She had pink skin and puffy eyes without lashes. On her head was the kind of hair you used to stuff a mattress.

I searched my heart for sympathy, but there was none.

Your name, I said.

Valerie, she said.

I wrote it down.

Behind her sat a boy of about ten. He was sliding on his chair and scratching his arms.

Your name, I said.

The boy scratched his neck.

Your name, I said.

He's got no tongue, said the girl behind him. She had enormous breasts.

I wrote it down.

And so they showed themselves to me. Bug-infested, scar-faced from childhood diseases, deformed by malnutrition, nervous from neglect and sly by nature.

At the back of the classroom sat a boy of about eighteen. He had long hair, straight and shining black. He had perfect teeth and the face of an aristocrat. He wore tailored clothes.

I looked down at my book. Christien, I wrote. Then my hand

started shaking and I spilled ink on the page. A huge, black spot.

The boy got up from his chair. You have not asked my name, Sir, he said.

I looked at him.

It is Christien, I said.

Oh, he said, You know.

Then he smiled and sat down. I was completely shaken. I had just written down the name of a person of whom I had no previous knowledge. I convinced myself that it had been a coincidence and tried to put it out of my mind.

For the next few hours I busied myself establishing how much or how little each of my pupils had learned from their previous teacher. I tried to divide them into grades and explained their subjects to them. At midday I let them go.

I picked up my books and left the classroom, wrestling the door back into its frame.

Under a tree two girls were standing. It was the ugly one and the one with the huge bosom. The ugly one was crying.

That's what my father told me, she said.

But you don't have a father, said the other one.

Of course I have a father, said the ugly one.

Your father died when you were a baby, said the other one.

He did not! screamed the ugly one, Last night he made a huge fire. And he kissed my mother.

He's dead! screamed the other one.

He's not! screamed the ugly one.

Then I saw Christien standing a few steps away. He had two fingers on his temple and was staring at the girls.

I walked past them.

Christien looked at me and smiled his perfect smile. The two girls started running towards the houses. Both of them were crying.

I turned and went straight to my room. I needed to sleep.

* * *

I had gone for a walk outside the village. I needed to clear my head of idiotic children, stubborn parents and a life of little progress. I needed to make sure that there were still roads to escape with and that it was still possible to breathe air not filled with sweat, waste, semen and despair.

To the side of the road the forest was becoming less dense until I found myself standing at the gates of the most magnificent estate. The gardens were perfect and the house itself was more than a mansion or a castle, it was another world.

I tried to imagine entrance into that world. Walking through huge hallways dripping with expensive art. Sucking on voluptuous oysters while having progressive conversations with homosexual poets. But I was a schoolteacher and many of my pupils came from servant families who probably worked in this house. Dressed in white aprons with their hair neatly tied back, they moved quietly and efficiently by day. And by night became loud peasants, beating their children and farting in public.

I thought about my classroom and the hopelessness of my work. And how I was saved from madness by the brilliance of one student.

Christien was the dream of any tutor. Clever and fast and challenging. He was clean and attractive and smelled of cologne. He had the money to buy paper and write on it in beautiful, even letters.

That's how it was most of the time. But then he would stay away for days, leaving me desperate and struggling with students in whom I had little interest. Then he would return with no explanation. As if nothing had happened.

I turned around and started walking back. It was getting dark. After a while I started smelling smoke and hearing voices. It was coming from the river. As I came closer I could hear people laughing and somebody singing in a deep voice. I could see huge fires.

Between the trees a caravan of gypsies had settled. Dogs were barking and somebody was playing a flute. Some were preparing food, others were in excited conversation and a few were dancing. I could see the frame of a young man against the fire. A gypsy woman had her hands in his hair and was pushing his face down between her breasts. Her eyes were closed and I could see that she was whispering to him. The man lifted his head and kissed her neck. It was Christien.

I could not believe what I was seeing. The man standing there was not my student, but a man of the world, giving pleasure to a woman.

I knew that this was none of my business. But I wanted to stay and watch until I understood what was happening.

Another woman was approaching. She was dressed differently to the rest, looking almost Asian. She walked up to Christien and smiled. Then she turned her face towards the light. It was the woman from the carriage. The one with perfect feet.

It was as if the flames started leaping higher into the dark sky. In the glow the two beautiful creatures were standing with light patterns moving over their bodies, their faces and their eyes.

Suddenly I was scared. I turned and started towards the village. I was out of breath and out of my mind. I was not only upset by what I had seen, but also by what I was feeling. And by the sensation that this was all too familiar.

Part isolation, part jealousy, part confusion, part anger, this was a condition waiting for my return.

But most frightening was the knowledge that I'd been there before.

* * *

It was as if Christien knew. He stayed away for a week. When finally he returned, he was different. As always, he was perfectly groomed and his work was excellent, but he would not look at me or answer my questions.

The rest of the the children seemed strangely affected. They became more restless than ever. They were tearful for no reason and constantly broke into fights.

That afternoon Madame Cloete stormed into school and told me that my room had been destroyed. Somebody had torn up my clothes, burned my books and broken the bed. And there was writing on the door.

Madame Cloete was covered in blood. I knew that she was not a victim, but had just killed our supper.

You will pay for the damages! she screamed, And stay out of trouble. I don't know what kind of company you keep.

* * *

Dearest Mother
I am now living on the floor. Which makes the ceiling higher.

I thank you for your immediate reply and the money you sent me. I also thank you for your kind offer, but for now, I have decided to stay.

It is important that I find out what is happening. I need to learn what is behind this game into which I seem to be drawn without my willing participation.

On one hand I fear that I might be judging others from their appearance and what I think they might be doing. On the other hand I might be witnessing the viciousness of those who play tricks simply because they can. How do I judge? How do others judge? Are they not seeing me in the same way? Might we all just be moving around in ignorance?

I am overwhelmed by something that changes from awkwardness one moment to distrust the next, and sometimes just the naked fear of evil.

* * *

I was wearing an exquisite cloak, hastily borrowed from the widow Madeleine. I was inside the mansion, surrounded by intoxicated noblemen and perfumed ladies, all dressed to shock or seduce and behaving like it was their last night. It was like swimming through an ocean of feathers, gemstones and ageing necklines.

A heavy, middle-aged woman stood in front of me. I wondered how she got into her dress. It was a desperate, frilly thing with a long train. Her breasts were moving in and out like angry piglets.

You are new, she said.

She had a piece of cake in her hand and cream on her face.

Claude Bummel, I said, I am the teacher.

Interesting, she said, We've never had a teacher before.

I thought about the invitation that had appeared under my classroom door a few days before.

The woman dropped a piece of cake.

My husband died last year, she said, But I am very much alive.

She lowered her eyes and looked like a buffalo during mating season.

I thought of my shock when I had learned that the mansion belonged to Fernand Leleaux and that he was Christien's father.

Four waiters appeared. They were carrying a table, heavy with glazed fruits and stuffed peacocks. They put it down. I could see the legs were on the train of the dress but I said nothing.

The buffalette looked up at me.

You wait here, she said, I'll go find more wine.

Then she turned to walk away. But the table on the train and the heaving breasts in front were too much for the dress. In one second it split from top to bottom. She walked right out of it and gave three more steps before she realised what had happened.

I could not believe what was in front of me. It looked like a bustier with pantaloons and suspenders and a large pink family trying to escape from it. It was like a devilish dessert, tossed from the banquet of hell and left to start a life of its own.

The apparition turned around and looked at me.

238

Open your cloak! she said and threw herself at me. Before I knew it she was inside and moving behind me.

Now close it, she screamed, And lift your arm so I can breathe through the sleeve.

I lifted my arm.

Now shuffle to the door, she said. She grabbed my waist and pushed herself against me.

Through the door came a group of men. In the middle was a tall gentleman with unusual features and an immaculate wig.

He stopped in front of me.

I am Fernand Leleaux, he said, And you are?

Honoured to meet you, Sir, I said.

Underneath the cloak the buffalette was rubbing her hands all over me.

I am the teacher, I said.

Fernand Leleaux was looking at the cloak.

I do not remember inviting you, he said.

The hands were now grabbing me in the most private of places. Soft moaning sounds were coming from the cloak.

I received your invitation a few days ago, I said.

There must be a mistake, said Fernand Leleaux.

Sir, I said. I lifted my hand. From my sleeve came the voice. Loud and clear.

My tits are on fire, it said.

Fernand Leleaux stared at me. My face was burning.

I want you to leave my house, he said.

Fine, I said. I walked through the door. Behind me people were gasping at the pink surprise. I ran down the stairs, blind with anger and humiliation. I paused for a moment to find my breath and myself.

A yellow light was coming from a room across the hall. I stepped closer and looked inside. It was some kind of workshop. Screens were hanging down the walls. There were rolls of silk and bundles of wood and bamboo. Huge wings were hanging from overhead beams. Behind a table Christien was standing.

You left that invitation for me, I said, Why are you doing this?

You don't belong here, said Christien.

And whose decision is that? I asked.

Christien took a coat from a hook in the wall and put it on. He picked up two leather bags and moved past me.

Nobody belongs here, he said.

He walked down the hallway and left through a side door.

I looked at the room one more time. On the table a book was lying open. In it was the same unknown writing that had been left on my bedroom door.

*   *   *

I was almost at the gates when I heard the unmistakable roar of a wounded bear. I stopped to see where the sound was coming from.

At the end of the hedge was a marble statue of an unknown goddess. Holding on to her feet was a young servant with a dangling bosom. Her dress was bundled up on her back and she was being mounted by a huge coachman.

I hate you, she moaned.

Then came a roar and a thrust.

This time she screamed it, I hate you!

The coachman was beside himself. He thrust and roared.

No money, moaned the girl, No title, no land, you're nothing, nothing.

The coachman was picking up speed. His throat was rumbling. I am nothing, he groaned.

I looked at the passionate couple. Then I looked back at the mansion. I know nothing, I thought and walked through the gates.

It was dark and cold. The wind was restless and there was lightning in the distance. I was walking as fast as I could. I reached the

240

part where I had seen the gypsies the previous time. Then I heard the voice.

Claude Bummel is a pervert.

I froze.

Claude Bummel is a pervert.

I looked up. High above the forest a kite was flying.

I moved to the nearest tree. Then the next. And the next, until I reached an open spot. I recognised him by his coat. His hair was blown over his face. I looked up at the kite. It was rising and falling in the wind, but Christien calmly held on to the cord as if it took no effort.

A coward and a pervert, he shouted, That's what you are!

He jerked his face around and looked at me.

You are everywhere, he shouted, Staring and asking questions. Aren't you man enough to take what you want?

I want to know what is the matter with you, I said, Why have you changed?

What is it to you? he shouted.

You are all I have in this place, I said, I am surrounded by barbarians. You are my only friend and the only student with a brain.

There was a blinding white flash as lightning struck the kite, followed by a loud crash. Christien stood unharmed as the kite burst into flames and fell to the ground.

You tease the elements! I screamed, You put spells on my pupils and destroy my room! Why do you play tricks and humiliate me?

You don't know your place! shouted Christien.

Then you tell me! I screamed.

From behind a tree stepped a woman. The beautiful one from the carriage.

Meet my mother, said Christien.

Why are you not at the mansion with your husband? I asked.

He is not my husband, said the woman.

He's her brother, said Christien.

My mouth was suddenly very dry.

It was eighteen years ago, said Christien, Before the money and the estate. One drunken evening when he had lost a bet. His friends held her down while he did it. I'm the result of incest.

Then came success, said the woman, Now he entertains Franz Schubert and Josephine Bell and lies down with the elite.

He looks after us, said Christien, But we stay out of sight. We carry the secret.

So you gave your soul to the devil, I said.

We play, said the woman, We escape. We create our own world, we set our own boundaries. We have scars and we have shame. Our choices are limited. Wherever we go in the old world, we stay who we are. A little bit of magic makes us forget.

Christien wiped the hair out of his face.

I don't know who your friends are, he said, To be my friend you have to keep unusual hours.

It's late, I said, I have to go.

Then I was running.

*   *   *

I wasn't expecting the rope at all. He threw the loop over my head and pulled. I fell backwards. The next moment he was on top of me. I felt his breath on my face.

You are going nowhere, he said.

He put his hands around my neck and started closing them.

You know the secret, he said.

I tried to get up but he was too strong. Behind him stood his mother. She had a silver knife in her hand.

Use this, she said.

No blood, said Christien, Not this time.

Let me go, I whispered, but he was closing his hands tighter. I could not breathe.

I started to hear voices. I could see people I knew. One by one they appeared in front of me. Then they would disappear. And then they would come back again, looking different, wearing clothes from different times.

Christien's face appeared again.

It's a shame, I could hear his mother say, He gave a good foot massage.

Around me it was getting darker. Christien was murdering me with his bare hands and I was too weak to do anything.

I felt my heart stop. Then suddenly I was weightless and floating. And there was absolute silence.

* * *

Dearest Mother

I am writing to you from the airport. I cannot wait to see my house again and to be able to visit you soon.

I apologise for the last few letters. I know they might have been disturbing or seemed unclear, but I can tell you now that the sessions were a great success, although I suspect I will be coming back. There are many things I still need to find out.

You might not agree with what I have done, but please know that I am writing to you with a much lighter soul and a profound sense of relief.

I also have to inform you that you have been my mother more than once. And that I have loved you each time. Tell Dad I saw him too, and that he was a real king, just as he is now.

With love,

your son Steven

(from *Claude Bummel*, 2001)

Rosemary I

Ek was in matriek toe dit gebeur.

'n Entjie af in dieselfde straat as ons het die Ruyswyke gewoon in 'n donker klam huis met 'n skewe tuinhek en 'n swaan van asbes. Ywerige kok wat sy was, moes die Ruyswyk-vrou weens 'n skrapse begroting haar gesin gereeld voer met meer vindingrykheid as bestanddele.

Groot was haar vreugde dus toe sy die dag 'n kopie ontvang van die trefferboek *Honderd idees met ou brood*. Ses maande later word die hele gesin uitgewis deur 'n onbekende swam. Soos 'n skokgolf trek die nuus deur die dorp.

Die dag van die begrafnis gaan dit onophoudelik aan die reën. Verrinneweer klouter ons deur die modder in ons nat klere. Ons is ellendig tot op die been. Tannie Tillie van die naaldwerkwinkel is die dorp se voorhuiler. Met haar hangwange en plat beenhare kon sy jou hart breek al groet sy net. Sy staan sonder 'n sambreel, gooi haar kop eenkant en ween soos 'n weeskind op Kersdag.

Ná die tyd is daar eetgoed by die klam huis, maar almal hou verby en gaan soek skuiling teen die weemoed.

Weke lank val die reën. Die dorp lewe van sop, kaartspeel, vieslike dade en al die ander dinge wat nat weer kan veroorsaak.

En toe op 'n dag hou die vervoerwa padaf stil. Die deure swaai oop en 'n ry werkers dra 'n vrag meubels by die leë huis in. Twintig minute later stop 'n horingou kar. Vier mense klim uit, drie vrouens en 'n man. Hulle kyk nie links of regs nie, loop net by die jaart in en klap die hek toe. En so val die laaste druppel reën.

Skemeraand klop ons predikant aan hulle deur met sy vreesaanjaende glimlag, 'n fles tee en 'n ouderling. Hulle sê die vrou wat die deur oopgemaak het, het eers begin lag en toe haar geweer gaan haal. Dominee is huis toe met die tee en al, die ouderling is eers hotel toe.

Stadig het die dorp begin kennis neem van Rosemary Snyman, haar broer, Basil, en haar twee susters, Tiemie en Dill. Vier lang, maer wesens – almal iewers in hul vyftigs – gaan hulle ongestoord hulle gang terwyl die dorp koors trek van nuuskierigheid.

Waarvan leef die spul? vra Ant Kit. Sy kuier by Ma in die kombuis. Mens sien hulle nooit, sê sy.

Hulle maak seker tuin, sê my ma.

En wat bly hulle so saam? sê Ant Kit, Dis mos ongesond.

Ek hoor die Rosemary-vrou gaan kunsklas gee by die skool, sê my ma.

Jy kan daai skool maar toemaak, sê Ant Kit, Die duiwel het net een vetkryt nodig om sy saadjies te saai.

Hier's darem seker 'n paar kinders met talent, sê my ma.

Talent! sê Ant Kit, Kyk hoe't Ounie se kind uitgedraai. Het net in die Kaap aangekom, toe skryf hy in vir kunsles. Sy sê hulle gee vir hom 'n stuk houtskool en jaag hom daar by 'n plek in. Daar sit 'n kaalgatvrou soos 'n oop lelie op Satan se visdam. Sy sê daai kind het so gebewe hy's sommer daar uit na 'n kroeg toe, suip hy vir hom so dronk, hy kan spoorsny. Sy sê hy's daar weg, twee dae later kry hulle vir hom in sy flat, toe's daai plek van die dak tot in die drein toegeteken onder die kaalgatlywe. Daar was tot 'n tiet op die deurknop. Nee, talent se gat.

Maar dis nie lank nie, toe word die kunsklasse aangekondig en ons name word gevra. Ek is een van die eerstes om aan te meld.

Met haar sagte diep stem en lang swart gewade wys Rosemary Snyman vir ons 'n nuwe wêreld. Sy leer ons van instink en waagmoed. Van vryheid en vrede. Ons verf strepe, plak pampoenpitte en meng ink. Ons lees gedigte en chant goed uit die Ooste.

Ant Kit protesteer die dorp vol.

Het iemand al daai vrou se geskiedenis loop uitkyk? vra sy, Sy benewel die kinders met haar toorgoed en julle kyk anderkant. En daai ou broer van haar is net so dwars. Wouter sê jy kan hom nie eens vra hoe gaan dit nie, hy bly kyk vir jou hier deur die boude. Mans en vrouens, hy beloer enige ding met daai toilet-oë van hom. Môre, oormôre grawe hulle die eerste slagoffer by sy lawn uit. Dis vandat hulle hierdie dorp ingesypel het dat hier nog nie 'n druppel reën geval het nie. Ons sal uitvrek van die sonde.

Teen die tyd dat Juffrou Rosemary se leerlinge hulle eerste uitstalling hou, is dit al so droog in die omtrek, mense moet rivier toe ry vir tuinwater.

En so, op 'n stil Sondagmiddag, terwyl die dorp sit en rekenskap gee van die hitte, reverse Basil Snyman die horingou kar in die rivierwal vas. Toe sit hy die kasarm in eerste en rev homself by die wal uit. En soos hy loskom, stort alles agter hom ineen en sak die helfte van die munisipale tuin die rivier in. Teen die tyd dat ons nuus kry van die ramp en afstorm rivier toe, is daar nie meer 'n druppel water nie.

Kan jy nie kyk waar jy ry nie? skree ons enigste verkeersbeampte.

Vra hom sommer vir wat bly hy so by sy susters! skree Ant Kit.

Deur die leë rivier storm Tiemie Snyman. Want hy's blind! skree sy.

Hy ry dan kar! skree Ant Kit.

Hy kan mos voel waar sit die stuurwiel! skree Tiemie.

Ek word mal, sê Ant Kit.

En so breek pandemonium toe uit.

Agter my staan Juffrou Rosemary. Ek kyk haar verskrik aan.

Kyk na die bodem, sê sy kalm, Het jy gesien hoe mooi lê die klippe? Kom help my.

En terwyl die dorp se reserviste die sandbank oopgrawe, pak ons die horingou kar se boot vol klippe. Ek ry saam met die Snymans en stap vir die eerste keer die klam huis binne. Juffrou Rosemary buk af en lig 'n vloerplank op. Ons begin net hier, sê sy en sit die eerste rivierklip neer. In dieselfde patroon as die bodem pak ons die mooiste vloer.

Dis net wit as dit droog is, sê Tiemie.

Agter haar staan haar suster Dill.

Môre moet jy weer kom kyk, sê sy, Dit word potblou as dit reën.

Ek maak gou tee, sê Juffrou Rosemary.

Ek moet gaan, sê ek.

Sy vat my aan die arm. Jy moenie nou buite wees nie, sê sy.

Agter my ritsel Basil die kar se sleutels en voel-voel na die voordeur. Ek ry gou vir melk, sê hy.

Rosemary II

Die volgende dag reën dit, presies soos die een Snymansuster voorspel het. Maar daar's nie veel tyd om te wonder oor dié familie se bonatuurlike gawes nie, 'n dodelike spanning is reeds in die dorp aan die broei oor die jaarlikse groot uithang.

Soos dit die natuur se wet is om te gee wanneer hy neem, so ook kry die middelklas darem een of twee keer in 'n leeftyd die geleentheid om te styg tot daar waar sy drome hang. In ons dorp het dié verlossing gekom in die vorm van die jaarlikse matriek-dans. Iewers tussen angs, waansin en weerwraak het ouers hulle kinders versier en vertoon in 'n desperate poging om hulle sosiale stand vir ewig te verbeter. Elke sent, elke stukkie lap of botteltjie dye is uitgekrap en aangewend.

Maar so is dit ook die waarheid dat daar nie 'n donkerder plek op aarde is as die hart van 'n kleindorpse tiener nie. Soos die ouers pof en tooi, so skop die jonges vas. Gaar van die wellus en gatvol van die dorp het hulle hul eie planne. En elke jaar breek die dans aan met deure wat klap, rebelse modes en gebroke families.

Dié jaar doen ek ook my deel deur aan te kondig ek dra nie das nie. My ma lê heeldag in 'n donker kamer en my pa brom in die garage. Ek hoor niks.

Ek staan op die stoep met my platforms, bellbottoms, fluweelbaadjie en oopslaanhemp, toe storm Ant Kit by my verby tot in die huis.

Daar's 'n lesbian op jou stoep, sê sy vir my ma.

Nee, dis ons kind, sê my ma. Haar stem is dik van die huil.

Jy moet sien hoe lyk die res, sê Ant Kit, Ek was nou net deur die dorp. So sal ons die waarheid sien. 'n Hoer in die Filippyne sal twee keer dink, maar daai tweeling met die dik enkels is oop-geknip net waar jy kyk. En daai een met die baie hare se rok is so kort, lyk soos 'n wolfhond wat sy eie kosbak saamdra. Kap toe die vensters, vannag sluk die onheil ons in.

Nog voor die nagereg is al Ant Kit se vrese bewaarheid. Die skoolsaal bewe van die opwinding. Dik Marietjie verkoop half-jacks brandewyn uit die voue van haar poncho, Berta se make-up sit lankal op haar partner en Danie Nel en die netbaltert was al twee keer in die afrolkamer. Ek sit langs 'n meisietjie so vaal soos die deurmat van 'n biblioteek. Ek het miltsteek van vrees dat ek dalk aan haar sal moet vat.

Aan die ander kant van die saal staan 'n groep dorpsmoeders agter die buffet. Tannie Ina wikkel 'n stuk pastei los en loer oor die dansvloer.

Nee, ek sien daai dogter van jou aard na haar ma, sê sy vir die Lambrechtsvrou, Is van die een jongetjie na die ander.

Wel, sê die Lambrechtsvrou, Te oordeel aan jou man se gewillig-heid lewer ek 'n broodnodige diens.

Tannie Ina word eers spierwit en toe lig sy die pastei.

Drie minute later staan ons almal buite terwyl die skoolhoof die hosepyp afrol. Marietjie het nog 'n besending half-jacks op-gespoor en doen nou groot besigheid. Helfte van die paartjies vaar die tuin binne en dié met karre kry koers rivier toe. Die paar van ons wat by Juffrou Rosemary kunsklas gevat het, is genooi vir drankies. Iewers langs die pad verloor ek die vaal meisietjie en klop met groot verligting aan die klam huis se voordeur.

Juffrou Rosemary maak die deur oop in 'n lang geborduurde

jas en nooi ons binne. Orals op die klippiesvloer staan reusekerse
en wierook brand in 'n glasbak. In die hoek sit Tiemie agter die
klawesimbel en speel die vreemdste musiek uit 'n ou boek.

Dill bring vir ons lang glase met gin, suurlemoensap en laven-
der.

Waar's Basil? vra ek.

Hy plant beet, sê sy.

Dis dan laatnag, sê ek.

Presies, sê Juffrou Rosemary. Sy kyk na ons.

Julle lyk mooi, sê sy, Dis of mens die toekoms inkyk. Elkeen
wys al 'n stukkie waarheid.

Ons bloos bloedrooi en sluk ons gin.

Toe's daar's 'n harde slag teen die voordeur.

Ons sit verlam.

Maak oop! skree 'n stem. Ek herken haar onmiddellik.

Tiemie maak haar boek toe en Juffrou Rosemary maak die
voordeur oop.

Op die stoep staan Ant Kit, die predikant en die ouderling.
Agter hulle staan my ma en pa en 'n klomp dorpsmense.

Waar's ons kinders? skree 'n stem.

Hulle pomp in die park, sê Dill van agter af.

Hierdie is my vriende, sê Juffrou Rosemary.

Hou jou bek, Medusa! skree Ant Kit, Ons het genoeg gehad
van jou charms. Ons kan daai hippiewalms van jou straataf ruik.
Het jy gedink ons gaan stilsit terwyl jy die jeug bedwelm?

Toe skiet Juffrou Rosemary se arm vorentoe. Ek verkyk my aan
die kristalle om haar pols. Sy gryp Ant Kit aan haar collartjie en
lig haar van die vloer af. Sy dra haar by die huis in en plak haar
neus teen die ruit.

Kyk daar buite, sê sy, Dis my broer en hy plant beet. Hy's stok-
blind maar hy kyk verby die donker. Jy met jou gifgevreet en
benoude oë kyk jou lewe lank vas in jou eie eenvoud. Orals op
die aarde word miljoene kinders jaarin en jaaruit befoeter deur

oningeligte ouers, onbevoegde onderwysers en doodsbenoude volksvaders, maar nie in my straat nie. Hierdie is my huis en my studente en nooit weer sal hulle besoedel word deur die tong van 'n verkakte ou vrou nie.

Toe skeur die collartjie los en Ant Kit sak af tot op die klippiesvloer. Sy sit soos 'n ou haai in 'n speelgoedrivier.

Ek leun oor met my glas.

Soek Antie gin? vra ek.

Ant Kit gryp die glas en maak hom leeg.

Dis laat, sê sy moeg.

Vir 'n oomblik wil ek glo alles is fine, maar toe tik Dill haar suster op die skouer.

Basil soek sy sonhoed, sê sy.

Rosemary III

Die dag ná ek my laaste vak geskryf het, loop ek huis toe met 'n swaar gemoed. Ek weet ek hoef nooit weer 'n strepiesbaadjie oor my lyf te trek nie, ek weet ek hoef nooit weer agter rookgat Venter en sy bende skuim in 'n ry te staan nie, ek hoef nooit weer langs 'n gimnastiekmat te staan en gril vir Meneer Blignault se los dele in 'n gaar sweetpakbroek nie en nooit weer hoef ek vir 'n hele kooroefening lank af te kyk op die driekop-moesie in rooi Esmé se middelpaadjie nie. Die lys is oneindig, maar nog steeds lê my hart swaar.

Orals in die dorp maak my vriende reg vir hul oorsese vakansies, maak moeilikheid met hul geskenkmotorkarre of hang rond met kibboetsbrosjures. By my huis wag 'n jamrol, 'n kruiwa met 'n snoeiskêr en Ma wat benoud bly bel oor die onderwysbeurs.

Ek haal diep asem en stoot die voordeur oop.

Jy sal my moet wegtoor, kom Ant Kit se stem die gang af, Ek bly net waar ek is.

Ek loop in by die kombuis. Ma staan bleek agter die tafel en vryf aan 'n kol wat al twaalf jaar daar sit. In die middel van die vertrek, kiertsregop soos die swaard van 'n koning, staan Juffrou Rosemary.

Dis net vir twee weke, sê sy.

Dis hoe lank dit verlede jaar gevat het vir daai Rooi Kruis-polonie om gif te trek en die hele sendingstasie uit te roei, sê Ant Kit.

Ma werk nou die kol dat haar kneukels wit raak.

Net twee weke, sê Ant Kit.

Wat gaan aan? vra ek.

Ek gaan Ooste toe, sê Juffrou Rosemary, Ek het gewonder of jy wil saamkom.

My tong raak dik in my mond. Oorsee? vra ek.

Dis baie kort, sê sy, Maar dis asemrowend. Jou kop sal draai.

Sy kop draai klaar, sê Ant Kit, Kyk hoe styf sit sy broeke. Daai vliegtuig styg nog op, dan bedien hy sy eerste tee.

Dis die kans van 'n leeftyd, sê Juffrou Rosemary, Hy verdien dit.

Wat neuk jy met die Ooste? skree Ant Kit, Die goed sit heeldag met hulle pajamas en vreet enige ding wat roer. Kan nie eens 'n mes of 'n vurk vashou nie.

Ek sal met sy pa praat, sê my ma.

Ant Kit buk vooroor en gryp Ma se lappie. Sy sis nou soos 'n vark oor 'n oop vuur.

Is jy windstil? hyg sy, Die kind het neigings van die dag dat hy weet watter kant is voor. Hy teken trourokke en skryf resepte af! Nou wil jy hom twee weke lank hel toe stuur met Yoko Ono en hoop jy kry eendag kleinkinders!

Ma is nou spierwit.

Wanneer vlieg ons? vra ek.

Saterdag oor 'n week, sê Juffrou Rosemary, Ek het klaar plan gemaak vir jou paspoort.

Sy glimlag vir my ma. Laat weet my gou, sê sy, Ek moet nou loop.

Teen die tyd dat ek my buckle vasmaak op die vliegtuig Japan toe, swyg Pa al vir 'n week, Ant Kit is opgeneem vir bloeddruk en die vlugkelner het al twee keer vir my geglimlag.

Juffrou Rosemary gooi haar shawl oor haar knieë. Jy kan maar terugsmile, sê sy, Hoflikheid is nie 'n afwyking nie.

Voor ons probeer 'n stewige vrou haarself by die sitplek inwoel.

Hier kom moeilikheid, sê Juffrou, Haar nek is heeltemal te dun.

Te dun vir wat? vra ek.

Kyk haar lyf, sê Juffrou, As jy so dik is, het jy 'n blok vir 'n nek. En daai groot rok van haar is nog nooit gewas nie, kyk hoe staan die some. Hier's groot fout.

Juffrou buk vooroor en woel met haar shawl. Voor in die vliegtuig begin 'n meisietjie klasgee. Sy't 'n bolla en 'n broekpak en verduidelik van nooduitgange, opgooisakkies en gasmaskers.

Ek was nog nooit op 'n vliegtuig nie en gaan spontaan aan die sweet.

Is dit nie beter met 'n boot nie? vra ek.

Bootreise is vir weduwees en vlugtelinge, sê Juffrou, Ontspan, sy doen net haar werk.

Toe skiet die dik vrou uit haar seat uit en ruk haar rok oop. Op haar maag sit 'n masjientjie. Ek het 'n bom! skree sy.

Mense gaan aan die gil en val plat in die paadjie. Die meisie met die broekpak hol by 'n deurtjie in. Iewers begin 'n sirene lui en ek gooi op tot my sakkie vol is.

Niemand kom hier uit voor ek nie my sin kry nie! skree die vrou.

Oor die aanloopbaan kom ambulanse en brandwere aangejaag.

Is hier nog sakkies? vra ek.

Ek is getroud! skree die vrou, Ek het vier kinders!

Dit kan aanleiding gee tot 'n bom, sê Juffrou.

Shut up! skree die vrou, Die wêreld vrot op ons drumpel, voor my oë is my man verlei, elke sent uitgedobbel, my kinders is besmet van die TV. Dis nou genoeg! Elke hool word nou gesloop, elke grenspos word gesluit en elke sent word terugbetaal! Ek sal sneuwel vir my waardes.

Langs my sug Juffrou diep. Wys ons, sê sy.

Ons almal se oë rek. Die vrou s'n rek die grootste. Sy pluk aan haar masjientjie.

Juffrou lig haar hand, Soek jy dié? vra sy. 'n Dun blou draadjie hang in die lug.

Ons staar verstom na Juffrou Rosemary.

Probeer volgende keer 'n rok met moue, sê sy, En sit af die TV. En wees bly wanneer jou man by die huis is. En hou op kerm.

Die vrou gaan sit plat op die vloer. Sy huil soos 'n baba. Die voordeur gaan oop en die polisie kom tel haar op. Honde snuffel onder die seats en ons word by die trappe afgelei. Hulle voer ons met suikerwater en gee ons bagasie terug.

Op die dorp sny Ma die jamrol terwyl Juffrou vertel van reusetempels, ragfyn sy en vars vis in oorverhitte woks.

Dit was twintig jaar terug. En tot vandag toe was ek nog nooit in die Ooste nie. Maar ek het 'n kas vol kimono's, ses paar houtskoene en my vriende eet met stokkies.

En dis fine. Want al vlieg jy ook waar, 'n klein bietjie wysheid vat jou heelwat verder.

Ma se kleed

Dis ongelooflik om te dink hoe lank't Ma met hierdie ding rondgeloop, hoe sy met daai klein lyfie en popskouers hierdie ding met haar saamgesleep het elke oomblik van die dag.

Aan die begin kon niemand dit sien nie. Dit het net gelyk of sy party dae ekstra moeg was, of haar rug weer gepla het. Later het mens begin om vir oomblikke te voel jy't jou iets verbeel. 'n Stuk spinnerak wat weerkaats of 'n mou wat waai of die stert van 'n ondier wat by die vertrek uitsleep.

Toe eendag is die hele ding net skielik daar vir die wêreld om te sien.

Die oggend met ons voorstelling was die kerk stampvol. Met ons liederlike grys pakke staan ons in 'n ry agter die meisies, soos veroordeeldes wat hulself sal doodsweet lank voor die peloton hulle guns gelaai kry. Meisies wat voorheen vir ons mooi was, is nou monstertjies met verspotte hoedens op. Strak staar hulle voor hulle uit, elkeen met 'n gekrulde wreedheid in wit op die kop, en maak asof ons vingers die vorige aand met die kerkbraai nie orals by hulle in was nie.

Ek onthou ek het my kop links gedraai. Pa het gesit in die middel van die ouderlingblok. Sy gesig was net so getrek soos die ander. Ek het by myself gedink, die hoeveelheid verkalkte are, onnoselheid, flou grappe, aambeie en oortrokke bankrekeninge in daai drie rye alleen sal 'n vragmotor vol maak. Nou sit hulle daar in swart en wit asof ons hulle nog nooit gesien het nie. Waar kry hulle die houdings? het ek gewonder. Dalk is daar Sondag-oggende iewers 'n winkel vir hardegat pikkewyne.

Die dominee het voor ons elkeen kom staan. Elkeen se hand word gevat en 'n teks word vir hom gegee. Met dié moet hy nou die lewe ingaan. Ek het my nie veel gesteur nie. Ek het geweet na dié bedompige danigheid is ek klaar met hierdie kerk. Ma ook. Elkeen oor sy eie rede.

Die dominee het reg voor my kom staan. Ons het vinnig plek gesoek vir ons oë. 'n Oomblik se kontak sou 'n dodelike lont kon aansteek. Hy't geweet dit was ek wat sy lieflingseun leer vry het die naweek van die kamp. Hy't ook geweet hy kon niks doen nie, want dis ook ek wat geweet het van sy skelm gesuip met die vrou van die konfytplek.

254

My oë kom tot rus op die gaatjies in sy wange. Hy haal swaar asem vir my teks. Toe swaai die kerk se deur oop en daar staan Ma met die ding.

Eers het dit gelyk soos 'n rok, toe soos 'n swaar jas. Toe lyk dit soos 'n wolk met baie water en toe weer soos 'n hoofpad met dik verkeer. Ma kom stadig die paadjie af. Ons knip ons oë teen die skerp lig en begin stadig fokus op dit wat sy by die kerk insleep.

Die moue en die lapelle, dit was alles van trane. Tussen die trane sien ek al die strate van ons baiekeer se trek. Daar's ook rekeninge met rooi kringe, foto's met geskeurde hoeke en op die rug 'n see van gesigte. Familie, kennisse, en 'n hele paar onbekendes. Hulle fluister sonder ophou, party spoeg vuur, ander kwyl gif.

Ma loop stadig verby die bank met die koshuiskinders. Op die sleep van haar gewaad is 'n leë bed met 'n Bybel en 'n hoop tissues. Langsaan staan twee karre op bakstene. Een se radio is aan en iemand skree 'n rugbytelling. Pa se vest lê op die bonnet. Ver agter op die sleep sit Ouma. Sy krap afval dat die bloed teen haar arms afloop. Verder af met die paadjie kom 'n buitetoilet. In die skaduwee staan Oupa. Sy hand is op 'n swart vrou se bors. En heel agter, onder die soom van die kleed steek die plakboek uit wat ek in standerd 6 gemaak het toe my obsessie met boude begin het.

Daar's nog baie goed, maar ek hou op kyk. Ek sweet yskoud.

Ma loop tot by haar gewone plek. In die verbygaan kyk sy na Pa. Sy oë sit verstar in sy kop en sy mond is wawyd oop.

Gaap klaar, sê Ma en gaan sit.

Sy kyk na my en toe na die dominee.

Nou toe, Prediker, sê sy, Seën hom. Gee hom jou blessing.

＊　＊　＊

Eers was dit in 'n tent, net so een keer per maand. Later was dit elke Sondag in die ou flieksaal. En toe's dit sommer twee keer per week en partykeer 'n hele naweek in die bosse.

Pa het niks gesê nie. Dit was asof hy bang was vir Ma van die dag dat sy so sigbaar geword het. Party van ons het gevra of ons kon saamgaan, sommer van nuuskierigheid of om net uit die huis te kom. Dan't Ma net gesê, later.

Dit was haar oë wat die meeste verander het. Die't skielik nie meer so moeg in haar kop gesit nie. Selfs op moeilike dae, wanneer sy weer swaar geloop het onder haar vrag van stories en trane, dan het sy vir ons bly kyk met haar blink oë, soos die laaste hondjie in 'n winkelvenster.

Al hoe meer het ons begin goed hoor van Ma se nuwe kerk.

Ek hoor hulle pastoorman het nie eens loop leer nie, sê Ant Mattie met die glasoog, Waar kry hy sy feite?

Niemand sê iets nie want ons weet nie vir wie sy kyk nie.

Sysel by die slaghuis sê daai spul vreet 'n krat wors op in 'n naweek, gaan sy voort, Te veel vleis maak jou mal, kyk hoe't ou Wim Steenkamp die pad gevat ná daai slag met die nat biltong.

Sy bly tjoepstil toe Ma die tee inbring.

Drie weke later kom Ma die eerste keer by die huis aan met twee van haar nuwe vriendinne. Spierwit vrouens met sulke wierookvlegsels en vlooimarkrokke. Hulle oë blink nes Ma s'n. Hulle sit om die kombuistafel met bekers flou tee. Toe trek hulle los met spookstemme en sing 'n vreemde gesang oor en oor, al op dieselfde noot.

Daai aand slaap Pa op die rusbank terwyl die res van ons embarrassed in ons kamers rondsluip.

Die Vrydagmiddag toe ons by die huis kom, het die spookvrouens vermeerder tot ses. Hulle staan in die agterplaas en kook seep in 'n petroldrom. Ons kook vir die mark, sê Ma, Oudste het gesê ons het plek gekry, ons kan begin bou.

Wie's Oudste? vra my sussie.

Ons leier, sê Ma.

Sussie gooi haar skooltas neer. Wie soek 'n ma met 'n leier, skree sy en begin kliphard snik.

256

Ma tel die skinkbord flou tee op. Toe sien ek vir die eerste keer haar hare. Die't begin groei, sulke grys strepe agter in die nek. Die res is met knippies agter haar ore vas. Sy lyk soos een met 'n dodelike virus.

Ma sal Ma se hare moet regmaak, sê ek, Pa slaap die res van sy lewe op die bank. En die klomp hekse in die agterplaas moet weg voor vyfuur, vanaand is die hel los.

Jy's nog jonk, sê Ma, Jy praat met soveel dwaasheid. Maar ek veroordeel jou nie.

Ek raak naar tot in my knieë.

Ant Mattie sê haar vriendin was ook in 'n dwaalgroep, sê ek, Sy sê hulle moes die polisie kry om haar te loop uithaal. Sy sê sy was so bang, sy moes doek dra.

Ant Mattie gebruik al tien jaar sweetener, sê Ma, Sy kan niks langer as 'n dag onthou nie.

Nou laat my dan saamkom, sê ek, Ek wil sien.

Ek sal jou nie keer nie, sê Ma, Jy's welkom.

Buite kook die seep met 'n hoë rookbol. Rondom staan die bleek peloton met blink ogies.

* * *

Verlei! skree Oudste, Verlei met die disse van Kanaän! Verlei met hulle blink nuwe paaie! Met hulle beloftes van voorspoed! Met hulle wolkekrabbers en tegnologie! Maar ons, ons sal ons teësit tot die einde!

Amen, sug die skare.

Oudste lyk soos Elvis. Pikswart kuif, goue sonbril en twee reuse-pinkieringe. Hy staan op 'n platform aan die einde van die skuur. Ons sit op houtbankies, opvoustoele en komberse. Mans eenkant, vrouens anderkant. Oudste gooi sy arms oop en bulder deur die skuur. Sy ringe flits en sy toga wapper om hom. Hy lyk soos 'n besete kafee-eienaar voor 'n wegholtrein.

Agter hom staan 'n lyfwag met mafia-skoene en aan die ander

kant van die platform sit 'n jong platbors-meisie agter 'n goed-koop klavier. Sy staar stip na Oudste. Haar oë het 'n lig binnekant. Ek herken die kyk. Dis die kyk wat jy kry as jy in graad 8 is en jou gunstelingonderwyser se broek sit die dag besonder goed. Of as jou man lankal jou reuk verloor het en die huisdokter se hande word al hoe warmer.

Ek loer met die ry af na Ma aan die ander kant van die skuur. Sy sit kiertsregop met haar hande opmekaar. Op haar gesig is 'n vreemde glimlag. Ek vermoed dis dieselfde glimlag wat 'n bandiet kry as hy 'n mes in sy wasgoed ontdek. Agter haar oë brand ook 'n lig. En by die vrou langsaan. En die volgende een.

Oudste se stem bulder voort, sonder pouse, sonder genade. Ek kyk af. Teen my bors sit 'n papiertjie met my naam. En onderaan: Eerste besoek.

Deur die mure van die skuur trek die onmiskenbare reuk van wors wat iewers buite gebraai word. My maag maak 'n draai.

Uiteindelik, ná wat voel soos 'n leeftyd, drie veeveilings en 'n trek deur die woestyn, kom die diens tot einde. Die jong meisie skeur haar oë met inspanning van Oudste af en begin speel die klavier. Die lyfwag en twee ooms wat lyk soos 'n dubbele doods-tyding neem kollekte op met swart sakke. Ek sien hoe haal Ma 'n rol note by haar mou uit en gooi dit in die sak. By die huis sit Sussie met 'n skoolrok wat nog net met genade en 'n haakspeld die nodige bedek en in die yskas is daar nou al vir twee weke net visvingers, maar ons moeder blom soos sy haar bydrae maak.

Almal loop by die skuur uit en gaan queue vir wors. Dis al skemer. Ma probeer my oog vang, maar ek is woedend, naar en moeg. Ek loop om die skuur en gaan staan op my eie.

Voor my is 'n groot ronde bos en binne-in die bos is daar 'n tak of twee onbeskaamd aan die kraak. Ek dog eers dis 'n dissipel met 'n pie, maar die volgende oomblik is daar 'n duidelike asemteug, gevolg deur die onmiskenbare geluid van 'n tong wat homself iewers in 'n sondige holte wil tuismaak.

Dit vat my net een tree na links om te sien hoe Oudste se toga van sy skouers afgly. In sy arms is 'n bleek vrou met toe oë en arms wat lam langs haar lyf hang. Oudste se sonbril sit skeef in sy kuif en sy mond is wyd oop oor die vrou se linkerbors. Versteen staan ek en kyk hoe Rooikappie en die Wolf homself tot in die laaste detail afspeel in hierdie gesellige Port Jacksonbos. Toe Oudste sy laaste rukking kry, maak die vrou haar bloes toe en draai om. Anderkant die bos wag die lyfwag. Hy vat haar aan die arm en lei haar tot in die wors-queue.

In die donker langs my trek iemand haar asem vinnig in. Die klaviermeisie staan met haar hande oor haar mond. Sy draai om en hardloop om die hoek. Sy storm in by die skuur. In die donker loop sy tot by die klavier en maak die deksel oop.

Sy sit haar hand op die klavier en speel 'n wysie wat nog nooit naby 'n preekstoel gehoor is nie. Met 'n flenterhart en 'n Tony Braxton-treffer serenade sy die bliksem in die bos.

Ek luister net tot by die tweede vers, toe loop ek by die skuur uit en maak die deur toe. Toe draai ek om en wens ek het nooit gekom nie. Langs die vuur staan Ma. Sy praat met die lyfwag.

*   *   *

Oorkant ons huis het die Weerwind-familie gewoon. Sulke pienk, melerige mense wat lyk of hulle familie in Holland het of te ná aan die kaggel gesit het. Soos enige gesin met 'n skande het hulle met niemand gemeng nie, maar almal het alles geweet.

Dit was op 'n Dinsdagoggend dat die man weer ná 'n deur-nag-suipsessie 'n stuk fan belt beetkry en die hele familie blink looi.

So besluit klein Petrussie Weerwind hy't genoeg gehad, hy vat nou kortpad Amerika toe. Sit sy Superman-mantel om, voor in die jaart lig hy die drein se rooster en duik toe in. Hy val presies 'n meter ver voordat die pyp te nou raak en hy net daar onderstebo vassteek.

Die middag toe ons van die skool af kom, staan die hele onder-
dorp voor die Weerwinde se huis.

Trek hom net op! skree iemand.

Hy sit vas! skree sy Ma.

Kan ons eers bid? vra 'n stem.

Hoe bid jy 'n kind uit 'n drein uit, sê Ant Mattie, Hy's nie 'n
remote vliegtuigie nie.

Die Weerwindvrou staan hande-viervoet oor die gat. Petrussie,
skree sy, Ons red jou nou. Dink aan mooi goed. Feetjies en jamrol.

Ag nee, magtag, sê Ant Mattie, Hoe kan jy nou 'n mens wil
moed inpraat deur die hol. Netnou word hy 'n bloemis of iets.

Ek wil piepie, skree Petrussie uit die drein.

Knyp, my engel! skree sy ma, Netnou loop dit in jou ore, dan
hoor jy alles half soos jou pa.

Toe stop 'n van en vier swetende mans van die munisipaliteit
klim uit met stukkende jeans, pikke en grawe.

Sussie se oë word onmiddellik glasig.

Jy's veertien, sê ek, Hou op jeuk.

Maar toe daai vier bulle hulle hemde uittrek en afbuk om die
lawn oop te kap, toe raak selfs Ant Mattie vriendelik.

Mensdom, sê sy, Julle kom of julle gestuur is.

So staan en kyk die onderdorp na dié koorsige gegrawe en
hoop die Chippendales kom nooit by die pyp uit nie. Maar hulle
doen dit. Toe die eerste pik die pyp tref, bind hulle Petrussie aan
die voete vas en begin oopkap.

En soos ons net wil dink die opwinding is verby, so sê Ant
Mattie, Hier kom dit nou.

Ons draai almal om. Aan die oorkant van die pad staan Ma
voor ons huis. Sy't 'n koffer in die hand en aan weerskante van
haar staan twee bleek bosvrouens.

Ma stap tot by my. Sê vir jou pa ek het julle lief, sê sy, Sê vir
hom ek het gedoen wat ek kon. Maar ek moet nou gaan waar ek
hoort.

Toe draai sy om en klim saam met die res in 'n ou trok. Die ding maak 'n knal en toe ry hulle weg in 'n bol rook.

'n Besem sou minder geraas het, sê Ant Mattie.

Agter ons trek die hunks vir Petrussie by die drein uit, maar ons is min gepla. Ons staan en luister hoe die trok raas-raas anderkant by die dorp uitry.

* * *

In die middel van die nag kom Sussie by my kamer in. Ek lê wakker van die hitte. My kamer was voorheen die systoep en die sinkdak bak partykeer nog tot in die nanag.

Jy moet voertsek as jy nie klop nie, sê ek.

Sy bly tjoepstil en kom sit langs my bed.

So, hoe gaan dit? vra sy.

Ek klap vir jou, sê ek.

Sy kry 'n stuk van haar fringe beet en draai hom om en om. Dit doen sy altyd as daar moeilikheid kom.

Het jy dit al gedoen? vra sy.

Ek kots hierdie hele plek toe, sê ek, Mens sê nie sulke goed voor familie nie.

Sy draai die fringe tot hy nie meer kan nie.

As jy pregnant is, moet jy vannag nog hardloop, sê ek, Pa slaan vir jou dat jy in vier verskillende vertrekke wakker word.

Ek makeer niks, sê sy, Ek wil net hier op die mat slaap. Pa kan in elk geval niks meer doen nie. Hy's vermoor in die kamer en die inbrekers is nou in die kombuis.

Toe krul sy haarself op op die mat en sit haar duim in haar mond.

Eers sit ek net daar. Ek kry nie 'n enkele gedagte aan die gang nie. Toe staan ek op en loop in die donker gang af. Ek stoot Pa se kamerdeur stadig oop. Die hele plek is deurmekaar. Pa lê dwars oor die bed met sy arms op die vloer. Daar's rooi hale oor sy rug en 'n plat boud steek onder die laken uit. Ek draai om. Onder in die gang brand die kombuis se lig. Ek loop stadig tot langs die deur. Ek kan hoor hoe iemand 'n kasdeur toemaak. Ek loer om die kosyn.

In Ma se kombuis staan die vrou van die konfytplek poedel-nakendkaal en gooi brandewyn in twee koffiebekers. Haar boude lyk glad nie soos enigiets in my plakboek nie. Hulle sit heel weg van mekaar af asof iemand parkeerplek gesoek het.

Sy draai om. Ek word blind en kom weer by. Lot se vrou moes iets verskrikliks gesien het, want ek kry ook nie my bene geroer nie.

Die konfytvrou lig haar kop en kyk na my. So staan sy met die hele plantasie na my toe gedraai en glimlag onbeskaamd. Sy kyk my op en af.

Pasop vir jou, Boetman, sê sy, As jy na jou pa aard, kom soek ek nou jou kamer.

Toe wikkel sy by my verby met twee nippels wat lyk asof hulle enige oomblik 'n dooie vragmotor sal jump-start dat hy sy bak lig en wegvlieg tot in aller ewigheid.

* * *

Uit die bloute uit is Ant Mattie dood in haar slaap. Ons begrawe haar op 'n dag sonder sonskyn. Ná die tyd staan almal in haar tuin met bordjies pastei.

Oor die pad hou skeel Wessel se trok stil. Hy waai vir my en sy oë staan dwarser as gewoonlik. Ek loop nader.

Ek was vanoggend in die bos, sê hy, Het groceries gevat. Die malman was nie daar nie, hy moes uit vir besigheid. Hulle sê jou ma lyk sleg. As jy haar wil sien, moet jy nou kom.

Ek klim in die trok. Ons ry by die dorp uit, verby die plase, nog 'n uur bos toe. Die trok se kajuit is van die vloer tot teen die dak geplak met hande-viervoet-meisies. Blond en kaal met wit skoene. Tussen die tiete deur sien ek 'n draadheining in die bos verskyn. Wessel hou stil.

Hulle't lately wagte, sê hy, Jy moet hier deurklim. Jou Ma se hut staan laaste. Ek gee jou twintig minute, dan ry ek, voor hier moeilikheid kom.

Ek klim met my begrafnispak deur die heining en loop gebukkend deur die lang gras. Iewers sing vrouestemme 'n spookgesang, in die verte trek rook en ek ruik wors. Mans met kruisbande saag hout en vrouens met vlegsels dra water. Voor die laaste hut gaan ek staan en loer om die deur.

Op die bed lê 'n brandmaer vrou en 'n bleke vee haar voorkop af.

Ma, is jy hier? vra ek.

Die bleke ruk haar kop om en kyk my verstom aan. Toe laat val sy die lap en skuur by my verby.

Op die bed lê my ma. Ek weet dis sy, maar ek herken glad niks. Haar oë sit diep, diep in haar hartseer gesig.

My lief, sê sy.

Ek weet ek moet haar hand vat, maar ek's te bang.

Wie kyk na Ma? vra ek.

Sy sug. Die engele, sê sy.

Kry Ma medisyne? vra ek.

Dis van die wêreld, sê sy, Oudste sê ons kan daarsonder.

En as Ma doodgaan? sê ek.

Alles het 'n tyd, sê sy. Sy's heel uitasem.

Hoe gaan dit met Sussie? vra sy.

Ma moet nou net wag, sê ek, Ek gaan hulp soek.

Oppas, fluister sy.

Maar ek's uit by die deur. Voor my woel en werk dit van enerse mense. Die hutte staan in 'n sirkel. Aan die oorkant herken ek Dokter Goubrechts. Hy was voorheen op ons dorp. Hy sleep 'n houtpaal oor die oopte. Hy's nou die helfte van sy vorige size, maar hy dril nog steeds. Ek storm op hom af.

Hy skrik toe hy my sien. Hoe't jy ingekom? vra hy.

My ma gaan dood, sê ek, En jy sleep 'n paal rond. Het julle mal geraak?

Die dokter stoot sy bril op. Ons weë loop hierso anders, sê hy. Help haar, sê ek, Sy's morsdood siek.

Wat moet gebeur, is klaar besluit, sê hy, Dis nie meer my plek om te gaan inmeng nie.

Van my enkels af voel ek hoe vaar dit my binne. 'n Apostel sonder naam of 'n duiwel sonder skaamte, ek sal nie weet nie. Maar my asem word vuurwarm.

Jou dik fok! skree ek.

Ek bal my vuis. Toe moer ek hom dwarsdeur sy bril. Ek donner hom vyf keer.

Een keer vir my ma en haar pyn en haar verdwaalde hart wat haar tot in die bos gesleep het.

Een keer vir Ant Mattie wat vergeet het sy't 'n suster en nou dood lê.

Een keer vir my pa wat dink manlikheid is 'n virtue, my pa wat nie slim genoeg is om enigiets te verstaan nie en nou vir ewig verlore is.

Die vierde hou is vir my sussie wat alleen moet grootword en heeltyd soos 'n hoer aantrek, want sy't haarself geleer.

En die laaste hou net vir die lekkerte, want toe lê hy al.

Oudste is by die hek! hyg 'n droogmond-vrou en hardloop verby. Ek ruik haar vrees.

Ek swaai om en hardloop heining toe. My baadjie haak vas en skeur luidrugtig soos ek deurklim. Wessel het al die trok gestart. Ek klim in en klap die deur. Terwyl hy reverse kyk ek deur die tiete.

In die heining hang 'n stuk van my baadjie. Dit wapper liggies teen die paal, soos die sakdoek van 'n soldaat wat uiteindelik moes oorgee.

* * *

Op 18 November 1978, in die woude van Suid-Amerika, sterf negehonderd lede van The Peoples' Temple tydens 'n massaselfmoord.

Onder die indruk dat die buitewêreld hulle ondergang beplan en op aandrang van hulle leier, Jim Jones, staan hulle tou vir 'n perskleurige sianiedmengsel.

Vir amper agt jaar, onder die haglikste omstandighede, het hierdie groep volgelinge in hulle goedbewaakte nedersetting, Jonestown, gewoon, harde arbeid gelewer en wreedhede deurstaan, in die vaste geloof dat dit hulle enigste pad was na 'n beter wêreld.

(uit *N Solo*, 2000)

Langs die hoofpad

Net langs die hoofpad, agter die lang gras, in een van die honderde dorpies wat sy droefgatlike ontstaan te danke had aan die eienaars van 'n verdwaalde ossewa, het 'n meisie gewoon.

Sy't in hierdie dorpie gewoon teen wil en dank, as gevolg van, des-nie-teen-staande en ongeag. Alhoewel sy haar van tyd tot tyd probeer verset het teen haar genetiese eenvoudigheid, kon sy die vloek van haar dowwe voorvaders net nie afskud nie. Gebaar uit 'n bloedlyn wat glo om jou lot te aanvaar is die eerste tree op die stofpad na saligheid, was haar oomblikke van protes maar flou en vlak van asem.

Maar die bitterste pil was dat sy moes reageer op die naam Etta. Watter mens met 'n bloedsomloop stuur 'n kind die lewe in met die naam Etta. Net die klank daarvan was genoeg om beelde op te toor van bleek slapgesig-meisies wat vir ewig op kerkbasaars ronddwaal met 'n keuse tussen aarbeijellie of selfmoord.

Nie in haar wildste drome kon sy haar indink dat daar 'n man op aarde sou wees wat saam met iemand die berg van genot sou wou uitklim as hy uitasem in haar nek moes fluister, Etta, Etta, nie.

Kleintyd toe sit die wolk van weemoed al so swaar dat sy haar terugslae vat sonder baklei. Dat haar nek spontaan uitslaan in rooi kolle as iemand net in haar rigting kyk, dit het haar eenvoudig eenkant gehou. Dat haar ma een Donderdagaand haar tande uithaal en aankondig sy's nou amptelik bedlêend vir ewig en ook daarna, het haar net nog minder by die huis laat uitkom. Dat Boetie Bouman haar nooit sou opmerk nie, dit het haar stilgemaak, in die hart en in die keel.

Boetie Bouman was die hoofseun. Lank van lyf, skoon van glimlag en met 'n paar sportheldboude wat ontsag kon afdwing selfs al sit hy. Standerd 9 al kon Boetie sy fiets die straat af ry dat daar nie 'n dorpsvrou was wat nie die tydbom van gruwelike dade in haar binneste kon voel tik nie.

In matriek moet Etta die huishouding oorneem. Die huishulp se kookkuns het eenvoudig nie met haar ma se binneste rekening gehou nie. Groot van gestalte en lam van gestel kon die vrou ná 'n bord bredie gas gee dat jy die termiete uit die dak uit hoor vlug.

So sonder Etta haar af in die kombuis, versorg haar gesneuwelde ma en leer haarself die fyn kuns van kosmaak. So kom en gaan die eindeksamens en g'n mens dink daaraan om haar te vra of sy planne het nie.

Ses jaar later toe Boetie Bouman sy graad vang en terugkom dorp toe om sy praktyk oop te maak, toe kook Etta nog aaneen.

Saam met Boetie sleep 'n maer dingetjie die dorp in met 'n klip aan haar vinger en nie lank nie toe boek sy pa die kerk vir die troue.

Etta se kookkuns het teen daai tyd al menige basaarvloer aan die gons gehad en sy word geboek vir die troukoek.

Jy spaar niks moeite nie, sê Boetie se ma, Jy maak die grandste koek wat nog ooit by daai saal se trappe opgesleep is.

Etta huil haarself aan die slaap vir 'n hele week lank. Toe bak sy 'n helse koek en versier hom spierwit. Heel bo staan die bruidspaar. In sy troupak staan Boetie, met liefde gebeitel van sy bolip tot sy boude, in die fynste detail. Langsaan staan 'n maer marsepein-spook sonder oë. Onderom die koek pak sy rose met liggies.

Die dag van die troue kom die dorp tot stilstand. Die bodorp gooi konfetti en die onderdorp staan en kyk.

Boetie is net klaar met sy toespraak, toe stoot Etta haar skepping by die saal in.

Dis 'n moerse koek, sê Boetie.

Etta se nek slaan uit in 'n rooi wat 'n stiergeveg in Spanje sou ontwrig het as sy op hoë hakke was.

Dankie, fluister sy en plug die liggies in by die muur. Die dorp snak na hulle asems.

Onder luide applous gryp die dingetjie met die klip die mes en sny die koek. Sy sny hom dwarsdeur die liggies, dwarsdeur die kragdraad. Daai koek skok vir haar sy lyk soos 'n Barbie wat oornag het in 'n mandjie vol Alsatian-babas en toe blaas die dorp se krag dat dit donker word tot anderkant die broeiplaas.

Etta staan versteen.

In die donker buk Boetie Bouman af en fluister opgewonde in die verkeerde oor, Kom, Pop, dis tyd.

Hy pak haar by die arm, sleep haar by die sysaal in en trek haar plat.

Etta weet Boetie maak nou 'n helse fout, maar dit was nog nooit in haar aard om te protesteer nie. Hy klim by sy broek uit en gaffel haar dat dit voel of die sirkus in haar lies kom tent opslaan en die olifant spring oor en oor deur dieselfde hoepel.

Anderkant die lang gras, op die hoofpad, jaag honderde motors verby. Hulle weet nie in die donker is 'n dorpie nie. Hulle weet nie in die hoofstraat loop 'n meisie nie. Haar hare is deurmekaar en haar nek gloei, maar sy gee glad nie om nie.

Sy kan om die waarheid te sê glad nie onthou waaroor sy voorheen so hartseer was nie. Sy was nou net by 'n troue en dit was verskriklik lekker.

Henrik

Henrikie was vier jaar oud toe hy sy naeltjie ontdek. Net daar kom die lewe vir hom tot einde. Hy't uit die bad gespring en met slap gilletjies die gang af gestorm. Verwilderd het hy vir sy ma sy fout gewys en verduidelik dat hy nooit kan grootword nie want alles wil by die gaatjie uitloop.

Ons het almal een, het sy ma gesê en hom verduidelik van die naelstring. Henrikie wou niks glo nie. Hy't begin droom van goggatjies wat inkruip, wurmpies wat uitseil, marsmannetjies wat hom met dun vingers vashaak en wegvat en spoke wat dwarsdeur hom wriemel.

Sy ma moes later 'n pleister opsit om hom saans te laat slaap. Res van die tyd loop hy met sy vinger en toedruk. Nie lank nie, toe plak sy ma vir hom in die oggend ook.

So daag Henrikie by sy eerste skooldag op met 'n kosblik vol pleisters, hy hou verjaarsdag met 'n pleisterkoek en speel elke dag met sy nuwe hondjie, Pleister.

Henrikie is dertien jaar oud toe hulle die vakansie hul karavaan langs die see loop staanmaak. Twee graspolle verder staan 'n gesin van Piketberg. Ma en Pa is goed gedrink, vier skurwe seuns en so 'n rokerige dogter loop en grom om die tent. Heel vakansie verkyk die lot vir hulle aan die kind met die pleister op die maag, tien dae later kan hulle nie meer nie, skemeraand sleep die broers vir Henrik by 'n bos in en die suster ruk die pleister af.

Verstom staan en kyk hulle hoe die kind aan die gil gaan en op sy rug begin terugseil karavaan toe dat die velle so waai. Daai aand plak Henrik drie pleisters op en besluit hy word 'n polisieman. Niemand vat weer aan hom nie, niemand steel ooit weer 'n ding nie en g'n mens ruk weer aan 'n pleister nie. Hy en sy gun sal hierdie hele geneuk 'n ding wys.

Standerd 9 toe kan hy nie meer wag nie. Hy skeer sy kop vierkantig en gaan meld aan. Sommer net daar op die dorp. Hulle sê hy kan solank begin met papierwerk, al is hy ietwat oor-gekwalifiseer. Soos 'n goeie polisieman kies hy sy uniform twee nommers te klein, druk 'n tennisbal in sy broek en groei vir hom 'n snor.

So sit Henrik in die polisiekantoor en wag vir sy eerste opdrag. Drie weke later bel 'n ou tannie en sê sy dink sy's aangerand. Henrik gryp sy dienspistool en jaag twee blokke ver met 'n blou lig. Hy stamp 'n ruit uit en duik so hard by die huis in dat die tennisbal afskuif tot by sy knie.

In 'n rolstoel sit die ou tannie. Haar poncho het in die kasdeur vasgeklap en soos sy die stoel start, so wurg sy.

Moordenaars, hyg sy.

Henrik maak die kasdeur oop.

Die tannie snak na haar asem. Hang hulle, hyg sy.

Henrik kry sy volgende opdrag eers twee maande later. Dis die man van die inryteater wat vroegaand bel. Daar't 'n vlermuis teen die screen vasgevlieg, nou soek die mense hulle geld want hulle dink Julie Andrews het 'n snor. Kan hy die vlermuis kom afhaal.

Stadig begin Henrik besef hy gaan nooit sy gun gebruik nie. Hy gaan nooit die aarde skoonmaak nie. Hy gaan nooit 'n wrede boef rondklap nie. Dinge is hoegenaamd nie soos hy dit beplan het nie.

Maande gaan verby sonder misdaad. Henrik se moed sak tot by sy belt.

Die aand is dit weer tjoepstil in die polisiekantoor. Henrik het net gaan plat lê om sy pleister om te ruil, toe leun 'n man met 'n leerbaadjie oor die toonbank en sê, Boei my.

Ag nee siesag, sê Henrik, Is jy gay?

Nee, sê die man, Ek gee oor. Ek kan die gevlug nie meer vat nie.

Wie soek jou? vra Henrik.

Almal, sê die man, Ek verduister geld by die miljoene. En ek lieg sonder ophou.

Ons het nie 'n sel nie, sê Henrik, Jy moet maar net stilsit, ek bel gou.

Ja, sê die streekskantoor, hulle soek al lankal iemand met 'n leerbaadjie. Hulle is voor dagbreek daar.

Henrik haal sy gun uit. Hierso, sê hy, Ek gaan gou eet. As jy wil ontsnap, mik net kop toe.

Die man steek sy hand in sy sak. Asseblief, sê hy, Pas net my balletjie op.

Ek sal 'n groter broek moet kry, sê Henrik en kyk na die balletjie. Dis 'n blou rubberballetjie. Wat jy waar kry? vra Henrik.

Party mense het nie rigting in die lewe nie, sê die man, Voor die balletjie was ek niemand. Hy't my gevat na plekke waar ek nooit sou wees nie, maar nou's dit eers verby.

Mensdom, sê Henrik en sit die bal in sy sak. Hy jaag huis toe met die blou lig en eet twee borde bobotie op. Lang nag, sê hy en jaag terug.

Die polisiekantoor is dolleeg. Die man is weg en die gun ook.

Henrik is woedend. Hy gryp die balletjie en gooi dit teen die muur. Die balletjie skiet vas in die hoek en spring by die deur uit. Dit bons oor die pad, teen die sypaadjie vas en kry koers om die hoek. Henrik is agterna. Hy vat skaars grond. By die winkel gaan staan hy vinnig en kyk na homself in die glas. Jy's darem dom! skree hy en hol toe verder.

Die balletjie huppel by die skool verby, deur die bome en spring plonks! in die rivier.

Henrik gaan staan verstom. Iets weerkaats in die maanlig. Dis 'n fietswiel wat om en om draai in die gras. Henrik storm op die fiets af. 'n Bleek seunskind lê met sy kop op 'n klip. Sy voorkop is rooi van die bloed. Henrik wil eers naar word maar toe ruk hy sy hemp op en gryp sy pleister. Hy plak die bleek seuntjie en red sy lewe.

Die dag toe hy sy medalje kry, is daar tee en koek ná die tyd.

Henrik staan langs die burgemeester. Dié't 'n ongelooflike hoeveelheid konfyt op sy ken.

Nou hoe't jy geweet jy moet nou in die middel van die nag rivier toe? vra hy.

Ag, sê Henrik, Ou vriend van my.

Drie susters

Bakkies was besig om die pop se linkeroog te verf toe die brand-pyn haar bors binneklim en 'n lamte gooi oor albei haar arms. Die pop het van haar skoot af gegly en voor die rusbank geval. Teen die tyd dat sy haar asem terugkry, het sy vergeet van die pop. Sy't 'n pil onder haar tong gesit en begin plan maak.

Voorheen was die brandpyn een of twee keer per maand, dees-dae laat val sy elke tweede dag 'n pop. Hulle breek nooit, want sy maak hulle van was, maar haar bekommernis lê op met die trap. Bakkies sleep haarself op teen die reling. In die gang is drie deure. Sy klop aan die eerste.

Jy moet lug kry! skree sy.

Ek was laas week buite! skree 'n stem terug.

Bakkies weet binne die kamer is dit pikdonker. Op die bed sit Bakboord, haar oudste dogter. Sy sit nou vyf jaar. Nes sy roer, gloei haar wange soos kole. Partymaal kan jy die gloed onder die deur sien uitkom.

Bakboord was die Sondagoggend in die skuur. Op die boon-ste plank van die hoenderstellasie was sy aan die eiers uithaal toe haar oog die een broeilamp vang. Die wind het die bulb stadig heen en weer laat swaai. Binne twintig sekondes was sy gehip-notiseer. Sy't stadig by die skuur uitgestap en haar kerkrok gaan aantrek. Heelpad dorp toe het sy tjoepstil agter in die kar gesit en eers onder kollekte het sy saggies begin kloek. Net toe die bordjie by haar kom, het sy haar arms bak gemaak en op die bank gaan staan. Klokhelder het sy deur die kerk gekekkel en toe dit uit-basuin: Ek soek 'n haan met 'n lang, lang kam.

Bakkies het haar so hard geklap, terug by die huis het daar nog twee twintigsente op haar wang vasgesit. Bakboord is nooit weer by die kamer uit nie. Sy sit in die donker en bloos die kamer bloedrooi.

Bakkies gaan staan voor die tweede deur. Jy sal brand in die hel! skree sy.

Bewys dit! skree 'n stem.

Ek trek jou gatvelle af! skree Bakkies, Die hele koor kon jou sien!

Iewers in die vol kamer woon Vesel, die middeldogter. Dit was 'n mooi meisiekamer tot op die dag van die kompetisie. Vesel het net haar baaibroek se rek verstel en gewonder of die kroon sal afgly, toe skree die man sy's tweede prinses. En so begin dit. Sy steel daai aand Mej. Karavaan en haar eerste prinses se krone, die mikrofoon, 'n wafelpan en negentien tentpenne. Die volgende dag lewer sy die eiers af en steel dit toe onmiddellik weer terug. Op pad huis toe steel sy 'n fiets, die dorp se enigste stopstraat en 'n swart babatjie. Die middag ná kooroefening, toe sy die kerk se tuinhek uitruk, het die een tenoor haar probeer stop, maar Vesel bliksem vir hom, hy sing nou al twee weke sopraan.

Agter die laaste deur in die gang zoem Dille se naaimasjien onverpoosd voort. Dille is die jongste. Sy is ook die slagoffer van 'n toestand wat net een uit tweemiljoen vrouens tref. Dille se bene is dikker onder as bo. Wat aan haar die onmiskenbare look gee van iemand wat so pas in twee potplante getrap het. Die laaste keer dat sy op die dorp was, het 'n toeris vir ure daarop aangedring om die twee rare kaktusse te koop. Dille is huis toe in trane en het uiteindelik tot die slotsom gekom dat al wat haar ooit weer vroulik gaan laat lyk, is groter moue. So stik sy koepels en koepels valletjies aan haar skouers vas en lyk uiteindelik soos 'n reus wat besig is om 'n sigeunerdorpie weg te dra.

Oom Jurie het sy drankprobleem net mooi twee jaar onder beheer toe Dille besluit sy gaan weer kerk toe. Die koor het net

begin met "O Hoë Wolk", toe betree Dille die kerk in 'n oorwel-
digende onnodigheid van wit en gaan sit langs Oom Jurie. Vier-
uur daai middag breek hy in by die drankwinkel en besuip hom-
self tot in alle veiligheid.

So staan Bakkies in die gang. Haar bors brand en haar tyd loop
uit. Wie gaan na hulle kyk? vra sy hardop, Hoe kry ek hulle by
hierdie huis uit?

Bakkies klim af met die trap tot by haar kamer. Die jare alleen op
die plaas het al haar hoop op uitkoms weggevat. Elke droom het sy
besweer met die maak van 'n pop. Hulle sit in rye. Verpleegsters,
grootwildjagters, modelle, staatshoofde en sakevroue.

Bakkies gaan lê moeg op haar bed. Koebaai, sê sy vir die pop-
pe. Koebaai, sê sy vir haar dogters. Toe stamp sy die lamp om. Die
paraffien hardloop met vlammetjies tot by die gordyn. Binne tien
minute is die hele huis in vlamme.

Bakboord, Vesel en Dille hardloop met gille om die huis.
Bakkies lê beneweld in die rook. Kry koers, dink sy, Loop red
julleself.

By die vensters loop strome was uit. Teen die mure, af met die
trap smelt gletsers van was.

'n Dag later lê die huis en smeul in die as. By die skuur strompel
drie susters uit. Hulle klouter oor die rommel. Die eerste een kry
'n hand vol was beet.

Dis nog sag, sê sy en begin werk aan 'n gesig.

Ek verf die oë, sê die tweede een.

En ek maak die rok, sê die derde een, Hierdie een is beslis 'n
bruid.

Stilte

Soos enige goeie riller begin hierdie verhaal by die vreesaanjaende konsep van formele koorsang.

Hoe die hemelse idee van 'n massakoor onder die koepels van 'n Middeleeuse katedraal uiteindelik verdraai is tot dié van 'n gretige skoolkoor wat koorsig saamwieg in die greep van 'n koorjuffrou met 'n pofrok of 'n universiteitskoor wat begeesterde mondbewegings uithaal onder leiding van 'n diep-in-die-kas-dirigent met 'n blinkgestrykte pak, dít was niemand nog bereid om aan my te verduidelik nie.

So is ek op hoërskool en soos enigeen met 'n fiets en 'n behoef-te om Danie Nel in sy tennisbroek te sien, so sit ek twee keer per week af saal toe vir kooroefening. Daar staan ons geryg op die koorbankies terwyl Juffrou Brynard die repertorium by ons indril. Ons werk vir hom van die skoollied, deur die gesangboek, verby 'n skatkis van volksmelodieë tot by "We Are the World".

Ons is die trots van die dorp. Twee keer per maand klim ons die bus na al wat 'n feestelikheid is. Soos Juffrou Brynard haar arms lig, so ruk ons ons glimlagte uit, haal diep asem en sing dat niemand kan glo ons gaan weer ophou nie. Dae later kan jy nog hoor hoe sit mense hulle stofsuiers en grassnyers aan, net om weer bietjie helderheid te kry.

Vurige dirigent wat sy is, gryp Juffrou Brynard die verbeelding aan so ver soos sy gaan.

Ja, sê Oom Wim ná die Kersdiens, Daai vrou moet jy so halfpad deur 'n Halleluja net in 'n bad water gooi. Sy vat 'n medalje nog voor die koortjie klaar is.

Ons is in matriek, toe klim die skoolhoof op die interkom en saai uit, ons gaan sing by die oesfees. Dié is die grootste ding wat iemand kan tref, van toe af kry ons die laaste periode af dat ons kan oefen.

Juffrou is getroud met die houtwerkonderwyser, 'n reuseman

met Elvishare en verskriklike groot arms. Hy en sy leerlinge bou 'n hele vlot waarmee ons op die veld gaan arriveer.

Soos enige gebeurtenis op 'n vlakte word hierdie okkasie heeltemal uit verband geruk. Vir maande eet, praat en slaap almal net oesfees, jy kan nie dink dat ons ooit 'n lewe gehad het nie. Elke wese met 'n pols neem deel. Uitstallings, tablo's, kostafels, gimnastiek vir bejaardes, optogte en boeresport word gereël. Die hele dorp gil op mekaar, almal se senuwees is klaar.

Twee weke voor die oesfees vertrek ons na 'n koorkamp, die plek waar seuns mans word en meisies begin rook. Tussen die bosse op die gehuurde kerkterrein oefen ons dat ons kele brand en ons ore pyn. Saans ná ligte-uit word daar gesondig dat jy nie kan glo een van ons is gekatkiseer nie.

Pootuit keer ons terug uit die vlei van verleiding, Juffrou loop met kringe onder die oë.

Maar ons is gereed vir ons oomblik.

So breek die groot dag aan. Teen die tyd dat ons vlot opgesleep word, is daar nie 'n beweging op die dorp nie. Hulle sit bankvas op die pawiljoen. Oë traan en kameras flits.

Toe lig Juffrou Brynard haar arms en ons knyp ons boude. Ons sing dat bloed stol. Ons sing dat wind ophou waai en horlosies gaan staan. Ons sing dat Tannie Wiese vir die eerste keer in veertien jaar uit haar stoel uit opstaan en 'n tree gee.

Vir die slot doen ons "Kumbaya" met bewegings. Okkert slaan sy ma se wildtuintrommetjie dat die hiënahare in sulke bolle uitval. Onder massahisterie word ons van die veld af gesleep tot agter die pawiljoen. Juffrou Brynard glimlag moeg vir ons. Toe draai sy om en versteen op die plek. Ons loer almal van die vlot af.

In die skadu van die pawiljoen, onder 'n balk, staan Meneer Brynard. Hy staan met die haarsalon-vrou in sy arms. Sy hande is op haar boude, sy kuif is in haar oë en sy tong is diep in haar gedagtes.

Juffrou Brynard staan sonder beweging. Ons klim van die vlot af en loop soek ons families.

Maandag sê hulle by die skool sy't siek geword, sy kom nie weer terug nie.

Watse siekte? vra almal. Maar niemand weet nie.

Eers 'n maand later begin ons hoor van haar stilte. Sy praat nie 'n woord nie. Maak nie 'n geluid nie.

Dit gebeur orals, sê Tannie Engela, Vrouens wat so stil word. Dis as hulle harte breek. Dan dink hulle te veel. Of glad nie.

Ná matriek is ek nie weer terug dorp toe nie. Later het my ma-hulle ook getrek.

Maar ons hoor Juffrou Brynard is nog op die dorp. En heeltemal stom.

Ja, sê Tannie Engela, Sy bly nog steeds by Elvis. En dié se arms is groter as ooit. Ons bid maar dis van die houtwerk.

'n Leë hand

Blok Bonthuys was 'n groot man. Sterk genoeg om op een-en-sestigjarige ouderdom nog elke oggend 'n bad vol brooddeeg kaalvuis te wiks dat jy die suurdeeg padaf kan hoor weeklaag.

So lank as wat die dorp kan onthou, staan Bonthuys Brode se geel voordeur ses dae 'n week oop om volk en vullis van stysel te voorsien. Blok was 'n man gegiet uit die murg van ons vadere. In sweet het hy sy kant gebring, sy hand nooit teen sy vrou gelig nie en sy kind in die skadu van die kerk grootgemaak.

Groot was sy verbasing dus toe hy uiteindelik sy oudag die dorp hoor inkom en uitvind hy's nog ver van gereed. Die verband op die bakkery kort nog 'n aardige bydrae, met die koop van die nuwe oond het sy polis in die slag gebly en sy huidige bankbalans spog met die gewetenlose bedrag van R191,00.

Dit was op 'n Dinsdag dat hierdie feite toe vir Blok tot halt roep. Hy was agter die toonbank op soek na 'n papiersak toe die skok sy lyf binnetrek soos vog in 'n ou woonstel. Lam gaan sit hy op die vloer. Duiselig maak hy sy somme en kom tot die besef dat hy aan 'n paar planete sal moet brood verskaf voordat sy profyt vir hom 'n aftrede gaan bewillig.

Blok se besluit was vinnig. Hy't sy skoen uitgetrek en sy sokkie in sy mond gestop. Hy't na die meelkamer geloop, die eerste sak oopgemaak, sy kop ingedruk en toe diep ingeasem.

Hulle sê dit was onmiddellik. Meel in 'n lugpyp maak jou gouer klaar as 'n fiks hoer met 'n sweep.

Die dag toe die besonder groot kis die aardbol binnesak, staan 'n aggressiewe gemeente om die graf en rondtrap. 'n Week lank al lewe almal van gewillige Sylvia se skons en die't genoeg bakpoeier in om 'n chemiese oorlog aan die gang te sit.

Aan die voet van die graf staan die weduwee Bonthuys met 'n sakdoek oor haar mond. Haar hart is gebreek, maar weens die onoortreflike kombinasie van witwyn en Valium het sy so pas haar stryd verloor teen 'n oorweldigende glimlag. Sy straal behoorlik.

Langs haar staan Rosetta. Rosetta is een-en-dertig jaar oud en die Bonthuyse se enigste kind. Sy staan met 'n uitgestrekte arm en bekyk haar hand. Sy is woedend. Een-en-dertig jaar lank al sukkel sy om 'n greep te kry. Maar alles glip weg. En nou't sy die sand verloor.

Rosetta is gebore met haar vingers onverklaarbaar ver van mekaar af. Soos 'n rotsgeitjie kom sy toe die lewe binne met haar vingers in 'n kring en kry niks vasgevat nie. Alles glip deur. In haar pram die rattle, in die kerk die kollekte, in die fliek die dorpseuns. Grootvrou sit sy nog by die huis.

Rosetta buk af en stoot 'n hopie sand oor die rand. Dit val plof op die kis en maak 'n wolkie. Toe draai sy om sonder om na haar ma te kyk en loop huis toe. Sy sleep haar tas onder die bed uit en maak haar laaie leeg. Sy pak tot die tas vol is. Die res los sy net so op die grond en kry koers by die agterdeur uit.

Halfses die aand klim sy op die bus langs die hoofpad. Sy ry 'n dag en 'n nag. Sy klim vroegoggend af in 'n vreemde dorp en loop tot by die supermark. Die bestuurder is nog aan die oopsluit.

My naam is Rose, sê sy en sit haar tas neer. Kyk my hande, sê sy.

Hygend, sê die man, Dis soos polisieboot-propellers! Watter dam swem jy?

Ek soek werk, sê sy, Ek vat nie raak nie, maar ek is vinnig. Probeer my op die till.

Die bestuurder is nuuskierig. Jy't kans tot lunchtyd, sê hy.

Toe strek Rose haar regterhand oor die till en lui die eerste trollie op in ses-en-dertig sekondes.

Die bestuurder verkyk hom. Spiderwoman werk in sy winkel. Daai middag fire hy almal en stel vir Rose voltyds aan. Hy gee haar 'n buitekamer en elke tweede Sondag af.

Sy lewe in haar uniform, sy werk dag en nag, sy spaar elke sent en elke tweede Sondag gaan loop sy langs die pad. Sy weet dis anderman se dorp en anderman se till en se buitekamer en anderman se groceries wat wegry in anderman se kar.

So sit sy agter die till, so loop sy langs die pad, so word dit jare. En die woede bly sit en dit maak haar mal. Haar spaargeld is nou al vier sakke vol. Die's vas aan 'n belt en sy dra dit onder haar klere.

Op 'n dag sit Rose agter die toonbank. Dis stil in die winkel en sy sit en streel oor haar uniform. Sy voel die bondeltjies geld. Myne, dink sy.

Toe stoot 'n jong dorpsmoeder 'n pram om die rak. In die pram sit 'n engel met rooi wange. Dinsdag, sê sy borslap.

Myne, dink Rose.

Die dorpsmoeder kyk op haar papier. Tissues, sê sy. Sy los die pram en glip weer om die rak.

Vyftien sekondes later is sy terug. Sy gaan staan verstom. Toe val sy op haar knieë, gooi haar kop agteroor en gil tot haar bors brand.

Die pram is leeg.

Sy hardloop uit by die winkel, tot in die pad en toe weer terug. Sy waai met lam arms, sy skeur die doos tissues in duisend stukkies en stamp haar kop stukkend teen die toonbank.

Langs die hoofpad klim Rose in die bus. Sy hou die engeltjie styf vas.

Jy lyk nes jou boetie, lieg sy.

Lughawe

Die dag lui die foon, dis my tannie van die Oos-Kaap.

Nee, sê sy, die besoedeling teen die kus en die verskriklike koue veroorsaak weer vreeslike hormoonversteurings onder die vrouens, haar snor is al weer terug. Sy moet Johannesburg toe kom dat hulle die welige bolip kan skoonmaak, lyk of sy in die kaggel geval het, kan ek haar op die lughawe kom haal.

Volgende dag staan ek op die lughawe en wag. Voor my staan hordes mense om die vervoerband, almal met onderbaadjies aan. En bloese en keppies in die moorddadigste pampoenskakering wat nog ooit op lap verskyn het. Ek vermoed dadelik dis 'n koor uit die Germaanse platteland, dié soort wat met die geringste aanmoediging 'n rits biertuintreffers sal uitvoer wat jou sal ruk tot insigte wat jy nooit wou hê nie.

In die middel staan 'n groot vrou met plat skoene. Oor haar rug hang 'n trekklavier.

Und ja! skree sy oor die vervoerband.

Ek begin soek onmiddellik my tannie. Hier moet ons uit voor hierdie oranje braakbende 'n melodie in die kop kry.

Ek staan later op my tone, maar van 'n bebaarde familielid is daar nie sig nie. My tannie maak al vir jare self haar klere, maar kon om een of ander rede nog nooit die some plat kry nie. Vandat ek kon onthou, lyk sy soos 'n enkelbed met 'n roeping. Maar dit sien ek ook nêrens nie.

Voor my buk die groot vrou en ruk 'n tas van die band af. En soos sy opkom, so gaan die trekklavier se knippie los en sak tot onder. Toe bons hy stadig terug en laat 'n hartverskeurende sug tussen sy voue uit. Die vrou ruk nog 'n sak van die band af en weer verloor die trekklavier sy asem met 'n sug so hartseer soos 'n winterwind in die Alpe.

Stadig begin dit stil word op die lughawe. Mense gaan staan en luister en vergeet heeltemal van hulle bagasie. Soos die vrou beweeg, so vou die trekklavier oop en toe, en met elke teug lug wat ontsnap, so word die lughawe gevul met 'n sug van ewige weemoed.

Dis soos 'n golf waarteen daar geen weerstand is nie. Trane rol oor mense se wange, vreemdelinge hou mekaar vas en ander skarrel kop onderstebo by die deur uit. En toe die grote weer afbuk, toe sug daai trekklavier dat die vrou by die snoepwinkel haar till toesluit en op haar arms gaan lê.

Wee ons, huil sy.

Sekuriteitswagte snik treurig in mekaar se arms en toeriste huil oopmond. Stadig begin die lughawe leegloop. Massas hartseer mense stroom by die deure uit tot net ek bly staan tussen berge verlate bagasie.

Van my tannie is daar geen teken nie.

Ek hoop jy't kleingeld vir die hek, sê 'n stem agter my.

Ek draai om. Voor my staan 'n klein vroutjie met deurmekaar grys hare en twee baie groot manskoene.

Uiteindelik, sê sy, Ouma dag jy kom nooit.

Ek sê, Voel Antie sleg?

My voete pyn, sê sy, En ek kan doen met 'n bad, maar verder is ek fine. Kry my tas, ons moet ry.

Moet ek iemand roep? vra ek.

Hier's g'n mens nie, sê die ou vrou.

Ek kan jou nie net so hier los nie, sê ek.

Dis ook nie die plan nie, sê sy, Kry net Ouma se goed.

Ek sê, Jy's nie my ouma nie.

Kyk om jou, sê die ou vrou, Wat sien jy?

Niks nie, sê ek.

En hier staan jy, sê sy, Wag tot heel laaste. En wie's daar toe vir jou?

Niemand, sê ek.

Nou ja toe, sê sy, Partykeer vat jy wat jy kry, anders is daar niks. Kom, dit word laat.

Ek kyk vir oulaas of daar niemand is nie.

Watter tas is Ouma s'n? vra ek.

Enigeen, sê sy, Ek's nie hoogmoedig nie.

Ek sê, Wil Ouma eers badkamer toe?

Die toilet? sê sy, Vir wat? Ek het dan nou net ses maande daar gebly.

Ek gaan staan verstom. Sy kyk my in die oë.

En moet jy nie worry nie, sê sy, Ek loop weer sodra ek sien jy's orraait.

Vlieg

Die dag met die nuwe predikant se inwyding het ons almal ge-weet iets vreemds is aan die gebeur. Nie net omdat hy baie mooi was met buitengewone pienk lippe, of omdat sy pakbroek beter gepas het as enige ander prediker in die republiek s'n, of omdat hy sonder 'n vrou in die dorp aangekom het, of omdat ons gehoor het hy rangskik blomme in sy vrye tyd, of omdat hy vir ryk Elsa gesê het hy dink glad nie tan is sonde nie.

Dit was om 'n heel ander rede.

Ons was 'n nuwe gemeente en moes in die dorpsaal kerk hou tot daar genoeg geld was vir 'n fondament.

So sit ons almal in rye en begin halfpad deur die preek skielik hoendervleis kry, gevolg deur koue rillings teen ons lywe af. Een vir een het mense begin omkyk. In die tweede ry van agter af het die Mokke-vrou kop en skouers bo die res uitgesteek. Eers het ons gedink sy't opgestaan om die predikantjie te bekyk, maar stadigaan het die werklikheid versprei, sy hang stoel en al in die lug. Tydens die gebooie het sy eenvoudig opgestyg en sweef nou 30 sentimeter bokant die vloer. Niemand weet wat om te doen nie, ons sit verstom soos 'n ou tikmasjien met een letter in die lug.

Uiteindelik word dit tyd vir kollekte en agter die klavier trek Cynthia Byleveldt bewerig los met die temalied uit *Doctor Zhivago*. Stadig keer die stoel terug vloer toe. Die Mokke-vrou knip haar oë en kyk verdwaas rond. Sy is salig onbewus van die drama wat pas hier ontvou het. Orals om haar word floutes gelawe en sakdoeke aangegee.

Daai week is die hel los op die dorp. Dit gons van die tonge. Daar word veroordeel en verwyt. Daar word voorspel en verklaar.

Die volgende Sondag is die saal gepak. Stoele word ingedra en komberse word in die paadjies gepak. Mense fluister opgewonde en kyk met groot oë rond. Cynthia speel alles wat sy ken twee keer voor almal sit kry en toe klim die predikantjie die verhoog in 'n outfit wat hy self ontwerp het.

Laat ons nie bespiegel nie, sê hy, Laat ons verenig en verdra.

Ek sit nie kerk op met 'n spook nie, sê Antie Niemand.

En toe styg Lisbet Mokke die lug binne. Dertig sentimeter van die vloer af haak sy vas en bly swewe met 'n vredevolle glimlag.

Maar dié keer is ons gewapen. Kameras flits en mense skarrel. Oom Engels gaan lê en druk sy kop onder die stoel in.

Kyk vir batterye, sê iemand.

Of 'n katrol, sê Ant Niemand.

Hier's niks, sê Oom Engels, Die ding vlieg self.

Mense huil saggies, ander omhels mekaar en 'n paar skryf tjeks uit vir die boufonds. Die saal is in rep en roer. 'n Paar het spontaan begin sing en heel agter vertel Stienie Loots vir die hele ry hoe sy wakker geword het tydens haar operasie. Die predikantjie kry nie 'n woord in nie. Toe gee hy maar die teken vir kollekte en gaan sit.

Cynthia trek los met 'n bloedstollende weergawe van "Largo" en toe kom die stoel in vir 'n landing. 'n Verstommende bedrag kontant word ingesamel en toe gaan almal huis toe.

Daai week kry Lisbet nie 'n oomblik se rus nie. Vreemdelinge ry voor haar huis verby, geskenkies word voor haar deur gelos, jong moeders druk hulle babas in haar arms en by die Spaarwinkel kry sy alles verniet.

Donderdag kom klop sy aan by Ou-mevrou Baps. Wat gaan aan? vra sy, G'n mens wil my uitlos nie.

Weet jy dan niks? vra Ou-mevrou, Jy vlieg dan in die kerk.

Vlieg? sê Lisbet.

Ja, sê Ou-mevrou, Rys op soos 'n poeding. Die mense dink jy't magte.

Lisbet loop huis toe met 'n swaar gemoed. Sy't gehoor van beelde wat huil en hande wat bloei en hoe mense baklei oor dit goëlery is of nie en nou is sy die visioen van die dorp.

Byeenkoms na byeenkoms sweef sy in die lug, weet ná die tyd van niks en word so die aanspraak van gelowiges, bygelowiges, hoopvolles, smartvolles en alle nuuskieriges. Sy sien haarself op foto's, hangende in die lug met 'n vervulde glimlag, en sy voel hoe word die las al swaarder.

Nag na nag lê sy wakker. Daar moet 'n rede wees vir my gawe, dink sy, Ek het 'n plig. Ek moet hoogtes bereik. Ek moet vlieg. Ek moet hulle wys daar's uitkoms.

Plakkate verskyn oor die hele dorp. Lisbet Mokke. Saterdag-oggend by die Spaar. Klavierspel deur Cynthia Byleveldt.

Die Saterdagoggend staan die motors dorpuit. Mense sit op

mekaar se skouers en hang oor vragmotors se relings. Siekes hang uit stoele en oues hang uit bussies. Die predikantjie daag vir die eerste keer op met sy gespierde vriend, Sven. Maar niemand vat notisie nie, almal kyk stip na die winkel. Op die stoep is 'n verhoog met Cynthia agter 'n klavier en op die dak is 'n stellasie, byna soos dié wat bouers gebruik. 'n Lang tou hang van die dak tot op die verhoog.

Heel bo-op die stellasie sit Lisbet op 'n stoel. Sy't 'n nuwe rok aan en het reeds haar glimlag begin. 'n Doodse stilte sak oor die skare.

Die bestuurder van die winkel klim op die verhoog en maak 'n buiging. Hy kry die punt van die tou beet en knik vir Cynthia. Sy haal diep asem en trek toe weg met haar eie komposisie. Die bestuurder trek die tou en die stellasie vou inmekaar.

Vir 'n oomblik hang Lisbet in die lug. Toe val sy deur die dak en breek dertig bottels kookolie, ses ribbes en 'n arm.

Die skare staan versteen. Cynthia speel haar stuk tot by die einde, buig in stilte en gaan huil toe by die huis.

Lisbet Mokke het nooit weer gevlieg nie. Sy's nooit weer kerk toe nie. Sy bly net by die huis. Een keer per week kom kuier die predikantjie en Sven.

Hulle pak eetgoed uit en skink drie glase wyn.

Ek weet nie rêrig nie, sê die predikantjie, Maar ek dink mens vlieg net wanneer jy rêrig vrede het.

Hy lig sy glas.

Dit maak glad nie saak nie, sê hy, Jy skuld niemand niks. Wees net gelukkig.

Onder die tafel gee Sven hom 'n drukkie.

Wemmer

Anderkant die berge, net waar die rivier begin, het Swakpan gelê. Eens op 'n tyd was dit 'n stewige gemeenskap, godvresende mense met harde velle en gretige hande. Met harde werk en min slaap het hulle hul rykdom uit die soutbedryf gemaak.

Maar so besluit die mense in die stad seesout is nou groter mode en so gaan die bedryf agteruit tot Swakpan op sy knieë loop sit.

Doogie Delport het dié ding lankal sien kom en besluit hy maak sy fortuin uit vrugte. Jongman loop kry vir hom 'n lap grond langs die rivier en plant enige ding wat wil vat. Teen die tyd dat Swakpan se mense al begin skuinskyk van armoede, ry Doogie se vloot lorries mark toe en terug soos miere.

Doogie loop skraap vir hom 'n sagmoedige wederhelf tussen die dorpsmeisies uit en bevrug haar skoot met oorgawe. Nege maande later gee haar heupe van mekaar af pad en 'n reus van 'n kind maak sy verskyning. Doogie Delport is oorstelp. Hy doop sy seun Wemmer en koop nog twee lorries.

Die geboorte was natuurlik heeltemal te veel vir die tenger lendene van Doogie se wederhelf. Grootoog en wankelrig vestig sy haar in die kamer en kom net uit vir Nagmaal.

Doogie maak sy seun groot met vaderliefde en 'n ysterhand. Wemmer speel sport, presteer met die boeke, ry trekker en staan matriek heel voor in sy klas. Hy groei op met 'n warm hart, 'n breë glimlag en 'n bataljon hormone waarmee daar niks verkeerd is nie. Maar in sy binneste roer daar 'n behoefte waarvan hy nie die naam ken nie.

Die aand van die matriekafskeid is Wemmer kamer toe om vir sy slap ma sy angelier te gaan wys. Doogie kry hom aan die skouers beet en vat hom eenkant.

Jy't mooi geloop tot hier, sê hy, Pa kon nie hoop vir 'n beter seun nie. Maar Pa sien jou met daai veraf kyk in jou oë. Jy verdien om bietjie vatplek te kry. Vanaand worry jy net oor jouself. Vat jou tyd. Onthou met 'n vrou is dit soos oestyd. Jy vat 'n bietjie hier, druk 'n bietjie daar en as sy vir jou terugkyk met vaak oë dan weet jy jy kan maar inklim. En vat haar op 'n draffie, deesdae se meisies wil goed skrik voor hulle begin huis opsit. Kyk hoe't jou ma se heupe haar in die steek gelaat.

Dankie, Pa, sê Wemmer en vat die kar se sleutels. In die dorp hou hy stil by die Smitte se huis. Sysie staan voor die deur in 'n tuisgemaakte nagmerrie van poeierblou satyn. Wemmer se hart maak 'n bokspring.

In die skoolsaal dans hulle om en om die baan. Sysie blom in haar gewaad. Wemmer het nog nooit so na haar gekyk nie. Hy kan sy hande nie van haar afhou nie.

En sy pa het 'n plaas, dink Sysie, Vir jou vang ek met 'n baba.

En soos die punch-bak net begin bodem wys, so lui die skoolhoof die klok en Oom Dirk pak sy hi-fi weg.

Een vir een drentel die jong paartjies by die saal uit en kry koers damwal toe. Hulle klouter oor die wal en sprei uit in die donker. Dis nie lank nie toe vry daai spul dat jy swawel ruik tot anderkant die rivier.

Op die wal staan Wemmer. Hy kan aan niks dink om te sê nie. Hy weet nou is die oomblik maar hy't nie 'n clue hoe dit aan die gang moet kom nie.

Sysie vryf haar hande ongeduldig. Iewers in die donker hoor sy die gekliek van 'n buckle en die gezoem van 'n gulp. En toe verloor sy beheer. Met een pluk zip sy haarself los, ruk haar bra af, gooi haar kop agteroor, lig haar twee booshede na Wemmer toe en vat korrel.

Hoe like jy dit? hyg sy.

Wemmer gryp die bra uit haar hand uit.

Dis ongelooflik, sê hy, Ek het nie geweet mens kry dit in swart ook nie.

Sysie ontspoor geheel en al en trap 'n kluit los.

Waarvan praat jy? sê sy.

Wemmer staan met bewende hande en kyk na die bra. Hy kyk na Sysie. Die poeierblou naarheid het afgesak tot by haar enkels.

Wil jy nie uit die rok uit klim nie? vra hy.

Uiteindelik, sê sy en bevry haarself. Sy vlei haarself teen die damwal neer en begin saggies kerm.

Wemmer skop sy skoene uit en ruk sy klere van hom af.

Dis my eerste keer, sê hy.

Myne ook, hyg Sysie.

Toe buk Wemmer af en gryp die rok. Hy gooi dit oor sy kop en trek die zip toe. Hy draai in die rondte en streel oor die lap.

Sysie trap nog 'n kluit los. Is jy mal? skree sy.

Net vyf minute, sê Wemmer, Ek smeek jou. As ek hier klaar is, kan ons enigiets doen.

Ek maak jou vrek, skree Sysie en gryp 'n klip.

Onderaan die wal staan 'n bootjie met 'n spaan. Wemmer begin hardloop. Hy stoot die bootjie in die water en klim in.

Op die wal staan Sysie kaalgat en huil.

Wemmer hoor niks. Hy gooi sy arms in die lug en maak sy oë toe. Vanuit die hel uit stuur die duiwel sy persoonlike strykorkes. Hulle lig hul viole en speel die mooiste musiek by Wemmer se ore in. Hy gee homself oor.

Dis hoe dit hoort, sug hy.

Die spaan glip uit sy hand uit, maar hy weet van niks. Soos die Lorelei van Swakpan staan hy op die water, gegord in blou satyn.

Dis vroegoggend en windstil toe Wemmer tot sy sinne kom. Benoud soek hy na die spaan, maar dié's lankal weg. Op die damwal begin die dorp saamdrom. Opgewonde trek hulle stemme oor die water.

Wemmer sit plat in die bootjie met sy kop in sy hande. Die rivier loop laag en is glad nie haastig nie. Eers teen elfuur spoel Wemmer teen die wal vas.

Hy's nog nie uit die bootjie uit nie, toe klap Doogie Delport hom dat sy ore suis.

En wie's jou boyfriend? skree hy.

Dis nie hoe dit is nie, sê Wemmer.

Doogie klap hom dat hy steier. Hoe's dit nou? skree hy.

Ek wou net weet hoe dit voel, sê Wemmer.

Doogie Delport se kop draai om en om. Hy verstaan nie wat gebeur nie. Hy kan skielik niks onthou van sy oogappel nie. Hy vergeet van die aande om die vuur, van die dae langs die rugbyveld, van die boekpryse, die sportbekers, die man-tot-man-praatjies, die saamsit in die kerk. Al wat hy sien, is 'n frats in 'n bootjie. Hy klim in sy kar en ry huis toe. Die dorpsmense begin stadig padgee.

Wemmer bly sit langs die water soos 'n uitgespoelde meermin. Sy vingers gly oor die voue.

Teen skemeraand bring Sysie sy afskeidspak.

Hou die rok, sê sy, Jou pa sal wel een of ander tyd afkoel. Hulle's almal so.

Maar kyk hoe lyk ek, sê Wemmer.

Dis nie die rok nie, sê Sysie, Dis oor hulle jou moet afgee. Dis oor jou saligheid lê op 'n plek wat hulle jou nie gewys het nie. Dít maak hulle mal.

Jaloers

Twee dae ná die troue kam Hannatjie die laaste konfetti uit haar hare en sê vir Vlos, Ek dink jy moet die plek verf.

Ons het dan nou net ingetrek, sê Vlos.

Siersteen is uit, sê Hannatjie, Kyk.

Sy ruk die gordyn oop. Oorkant die pad is die huis spierwit geverf.

Jy sê dan jy hou van die stene, sê Vlos, maar Hannatjie het skielik begin bewe. Sy kry nie 'n woord uit nie.

By die huis langsaan klim die buurman in sy Mercedes. Hulle't nie geverf nie, sê Vlos.

Hannatjie se tande klap nou op mekaar. Nuwe kar! fluister sy en wys na die buurman.

Wat gaan aan, vra Vlos, Kry jy koud?

Aanmekaar, sê Hannatjie, As ek by hierdie venster uitkyk, wil ek doodgaan.

Die aand kom die vrou langsaan kennis maak. En die honey-moon? vra sy.

Nee, ek moet werk, sê Vlos.

Ons was Seychelle toe, sê die vrou.

Hannatjie bewe so dat die melk in haar tee aan die skif gaan.

Maar nou's dit moeilik, sê die vrou, Vandat my man bevorder is.

Hannatjie hou aan die bank vas, maar sy ratel soos 'n bonnet op 'n baie ou bakkie. So word haar lewe binne ses dae 'n hel van gaste ontvang en kennis maak terwyl haar binnekant stadig doodvries. Met die geringste verwysing na iemand se welvaart of sukses, pak nog 'n ysblok teen haar hart vas. Teen die Vrydag, toe die swembadmense hulle vragmotor staanmaak voor die huis onder in die straat, toe bewe daai vrou soos 'n vlooi op 'n elektriese vleismes. Op die sewende dag, toe weier sy vir Vlos vir die eerste keer.

Sal jy nou hier kom vasval, sê sy, En dit terwyl ons skaars genoeg het vir nuwe matte. Magtag, man.

So sit Vlos sy koerasie eenkant en werk nagte deur om sy bestuurskursus te voltooi. Intussen lees Hannatjie 'n handleiding oor corporate climbing en woon twee maatskappyfunksies by sonder onderklere. 'n Maand later word Vlos afdelingshoof en Hannatjie reël hul eerste partytjie om die nuwe matte in te wy. Sy haal haar tydskrif-glimlag uit en ontvang almal by die deur.

Jammer ons is so laat, sê die laaste vrou, Dis oueraand by die kleintjie se privaat skool.

Hannatjie bewe so dat hulle haar met 'n kombers moet toegooi. Daai aand drink sy haarself geheel en al gewillig en nooi vir Vlos terug kamer toe. Hy laat nie op hom wag nie en veg sy pad oop tot by die wenstreep.

Drie maande later moet hy loop geld leen want Hannatjie soek 'n ingevoerde cot.

Nog 'n paar maande later, in die duurste inrigting moontlik, val Vlos twee keer flou terwyl sy geboorte skenk aan 'n Filistyn van 'n kind, so 'n diknek-dogtertjie met sulke marmot-ogies. Hannatjie probeer haar hart sagkry, sy onthou tot 'n gedig of twee, maar sy kry nie vat aan dié kind nie.

Dis net babavet, sê Vlos.

Se hel, sê Hannatjie en sluip gangaf. Twee keer probeer sy die kleintjie omruil, maar die nurse is elke keer te vinnig terug.

Die dag toe hulle huis toe gaan, is Hannatjie amper by die voordeur toe sy spontaan begin bewe. Stadig draai sy om en sien vir die eerste keer die bure se nuwe elektroniese hek oopgaan. En so pak die laaste blok ys haar hart vas.

Sy sal moet les neem! skree sy, So kom sy in geen privaat skool nie!

Sy's vier dae oud! skree Vlos.

Ja! skree Hannatjie, En duidelik van jou familie!

Daai aand begin Vlos sy volgende kursus. Hy werk sonder slaap. Binne maande sit hy op die direksie en elke siersteen op die werf is wit geverf. Hannatjie is besete. By die apteek moet sy haar skoene uittrek. Sy kyk na die mammas met hulle prams en popkinders en bewe so dat haar hakke haar kort-kort by die vloer inboor. Terug by die huis kan jy haar 'n blok ver hoor gil. Sê Mamma! skree sy. Maar daai dikgat-kind kyk vir haar met oë dooier as dié van 'n Engelse vrou agter 'n Stuttafords-counter. Op nege maande knaag sy die eerste keer deur die cot en 'n week later is die hond se vlooiband missing.

Maar Hannatjie weier om op te gee. Sy speel dolfyngeluide en trek die kind aan met soveel strikke, sy lyk soos 'n helikopter wat in vyf rigtings gelyk vlieg. Op 'n Maandagoggend besluit Hannatjie dis tyd vir 'n dieet en rantsoeneer die kind se voer met die helfte. Teen die tyd dat sy die middag van tennis af terugkom, het die babysitter haarself met 'n Bybel in die badkamer toegesluit. Die kleintjie lê en slaap langs die koffietafel. Dié't sy gevreet tot dit koeëlrond is.

Hannatjie hou vir haar blind. Die walglike dogtertjie is vyf toe sy afgelaai word vir haar eerste blokfluitles. Iewers tussen hierdie plaag van onaardse wanklanke vind sy geluk en is binne dae onafskeidbaar van haar martelplank. Sy blaas daai orige instrument dat die toilet homself begin flush en elke deurknop in die huis afsmelt.

Hannatjie laat ry vragte plastiekplante by die tuin in, g'n ding groei binne honderd meter van dié duiwelse feesvieringe nie.

Op 'n Saterdagaand staan elke Duitse motor op die dorp voor die deur. Hannatjie is weer sonder onderklere en swewe van gas tot gas. Elke direkteur en skoolhoof in die omtrek word onthaal. Om presies halfagt kondig Hannatjie met trots haar dogter aan terwyl Vlos bleek aan die deurkosyn vasklou. In 'n wolk van pienk georgette verskyn die klein vleiswond op die trap en lig haar blokfluit. Toe blaas sy 'n Pachelbel-solo dat die dorp se grafte 'n meter diep insak en die kerkklok in duisend stukke bars.

Teen die tyd dat sy haar buiging maak, is elke hond op die dorp steriel.

Die hoof van die privaat skool se wynglas is afgekou tot by die stingel. Hy strompel tot by die naaste foon en doen aansoek vir 'n pos by die plaaslike gevangenis. Toe loop hy sonder om te groet.

Die volgende oggend is die teerstraat middeldeur gekraak en elke huis in die buurt is op skou.

Twee dae later laat los Vlos die kosyn. Hy sleep homself tot in die kamer.

Ek trek terug plaas toe, sê hy, Ek wil by my ma gaan bly.

Hannatjie hoor nie 'n woord nie. Haar oë is glasig en sy bewe soos 'n riet. Buite het die nuwe bure so pas stilgehou. En hulle ry met 'n Porsche.

Valentynsdag

In die warmste deel van die land, aan die einde van 'n ongenaakbare grondpad, het Sufdrif gelê.

Nêrens aan die hemeltrans was daar 'n wolk eensaam genoeg om oor dié dorpie te kom hang nie, en so het die inwoners hulleself moes tuismaak in die hitte van die hel. Almal behalwe die weduwee Witwater en haar dogter Alta.

Jaarin en jaaruit het die twee in hulle huisie gesit en sweet soos twee polonies in die rugsak van 'n vlugteling. Die weduwee self se probleem was grootliks tussen die boude. Soos 'n soutpan met krullers het sy voor die TV gesit in 'n plas wat oor die jare drie leunstoele se seats weggevreet het. Altatjie was weer aktief onder die arms. Soggens nege-uur al het sy gespog met twee groot kolle, albei presies in die vorm van Australië.

Die reuk hiervan was genoeg om 'n trop roofdiere spontaan die dorp te laat binnestorm en ter wille van oorlewing het Altatjie in haar lewe nooit 'n arm gelig nie. Die vermoeiendheid om haar dagtaak te verrig met slap arms was soveel dat sy nooit die energie gehad het om ook nog aandag te gee aan lawwighede soos 'n beroep, 'n man of die jongste modes nie.

Uiteindelik word die weduwee Witwater verlos deur 'n onverwagse bloedklont en word op 'n Dinsdag in die dorre aarde te ruste gelê. Natuurlik daag niemand op vir die begrafnis nie en ná die tyd vreet Altatjie die nege borde soutgoed alleen op. Teen die tyd dat die tuisnywerheidsvrou haar breekware kom haal, sweet Altatjie soos 'n ploegperd.

Jy moet uitkom, sê die vrou, Ek soek iemand by die winkel. En daar's 'n waaier langs die toonbank.

Woensdagoggend meld Altatjie aan by die tuisnywerheid. Sy klim op 'n kis en werk die till sonder om 'n arm te lig.

Wolkloos gaan die jare verby en op twee-en-veertig staan Alta nog steeds geil en groot langs die waaier. Intussen is die winkel verkoop aan klein Swaeltjie Theart, 'n hiperaktiewe vroutjie met geen benul van temperatuur nie. Weens die feit dat haar man laas met hulle seevakansie die behoefte gehad het om haar pols op te jaag, besluit sy hulle moet dié jaar bietjie uitbrei vir Valentynsdag.

Op die aarde is daar nie 'n vars blom of 'n doos tjoklits wat die rit na Sufdrif sal oorleef nie, maar Swaeltjie laat haar nie van stryk bring nie. Oornag beroof sy die hele feetjieland en sleep 'n krat pienk linte by die winkel in. Sy hang rooi balloons uit die dak en draai 'n pantie om elke konfytfles. Tweehonderd kopieë van die Marike de Klerk-boek verskyn in die venster en geïnspireer deur die plaaslike radiostasie hang sy 'n groot banier wat sê, Vry soos 'n Arend.

Alta staan oorbluf in hierdie woud van ware liefde en kry migraine op migraine van die oormag pienk. En soos sy daai nag rusteloos haar lê probeer kry, so lig die noodlot sy kop en roer haar behoeftes vir die eerste keer.

Die volgende dag moet sy die waaier op vol sit net om asem te kry. Sy cash koeke op en rangskik fudge, maar in haar binneste brul die honger van vrouwees soos 'n ou generator op 'n kampterrein.

En so, om presies tien dertig, kom Bam Botman Jnr. die tuisnywerheid binnegestap. Sy boarms is bruin soos brode en sy kuite bult in sy sokkies.

Onder Alta se arms verskyn Nieu-Seeland en die Indiese Oseaan.

Ek soek iets vir my ma, sê hy.

Bewend buk sy af en haal twee pienk bye by 'n boks uit.

Sepies, hyg sy.

Bam buig oor die toonbank en tel sy geld af.

Alta word vir 'n oomblik blind. Toe bring die waaier haar by. Sy gryp die toonbank vas, buk vooroor en lek hom in sy nek.

Bam spring verskrik regop.

Soos 'n veldslag sprei twee-en-veertig jaar se hormone uit en Alta lig haar arm.

Bam steier agteroor.

Sy skep hom net voor hy grondvat. Sy sleep hom verby 'n landskap van kollewyntjies, in by die stoorkamer en haak sy kraag oor die kraan.

Bam maak sy mond oop en sluk vir suurstof.

Toe lig Alta haar pinafore en maak hom stil. Sy spalk hom oor die wasbak en bewys vir ewig en altyd, in water of op land, in droogte of in oorvloed, ons redding lê in voortplant.

Laatmiddag ry Bam se bakkie die Botman-plaaswerf binne. Hy strompel oor die stoep en sit die sepies op die tafel.

Dis vir Ma, sê hy lam, Gebruik sommer al twee, môre koop ek nog.

Die fees

Halass kyk vir 'n oomblik na die are op haar hande.

Miskien sal ek my handskoene uithaal, dink sy. Dié't sy twee, drie jaar vantevore vir 'n keer aangehad tydens 'n rare uitbarsting van tevredenheid en selfvergunning. Met haar gunstelingrok, haar fyn handskoene en haar sykouse het sy tot in die agterkamer gedans, 'n bottel rooiwyn oopgemaak en twee glase op haar eie gedrink. Die volgende dag het sy haarself hardop uitgevra oor dié lawwe insident en die nodigheid van so iets.

Sy plaas die eerste hoender in die swart skottel en lig die

tweede uit die wasbak. Sy vryf haar hande met olyfolie, growwe sout en swartpeper en masseer die hoender hardhandig. Sy plaas dit langs die eerste. Heel wortels, ongeskilde aartappels, 'n hand vol lywige preie en breë sampioene word rondom gerangskik. Sy draai 'n knoffel in teenoorgestelde rigtings totdat die huisies losbreek en oor die hoender val. Sy vee haar hande af aan haar voorskoot en lig 'n hand vol gedroogde vye uit 'n papiersak. Sy gooi die vye in die skottel en draai om.

Goeienaand, sê sy. Haar stem slaan teen die spensmuur vas en spring terug. Hoog en heeltemal te hard.

Goeienaand, sê sy heelwat donkerder, Dit is ek, Mejuffrou Boudon. Hier is my uitnodiging.

Sy maak 'n oordadige handgebaar en voel onmiddellik hoe haar gesig vuurwarm word.

Miskien sal ek net stilbly, dink sy, Ek sal praat as hulle my iets vra.

Halass haal 'n ongemerkte bottel witwyn van die rak af. Sy gryp 'n mes en breek die seël. Sy trek die lang kurk met haar hand uit en gooi die wyn oor die hoender, die groente en die vye. Heel laaste volg 'n hand vol sout en 'n wilde bos vars kruie. Sy sit die swaar deksel op die skottel en maak die oond se deur oop. Sy lig haar hand teen die hitte.

Die oond is laag gestel sodat die dis vir 'n hele paar ure in die oond kan prut en geurig bly.

Ou Duval sal beslis kom groet. Hy sal orals bly soek en dan kom sit om te wag. Later sal hy bekommerd raak en een van die ander gaan roep. Hoeveel sal hier wees? dink sy, Miskien net een of twee. Wel, dan kan hulle twee keer eet. Dalk daag die ander eers heelwat later op. Dalk bly hulle wag tot sy terugkom.

Vir 'n oomblik staan sy stil. Toe ruk sy die deur van die koelkas oop en haal 'n groot plat bak uit. Sy ruk die doek af. 'n Verleidelike stuk varkvleis lê en blink in die lamplig. Halass haal 'n metaalpen van 'n haak teen die muur af. Sy prik die vark met diep, sekure

hale en stop hom met ansjovis, bloedrooi heel rissies en vars roos-
maryn. Sy smeer hom met olie en kruie.

Die vark beland ook in 'n skottel, omring van rooiwyn, ook uit
'n ongemerkte bottel van die rak. Halass maak die oond oop en
skuif die hoender eenkant tot daar plek is vir 'n tweede skottel. Sy
was haar hande vinnig en loop na die spens. Sy kom terug met
drie bottels suurlemoendrank, goud en dik soos stroop. Sy pak
glase op die tafel en draai die lamp laer. Die olie moet hou, dalk
sit hulle enduit.

Die brief het twee weke vroeër in haar hek beland. Dubbel-
gevou en deur die draad gedruk. Nie onder haar voordeur of oor
die toonbank op die dorp nie. In die hek, soos 'n duif wat blinde-
lings gevlieg het.

Sy moes die brief twee keer lees om te verstaan wat daar ge-
skrywe was. Die ink was soos dié van 'n drukkery, maar die letters
was groot en swaar soos dié van 'n kind. Of 'n afperser. Of 'n baie
ou hand. Sy't onmiddellik onthou dat sy al voorheen daarvan
gehoor het, dat dit Ou-mamma was wat haar vertel het, byna
twintig jaar tevore.

Min mense word ooit genooi, het Ou-mamma vertel. Sy self
het net van een vrou geweet wat 'n uitnodiging ontvang het. Dit
was geskrywe op een van haar lakens, terwyl dié buite in die wind
gehang het. Dat sy genooi was na die Fees van die Koppe. Sy kon
nie onthou of die vrou gegaan het nie, of waar dit gehou is nie,
maar sy kon wel onthou dat die aanwysings vreemd was. Die vrou
het baie mense gevra – wat sy seker nie moes gedoen het nie – en
almal het probeer verduidelik waar dit was. Alhoewel geen siel
nog ooit so 'n fees bygewoon het nie.

Halass kyk na die tafel. Te karig, besluit sy en pluk 'n kasdeur
oop. Sy haal vier plat brode onder 'n doek uit en sit hulle skuins
oormekaar in die middel van die tafel. Die suurdeegreuk ont-
moet kruiewalms iewers voor die oond se deur en ruk aan Halass
se hart. Sy ruik en onthou skielik tafels wat kreun, kinders wat

hardop lag en die wolkies vang soos dit uit die mans se pype ver-
skyn.

Sy breek die was uit die bek van 'n fles en laat val honderde
olywe op 'n bord met vrolike patrone. Sy loop uit op die stoep
en pluk klein tamaties uit die rank. Sy kyk deur die bome en toe
op na die skemerte met sy deurskynende maan. Oor minder as
'n halfuur gaan sy padaf loop met haar handskoene en 'n flits op
soek na die Fees van die Koppe. Sy besluit sy sal 'n bottel water
saamneem en ook 'n paar plat papawerkoeke. Sy kan dalk ver-
dwaal. Of dalk moet rus as die pad te lank is.

Sy't besluit om niemand van die brief te vertel nie, nie eens
Duval nie. Hulle sou net lag, of sê dis 'n poets. As jy weet van
die wêreld, val jy nie vir sulke twak nie, dít sou hulle sê. Hou op
droom en maak oop jou oë.

Die aanwysings is vaag, maar die brief sê duidelik dat sy dit wel
sal vind. Stap tot in die dorp, anderkant uit, bly kyk vir tekens, 'n
vreemdeling wat glimlag, 'n uil wat wakker word, hou net aan.
Sy't onmiddellik geweet die fees is vir mense soos sy, dat sy daar
veilig sou voel, inpas, leiding kry. Sy kon dit aanvoel toe sy die
koevert oopmaak.

Halass sit 'n hand vol lepels neer op die hoek van die tafel. Sy
stapel haar kristalbakkies in twee skewe torings. Toe haal sy 'n
goudgeel dis uit die koelkas. Gebakte vla met suikerkristalle en
heel gebraaide amandels, geroosterde klapper en brandewyn uit
die Suide. Sy voel nou tevrede. Wie ook al na haar kom soek, sal
gemaklik wees en goed eet.

In haar kamer vee sy met 'n klam lap in haar nek. Sy tik reuk-
water op haar polse en haal haar handskoene uit die laai. Sy maak
seker dat haar flitslig brand en sit padkos in haar handsak. Sy
loop deur die kombuis en sien skielik haar ma voor die stoof,
sy sien haar tantes en haarself, die dogtertjie met die lang, lang
hare. Almal gee skottels kos aan of rangskik borde. Sy kan sien
dat hulle nie weet van die koue van hierdie huis nie. Dat hulle

nie sal dink hoe vreemd hierdie plek vir ander kan wees nie. Dat die agterdogtige hart van die klein dogtertjie nog nie gegroei het tot die geslote hart van 'n eenkant vrou nie. Sy probeer haar ma se oë sien, maar dié bly ontwykend, soos altyd ná 'n nag se slae. Wanneer sy haar pa se swaar hand gangaf kon hoor.

Uit die oond kom die magiese reuk van geregte met perfekte balans, kruie, speserye en wyn wat op die regte tyd bymekaar inklim. Die reuke van 'n plek waarheen massas behoort te stroom. Halass tel haar uitnodiging van die vensterbank af op en trek die deur agter haar toe. Toe's sy weg.

Ou Duval het wel kom inloer soos dit sy gewoonte was op 'n Dinsdagaand. Hy't eers lank geklop en toe die deur oopgemaak. Hy't deur die huis geroep en toe maar gaan sit. Later het hy 'n olyf in sy mond gesit en heelwat later 'n stuk brood afgebreek. Teen nege-uur het hy besluit om iemand te gaan roep, hier was fout, Halass sit nooit haar voet by die deur uit op 'n weeksaand nie. Maar eers het hy 'n glas limonade gedrink.

Net voor die dorp het hy by mense gaan aanklop, mense met wie hy nooit 'n woord gepraat het nie. Hulle het gesê hulle kom saam na Halass se huis, hul seun kan solank op die dorp gaan vra of iemand haar gesien het.

Soos die nuus versprei het, het Halass se kombuis vol geloop met mense wat nog altyd bitter min vir mekaar te sê gehad het (en nog minder vir Halass). Die oond is oopgemaak en daar is weggelê aan geregte van 'n ander wêreld. Niemand wou hardop sê dat dit eintlik heerlik was om hier te kuier sonder haar nie. Niemand wou enigiets sê nie. Hulle het gesmul, gelag en die een kurk na die ander uit bottels getrek. Daar was nog nooit so fees-gevier nie.

En iewers ver, op 'n plek heel onbekend, moes die ander by-mekaar gewees het, dié met koue, geslote of stil harte. Dié wat nie weet hoe om die wêreld in te nooi nie. Of saam te baljaar nie.

Hulle moes hulle eie fees gehou het, dalk sonder 'n tafel kos of landgoedwyne, maar wel bymekaar.

Hulle móés daar gewees het (en dalk nog steeds), dies wat so verdwyn. Waar anders?

Kaalkop²: Die verhoogstories

Hierdie stories kom uit Nataniël se gewildste vertonings tussen 2002 en 2007, insluitende verhoogproduksies soos *Walking with Wizards, Songs of Saints, My Name Is Diamond, Of Heartbreak and Hope, The Moses Machine, Wish Lists & Wise Men* en *The Hong Kong Kiss*.

Vakansie

Jare gelede, ek was net oud genoeg om myself te bad, toe woon ons om die hoek van Oom Attie en Tannie Tillie. Hulle was die dierbaarheid self, altyd aan die draf, voorbokke in die dorp se luidrugtige kerk en lief vir musiek op die werf. Tannie Tillie was 'n blymoedige vrou met sulke toegelagte oë, 'n sagte nek vol blinkgoed en twee kombersborste, soos my ouma hulle genoem het, sulke reusebondels waarna jy net nie kan ophou kyk nie, maar jy bid jy's op 'n ander dorp die dag as die strap skiet.

Oom Attie was net 'n vuil grap langer as 'n tuindwerg en het van ligdag tot drinktyd op sy twee bakbeentjies rondgeskarrel tussen sy vyftien besighede waarvan nie een goed gedoen het nie. Hy't gelol met enige ding van posduiwe en resieshoenders tot sleepwaens en gesweiste braaivleisplekke. Hy was permanent toegeplak met pleisters, want sy bloedsuiker het geval, ten minste een keer per dag en op die mees onvanpaste plekke, langs die leivoor, op die leer, voor die gereedskapkas of teen die draaibank. So leun hy een aand by 'n tuintroue vooroor met 'n frikkadel toe sy suiker sak dat hy net daar aan die slaap raak met sy hand in die fonduepot en sy naels afsmelt dat hulle die vel ruik bak tot by die bruidstafel.

Vir maande loop hy met verbande om sy hand, maar daai olie het vir hom uitgebraai tot anderkant sy watervlak en daar's nie 'n nael wat wil groei nie. Oom Attie kan met sy sagte vingers nie 'n skroewedraaier vashou, 'n spyker inkap of sy gulp oopkry nie. Dis 'n gesukkel van onmenslike proporsies en alhoewel mens nie wil uitpraat nie, kan jou verbeelding jou mos vat tot daar waar jy nie eintlik hoort nie. So sê almal niks, maar met die tyd verdwyn Tannie Tillie se glimlag en kan mens maar net dink tot waar lê die probleme. Later sien ons haar al hoe minder. Ons hoor net sy's dag en nag in die kombuis en sit nie eens meer lipstick aan nie.

Een na die ander gaan lê Oom Attie se besighede totdat my pa besluit hy sal moet uithelp. Elke los minuut stap hy oor en gaan sit hand by. Maande lank word daar tot laataand gewerk om Oom Attie op die been te hou en met die bywonersbloed in ons are verwag niemand 'n beloning nie, maar so word die hele familie een aand oorgeroep.

In die sitkamer staan bekers vol koeldrank en 'n skinkbord skons wat blink van die konfyt. Tannie Tillie sit agter die orrel, twee keer so groot as wat ons haar laas gesien het, en speel een van haar ou gunstelinge, "Chase Me up the Rainbow", en toe een van haar eie, "Don't Kiss My Pretty Sister".

Nee, sê Oom Attie, as dit nie vir my pa was nie het hulle seker al lankal in die kar gewoon, hulle wil graag dankie sê. Hulle kinders was betrokke by 'n pyramid scheme en het nie geld vir vakansie nie, maar hulle het nou die twee karavane en wil ons baie graag saamsleep Langebaan toe.

My pa se bloedlyn slaan onmiddellik deur met 'n glimlag, my ma word spookbleek en ek sit en bid Oom Attie vat nie met sy gaar vingers aan die skons nie. Laat daai aand kom my ma se stem nog driftig deur die kamerdeur, maar dit help blykbaar niks. Drie weke later slaan ons penne in langs die silwer waters van Langebaan. Binne-in die karavaan is Ma woedend besig om slaapsakke oop te vou, buite rangskik Pa opvoustoele en ek wonder of die oom in die storte môre weer so vriendelik gaan wees.

Buite die karavaan langsaan is Tannie Tillie besig om 'n hoender te rook. Onder die afdak staan genoeg gasbottels om die natuur tot stilstand te bring. Oom Attie kom deur die bome aangestap.

Ek hoop jy's nou tevrede, sê hy.

Het jy 'n oond gereël? vra Tannie Tillie.

Nee, sê Oom Attie, Die nagwag.

Die nagwag, sê Tannie Tillie.

Ja, sê Oom Attie, Hy sê hy doen gereeld sulke gunste, almal het probleme. Vir tweehonderd rand sal hy jou vasvat, ek kan in die kantoor gaan wag. Dis mos wat jy soek.

Ek soek 'n oond, sê Tannie Tillie.

Jy't 'n oond by die huis en jou bek bly dik, sê Oom Attie.

My bek is dik want elke nag van my lewe moet ek die lig afsit en langs 'n slagoffer lê en hoop vir 'n wonderwerk, sê sy.

Dit was 'n ongeluk! skree hy.

Dit was jou hand! skree Tannie Tillie, Ek weet jy's kort, maar die res van jou was onder die tafel!

Alles is nou anders! skree Oom Attie, Ek is op! Om 'n dak oor jou kop te hou met 'n pap hand, dit vat aan 'n man.

Dis 'n baie lang pad van 'n fondue-pot tot in Viëtnam! skree Tannie Tillie, En dis alles jou verbeelding! Word ek vir die res van my lewe gestraf want jou vingers hou vir jou lam bo en onder? Moet ek dag en nag in die kombuis bly en vreet want dis al hoe ek onthou ek het 'n lyf?

Sy plak 'n pan op 'n plaat en sny 'n blok botter deur.

Loop soek vir my 'n oond! skree sy, En sê vir die nagwag hy kan sy gunste hou.

Daai aand is dit tjoepstil in Langebaan. Ma's te kwaad vir praat, Pa kyk vir die sterre, Tannie Tillie eet en Oom Attie is lam. Ek sit onder die tentjie met 'n blikkie koeldrank. Eers drink ek hom leeg, toe plak ek hom toe, maak 'n gleufie en toe begin ek spaar.

Twee maande later is hy vol, maar dis net vier-en-twintig rand. Ek koop 'n plakboek en lekkers en begin weer spaar. Maar dis nooit genoeg nie en dan koop ek maar iets.

En tot vandag toe, elke keer as ek verby 'n karavaanpark ry, dan wonder ek hoe dit voel as 'n nagwag jou vasvat.

Kol

Ek het op die platteland grootgeword. Dit was in die dae nog voor klein dorpies begin hartseer word het, toe koerante se ink nog bly sit het en skoolkinders naweke ook nugter was.

Elke Vrydagaand sak ons af skaatsbaan toe. Met een munt-stuk betaal jy vir jou kaartjie, 'n pakkie chips en 'n botteltjie gas. Oom Botes hang die kafee se speaker by die venster uit, ons gespe ons rolskaatse vas en betree die sementblad. Koorsig van die opwinding gly ons in die rondte, loer vir mekaar en val ons knieë blou. Later in die aand raak ons beter, ons lig ons bene en skaats agteruit. Die bont liggies flits teen die heining en Pat Boone sing dat ons harte bons. Uitasem glip ons kort-kort by die donker in, verklaar ons tienerliefde en vry mekaar soos dagoud hondjies.

So bly die lewe 'n lied tot Oom Botes een aand die musiek afsit en oor die speaker met ons praat. Daar's 'n groot kompetisie, sê hy, vir die beste show in die streek. Piketberg, Clanwilliam, Velddrif, almal neem deel. Oor 'n week hou hy oudisies vir dié wat dink hulle's goed genoeg.

Volgende Vrydagaand bestyg ons daai sementblad met visioe-ne van Las Vegas. Ons is so opgewonde, niemand bly regop nie. Ek hang bewend aan die reling. Ek kan myself duidelik sien in 'n ligblou catsuit vol blinkertjies, swewend om die baan. Maar nes ek laat los, maak my bene oop en so kry ek die hele aand nooit rigting nie.

Ná 'n ewigheid kondig Oom Botes die geselskap aan. Ons tema is Karnaval, sê hy. Jac Olivier met die grootmensbene is die prins en Francis met die meerminhare is die prinses. Die klomp Engelse kinders met hulle wit tande is takbokkies en die rugbyseuns is hansworse. En vir die finale is daar 'n reuseruspe. Dié is duidelik uitgedink vir almal wat onseker is op wiele en so word ek toe poot elf en twaalf. Ek is na aan trane en wil eers my hand opsteek en vra wat vir 'n karnaval het takbokke en 'n wurm, maar so daag dit op my dat ons tydens dié aakligheid baie aan mekaar sal moet vat en stadig maak ek vrede.

Oom Botes verklaar ten slotte dat sy vrou die vertoning sal af-rig en dat ons elke naweek sal moet oefen.

Vera Botes was twee-en-vyftig jaar oud met pikswart hare en

'n dun middeltjie. Sy was die heldin van elke dorpsmeisie en die vrees van elke moeder. Sy het sigarette gerook, elke dag eers teen etenstyd opgestaan en altyd stywe klere gedra. Oom Botes het haar op die hande gedra en sy het hom laat werk soos 'n slaaf.

So daag ons nuuskierig op vir ons eerste oefening. In die middel van die skaatsbaan staan Vera soos 'n baie ou James Bond-meisie, van kop tot tone in goud. Langs haar staan 'n cowboy met eyeliner. Dis haar vriend van die Kaap, sê Vera, Hy kom help met die costumes.

Toe roep sy die prins en prinses nader en choreografeer 'n liefdesverhaal wat tot op datum nog nie weer op rolskaatse moontlik was nie. Eenkant leer die takbokkies hoe maak mens horings uit foelie en Oom Botes loer bekommerd uit die kafee.

Uiteindelik is dit tyd vir die finale en ontmoet ek die ruspe uit die hel. Pamela Deisel is poot nege en tien. Haar ouma was Duits en het daarop aangedring om die hele familie se klere te brei. So beland Pamela voor my in 'n koejawelkleurige wolbroek terwyl ek van agter gepak word deur lang Herman met sy pap arms en sy warm hawermoutasem. Soos 'n raakgeryde slak sleep ons om die baan terwyl die cowboy sy oë rol en Vera nog 'n sigaret aansteek. Ons stort vyf keer inmekaar voordat die oefensessie tot 'n einde kom.

Die volgende dag vertrek Vera en haar vriend Kaap toe om te gaan lap soek. Teen die Donderdag is hulle nog nie terug nie. Oom Botes hol kort-kort by die kafee uit en kyk padaf. Saterdag daag ons op vir die oefenry, maar dis doodstil. Die skaatsbaan is leeg en die kafee is gesluit. Ons sit verslae rond en loop laataand huis toe.

Middernag skrik die hele dorp wakker en maak hulle vensters oop. Soos 'n spook sweef Pat Boone se stem deur die bome. Ons trek ons skoene aan en hol skaatsbaan toe.

Dis donker. Net die bont liggies flikker in 'n kring. In die middel van die baan is 'n groot wit kol, soos 'n hospitaal se landingstrook.

Op die kol staan Oom Botes. Sy hare is deurmekaar en sy oë is groot en rooi. Tannie Una leun oor die heining.

Sy's jou nie werd nie! skree sy, Sal jy nou die dorp wakker hou oor 'n paar tiete en 'n pot maskara!

Oom Botes hoor niks, hy staar in die lug op en draai stadig in die rondte.

Die volgende dag moet ons in die bodorp gaan brood koop, die kafee is steeds gesluit. Rondom die skaatsbaan is draad gespan om ons uit te hou. In die middel van die sementblad sit die wit kol en lyk heel simpel in die daglig, maar daai nag toe Pat Boone lostrek en ons deur die draad loer, toe staan Oom Botes op sy plek. Die bont liggies flits en weerkaats in die wit kol. Oom Botes staar in die lug. Onder hom verander die kol van kleur en begin al meer lyk of dit lewe kry.

Hy wag vir die aliens, sê Mevrou Blomerus, Hy wil hê hulle moet hom kom haal.

Maak los jou bra dat jy kan suurstof kry, sê Tannie Una, Hy't dan self die kol geverf!

Anna van Witplaas het ook so gestaan, sê Mevrou Blomerus, ná haar man en die vrou van die fliek mekaar so vasgevat het. Sy't self die kol gegooi. Met meel. Tien dae, toe's sy weg.

Ons loop huis toe en gaan wag. Vir 'n week slaap niemand nie. Die liggies flits en die speakers blaas. Oom Botes word al hoe maerder, maar hy staan. En toe een oggend is hy weg. Net sy twee skoene het op die kol agtergebly. Die liggies was almal geblaas. Tannie Una het die kafee se ruit uitgeslaan en Pat Boone se keel gaan toetrap. En toe was dit stil. Niemand het iets gesê nie, maar ons het groot geskrik.

En tot vandag kom die mense van ons dorp nie naby 'n kol nie. Al verneuk wie jou ook al, al breek jou hart hóé, jy loop nie oor 'n kol nie, jy staan nie op 'n eiland nie, jy gaan huis toe en huil jou uit.

Vlerke vir Virginia

'n Paar jaar gelede, diep in die groot stilte, ver in die voue van verlatenheid, gevange in die arms van agterdog, onderaan 'n bleek systraat in die dorp Virginia, het 'n roomyspienk huis gestaan. Skaars groot genoeg vir 'n klein ponie of 'n middelslagweduwee, het hierdie huis 'n hele familie bevat.

Daar was geen uitkoms nie. In elke hoek of skaduwee, deur elke baksteen, tot in die laaste bos op die werf kon jy die ma hoor ly. Tengerig en geknak deur die geboortes van haar drie stewige kinders het sy haar waterige neus deur die huis gevolg. Ritmies en sonder ophou het sy gesnuif soos 'n hees kraan iewers in 'n bouval. In die agterplaas het haar man die geluide probeer smoor met 'n ligblou kar op 'n toring bakstene. Solank die petrol gehou het, het hierdie ding ge-idle en gesnork terwyl hy sigaret na sigaret opgesteek het en gedroom het van vier wiele.

Die twee seuns was reusagtig en rooi met gesigte wat presies gelyk het soos dié wat in oorsese tydskrifte verskyn wanneer daar bespiegel word oor die verband tussen regse politiek en bloedskande. Hulle was min by die huis en het hulleself besig gehou met landelike aktiwiteite soos drankmisbruik, seksuele teistering en gewapende roof.

Maar ons verhaal gaan oor Della, die dogter. Sy was groot, stil en – soos die huis – roomyskleurig.

Della was wanhopig en in matriek toe Oom Sas die aand aan die voordeur klop en vra of sy met hom sal trou. Oom Sas was die koster by die blanke kerk en is die vorige jaar onskuldig bevind op al vier aanklagte van molestering.

Ek wil gaan leer, sê Della.

Kouse leer, snuif haar ma en kyk vir die koster. Wie betaal vir die rok? vra sy.

Kan jy ons help met wiele? vra haar pa.

Drie weke later strompel Della 'n leë kerk binne in 'n noodlanding van wit satyn en gee haarself oor aan die oom. Haar pa sit buite in sy kar en op die galery steel haar broers honderd rand by die orrelis. Ná die diens gee haar ma haar 'n drukkie en vra of hulle maar die snacks kan los, haar neus voel bietjie loperig.

By haar nuwe blyplek skink die koster vir Della 'n sluk brande-wyn, ontneem haar van haar jeug en vra toe uitasem of sy sy oorlede vrou se klere sal oordra na die spaarkamer voordat sy begin met die kos.

Eeue lank word daar al gepraat oor die wonder van die mens-like gees, die krag van die verbeelding en die wil om te oorleef, hoe mense tydens oorlog, ellende of hongersnood aan die lewe bly op die mees ongelooflike maniere.

Dié aand snork die koster dat die bed venster toe skuif en weer terug. Della maak haar oë oop en loer rond in die donker kamer. Aan die voet van die bed staan 'n spierwit wese met uitgestrekte arms.

Jou klere is in die spaarkamer, sê Della.

Die wese wink vir haar.

Della lig op uit die bed. Sy's skielik nie meer so groot nie en heeltemal sonder gewig. Sy kyk af, onder lê die koster en slaap langs haar berg van 'n lyf. Sy sweef agter die spierwit wese aan. Sy sien die hele dorp met die verlate strate, die roomyshuis en die skool waar sy nog wou klaarmaak. Bokant die oumenswoon-stelle kom hulle tot stilstand en begin afsak. Hulle sak tot in Ou-antie Bestbier se kamer. Sy sit skuins teen die kussings en snak na haar asem. Della kan tot binne sien. Die hart is seer en die longe benoud. Die wit wese beduie vir Della. Sy gaan sit op die bed en vryf Ou-antie Bestbier se rug. Stadig begin Ou-antie ontspan en maak haar oë toe. Della bly sit tot sy slaap.

Die volgende aand loer die koster oor die tafel met wolf-oë. Hy gly sy hand op teen Della se been. Hy's nog nie naby waar hy wil wees nie, toe's sy uit by haar lyf. Sy's anderkant die dorp in die kamer van 'n skoolmeisie. Della kyk tot binne. Die skoolmeisie verwag. Sy huil met gilletjies. In haar gedagtes lê haar ma se trane en haar pa se vuis. Della hou haar vas. Die skoolmeisie begin uiteindelik bedaar.

Terug by die huis is die koster klaar met sy luste. Della was die skottelgoed en weet van niks. Saam met duisende, miljoene vernielde kinders, verwaarloosde vrouens en vergete siele ontsnap sy na 'n plek waar sy nodig is. En die res van die wêreld glo engele woon daar ver tussen die wolke. Hulle weet nie daar is vlerke af met die straat of op die werf langsaan nie. Selfs in Virginia.

Tielman

My hele lewe lank het ek nog 'n probleem gehad met fisiese kontak. Katjies optel, hondjies vryf, voëltjies verpleeg, enige aktiwiteit met 'n ding met binnegoed of organe bly vir my 'n geweldige aanpassing. Sekere goed kon ek aanleer, soos om 'n baba te soen of 'n familielid te druk en te dink dis 'n boom of net baie shopping, maar een ding bly vir my 'n naarheid, en dis vingers. Sulke lang goed vol beentjies en 'n mens weet nooit waar dit al orals in was en vir hoe lank nie.

So beland ek in my finale jaar op universiteit in 'n geskiedenisklas aangebied deur die persoon met die langste vingers op aarde. Weekin en weekuit vergaan my siel elke keer as daai grillerige klou 'n skryfding beetkry en nog 'n historiese feit op die bord aanbring.

Drie weke voor die eindeksamen droom ek een nag ek is 'n koki en die geskiedenishand het my beet. Hy skryf met my in boeke en op borde, teen mure, deur gange en oor vloere. Ek skrik wakker, sopnat van die sweet en gereed om te vervel. En besluit net daar ek is klaar met universiteit.

My ma huil weke lank. Sy huil so dat ons kerk se skriba later vir haar 'n artikel fotostateer oor 'n ander vrou wat al haar hare verloor het van hartseer. So lê my ma in die bed met 'n swemkep en huil harder as ooit. Op die ou end sê my pa ek moet ander blyplek loop soek, my ma raas nou te veel.

Ek is verlore. Ek plak by 'n vriend, rook Pall Mall, drink ander mense se witwyn en soek werk, maar dis hopeloos, want ek kan nie rêrig enigiets doen nie. Tot ek op 'n dag 'n koerant oopslaan en sien die hotel op Hopefield soek 'n bestuurder. Ek bel die nommer en sê ek stel belang, maar ek het geen ondervinding nie en moet ek iemand se hand skud.

Nee, sê die vrou, solank ek kan lees en skryf en gereeld bad, sien sy nie probleme nie.

Ek vat my spaarboekie en gaan cash al my verjaarsdaggeld by die poskantoor, gooi my stigtelikste outfits in 'n tas en vat die pad. Ek is net verby Mamre toe begin my kar kook, nou begin ek soek vir 'n garage. Dié tref ek 10 benoude kilometers later aan, maar dis net 'n afdak, een pomp en 'n rakkie vol chips. Die kar rook asof ek 'n vulkaan gekraak het, maar ek parkeer asof niks makeer nie, klim rustig uit en vra doodkalm of daar iewers 'n kraan is.

Hoor hierso, skree 'n stem deur die rook.

Ek draai om. Aan die ander kant van die pomp staan 'n ou vrou met hardloopskoene langs 'n verskriklike duur kar.

Kom hoor gou hier, sê sy.

Ek loop nader.

Het jy vyftig rand? vra sy, Ek gee jou my nommer en alles. Ek moes petrol ingooi, hierdie geneuk was heel leeg.

Ek sê, Maar Mevrou moet dit vir my teruggee, ek het amper niks.

Natuurlik gee ek dit vir jou, sê sy, Hoor hierso, kan jy ietsie sing?

Ek sê, Wat sing?

Man, ietsie, sê sy, Asof jy bly is of mal. Staan net hier dan sing jy. Ek gaan net betaal.

Sy's deur die rookbol daar na 'n kantoortjie toe, alles gebeur so vinnig, ek het nie tyd om te dink nie, nou sing ek maar iets, so saggies.

Ghoef! is daar 'n helse slag langs my.

Ek skrik so groot ek begin weer die liedjie van voor af.

Ghoef! is daar nog 'n slag.

Maak oop die boot! skree iemand.

Ek loop slap-slap om die duur kar. Ek is heel skeef geskrik.

Wie's daar? vra ek.

Ek is in die boot, skree 'n stem, Druk die knop voor sy terugkom.

Iewers kry ek die regte ding beet en druk hom en so spring die kattebak oop. En daar, met sy kuif in sy oë en sy arms agter sy rug, lê die mooiste man wat ek nog ooit gesien het.

Help my, sê hy, Ek smeek jou.

OK, sê ek.

En toe's die ou vrou langs my.

Ja, sê sy, Hoor hoe mooi vra hy nou, dis die eerste keer in jare.

Sy slaan die kattebak toe met 'n helse slag.

Sy naam is Tielman, sê sy. Hy was die mooiste baba. O, ek het hom so verkeerd grootgemaak. Alles gegee, heeltyd geprys, nooit nee gesê nie. Nou moet ek hom wegvat, die mense is klaar.

Ghoef! skop Tielman teen die boot.

Dit was te maklik, sê sy, Eerste gekom in alles, van skool tot atletiek, almal op hol gehad, vandag nog, as hy verbykom, die vroumense spoeg stuifmeel, tot daai klomp jongetjies wat vir hom werk, 'n hele streep homo's, sit daar en bewe soos oorlogsbye, net reg vir steek, nee jong, so werk hy vir hulle, g'n mens kan nee sê nie, hy smile net daai smile, hulle smelt soos fudge, alles is syne, die winkel, die trekkerplek, die kroeg, die vliegveld, alles, nou hoor ek die predikant se vrou het ook die warmte oor haar, parkeer sommer dwars daar voor sy kantoor, nee dis nou genoeg, ek sal vir hom wegvat, ek weet nog nie waar nie, maar ek gaan hom aflaai daar waar hy niks ken nie, al leer hy net homself verlig in 'n bos dat hy eendag kan dankbaar wees oor 'n sitplek, dan kan ons weer iewers begin. Ek gee jou vyftig rand terug sodra ek weet waar sy beursie is.

Toe klim sy in die duur kar en jaag met 'n gillende Tielman onder die afdak uit.

My kar is uiteindelik afgekoel en ek val in die pad met 'n ekstra bottel water. En die heelpad Hopefield toe bly ek dink aan die geskop in die boot en hoe hy vra, Help my. En ek weet hy het groot foute gemaak en ek weet hy moet sy les leer, maar ek mis hom, ek mis hom met 'n seer hart.

Dankbaar

Die son het nog nie gesak oor my eerste dag op Hopefield nie, toe weet ek die hotel soek glad nie 'n bestuurder nie, die personeel is eenvoudig te dik om te beweeg en het iemand nodig om by die foon uit te kom voor hy ophou lui.

Die eienares se van was Bam. Haar naam kon ek nooit uitvind nie, want dit was 'n langer woord en sy was te uitasem om dit ook te sê. Sy was so vet dat haar dele bo-oor mekaar gehang het, met die gevolg dat haar hele lyf vol voue was. In elke vou was 'n klam lappie gedruk om haar koel te hou. Dit het gelyk of 'n Cessna in 'n hooimied geland het.

Haar suster Bubble was die kok en het nooit gevra of daar besprekings was nie, sy het net eenvoudig vir 'n vol hotel gekook. Etenstye is daar geskep en gevreet met of sonder geselskap.

Dan was daar 'n wasvrou wat buite moes werk, want die hotel het net enkeldeure, en laastens 'n skoonmaker wat so gesteun het agter die stofsuier jy't bly dink die weer steek op.

Tussen die eienares se enkelvoudige bevele soos Koek! Tee! Stoel! en Lap! kry ek darem die foon geantwoord en so neem ek op die tweede dag 'n bespreking vir 'n toergroep.

Ons is vier-en-twintig, fluister 'n hees wese.

Hier's net twaalf kamers, sê ek.

Ons deel graag, fluister die wese.

Die Vrydagaand skemertyd hou die oorblyfsels van 'n toer-bus voor die hotel stil. Ek wonder wie gaan al die tasse dra. Toe kom die vier-en-twintig bleekste siele denkbaar die hotel binnegesluip, elkeen met 'n bondeltjie onder die arm. Heel voor staan een wat lyk of sy skoongeskrop is ná 'n lang siek-bed.

Ek is Dankbaar Een, sê sy, Ek behartig die reëlings. Die finansies kan jy bespreek met Dankbaar Twee. Hoe laat is aandete?

Die personeel eet eerste, sê ek, As daar iets oor is, sal ek kom roep.

Die Saterdag probeer ek uitvind waar hierdie vaal spul van-daan kom, hoekom almal se klere gebrei is en of iemand nog hul bagasie gaan bring, maar hulle bly in hul kamers en fluister agter toe deure. Net ná middagete keer ek vir Dankbaar Veertien in die gang voor en vra of sy dalk 'n oogpotlood of 'n kam soek voor aandete, maar sy kyk my of ek gevloek het.

Laatmiddag kom Dankbaar Twee die rekening betaal met 'n bondel kontant. Hy is so skeel soos twee karwipers teen 'n taai ruit.

Kwitansie? vra ek.

Waarheen ons op pad is, is papierwerk nie nodig nie, sê hy en seil by die trap op.

Laat die Sondagmiddag stap ek terug hotel toe ná 'n uitbundige fondue by die apteker en sy vriend. Ek loop nog en wonder hoe die gesprek by tronkstorte beland het en of ek ooit weer aan iets anders sal kan dink, toe ek skielik stemme in die lug hoor. Ek kyk op.

Bo-op die hotel se dak staan al die bleeksiele op 'n ry, afgeëts teen die sonsondergang.

Ons is Dankbaar, sê Dankbaar Een.

Dankbaar, sê Dankbaar Twee, dat ons bymekaar kan wees, juis hier en juis nou.

Dat ons gekies is, sê een van die ander, om hierdie wêreld te verlaat vir 'n beter plek.

Ek is naar, sê die een op die punt.

Vier-en-twintig, het jy jou pil gesluk? skree Dankbaar Een.

Is julle mal? skree ek, Die hel is los as daai Bam-vrou by hierdie deur uitkom.

Die hel is lankal los, skree Dankbaar Een.

Maar vandag word ons gehaal! skree Dankbaar Twee, Niemand keer ons weer nie!

Met dié wikkel die eienares haarself deur die voordeur.

Die hele spul is op die dak, sê ek.

Sy hap na asem, ek kan sien sy wil iets sê, maar dit gaan te lank vat. Sy slaan teen die voordeur. Bubble steek haar kop deur die venster.

Hulle's op die dak, sê ek, Iemand kom hulle haal.

Was in die koerant, sê Bubble, Laas jaar al het hulle probeer. Kry hulle net af, hulle's in 'n trans. Die koerant sê jy moet sing.

Orals waar ek gaan, moet ek sing, sê ek.

Sing! skree die Bam-vrou.

En toe sing ek. "Can you hear the drums Fernando?"

Dankbaar Een strek haar arms uit.

Vlieg, sustertjie, vlieg vir ons! gil 'n stem.

Vlieg met my! gil Dankbaar Een.

Sy gee 'n tree in die lug, gly teen die dak af, breek die geut met haar stuitjie en val gesig eerste in 'n malvabos.

Verby met die waansin! skree Dankbaar Twee en duik vorentoe. Hy ploeg 'n bondel dakteëls los en kom bebloed tot stilstand teen die skuinste.

Ek sing uit volle bors.

Een na die ander duik die vales die saligheid binne. Hulle val bosse plat, breek bene, verloor tande en kneus alles wat 'n gevoel het. Nommer vier-en-twintig sit wydsbeen oor die nok en gooi op soos een by 'n plaastroue.

Laat daai aand eers kry ek almal in die bed, gesalf en geplak en gebind. Die volgende oggend is hulle daar weg, elkeen na sy eie plek, daar waar sy ellendes wag, maar ook uitkoms, dit vra net bietjie meer moeite as droom en duik van 'n dak.

Ek het nie lank op Hopefield gebly nie. Maar ek het geleer, maak nie saak waar ek kom nie, een of ander tyd gaan ek sing, een of ander tyd leer ken ek nog 'n waarheid.

Elizabeth

Die dag net ná die interskole het Gerhardus aangekondig hy woon die matriekdans by saam met Komyn Mouton.

Elizabeth was ontroosbaar. Vir jare het sy gedroom hoe sy eendag met klipharde salonkrulle in Gerhardus se lang arms die skoolsaal sou binnesweef. Maar toe laat val sy die stok in die aflos. En net daarna wen Komyn die hekkies.

Elizabeth het huis toe gehardloop en in haar kamer gaan huil.

Droog vir jou af, het haar Ma gesê, Mans bly gemors. Raak behoeftig as 'n vroumens net oor 'n hek spring. Dis oor niemand in haar familie nog ooit hulle bene kon toekry nie, inbrekers en hoere, die hele lot.

Die aand van die dans het Elizabeth teen die draad gaan staan en kyk hoe Gerhardus vir Komyn uit die motor help. Komyn se kop was kliphard en haar rokkie het gesit soos 'n virus met straps.

Elizabeth kon voel hoe haar hart koud raak en het net daar besluit om haar hare af te knip en die res van haar lewe in 'n uniform deur te bring. So skraap sy deur matriek en gaan meld bitter aan by die verpleegskool in die Kaap, kry haar papier en vat die trein terug huis toe.

En dis hoe sy tien jaar later een aand tydens nagskof langs ou Oom Siebert se bed beland toe hy skielik uit sy deining ontwaak, 'n benerige hand oor haar bors plaas en met 'n morfienasem hyg, Vat my nou, jou warm wol, jy weet ek is joune.

Elizabeth skrik haarself twee seisoene vooruit en gaan staan op Mevrou Wolhuter se pype. Mevrou Wolhuter was op daardie oomblik in die bed langsaan vasgevang in 'n diep medies aangedrewe slaap, maar soos haar lewenslyn afgetrap word, styg haar gestel uit die beddegoed, vertrek op 'n benewelde lugreis, ontmoet Moses en Aäron en kry toe koers in die rigting van die ewigheid. Net toe lig Elizabeth haar voet en die skielike dosis suikerwater en suurstof tref Mevrou Wolhuter se binneste en ruk haar tot aardse verantwoordelikheid. Sy maak haar oë oop en verrys uit haar linne.

Wynand kook al sewentien jaar die garage se boeke, sê sy kliphard, En hy lig sy hand, al vir jare.

Toe sak sy terug in die kussings. Elizabeth staan verstar. Sy haal diep asem en vind meteens haarself. Sy loop twee beddens verder en gaan staan op Meneer Hoeben se pype.

Meneer Hoeben gorrel saggies en trek sy rug hol. Elizabeth tel tot by vyf en klim toe af. Meneer Hoeben gee 'n ruk, maak sy oë oop en kyk verdwaas rond.

Dis die skoolhoof se vrou, sê hy, Sy wag my in, al vir jare. Albei kinders is myne.

Toe slaap hy vas, rustiger as ooit.

Elizabeth is duiselig. Sy begin hik, sy struikel oor haar voete, sy loop teen deure vas en stamp trollies om. Haar oë traan en haar hart klop al hoe vinniger. Teen daglig maak sy haar skof klaar en gaan koop 'n bandmasjien.

Daai aand doen sy haar rondtes met 'n glimlag. Sy wag vir ligte-uit en gaan haal die masjien uit haar sak. Sy loop tot in Saal D en gaan staan langs Ouderling Wit se bed. Sy druk *record* en toe klim sy op sy pype.

Ouderling Wit verloor sy laaste bietjie kleur en snak twee keer na sy asem. Toe klim Elizabeth af en gee hom sy dosis. Die ouderling ruk orent. Hy praat vinnig en hard, soos een voor 'n vuurpeloton: 19 September 1986, sewe vyftien steek ons die plek aan die brand, sewe veertig bel ons die brandweer, 22 November betaal hulle ons uit, ons split alles halfpad, ek en Soekie.

So beweeg Elizabeth van bed tot bed. Nag na nag vat sy hulle asem en gee dit weer terug. Een vir een lewer die siekes getuienis, verklaar die waarheid, skryf die dorp se geskiedenis en slaap dan verlig en in vrede.

Elke oggend pos Elizabeth nog bandjies, party aan die polisie, party aan eggenotes, ander aan medepligtiges. Mense trek uit die dorp uit, 'n paar skei in die hof, 'n paar beland in die tronk. Die meeste lewer koeverte met cash af. Agter die kerk, onder die park se bankie, agter die sjampoes in die winkel, net waar hulle briefies beveel.

Uiteindelik is die hospitaal dolleeg en Elizabeth skatryk. Op 'n dag pak sy haar goed en verhuis na die volgende dorp. Sy word matrone by 'n groot hospitaal en werk die roosters uit. Partykeer neem sy haar bandmasjien en klim helder oordag op 'n pyp.

Dis nie dat sy nog kwaad is oor die aflosstok of Gerhardus se lang arms of Komyn se stywe rok nie, dis net dat sy nooit geweet het hoe werk dinge nie. En nou weet sy.

Dieter

Dieter het die lewe ingekom as 'n groot baba. Hy't sy eerste asem ingetrek en wou net begin huil, toe sê die dokter, Dié een gaan ons mal skree, en gee hom vir die suster. En so bly Dieter tjoepstil.

Die suster wou hom aangee vir sy ma, maar dié het haar kombers opgetrek en benoud gefluister, Hy gaan my verslind. En so kry Dieter die bottel.

'n Rukkie later het die suster hom in sy pa se arms gesit.

Stink almal so? het sy pa gebrom en hom teruggegee.

Hy's dan rooi, het sy ouma gesê en vergeet om hom te soen.

'n Paar dae later, toe Dieter uiteindelik sy oë oopkry en staar na die kol op sy ma se kamerjas, het hy alreeds vermoed hy's by die verkeerde familie. Twee dae later, toe sy ma met hom stasiewa toe strompel terwyl sy pa die verpleegster in die hysbak vry, het hy geweet hy's op die verkeerde planeet.

Groot soos hy was, het sy hartjie dag en nag benoud geklop terwyl aakligheid op aakligheid aan hom geopenbaar is. In die kombuis het sy ma die een oorlogsapparaat na die ander aan die grom gehad, gangaf het fone en deurklokkies op mekaar geskree, in die badkamer het storms en vloede mekaar afgewissel. Snags het hy benoud in sy bedjie gelê terwyl ondiere in die straat geblaf en motorbande om die hoek gegil het. Iewers in die donker het sy ma gelê en snork soos 'n stroomaf seekoei. Langsaan het sy pa gelê en tande kners asof die duiwel hom aan 'n sagte plekkie beet het.

In die winkels het Dieter vreesbevange uit die trollie geloer terwyl hiperaktiewe monstertjies mekaar met sakke pienk lekkers probeer doodslaan het, mammas in sweetpakke geweeklaag het oor afslag en ou tannies buk-buk hulle winde verloor het. By die speelskool het hy verdwaas gekyk hoe oopmondseuntjies mekaar met plastiekgewere foeter en dogtertjies gil-gil kougom in mekaar se vlegsels bêre.

Dieter kon in sy jong gedagtes nie dink dat daar nog erger dinge op aarde sou wees nie, maar op 'n dag gespe sy ma hom aan 'n rugsak vas en gaan laai hom af by die skool. Dié hel sou hy dalk nog kon oorleef het, was dit nie dat hy teen dié tyd al 'n reus van 'n kind met 'n bloedrooi gesig was nie. Niemand kon hom miskyk nie. Sy klasmaats het gegiggel, papierbomme gegooi en name uitgedink. Dieter het niks gesê nie. Hy't sy broodjies uitgehaal en in die agterste bank gaan sit.

Twaalf jaar lank het hy hom verwonder aan voorbarige meisies met aanplaktattoos, lewensmoeë onderwysers met goedkoop trouringe en klipdom skoolseuns met harde baard. Tussenin het hy in die biblioteek gaan boeke lees terwyl dwelms rondom hom verkoop is, barbare in die swembad bly pie het en tienerbruide huil-huil die skool verlaat het.

Uiteindelik het Dieter sy matriek geskryf en vir hom gaan werk vra by die boekwinkel.

Op 'n Maandagoggend het hy vir oulaas gekyk hoe sy ma haar verbande in 'n pot skoonkook terwyl sy pa nog 'n halfpot poeier-melk by sy koffie inroer. Toe het hy vir hom 'n woonstel gaan soek en 'n nuwe lewe begin.

Dag na dag het hy homself verloor tussen die magdom boeke in die winkel, saans het hy televisie gekyk en elke week het hy nog 'n geldjie gespaar. Maar Dieter was onrustig. Hy was ontuis en gespanne. Al slaap hy ook met sy kop onder die kussing, hy kon die geluide van die wêreld net nie wegkry nie. Aand na aand het die televisie hom laat kyk na nog 'n aanval, nog 'n ramp.

En toe ontdek hy die trap. Heel agter in die winkel, onder 'n krat, was 'n valdeur. Dieter het byna sy asem verloor. Hy't die deur opgelig en afgeklim. Dit was donker, maar hy kon sien dat daar 'n kamer was. Met 'n wasbak en 'n kragprop. Hy het uitgeklim, die valdeur laat sak en die krat teruggeskuif.

Die volgende dag het hy sy lamp gebring, gewag tot almal voor in die winkel was, skelm afgeklim en begin skoonmaak. Hy het al hoe meer oortyd begin werk, saans heel laaste gebly en die winkel gesluit. Bewend het hy sy besittings ingesmokkel. Klere, bedde-goed, gloeilampe, seep, two-minute noodles, tuna en Diet Coke. Uiteindelik was sy skuilplek gereed.

Die volgende dag het Dieter van die aardbol verdwyn. Niemand het geweet waar hy was nie en niemand het probeer uitvind nie.

Dieter was uiteindelik veilig. Met elke blik tuna het die vrede in sy hart groter geword.

Totdat iemand een nag die winkel se ruit uitslaan en die kasregister leegsteel. Die alarm was oorverdowend en die polisie het opgedaag met honde, fluitjies en knuppels. Een hond het die tuna geruik en aan die krat begin snuif. Hulle het die valdeur ontdek en is af met die trap.

Onder in die kelder het 'n groot man met 'n rooi gesig onder sy matras weggekruip. Hulle het hom geboei en weggevat.

Die volgende dag het die bakker langsaan skielik onthou van die valdeur in sy meelkamer. Onder in die kelder het hulle 'n bleek vrou gekry. En blikke vol boontjies. In die kelder van die skoenwinkel was daar 'n dik man. En bokse vol sweet corn. Aan die oorkant van die pad het hulle een uitgehaal met popcorn en 'n microwave.

En steeds word hulle uitgehaal, honderde, elke dag. Maeres, vettes, lelikes, blekes en rooies. Elkeen verbyster deur 'n wêreld waaraan hy net nie kan ontsnap nie.

'n Rooi neus

Dié dag is ek in 'n winkelsentrum, loop in by so 'n klein winkeltjie, propvol bont rommel en goedkoop geskenkies. Ek kyk rond, maar daar is niemand nie.

Agter die toonbank is 'n deur met stringe groen krale. Op die toonbank staan 'n till met 'n gay pride sticker, 'n doos tissues en 'n klokkie. Ek lui die klokkie. Dis tjoepstil. Ek lui weer.

Liefling, het jy my kom haal? vra 'n hees stem.

Ja, sê ek, My perd staan hier buite.

Toe loer 'n ou vrou deur die krale en kyk my verdwaas aan. Sy't verskriklik min hare en dié lê een-een onder 'n haarnet.

Ek soek 'n rooi neus, sê ek.

Druk net jou kop in 'n yskas, sê sy.

Ek sê, 'n Ronde een met 'n toutjie.

Is jy 'n hanswors? vra sy.

Nee, sê ek, Ek is 'n sanger, ons sit rooi neuse op vir die wees-
kinders.

Watse tipe mens wil 'n weeskind bang maak? vra die ou vrou.

Ons maak geld bymekaar, sê ek, Dis 'n hele dag met celebrities
en eetgoed.

Is jy nie dik genoeg nie? sê die vrou, Moet julle altyd 'n gevretery
opsit wanneer iemand in die moeilikheid is?

Sy kom staan agter die toonbank. In die middel van haar kop
sit 'n reusemoesie wat heen en weer wikkel in die haarnet.

Ek sê, Ons probeer net help. Die weeshuise is vol.

Ja, sê sy, Vol dik matrones wat hulle kos opvreet, onbeskofte
personeel wat hulle bad met koue water en nagmerries wat hulle
laat bewe onder klipharde komberse.

Ons koop nuwe boeke, sê ek, Ons plant grasperke, ons verskaf
skoolklere en TV's.

TV's! skree die ou vrou, Hulle soek liefde! Hulle soek vetkoek
en braaibrood en stories van prinsesse en verrassings van hulle
oumas af. Nou word hulle ingejaag by inrigtings met koue vloere
en oop toilets terwyl die wêreld gras plant, aangepor deur malgat
sangers met rooi neuse!

Die moesie klim deur die haarnet en gaan staan soos 'n eenoog
op 'n pienk duikboot.

Ek sluk hard en gee 'n tree agteruit. Die ou vrou bewe van
woede.

Ek word mal! skree sy, Hoeveel geslagte gaan julle nog beneuk?
Jaarin en jaaruit staan die goedjies tou vir pap en aandag, maar
eendag is hulle groot en gee pad. En dan is hulle so mal soos hase
en word homo's of polisie of daai goed wat so raas, orreliste, hulle
speel sokker op Sondag en martel olifante in Brits en sit wydsbeen
met kortbroeke!

Ek huil soos 'n vlugteling. Wat moet ek doen? snik ek.

Gee die geld vir my! skree die ou vrou, Ek sal na hulle kyk. Ek sit en wag!

Deur die trane haal ek my tjekboek uit. Hoeveel? snik ek, Vyfduisend? Ek sal nog bring.

Maak dit ses en jy kry my ook, hyg 'n stem in die deur.

Agter my staan 'n bles man met hangborste en 'n pers vest.

Sorry ek is laat, sê hy, Ek was gou by die bank.

Hy loop om die toonbank en vat die ou vrou aan die arm.

Hoekom is Ma buite? vra hy.

Ek het gedog dis Pappa, sê sy.

Hy stoot haar deur die krale.

Pappa is dood in '85, sê hy, Drink Ma se pilletjie.

Hy sal nog terugkom, sê sy van agter af.

Ek sê, Wat van die tjek?

Hou dit maar, sê hy, Sy't gister tienduisend gekry vir die dolfyne.

Hy drapeer homself teen die toonbank en glimlag soos 'n roofdier.

Kry 'n tissue, sê hy, Jou neus is bloedrooi.

Rachel

Dié oggend sit ek aan tafel. Ek is woedend, want die huishulp is met vakansie en die aflos-een het alles in caramel gedek, ek kan glad nie die toast sien nie. Ek is net op pad kombuis toe, toe lui die voordeurklokkie.

Dis sewe-uur in die oggend! skree ek oor die interkom.

Maak oop die hek, sy's amper hier, fluister iemand aan die ander kant. Ek druk die knoppie en gryp my japon. Ek ruk die voordeur oop.

Dis hoog tyd, sê ek, Die huis is al twee dae sonder blomme.

Op die trap staan 'n uitasem vrou met wit wimpers en Christen-skoene.

Is jy die nuwe drywer? vra ek.

Net wat jy wil, sê die vrou, Moet net nie vir haar geld gee nie.

Ek sê, Wat gaan aan, het sy weer angeliere bygesit?

Ek weet glad nie waaroor jy so gesels nie, sê die vrou, En dis 'n pragtige japon, maar my dogter is nou twee huise van hier af en sy vra vir almal geld, Jy gee haar net niks. Waar's 'n bos?

Ek sê, Hier is 'n toilet met 'n sitplek.

Ek moet wegkruip, sê die vrou, Sy gaan my sien by die hek. Haar naam is Rachel. Sy's nogals dik. Sê net nee. Ek hoop nie hier's dorings nie.

En toe's sy weg. Ek wil net omdraai toe gooi Rachel haar skadu-wee oor my stoep. Haar ma't nie gelieg nie, sy's so groot soos 'n voorstad. Sy loer benoud oor haar wange.

Môre Oom of Tannie, sê sy, Ek bly net hier anderkant. Ek maak geld bymekaar vir my danse.

Jou wat? sê ek.

Spaanse danse, sê sy, Ek soek geld om eksamen te dans. My ma sê ek dans te sleg en my pa sê ek moet eerder worry oor matriek. Nou vra ek maar rond. Maar ek kan nie lank wag nie, ek moet kwart oor die bus vat. Is hier 'n bietjie water?

Ek sê, En wat is daarin vir my?

Rachel krap aan haar maag.

Oom of Tannie se gewete, sê sy, Om my te kan help ontluik tot 'n swaan. Anders is my talent onder 'n emmer. Die regte skoene is baie duur en dan moet 'n mens nog lap koop vir die skirts. Moet ek gou inkom en 'n stukkie dans?

Langs die visdam gaan 'n bos aan die bewe.

Kom gerus binne, sê ek en staan opsy.

Toe stoei Rachel haarself by my huis in, haal diep asem, strike 'n pose en dans 'n flamenco wat Lucifer in die hel sal laat bieg. Nie 'n woonstelblok in 'n aardbewing of 'n Boeing in dryfsand sou my kon voorberei op dit wat voor my plaasvind nie. Sy snork dat my matte onder die lysies lostrek, my huis is gevul met tiete wat in die lug opgaan soos air bags in 'n botsing, haar boude maak sulke branders dat dit voel ek doen 'n noodlanding in die Atlantiese Oseaan.

En toe's dit alles verby. Rachel blaas haar hare uit haar oë en sweet soos 'n kaas op 'n vensterbank.

Spaanse danse is baie gevoelvol, sê sy, Ek ken nog 'n ander een ook.

Dis oorgenoeg, sê ek en tel 'n skildery van die vloer af op.

Hou jy baie van dans? vra ek.

Van kleins af, sê sy, Ek kan aan niks anders dink nie.

'n Show het twee goed nodig om te werk, sê ek, Iets wat jy nog nooit gesien het nie en iets wat jy nooit sal vergeet nie. Ek het so pas albei beleef.

Rachel bloos en speel met haar mou.

Ek het gister amper vyfduisend rand weggegee, sê ek, Ek gaan haal gou die tjek.

Ek is af in die gang. Teen die tyd dat ek terugkom, het Rachel al die meubels weer reggeskuif en die meeste van die glas opgetel. Sy lag en huil deurmekaar.

Hier's jou geld, sê ek, Ek hoop jy word world-famous. Dans soveel soos jy kan.

En gaan haal jou ma uit die bos. Sê vir haar sy moet ophou worry. Sê vir haar dis heeltemal te laat.

Engelet

In die koshuis op Daldeen het 'n meisie gewoon wat nooit haar huiswerk kon klaarkry nie. Sy was nie stadig of lui nie, net diep ongelukkig. Elke middag het sy haar ma gebel en gevra of sy maar kan huis toe kom.

Nee, sê haar ma dan, Jy weet mos die pad is ongelyk. Meisies wat rondskud in hul puberteit sê te maklik ja. Kyk hoe lyk jou niggies, skaars uitgegroei, nou sit elkeen met 'n streepsel. En dis sulke wasige kinders, elkeen met 'n kop vol kroontjies en drie-hoektande. Jy bly net waar jy is.

In die klaskamer kon Engelet ook nie haar gedagtes bymekaar kry nie. Ure lank het sy bly staar na haar weerkaatsing in die ruit en gewonder of die vaalheid haar ooit sou verlaat.

'n Opligbra! skree haar ma oor die foon, Waar wil jy heen met 'n balkon? Daai seunskinders vreet almal blikkieskonfyt! Dis hoe-kom hul bloedsuiker so val dat hulle mal word en begin rond-gryp. Jy hou vir jou gedemp. 'n Boesem is 'n heilige ding, nie 'n rankplant nie.

Namiddae sit Engelet onder die boom en kyk hoe die ander kinders dorp toe stroom. 'n Uur later bondel almal terug met hande vol bont eetgoed.

Nee, my kind, sê haar ma, Sakgeld groei onder die arms van Satan. Môre, oormôre sluip jy by die apteek uit met 'n sak vol hoergoedjies. Daai skoolhoof van julle lyk klaar of hy wil spoor-sny as hy net 'n jong ding gewaar. Julle ken skaars die alfabet dan wil julle die wolwe loop wakker maak. Hardloop om die baan of eet 'n appel.

So staan Engelet een middag teen die draad toe Bernice Wage-naar se ma haar kom oplaai. Sy was 'n luidrugtige vrou met baie tennisklere, gaargetan en verslaaf aan dieetpille. Sy't voor haar troue in Durban gewoon en glo tot vandag toe die Engels vir dringend is *dringend*. Sy klim uit haar kar en staar na Engelet.

Magtag, kind, sê sy, Maar jy's grys van gestalte. Jy sal moet roer voor 'n akkedis op jou kom lêplek soek. Is dit jou bloedsomloop of boer jou ouers?

Hulle boer, sê Engelet.

Jy sal moet leer lieg en jouself red, sê die vrou, Anders sien jy oor veertig jaar nog steeds die son sak oor hierdie terugslag van 'n dorp.

'n Week lank slaap Engelet niks. Sy bel nie haar ma nie, sy doen nie haar huiswerk nie, sy rol op haar bed rond en hoor oor en oor die vrou se stem. Uiteindelik sit sy orent en soek haar skoene. Dronk in die kop en swart in die hart klim sy die trap en klop aan Mevrou Steyer se deur.

Mevrou Steyer was in beheer van die register, naweekskofte en pleisters. Sy was 'n weduwee met 'n bewerige stem, yl hare en verskriklike lang tande. Sy kon vir ure tjoepstil sit op 'n rottangstoel. Baie ouers het gedink sy was 'n houer vir pos en het haar nooit gegroet nie.

Mevrou Steyer het skaars die deur oop toe begin Engelet lieg.

Ek gaan blind word van pyn, sê sy, My maag pyn en my kop en partykeer my knieë ook, my ma sê Mevrou moet my dokter toe vat. Mevrou kan my net aflaai, my ma het klaar gebel.

Mevrou Steyer se stem slaan teen haar tande vas en skiet keel toe. Ek kry gou die sleutels, hoor sy iewers in haar binneste.

By die spreekkamer staan Engelet in die deur tot Mevrou Steyer weg is. Toe loop sy straataf en glip in by die apteek. Sy steel 'n verbysterende hoeveelheid volwasse items en loop om die hoek na die klerewinkel. Daar lieg sy só dat die verkoopsdame vandag nog uitgenooi word na vrouefunksies toe, net om die ongelooflike verhaal weer te vertel.

Teen die tyd dat die koshuispersoneel haar verdwyning aankondig, sit Engelet voor in 'n goederetrok, kilometers ver die nag in. Sy bly kyk in die spieëltjie. Eers na haar bloedrooi lippe en dan die uitstootbra. Dan verkyk sy haar aan die mini en die drywer se hand op haar been.

Hulle sê mens moet net kyk na die ouers as jy die lot van die kinders wil verstaan. Maar dis mos onmoontlik. Iewers is dit laatnag in 'n stil plaaskombuis. 'n Vrou staan met 'n fles in haar hand.

Sy skryf die datum voorop, vee haar trane af en bêre die fles langs die ander.

Iewers in die stad is dit ligte-uit in 'n vrouetronk. Aan die onderpunt van 'n donker gang staan 'n wag voor 'n deur. Sy's 'n stewige vrou met 'n kantpaadjie en reusehande. Geluidloos draai sy die sleutel en glip die sel binne. Dis pikdonker. Sy glimlag en vat Engelet aan die skouer.

Wakker word, fluister sy, Jou soldaat is hier.

Swaan

Iewers op die vlaktes van die Vrystaat spreek ek 'n groep dames toe oor onthaalneigings in Afrika, oorhandig die jaarlikse servet-voumedalje en sing toe "Hakuna Matata" saam met die skoolkoor. Ná die tyd meld ek aan by 'n vreesaanjaende gastehuis, word verwelkom deur 'n gasvrou met 'n baadjiepak uit dieselfde lap as die rusbank en besluit ek val onmiddellik in die pad huis toe. Net voor Kroonstad spring 'n verkeerswese in die pad en waai sy arms.

Ek hou stil en laat sak my ruit. Die verkeersman kom staan uitasem voor my, agter hom klim nog twee uit 'n bos, een dikke en een mooie.

O warrelwind, Meneer, hyg hy, Toets ons 'n nuwe vliegtuig?

Ek sê, Wat gaan aan?

Meneer, sê hy, Dit was 122 kilometers 'n uur!

Ek sê, Watse twak is dit? Ek ken mense wie se metabolisme vinniger is.

O patat, Meneer, sê die verkeersman, Daai masjientjie lieg nooit, hy lees jou gedagtes nog voor jy wil spoed gee.

Ek sê, Trek jy my wragtag van die pad af oor jou Kroonstad-wekker dink ek ry 'n millimeter te vinnig!

O spinnekop! sê die man, As Meneertjie in opstand kom, sal ons die voertuig moet ontruim.

Ek sê, Sersant, ek het nog my konsertbroek aan, as ek nou uitklim, groei jou stamboom in 'n rigting waar die vreemdste voëls kom nesmaak.

Die dikke vat hom aan die arm. Wilhelm, sê hy, Laat hom liewers gaan, hierdie ballerinas ken tricks wat ons nie wil leer nie.

Ek sê, Daar's niks wat jy nog nie self in daai bos uitgedink het nie.

Die mooie begin liggies bloos.

Ek sê, Het julle nie families of stokperdjies nie? Uitgevrete mans wat voor motors inspring op die snelweg, dis hoe miljoene hase omkom elke dag. Het julle geen ambisie nie?

Jy weet nie hoe dit is nie! sê die dikke, Ons het ook planne! Maar dis nie so maklik nie. Mens moet geld hê. En vriende en tyd. En geleerdheid en 'n kans. En guts en blyplek. Net Paultjie het nog hoop.

Die mooie bloos weer.

Hy skaats op troues, sê die dikke, Jy sal dink dis 'n regte swaan. Spierwit kouse, dan skaats hy voor die bruid uit, jy sal dink hy's op water, hy doen onthale ook en foto's.

Die mooie speel met sy kuif.

Ag hou nou op, sê hy, Dis sommer niks.

Dis die waarheid, sê die dikke, Daar's 'n hele video hoe hy voor Phillip en Ella uit skaats by 'n sjerrie-aand op Theunissen. As hy sy arms so oopmaak, hou Ella sommer op met sing.

En so, terwyl die Vrystaatse verkeer verbyjaag teen 120 kilometer per uur, sit ek in my kar en kyk na die drie: uitasem, dik en mooi.

Ek het net plek vir een, sê ek.

Deesdae is daar een verkeersbeampte minder in Kroonstad en in heelwat van my vertonings sal jy 'n spierwit swaan gewaar. En dit weet ek nou, as 'n verkeersman in jou pad kom staan, hou jy stil, jy glimlag en gesels. Hy's tien teen een 'n kunstenaar, 'n groot talent, 'n held wat net ontdek moet word. Kyk vir die tekens, luister na sy pyn. En elke keer as jy iewers heen vertrek, hoe wonderlik die wete: agter elke bos wag 'n swaan.

Fliek

Mejuffrou Snyman, ons bejaarde kunsonderwyseres, het altyd gesê daar's 'n rede waarom elke mens gekry het waarmee hy rondloop. Of dit nou inskopk'nieë, 'n hang-ogie of harige boarms is, elke ding het uiteindelik 'n doel. Ons moet die natuur aanhoor en die skepping omhels.

Daai tyd woon ons op Porterville. Op die rand van die dorp, een straat voor die skougronde, het Corretjie Eland en haar man gewoon. Maak nie saak hóé jy na Corretjie Eland gekyk het nie, daar was niks aan haar wat jy wou omhels nie. Sy was soos 'n tuinmuis wat net-net te min gif ingekry het. Alles was onaangenaam. Die skerp gesiggie, die familietande, die kort mannetjieshare en die ongeneeslike obsessie met corduroy. Alles aan en om die vrou was van bruin corduroy, haar klere, haar meubels, haar handsak, haar hele stasiewa, alles was bruin, dof en deurgesit.

Corretjie Eland het die dorp deurkruis in 'n baie kort stasiewa. Geen mens kon uitvind waar sy aan dié ding gekom het en wat mens dit noem nie. Dit was soos oëverblindery wanneer sy om die hoek verskyn het, want die stasiewa het te vroeg opgehou, soos wanneer 'n kind iets teken, maar te links op die papier begin. Met hierdie halwe voertuig het sy op en af deur die strate van Porterville gejaag. My ma't gesê dis soos om 'n kwaai marmot aan te hou, in 'n stadium moet jy dit maar laat gaan.

Hoekom haar man haar nie laat gaan het nie, kon niemand

begryp nie. My ma sê hy was al te lam geskrik. Hy't nooit 'n werk-woord gebruik nie, hoe moes enigeen weet sy's onwelkom.

Dit was die waarheid, Corretjie Eland se man het verskriklik geskrik elke keer as hy haar sien. Dit was asof sy brein haar net nie wou onthou nie, as hy opgekyk het van sy bord kos, in die kerk, as hy die bordjie moes aangee en sy oog vang haar, as hy wou omdraai in die nag en hy sien die ontydige gevreet, elke keer het hy na sy asem gesnak. Hy was opgeskrik.

Corretjie Eland was die bestuurder by die dorp se fliek. Dié bedryf is gehuisves in 'n lendelam gebou tussen die melkery en 'n parkie wat gelyk het asof 'n vegvliegtuig daar getoets is. Hierdie gefliek was die middelpunt van ons lewens en is aangebied elke keer wanneer die Griek op Piketberg onthou het om die bande te stuur. Ons senuwees was op. Die meeste van die tyd het daar net een band opgedaag. Tot vandag toe ken niemand in Porterville die einde van *Môre-môre*, *Aanslag op Kariba* of *Doctor Zhivago* nie.

Die fliekgebou was 'n terugslag vir enige vorm van beskawing. Daar was nie een sitplek met 'n heel oortreksel nie en reg onder die skerm was 'n reusegat in die muur waardeur 'n ysige wind gewaai het. Dit het veroorsaak dat ons dikwels bo-op mekaar moes sit om te oorleef. Dit sittery het 'n gelê geword elke keer as die film uit die projektor glip en die lot op die galery die onderstes met blikke begin gooi het. Ten spyte van die koue, die swangerskappe en die kopwonde kon niemand wegbly nie. Oud en jonk, skaam en skaamteloos het ons gestroom na hierdie gaar vesting om te ontsnap aan ons eentonige roetine. In hierdie muwwe donkerte het ons ons drome gedroom, ons grense verskuif en ons nerwe afgevry. Elke week, soos die ligte verdoof het, het ons vergeet van onsself en verander in minnaars, monsters en wolwe.

So stroom die hele dorp een Vrydagnag by die gebou uit, totaal in vervoering ná 'n rolprent met 'n slot. Agter ons sluit Corretjie Eland die deur en draai om. In haar binneste brand 'n vuur wat selde naby corduroy gevoel word. Tussen die sitplekke buk Dikus Fick af en gooi nog 'n blik in 'n sak. Dikus is gebore met die brein van 'n goudvis en het los takies in die dorp verrig. Soos menige stadige persoon was hy vriendelik, bruingebrand en oortrek van spiere. Corretjie Eland stap nader, sy het so pas 'n gelukkige einde aanskou en voor haar staan 'n man wat nog nooit geskrik het nie.

Geen mens sou dink dat Porterville se fliek ooit slegter kon lyk nie, maar daai nag vat Corretjie Eland en Dikus Fick mekaar dat dit wat nog bly staan het, uiteindelik ook gaan lê. Hulle vind liefde van Ry P tot voor by die gat. Corretjie verloor haar corduroy, haar skaamte en haar trouring.

'n Week later sit ons in die puin en wag dat *Tarzan, the Ape Man* begin. Ek het besluit om myself uiteindelik te vind en hou hande vas met Heike du Bois en Jac Mouton. Voor my sit Pamela de Kyker gespanne en wieg. Sy was een van daai kinders wat voor elke eksamen haar naels tot in die sagtheid weggevreet het en dan haar potlood met haar kneukels moes vashou. Pamela was al sedert geboorte naby breekpunt en het tydens elke rolprent haar sitplek so uitgepluis dat jy later nie meer haar kop bo die leuning kon sien nie. Tarzan se velletjie het nog nie een keer opgewaai nie, toe skyn Corretjie Eland haar flits oor die ry voor ons.

Ek soek my ring, sê sy.

Jy hoor net lap skeur soos Pamela probeer wegkruip.

Ek slaap al 'n week in die kar, sê Corretjie Eland, Ek wil my hare was.

Sy skyn haar lig oor ons. Ek laat los almal se hande.

My man herken my glad nie, sê Corretjie Eland, Ek moet hom die ring wys, anders maak hy nooit weer die deur oop nie.

Hier's niks, sê ek.

Waar's my ring? skree sy.

Toe tref die eerste blik haar. En toe nog een. Ek gaan lê on-middellik op Jac Mouton. Mense skree op mekaar, Pamela huil soos 'n hondjie, blikke vlieg deur die lug en Tarzan stoei met 'n jagter.

Hier's die ring, sê Jac Mouton, Dit was onder my stoel.

Hou dit, sê ek, My ma sê daai man het genoeg geskrik. Sy sê Corretjie Eland sal wel 'n plek kry. Sy sê elke mens het 'n regte en 'n verkeerde plek.

En dit was die waarheid. Drie weke later trek Corretjie Eland saam met Dikus Fick in by 'n munisipale woonstel. Pamela de Kyker het nooit matriek voltooi nie. Jac Mouton het uiteindelik die ring vir Heike du Bois gegee.

En ek? Ek het jare laas 'n fliek gesien. Hulle sê dis deesdae 'n vreeslik vervelige storie.

Wilkie en die blou

Mense vra my dikwels hoekom praat ek so baie oor die platteland of my kinderdae. Geen ander tydperk of plek maak 'n groter indruk op die uiteindelike bestaan en besluite van 'n mens nie. Dit wat jy kleintyd optel, dra jy vir ewig saam. En maak jy jou oë toe, is dit die toevallighede wat jy onthou, die skadu agter die biblioteek, die aanmerkings van 'n onnosel oom, die skewe das van jou gunstelingonderwyser. Iets wat my ewig sal bybly, is die verhaal van Wilkie Louw en sy groot blou voël.

Wilkie was 'n welgevormde matrikulant wat ons dorpstrate versier het met 'n moordende glimlag, die kuif van 'n rolprentster, die bolyf van 'n soldaat en die sitvlak van 'n swemmer. Daar was nie 'n meisie wat haar polsslag kon beheer wanneer Wilkie en die blou voël om die hoek verskyn het nie.

Dié tropiese ondier was 'n geskenk van sy oupa ná nog 'n onwettige avontuur en het heeldag op sy skouer gesit. Of dit 'n papegaai of 'n kokketiel of 'n eksotiese hoender was, was van geen belang nie, die waarheid was wel dat dié ding Wilkie se hele lewe oorheers het. Totaal onbewus van sy begeerlikheid en die tientalle stukkende harte rondom hom, het hy net die blou ding gestreel, gevoer en gekielie.

Of dit die roepstem van die natuur was of die handewerk van 'n broeis dorpsmeisie sal niemand weet nie, maar twee weke ná die matriekeksamen maak Wilkie een oggend sy oë oop en ontdek dat die kou langs sy bed leeg is.

Dae lank maak die helfte van die dorp of hulle ook hartseer is en help soek, hulle soek sonder ophou, die voorreg om Wilkie Louw 'n boom te sien klim is net te groot. Uiteindelik is die soektog verby. Wilkie is alleen terug na sy kamer toe. Hulle sê hy het vir byna twee jaar nie 'n woord gesê nie. Tannie Gesta ontvang intussen 'n visioen tydens 'n floute en kondig aan dinge is nog lank nie verby nie, sy ruik rook.

Wilkie werk soos 'n besetene by sy pa se besigheid, tjoepstil en sonder slaap. Ek is al lankal weg uit die dorp, toe hoor ek hy't begin bou aan 'n huis. Dis blykbaar 'n verskriklike ding, lyk soos die kasteel van 'n Inka-koning. Hulle sê die dorp is nog in skok oor die heidense argitektuur, toe kondig Wilkie aan hy wil trou. Hulle sê daar was vrouens wat hulleself begin poeier het voordat hulle onthou het hulle is reeds getroud. Een na die ander vat Wilkie die meisies uit, een na die ander gaan laai hy hulle weer af, hulle sê hy soen nie eens totsiens nie.

En so verskyn Tulp Hanekom in die verhaal. Sy was 'n geskeide vrou en blykbaar so skelm sy kon om 'n hoek ruik. Tannie Gesta sê sy't dit sien kom, daai ding se knieë het oopgegaan die dag toe sy sien hulle begin pleister aan 'n tweede verdieping. Maar onnosel is sy ook nie, sy wag vir Wilkie Louw in met 'n blou rok. Tydens ete hou sy haarself koel met 'n blou waaier vol blou veertjies. Blykbaar sê die kelner Tulp het skaars aan haar Dom Pedro geraak toe vra Wilkie haar om te trou.

Hulle sê die troue was so blou soos laagwater. Hulle sê kerk-mense het mekaar geslaan vir sitplek. Blykbaar was daar nie eens uitnodigings nie, Wilkie het net gesê die eerste driehonderd kan inkom. Tot die kos was blou. Tannie Gesta sê mens kan bly wees daar was nog nie kleurfilm op die dorp nie, 'n blou koek is nie 'n ding wat jy wil onthou nie.

Hulle sê daar was nog konfetti in die leivoor, toe begin dinge vreemd raak. Tien dae ná die troue toe verf Wilkie daai kasteel potblou tot op die grond. Die volgende week daag Tulp op by die blommeskou in 'n geel broekpak. Sy was nog nie eens by die proteas nie toe laat roep Wilkie haar huis toe. Hulle sê van toe af is dit net blou. Blou meubels, blou matte, blou skoene, blou pruike, so word die goed daar afgelaai.

Uiteindelik word Tulp nie meer gesien nie, nie in die dorp nie, ook nie in die huis nie. Die vrou wat daar skoongemaak het, sê daar was soveel blou goed jy val eers oor 'n ding voor jy hom sien. Sy sê sy kon vir Tulp hoor, maar oor sy so min geglimlag het, kon jy haar glad nie meer sien nie.

Soos met die voël, sal niemand ooit weet hoe die brand begin het nie. Hulle sê die hele onderste vloer was onder vlamme voor iemand dit opgemerk het. Hulle sê blou brand stadig, hulle sou haar kon red as hulle haar net kon sien. Tannie Gesta sê sy dink daai vrou was te trots om te skree. Sy dink sy was net te blou om ooit weer op straat te verskyn. So kry mense baiekeer waarvoor hulle vra, maar dis dan net 'n paar wat weet wat om daarmee te doen.

Wilkie Louw is nog steeds op die dorp. Vir 'n tweede keer is hy sonder 'n ding in 'n kou. Maar hulle sê hy's nog lank nie klaar nie, hulle hou hom dop.

Oor Tulp word daar nie eintlik meer gepraat nie. Maar ek, ek bly haar onthou.

Die bruid

Dié oggend is ek in by 'n materiaalwinkeltjie, 'n lang, nou plekkie met berge satyn in elke skakering van pienk. Agter die toonbank staan 'n ovaalvormige vrou met 'n broodjie en 'n telefoon.

Nee, sê sy, Ek weet nie vir wat hulle nou wil aanbou nie, my kinders was doodgelukkig in die karavaan.

Ek stap nader.

Uh, sê die vrou, Jy moet hom net goed staanmaak. Dan pak jy 'n paar plante.

Ek gaan staan reg voor haar.

Uh, sê die vrou, En elke maand sleep jy hom net bietjie verder, anders maak hy kolle op die gras. Ek moet gaan.

Sy sit die foon neer en hap haar broodjie.

Ek sê, Dag, Dame, ek is van 'n gastehuis, ek soek asseblief mooi wit lap vir servette.

Het julle gordyne? vra sy.

Ja dankie, sê ek, Ons soek net servette.

Nee, ek wil weet of julle die plek kan toetrek, sê die vrou, Ek ken iemand wat wil trou, maar sy soek 'n donker plek.

Ons maak dit pikdonker, sê ek.

Nou los jou nommer dat sy kan kom kyk, sê die vrou, Nee, hier's net pienk. Probeer oorkant die pad.

Twee weke later stap 'n maer vrou die gastehuis binne. Jy kan sien sy't haarself gaargetan in haar beter dae. Nou loop sy met 'n opslaankraag, 'n serp, 'n sonbril en vorentoe hare. Jy sien net haar lippe, en dié's pienk. Sy toets die gordyne, bekyk die spyskaart en bevoel 'n matras. Toe boek sy die hele gastehuis. Sy boek vir aantrek, trou, onthaal en wittebrood. En maak nie saak hoe laat nie, die gordyne bly toe. En daar brand net kerse.

Goed, sê ons.

Ek loop nie hier rond met 'n oop nek nie, sê die skoonmaakvrou, Daai ding is 'n vampier, ek trust daai pienk bek glad nie.

Twee dae voor die troue daag die vrou op. Jy sien weer net lippe. Binne tien minute is die plek pikdonker en die kerse brand. Ons sluip almal rond met polo necks.

Die oggend van die troue daag die bruidegom op. Hy's so mooi dat nie een van ons 'n woord uitkry nie. Die kerswas loop later oor my hand, maar ons staan en bewe soos motorfietse by 'n stop-straat.

Dis donker hier, sê hy.

Dis heelwat donkerder in my gedagtes, sê ek.

Op pad na sy kamer val die bruidegom twee keer oor die meubels, maar ons help hom op en blaas nog 'n kers dood. Twee ure later sit die voorkamer vol gaste. Dwarsdeur die seremonie lig die bruid nie een keer haar sluier nie. Sy klou net aan die beeld-skone wese. Hy glimlag en sweer trou aan die spook langs hom. Die personeel huil kliphard in die donker.

Die onthaal is binne 'n uur verby. Die gaste kan nie hulle kos of mekaar sien nie en vlug een na die ander. Buite is dit nog lig, toe's alles verby.

Vir twee dae hoor of sien ons glad nie die bruidspaar nie, ons los kos en beddegoed voor die deur en loer deur die sleutelgat, maar dit bly donker. Op die derde oggend verskyn die twee uit-eindelik gangaf in hulle tennisklere. Die bruidegom lyk soos 'n advertensie vir sonde. Die bruid het nog steeds haar sluier op. Jy sien net haar bene.

Hy wil tennis speel, sê sy.

Die baan is net hier agter, sê ek, Ek stuur verversings.

Ek hardloop kombuis toe. Kry water en sap vir die baan! skree ek, En 'n bottel wyn vir my!

Ek storm uit by die deur. Op die tennisbaan is dit choas. Die bruid kan skaars die raket vashou. Van 'n bal slaan is daar geen sprake nie. En toe – ek het skaars my sit gekry – toe gebeur dit. Eers tref die bal haar teen die kop. Toe steier sy agteruit. Toe trap sy die sluier vas. Toe gly die hele ding af. En toe sien ons dit.

Sy's oud. Sy's klip-horing-hond-oud. Sy staan soos 'n graf in tekkies.

Die bruidegom staan wasbleek met groot oë. Ek vermoed dis die uitdrukking waarmee jy 'n gapende haai binneswem. 'n Paar sekondes lank asem niemand uit nie. Toe gooi die bruid haar arms op.

Lig! skree sy, Ek kan sien! Ek het son op my vel! Ek het weer asem!

Die bruidegom staan verstar.

Wat kyk jy? skree sy, Ek het byna versmoor! Ek het my byna vrek geval in die donker! Ek het myself morsdood ge-diet! Ek was op pad hel toe! En dit om jonk te lyk! Vir wat? 'n Pop met spiere? 'n Hoofseun met stywe arms? 'n Reus met 'n broek vol beloftes? 'n Muskiet hou my langer uit die slaap uit!

Sy storm van die baan af en gryp my bottel wyn.

Ek soek 'n toasted cheese met ekstra chips, sê sy, En dan gaan lawe jy daai bul op die baan. En dan stuur jy hom kamer toe. Ek wag met die lig aan.

Hare

Dis heel onlangs, ons is op pad terug ná 'n lang toer, niemand wil ooit weer 'n klein dorpie sien nie. Ons ruik al die stad, ons knyp so hard ons kan, maar uiteindelik moet ons stop vir petrol en be-hoeftes. Dis die soveelste voos nedersetting, maar dis net vir 'n paar minute. Almal storm die badkamers, ek bly sit, my liggaam het nog nooit gefunksioneer op die platteland nie.

Ek loer deur die ruit, af in die pad sit 'n plekkie wat met 'n wonderwerk kan verander in 'n boekwinkel, ek besluit ek gaan soek vir 'n tydskrif. Dis 'n paar treë, toe staan daar 'n vrou op die sypaadjie. Sy't 'n blonde kapsel wat nog net in 'n baie ou rolprent sal verskyn, hansworslippe en 'n groot vierkantige boesem met 'n asimmetriese pienk bloes. Weens jare se lyding weet ek onmiddellik sy gaan met my praat. Ek laat sak my kop.

Ek hoop jy't 'n gun, sê sy.

Ek sê, Verskoon my?

Ek weet wie jy is, sê die vrou, Die stadstipes sal nog dink jou neigings is kuns, maar hier sal hulle vir jou bliksem. Waarheen's jy op pad?

Ek sê, Terug huis toe.

Om te? sê sy.

Ek sê, Ons doen 'n groot show by 'n casino.

O, sê die vrou, Is dit weer een van daai wat jy heeltyd maak of jy Engels is?

Ek sê, Ja.

Nou maar kom in, sê sy, Ek weet hoe dit voel om veroordeel te word.

Sy draai om en loop deur 'n deur. Voorop staan CHRISSIE SE HARE. Alles in die salon is pienk, dis soos die binnekant van 'n groot wang.

Dis maar stil deesdae, sê die vrou, Skielik het niemand meer hare nie. Dies wat nog het, knip nou self.

Ek sê, Het hier iets gebeur?

Lees jy nie 'n koerant nie? vra die vrou, Ek is mos die een wat die kerk laat vou het, die adder wat die pastoor laat struikel het, dit was tot in die Kaapse koerante. Nou bly almal weg, as hier net 'n attraksie was, kon ek 'n toeris besteel, nou sit ek op my laaste paar rand. Hoekom probeer jy nie 'n pruik nie, so 'n kaalkopstorie is ook maar op 'n dag uitgepraat.

Ek sê, Ek sal moet gaan.

Ek was nie eens in sy kerk nie, sê sy, Dis sy vrou wat so hier bly aankom het. Dis nou vir jou 'n vaal affêre, hele kop is vol sulke een-een-hare soos 'n strandhuislawn, dan moet ek daai dorre skedel blaas en kam. En 'n eensaam vrou is baie na aan 'n bobbejaan, krap net die kopvel, hulle vertel jou alles. So vertel sy vir my dat hy haar nou nie eintlik meer raak rol in die nagte nie, dis maar stil in die binnekamer. En ek glo haar, ek het nog nooit geweet hoe loop die biologie by 'n man van die kleed nie, kan nie maklik wees so voltyds met hoop en vertroosting en dan moet jy jou kop neerlê in 'n geleende huis nie, dit sal vat aan enige man. Of dalk was hy 'n hasie, hulle trou so vir 'n beroep. Maar toe kom Pastoor haar mos eendag hier oplaai, hy stap deur daai deur, maar hy's 'n hings, hy's so reg vir vry, jy sal vervel van lekkerte. Dis toe dat ek weet dis nie hy nie, dis hierdie graspol wat hy getrou het. Hoe lank dink jy bly snuif 'n perd aan 'n kafbaal voor hy die bure se lusern loop opvreet?

Ek sê, Ek dink my mense wil ry.

Dis toe net soos dit is, sê die vrou, Die een aand, ek wil net toesluit, toe's hy hier in, al agter my. Wil net praat, sê hy. Maar hy ruik lekker. En hy's gereed. Hy's soos 'n gelukkige nommer, jy moet hom net trek. En ek is so verward, as ek 'n boek was, het ek myself geblaai. Ek wil nog vra, wat van jou roeping, maar toe gaan my een knippie los en hierdie een lok val so, toe's dit verby, ons is soos goed wat wil swem op land. Maar dis nie hier wat hulle ons vang nie, dis eers weke later, daaikant uit by die plek met die lapas, loop ons vas in 'n vrou wat hy grootgedoop het, dié bel 'n niggie, volgende dag lees ons van onsself.

Waar's hy nou? vra ek.

Hier op die dorp, sê die vrou, Nog steeds met die kafkop-vrou, jy ken daai storie, verkondig die waarheid, lieg vir jouself. Hy sê hy wil bly en bedien. Ek sê vir hom, hier is jy klaar gejudge en gehang. Begin skoon op 'n ander plek. En kry klaar met die gebieg. Sal jy nou vir jou laat stenig deur die dorp se vromes, die goed groei horings nes die son sak, nou lê jy wakker. Ons is mense.

Ek sê, As ek nie nou loop nie, is ek in die moeilikheid.

Jy's al vir jare, sê die vrou, Maar elkeen doen soos hy glo. En as jy weer hier verbykom, dan maak ek vir jou 'n bob dat jou kop nie so groot lyk nie. En sing lekker by die casino. Dis common, maar dis beter as hier, hier dobbel jy met jou lewe.

Troumars

My ouma het haar lewe lank geglo as jy 'n orrel te vinnig speel, gaan hy in een of ander stadium opstyg, daar is net te veel pype en wind. Maak nie saak wat die geleentheid of hoe groot die kerk nie, sy't altyd die verste sitplek gekies. Troues was vir haar die ergste, veral as die orrel naby die preekstoel was.

Daai bruidjie dobbel met haar lewe, het sy altyd gesê.

Einste, het haar vriendinne gesê en geglo sy praat oor die huwelik.

Die dag toe sy uitvind ek het begin met orrellesse moes Oupa haar kalmeer met sy brandewynsakdoek. Op die ou end moes ek haar belowe ek sou nooit gaan oefen sonder broodjies of 'n slaapsak nie.

Netnou kry daai ding rigting, sê sy, Jy weet nie wanneer hy jou weer los nie.

Orrelspeel was glad nie soveel pret soos wat ek gehoop het nie. Ure in die kerk, knieë teenmekaar en plat skoene vir ewig, tot vandag toe verstaan ek die smart van 'n non. Maar ek was vasbeslote om my te bekwaam, op 'n klein dorpie was 'n orrelis net so gesog soos 'n tandarts.

Tien jaar later, soos televisie en Sondagfliek die bywoning goed begin knou, besluit ek dis genoeg, my talent verdien beter as 'n leë aanddiens. So loop soek ek my heil agter 'n mikrofoon en sien jare lank nie 'n orrel nie. Tot my ma my een oggend wakker bel en sê soos wat sy praat, kan sy die ramp sien aankom, hulle sing nou al drie weke sonder begeleiding, nie eens in 'n gevangenis is dít aangenaam nie, maar dit lyk nie of Ina se voete wil regkom nie, sy't loop tennis speel voor haar verbande af is. En onthou ek vir Ronda, sy was twee jaar voor my in matriek, sy't mos vreeslik presteer in karate, mens het maar gewonder oor haar neigings, dis nie asof jy 'n lipstick in haar paneelkissie sal kry nie, maar nou staan sy uit die bloute op trou, haar ouers is so verlig, die trane loop as jy net groet.

Dis nou Saterdag oor 'n week, sê my ma, Alles is gereël, hulle begin al twee dae voor die tyd met die blomme, dis 'n baie stylvolle storie, alles, alles, alles is duifgrys, tot die potte is gespray, nou's daar nie 'n orrelis nie, die stomme vrou sal soos 'n Boeddhis in stilte die kerk moet binnesluip, en ek ken mos die troumars, waarvoor is talent as jy nie 'n ander se nood kan raaksien nie.

Ek is lankal verby gunste en gawes, maar vir my ma sê jy nie nee nie, anders bel sy weer.

Behalwe vir die toe bene, is orrelspeel presies soos fietsry, jy vergeet dit nooit. Die aand voor die troue oefen ek in die kerk met Ronda. Sy loop soos 'n trompop een tree per noot. Die volgende oggend staan ek en die predikant en rook agter die kerk toe 'n vierkantige man met 'n grys pak voor my kom staan. Jy kan sien hy't heelnag opgegooi.

My naam is Lewis, sê hy, Ek trou vandag. Kan jy 'n bietjie stadiger speel?

Ek sê, Met wie?

Die troumars, sê hy, Hou hom net stadig, ek soek net 'n bietjie tyd.

Hy hou 'n rukkie aan die muur vas, toe draai hy om en slinger om die hoek.

Het jy nog 'n sigaret? sê die predikant, Ek kan die gewag nie vat nie.

Ek het die leraar net brandgesteek, toe vat 'n baie lang man my aan die arm. Hy's so lank hy staan met 'n boog. Hy's grys in die gesig, grys in die oë en grys in die gemoed. In sy hand is 'n kamera.

Ek het baie gesukkel om hierdie troue te kry, sê hy, Die bruide praat onder mekaar. 'n Paar van die troues was bietjie onduidelik, maar jy kry nie gefokus as die bruid net die paadjie afhol nie. Speel net 'n bietjie stadiger.

Ek speel al klaar stadig, sê ek.

Nee jy kan hom maar baie stadiger vat, sê die man.

Ja, vat hom stadig, sê die predikant, Ek sny aan die preek. Is jou sigarette nou op?

U rook nogals baie, sê ek.

Man, u staan vir ui, sê die predikant, Dis mos wat ons kry hier, 'n appel en 'n ui. Gee sommer 'n paar, ek gaan nog lank staan.

Ek besluit dis tyd om die trap te klim galery toe en loop om die kerk. Voor die deur staan 'n grys vrou met haar handsak op haar maag.

Het jy 'n partytjie aan? vra sy.

Nee, sê ek.

Julle speel mos daai troumars of dit lekkerder is op 'n ander plek, sê sy, Hier's 'n klomp van ons oues vandag, dis vir ons 'n groot ding, ons kom nie aldag in die kerk nie, Sondae vra hulle kollekte, so ons bly weg, dis nou nog net trou en dood, en ons word nie meer so maklik genooi nie, hulle weet ons steel. Dis net daai paar oomblikke, as daai bruid so padaf kom en sy vat haar maagdelikheid tot by die belofte, dan dink ons terug aan ons begin en al ons dae, ek is al twintig jaar alleen, vanaand vat hy vir haar, bytjie in die blom, dan's ons nie meer welkom nie, hierdie is al wat ons het, speel net daai ding stadig.

Ek speel al baie stadig, sê ek.

Jy moet nog stadiger, sê sy, Hulle moet dink jou hande is in jou sak.

Sy's om die hoek en ek is orrel toe. Ek trek my plat skoene aan, vou my bene toe en loer in die spieëltjie. Ver agter waai die koster en ek druk die eerste akkoord. Twee van Ronda se karate-vriendinne verskyn in die deur, albei in duifgrys satyn. Hulle bult hulle spiere en gee 'n tree. Ek tel tot by tien en speel die volgende akkoord. In die portaal verskyn Ronda, bedek met grys valle. Sy lyk soos die gedagtes van 'n weerwolf.

Arme Lewis, dink ek en tel twintig voor die volgende akkoord.

Teen die tyd dat Ronda verby die agterste bank is, het mense al buite gaan water drink en die oues het begin rondvra vir pepermente. Maar ek laat my nie aanjaag nie, ek speel soos hulle my gevra het. Ek speel dat die predikant uitglip vir nog 'n sigaret, dat 'n vrou gil, Hoe kon jy! en iemand hard klap, dat die fotograaf moet kafee toe ry vir nog film, ek speel dat wonde oopgekrap en vrae gevra word en twee verlangse niggies 'n jare lange twis met die vuis beëindig.

Twee-uur die middag staan Ronda en die grys amasones voor die kansel. Lewis lig haar sluier.

Water! hyg sy.

Ek kry gou, sê hy en strompel deur toe.

Speel iets, sê die predikant. Maar ek is te moeg om my arms te lig. Ons sit in stilte. Ons hoor hoe pak die oues kos in langsaan in die saal, ons hoor hoe speel die predikant met sy lighter en ons hoor hoe huil Ronda se ouers.

Lewis kom toe nooit weer terug nie. Ons kon nie 'n motor hoor nie, hy't sommer geloop.

Party mense sê dit was al die grys, dit was nie van pas nie. Party sê dit was net te warm. Party sê dis oor die families mekaar nie kon verdra nie. Ander sê hulle moes in elk geval nie getrou het nie, hulle was al te lank op hul eie.

Ék dink dit was die troumars. Dit was te stadig.

Klets

My sielkundige het eendag aan my verduidelik wanneer 'n persoon bo vyftig onbeheerbaar aan die praat gaan, is dit gewoonlik omdat hulle beheer verloor het oor hulle finansies, huwelik of sosiale status. Só 'n persoon glo dat hy of sy net hulself kan laat geld deur die geselskap te oorheers en hul eie onbenullighede te verheerlik.

So gaan studeer ek musiek op Stellenbosch en ontmoet vir Elzette Reede. Elzette het op die eerste dag in haar oefenkamer staan en huil omdat haar klavier nie note gehad het nie. Ek moes haar kalmeer en verduidelik sy staan agter die klavier, sy moet net omloop. 'n Week later het sy by my oefenkamer ingekom en gesê sy weet nie of dit so moet wees nie, maar haar eksamenstukke is baie kort. Ek het toe gaan luister en vir haar verduidelik as dit te skielik ophou, moet sy net omblaai, dit gaan gewoonlik nog aan op die volgende blad.

Elzette Reede het my vir die eerste keer laat glo daar is iets soos 'n beskermengel. Sy was die onnoselste mens wat ek nog ooit buite 'n munisipaliteit ontmoet het. Net groente het minder talent. Maar op een of ander manier het sy haar eksamens bly deurkom en die volgende jaar weer aangemeld.

In ons derde jaar het ek haar eendag by die huis gaan aflaai en so haar ma ontmoet. Dié se naam was Essie Reede. Sy het gepraat soos 'n oop drein, nonstop en sonder asem. Niks op aarde het bestaan behalwe dit wat uit haar mond gestroom het nie. Enigiets – 'n beweging, 'n prentjie of 'n geluid – kon 'n stortvloed aan die gang sit. Die radio kon die dood van 'n koninklike aankondig, dan het sy onthou hoe ou Mevrou Evert se kis oopgegaan het by haar begrafnis, haar ou man wou seker net doodseker maak sy kom nie weer by nie, toe val die kleintjie met die wit wimpers se Smarties mos in die kis, weet jy hoe lank hou 'n Smartie, 'n mol sal deur daai deksel vreet en dink hy's in 'n dansplek, 'n mens moet jou behoorlik laat veras, dan sit jy nie met 'n nadraai nie.

Sy het gepraat dat jy later geglo het ruimtevaarders en hart-chirurge is sommer twak, nie een van hulle weet dat Mevrou Lintveldt met kaal arms by die biduur aangekom het of dat die Claasensvrou se remote weer weg is en dat sy in die nag haar hek met die hand moet oopstoot nie. Die aand van ons herfskonsert het Essie Reede só lank met drie Japannese uitruilstudente gesels, hulle is die volgende dag terug Ooste toe.

Twee weke voor ons derdejaarseksamen kom ek die oggend by die universiteit aan, almal staan in die straat en kyk op. Op die boonste verdieping staan Elzette op 'n vensterbank en wieg heen en weer.

Ek skree, Elzette, klim terug!

Ek hoor niks! skree sy.

Dis amper eksamen! skree ek.

Ek hoor niemand! skree sy, En niemand hoor my nie! Dis tjoepstil!

Bel haar ma, sê iemand, Wie't 'n nommer?

Ek hardloop die gebou binne en gooi vyftig sent in die foon. Ek tel tien luie voor Essie Reede antwoord.

Ek sê, Mevrou.

Ja, sê sy, Mens kan ook maar die poskantoor laat weet die Reedes is die lot met die dooie tuin. Nes ek my hande in die grond het, lui die foon. Wie praat nou?

Ek sê, Mevrou, Elzette staan op die boonste verdieping.

Ja, sê sy, Mens sal ook nie weet wie se kind sy is nie. Het mos geen vrees nie. Kleintyd sit sy en haar poppe op die dak. Twee keer op 'n dag. Wat wil enige mens in die lug loop soek? Hulle sê dis hoekom die kos op 'n vliegtuig smaak na niks, jy moet hom doodpeper voor jy iets proe. Hoor hier, ek staan met my hande vol bemesting.

Ek sit die foon neer. Teen die tyd dat ek buite kom, het Elzette klaar gespring. Gelukkig is dit Stellenbosch en breek 'n borsbeeld haar val. Die volgende jaar bly sy in die koshuis terwyl sy haar derde jaar herhaal en kyk hoe haar arm heel skeef aangroei.

Vandag weet ek Elzette was nooit onnosel nie. Sy was net nooit op 'n plek waar sy gehoor is nie. Deesdae woon sy in Natal en gee musiek by 'n gemeenskapsentrum. En by die biduur vertel haar ma oor en oor die storie.

Ja, sê sy, Elzette sit mos nou met die lawwe arm. Sy kan nou klavierspeel en sommer die koor agter haar dirigeer. Nee, ons het dit nou nog nie self gehoor nie, dis darem te ver om te ry. En wat help dit jy vlieg, jy proe dan niks.

Kreef

'n Kind het net een verbysterende persoon of een magiese plek nodig om te sorg dat die res van sy lewe gekleur is met moontlikhede en hoop. Ek kan 'n boek skryf oor my ouma se kombuis en die lesse wat ek daar geleer het. Een van my duidelikste herinneringe is dié van my ouma en die krewe.

My ouma het 'n niggie gehad wat in Saldanha gewoon het in 'n baie klein huisie met 'n skewe tuinhek en 'n nog skewer seun. In haar nek was 'n vierkantige bolla so groot soos 'n radio en sy het presies aangetrek soos die blourokmense, sy was net vriendeliker. Die seun het Saldanha se winkels versier, hare geset vir troues en naweke verdwyn.

Op dieselfde skaal wat my ouma gekook het, het haar niggie gebak. Haar melktert was goudgeel en het gesweet soos 'n dik tiener, haar hoenderpastei het my reeds as kleuter laat vermoed daar is groter sondes as vloek en haar koeksisters was vol gemmer en so taai dat Lang Koos Davel en die skewe seun een hele Oujaarsaand aan mekaar vasgesit het.

Iewers het die niggie 'n kreefkwota losgeslaan en een keer per jaar is die familie landwyd beloon met sakke vol gevriesde krewe. Ek kan onthou hoe die kombuistafel gekreun het onder Ouma se gebraaide kreefstert, haar kreef-en-sjampanjesop, kreef-en-kaaspastei en kreefslaai met kerriemayonnaise. Die heeltyd bly Oupa sê gevriesde kreef is nie reg nie, dit proe soos foonboek, dis hoekom Ouma so moet tekere gaan, vars kreef eet jy net met suurlemoen en seesout. So sit hy die volgende jaar af Saldanha toe en kom 'n week later terug met 'n sopnat krat vol lewendige krewe. Hy kan skaars praat, so water sy mond. Ouma is histeries.

Wie op Wellington slag krewe? sê sy.

Jy gooi hom net so in die pot, sê Oupa.

Jy en die ander heidene kan, sê Ouma, Ek martel nie kos nie. Gaan haal jou geweer.

Wie skiet 'n kreef? sê Oupa,

Dae lank maak Ouma plan. Sy maak hulle skrik, sy blinddoek hulle, sy trek die bure se kind aan soos 'n haai, een middag probeer sy hulle slaappille voer, maar sy kry nie 'n mond nie.

Dis hoekom hulle so stil is, sê sy.

Later betaal sy die Truter-kind om te kom klarinet oefen in die kombuis, maar dis toe net Oupa wat begin dink aan selfmoord, die krewe lyk doodgelukkig. Een aand begin sy die grote wurg, maar toe sy sy ogies sien, bars sy in trane uit en gee hom 'n naam.

In dieselfde tyd verdwyn die Hoeft-meisie uit die dorp. Blykbaar het die skooldokter haar gedwing om haar skoene uit te trek en so ontdek sy't ses tone aan die linkervoet, een groei uit die hak. Binne 'n dag spreek die hele skool haar aan as Hoendertjie. Dit kon sy nog vat, maar toe hulle vra of sy die atletiekrommel met haar knyper sal optel, verdwyn sy.

Ouma sê geen mens wat ná dertig nog vlegsel dra kan emosie wys nie, maar sy weet die Hoeft-vrou is van haar spoor af, sy gaan haar bystaan tot die kind terug is. Ouma sê mens moenie oordeel nie, ekstra liggaamsdele is niks nuuts nie, in die dae toe daar nog geëksperimenteer is met voorbehoedmiddels het baie vrouens verkeerd gereageer. In Riviersonderend was daar blykbaar 'n vrou met 'n ekstra mondjie op haar arm. Die dingetjie het saambeweeg as sy sing in die kerk. Ouma sê as die sinode haar nie betyds laat toegooi het nie, het die hele kontrei vandag sit en handeklap in die gemengde kerk.

Ouma besluit sy moet die krewe iewers tuismaak, sy weet nie wanneer kom sy terug nie. Dis soos onaantreklike familie, jy kan hulle nie verdra nie, maar jy bly jou ontferm. So verhuis die krewe na die badkamer. Ouma maak die bad vol soutwater, onderin lê 'n hand vol sand, 'n oogklap, tien skulpe, 'n blikkie sardiens en 'n foto van die *Titanic*.

Oupa sê dit was die heerlikste week van sy lewe. Ouma is skaars uit by die deur, toe sit hy water op die stoof. Elke dag eet hy nog 'n kreef. 'n Week later spoor hulle die Hoeft-meisie op in Piketberg, sy toer saam met 'n sirkus. Toe Ouma by die huis kom, is die bad leeg.

Waar's die krewe? vra sy.

See toe, sê Oupa, Plek gekry op 'n lorrie.

Die volgende jaar daag die kwota gevriesde kreef weer op. Ons eet soos voorheen. Ouma nooi tot die Hoefts oor. Sy bedien kreef met kruierys. Almal drink wyn en probeer die meisie se voet miskyk. Ons kan hoor hoe krap haar toon in haar skoen. Die meisie kyk stip na die krewe.

Hulle word lewend gevries, sê sy.

Nooit weer is daar kreef geëet nie, nooit weer is die Hoefts genooi nie.

Te veel dele, sê Ouma.

En tot vandag toe is dit so in ons familie, maak nie saak wie of wat nie, voor jy gesellig raak, tel jy die dele.

Sakkie

Om te ontsnap van die treurigheid van ons tuisdorp het ek elke skoolvakansie by my ouma op Wellington gaan bly. Langs my ouma het Tannie Bakke en haar dogter, Tammy, gewoon. Tammy was drie jaar ouer as ek en reeds uit die skool. Sy het grimering en skoonheid gestudeer in die Paarl. Elke aand het sy met die bus huis toe gery en met niemand gepraat nie.

Ek het gedog stilbly is deel van skoonheid, maar my ouma het gesê daar's baie groter fout daar. Die kind was op haar dag intelligent en vriendelik, nou's sy heel stug, 'n mens wat só lyk, is behep met 'n ding. En vir wat Tannie Bakke haar toelaat om te loop klas neem in optof sal g'n mens weet nie, poeier en puff is vir lyke en lammes, 'n gesonde vrou sit haar eie lipstick aan.

Een ding moet ek my ouma toegee, sy't besef Tammy is behep lank voor Tannie Bakke of enigiemand anders het.

Ja, dis tipies, sê my ouma, Die mensdom sal mos sit en kyk hoe brand 'n lont tot teen die bom voor een 'n fout rapporteer, ek kon deur die heining sien hoe trek daai kind skeef. Sy was in matriek, sy was aan die presteer met haar vakke, smiddae het sy op daai atletiekbaan gehol dat jy voel jy wil haar gaan troos, haar papiere was ingevul, sy wou 'n hele graad kry in skoolhou, en toe's alles verby. En dit oor 'n slap man met konynhare.

Sakkie Grendel het op Wellington verskyn tydens Tammy se laaste skooljaar. Niemand het geweet waar hy vandaan kom of waarheen hy op pad was nie. Sakkie Grendel was lank en blas met pikswart rondstaanhare en spierwit oorsese tande. Sy hemde se krae het regop gestaan, sy broeke was heeltemal te styf vir iemand wat 'n gesin beplan en sy slap lyf het hy gebalanseer op 'n paar stewels met onwelvoeglike skerp punte. Sakkie Grendel was net 'n paar dae op die dorp, toe's hy aangestel vir handigheid by die skool, die swembad en die hotel. Hy het pype herstel, roes verwyder, slotte omgeruil en verleidelik geglimlag. Die dorpsvrouens was uitasem. Hulle't hul naels geverf, hul hare gekleur en begin oop-toonskoene dra. Die skoolmeisies het oornag van hulle tiener-liefdes ontslae geraak en in wolwe verander. Hulle het in spanne saamgewerk en stelselmatig die skoolgebou verwoes, net om te sien hoe Sakkie Grendel met sy rolprentstewels uit sy bakkie klim. Flou van verlange het hulle gekyk hoe lig hy sy tang uit sy kissie.

Tammy Bakke was verlore. Sy was van haar sinne beroof, magteloos en meegesleur. Sakkie Grendel was die held wat al van kleintyd af in haar gedagtes woon. Hy was 'n prins, anders as enige vaal man op Wellington, hy was in elke gedagte wat sy ooit weer sou hê.

My ouma sê hulle't eers nie geweet wat gaan aan nie, maar Tannie Bakke het een aand kom raad vra, want dié Tammy het net ophou praat, sy huil van die môre tot die aand. Ouma sê sy loop kyk toe maar self, want jy kry baie soorte huil. Sy sê toe sy inloop, toe weet sy daai meisie is op haar laaste. Sy sê sy sit met haar neus boontoe en snik vinnig, presies soos Tannie Ounie die aand toe haar gasbottel gelek het. Ouma sê sonder gas kry jy daai snik net van een ding en dis eerste hitte. Sy sê daai meisie het 'n reuk opgetel en sal haar privaatheid loop weggee as jy haar nie hokslaan nie. Ouma sê in die dae voor brandstof het 'n plaasmeisie haarself so staan en raak skoffel as daar een keer in ses maande 'n ding met 'n broek verbykom. Geweld is 'n ondier, maar 'n mens moet jou naaste bystaan. Sy sê sy klap vir Tammy dat sy twee keer vra hoe laat is dit. Toe gee hulle vir haar gemmer met suiker.

Ouma sê op háár dag, as jy voel jou begeertes ontwaak, het jy net loop lê met 'n Disprinlap op jou skaamte, dit trek alle kwaad uit jou dye, maar Tammy Bakke was al te ver. Jy sal vir haar moet dip soos 'n bees.

Ouma sê hulle was raadop, die meisie het agteruitgegaan by die dag. Sy't nie 'n potlood opgetel vir skoolwerk nie, sy't nooit weer rondgehol by die atletiek nie, sy was soos iets wat raak geskiet is. Toe kom Tannie Bakke een oggend daar aan en sê Ouma moet kom kyk. Ouma sê onder haar bed, bo-op die kas, in haar laaie, tussen haar klere, orals is daar papiere en kaartjies en goed, en orals het sy geskryf met 'n pen, Sakkie, Sakkie, Sakkie.

Tannie Bakke sê toe dalk hou die kind van dans. Ouma sê vir haar lyk dit eerder soos 'n bankrower wat 'n liedjie wil skryf.

Tannie Bakke sê toe sy't gehoor die man wat lyk soos Zorro – hy help uit by die skool – dié se naam is Sakkie.

Ouma sê sy word yskoud in haar binneste, sy't lankal gesien daai man kyk vir jou met sy kom-nader-oë, jy sal by jouself loop geld steel. Sy sê as jy eers só gevat is, is dit net weerlig of 'n brandwond wat jou aandag kan aftrek. Sy sê die volgende Sondag sit almal in die kerk, dis so warm jy sweet sommer met jou maer dele ook, maar Tammy stap in met 'n pelsjas. Teen kollekte stink sy só, mense begin onder die banke soek vir 'n naar katjie. Maar Tammy hou haar pose, ná kerk is sy daar weg hotel toe en toe swembad toe, sy soek die ding met die hoë kraag.

Ouma sê sy weet nie hoe jy met 'n spookbrein matriek maak nie, maar met baie gebed en nog 'n paar dosisse gemmer is Tammy Bakke daardeur. Klaar met skool rook sy sigarette, dra pienk skoene en loop die strate plat met die hoerbloesies wat sy oor die pos koop. Sy soek vir Sakkie Grendel.

Tot in daardie stadium kon niemand uitvind waar woon Sakkie nie, hy verdwyn en verskyn, en verblind deur sy sjarme, vra niemand vrae nie. Behalwe Tammy, sy wag met broodjies by die skoolhek, los briefies by die hotel en lê vir ure langs die swembad.

Ek wed jy't 'n baie mooi huis, sê sy op 'n dag vir Sakkie.

Sakkie vee sy pikswart kuif uit sy oë.

'n Mens probeer maar, sy hy.

Kan ek dit sien? vra Tammy.

Sakkie glimlag en stap weg. Tammy rook twaalf sigarette voor sy ophou bewe. Daai aand steel sy elke sent uit Tannie Bakke se laai en bel 'n huurmotor. Hulle ry vir ure. Hulle soek Sakkie se bakkie, voor elke huis, agter die plat woonstelle, later buite die dorp. Die geld is amper op, hulle's net verby die stasie, toe sien sy die bakkie uitsteek agter die blok toilette.

Selfs in haar waansin weet Tammy iets is verkeerd. Maar sy klim uit en stap nader.

Dis leeg voor in die bakkie. Daar is komberse en 'n kussing op die sitplek en oor die stuurwiel hang 'n pikswart haarstuk. In die toilette brand 'n lig. Tammy loer om die deur.

Sakkie Grendel staan gebuk oor die wasbak. Sy hemp hang nat oor 'n pyp. Hy was onder sy arms. Sy bolyf is oud en sonder spiere, sy kop is sonder hare en langs die kraan lê 'n stel spierwit tande.

Tammy hardloop terug na die huurmotor.

Terwyl sy hardloop, op 'n heel ander plek, ver in die wêreld, staan 'n jong meisie agter 'n toerbus en gil. Haar held het haar weer nie gehoor nie. Hy en sy orkes is op pad na die volgende stad.

Elders brand 'n dowwe lig in 'n kantoor. 'n Vrou trek haar bloes uit en leun teen 'n lessenaar. Die hand op haar been is dié van 'n bekende politikus.

Iewers agter 'n verhoog wag 'n koorlid. 'n Wêreldberoemde evangelis kom uit sy kleedkamer. Die koorlid druk vinnig haar foonnommer in sy hand. Vir 'n oomblik kyk hulle in mekaar se oë.

Laaste Kersfees

Tydens sy laaste Kersfees op aarde het my oupa die hele lot van ons een aand om die boom laat sit en verduidelik dat niks op aarde toevallig is nie en dat 'n mens moet leer uit die goed wat jou oorkom, al is dit nie nodig om altyd met jou storie op jou mou te loop nie, en dat stilbly ook 'n wapen is. Die ding met die vorige Kersfees was niemand se skuld nie en ons het dit almal oorleef, maar geen mens met selfrespek hoef dit onnodig te loop oorvertel nie. Ja, het hy gesê, dit was soos 'n trompetspeler op 'n duikboot, die ramp was onvermydelik. As iemand net jare terug al Beatrix Fölscher se bek toegeplak het, sou die mensdom vandag met minder wonde rondgeloop het.

Soos elke ander Kersfees het die hele familie die vorige jaar saamgetrek op Wellington. Ons kinders het langs die rivier konsert gehou, in Ouma se koekblikke gewei en orals in die dorp saam met Oupa rondgery. Ons gunstelingplek was die padkafee net anderkant die stasie. Dit het hoë banke met rooi sitplekke gehad en die beste groen roomys wat nog ooit gemaak is. Agter die toonbank was Beatrix Fölscher, 'n luidrugtige vrou met een afkykoog en prentjies op haar naels.

Die vorige jaar, drie dae voor Kersfees, sit die hele plek vol mense, toe Gielie Heyns instap met sy meisie en vra vir 'n tafel. Blykbaar was Gielie Heyns tot in 'n stadium 'n belowende jong man, maar ná sy pa se bedrog moes hy sy planne los en loop werk soek, so begin hy perskes omdraai by die droëvrugteplek, sit vir maande op 'n warm sinkplaat en verloor die meeste van sy gedagtes. Hy kry toe vir hom 'n meisie wat ook nie 'n vreeslike behoefte het om te konsentreer nie en dis vir haar wat hy toe dié middag 'n roomys bestel. /

Beatrix sê sy's nog doenig met die lepel toe leun Gielie oor die toonbank en vra wat kos 'n bottel bruiswyn.

Beatrix sê dit maak nie saak watter kant jou gewete sit nie, jy gee nie drank vir 'n stadige persoon nie, sy drange spreek vir hom aan in die openbaar. Sy sê sy vra toe vir hom wat wil hy maak met bruiswyn.

Hy sê toe as die meisietjie badkamer toe gaan, wil hy die ring in die glas gooi dat hulle kan verloof raak, hy't dit gesien in 'n fliek.

Beatrix sê sy's heel in 'n hoek, sy weet nie eens of dié twee bevoeg is om mekaar se name te onthou nie, wat nog trou, maar sover sy weet is dit nie teen die wet nie, sy's amptelik magteloos.

Sy sê toe vir Gielie hy moet net wys wanneer, dan bring sy die bottel.

Beatrix sê die plek was stampvol, sy bly aan die hardloop, toe sy weer kyk, toe's die meisie weg, Gielie sit net só. Sy sê sy klap hom sommer in die verbyloop, sy dog hy spot met haar oog. Eers in die kombuis onthou sy van die bruiswyn. Sy sê teen die tyd dat sy by die tafel kom met die glase is die meisie al terug en Gielie sit histeries met die ring in sy vuis.

Beatrix sê dis gelukkig dat sy daai onnosel Hanekomkinders opgepas het ná hulle ma se dood, sy't elke trick geleer. Sy bind 'n ballon aan die stoel langs die meisie vas en gee dit 'n klap. Daai meisie sit vasgenael. Eers kyk Gielie 'n bietjie saam, toe gooi hy die ring in die glas. Later is sy glas leeggedrink, maar daai meisie se kop draai nog steeds. Toe steek hy 'n vurk in die ballon. Die meisie skrik só dat sy eers begin huil en toe 'n sluk bruiswyn vat.

Jy't dit gesluk! sê Gielie.

Ek moet mos, sê die meisie.

Gielie spring op. Sy't die ring gesluk! skree hy.

Slaan haar op die rug! skree 'n vrou.

Beatrix sê toe sy uit die kombuis kom, hang daai meisie onderstebo terwyl die helfte van die dorp haar wiks.

Los uit! skree Beatrix.

Sy't die ring gesluk! skree almal.

Is dalk beter, sê Beatrix, Wreedheid is nie my plek nie, maar trou is nie vir almal nie, ons weet mos nou alles is nie op hok hierso nie, so 'n storie is net onbehoorlik. Ek sal bel dat die families hulle kom kry.

Kersoggend sit ons almal in die kerk. Antie Bowman en haar leesgroep is besig met 'n Kers-tablo. Daar is nie 'n herder onder sewentig nie en die baba hang aan al vier kante uit die krip. Maria is net besig om 'n wyse man se pols te voel, toe swaai die kerkdeure oop. In die paadjie staan Gielie met sy meisie en 'n geweer.

Jy moet ons nou trou, sê Gielie vir die predikant, Anders gaan iemand jammer wees.

Mense begin snik en 'n klomp gaan lê onder die banke. Gielie en sy meisie gee elkeen 'n tree.

Ek het 'n ring, sê hy, Dis net in die bruid.

Oupa loer na Ouma. Sy het deurnag gewerk aan die Kersete en sit en slaap nou vas. Oupa loer boontoe. Vergewe my, fluister hy.

Toe leun hy tot teen Ouma se oor. Inbreker! skree hy.

Ouma spring regop. Betas my, maar los my goed! skree sy en duik vir Gielie.

Ek was al op universiteit voor ek weer 'n hele nag kon deurslaap. Gielie is gevonnis en weggevat. Die meisie en haar ouers is een nag die dorp uit. Niemand het weer 'n woord gesê nie. Met Gielie se vrylating was nie Oupa of Ouma meer daar nie, maar ek is seker niemand gee om dat ek dit nou vertel nie.

Gielie Heyns is nog steeds op die dorp. Hy's nog steeds by die droëvrugte, maar hy werk nou onderdak. Beatrix Fölscher is ook nog daar. Albei oë kyk nou af en sy's heelwat stiller. En as jy vroegaand op die ou Paarlpad ry, kan jy die kafee nog sien. En deur die venster sal jy hulle sien sit. Beatrix en Gielie. En af en toe 'n ballon.

Pluk

Twintig jaar terug. Ek het pas by my eerste woonstel ingetrek. Ek besit 'n draaitafel, twaalf plate, 'n dubbelbedmatras en 'n braaipan. Ná jare van saamwoon, saameet, saamstudeer, saamry, saamvry, saamsoek, saamworry en saamwonder is ek uiteindelik gelukkig. Ek rook Pall Mall en maak vla in my pan.

Op die tweede aand klop iemand hard aan my deur. Ek maak oop. Op die stoep staan 'n vrou met deegknieë en malhuisoë.

Millie, sê sy.

Ek sê, Sy's nie hier nie.

Dis my naam, sê die vrou, Ry jy perd?

Ek sê, Nee, ek maak vla.

Was jy al op een? vra die vrou.

Nee, sê ek.

Wel, dis nou of nooit, sê sy, Vanaand is jy die prins.

Ek sê, Verskoon my.

Noem my Millie, sê sy, Maak jy twee dogters groot sonder hulp? Ek het alles probeer, daar's 'n Diana-klitser, hulle bak nie, 'n Elizabeth-skinkbord, hulle drink nie tee nie, 'n Margaret-asbak, hulle rook nie, Grace Kelly-skoene, hulle dans nie, hierdie is my laaste.

Sy wys met haar vinger oor die muurtjie. Ek loer ondertoe. In die parkeerarea staan 'n baie ou perd op 'n bakkie.

Ek het hom net vir 'n paar minute, sê die vrou, Ek moes baie lieg. Sit af jou vla en kom net vinnig.

Om te wat? sê ek.

Sit op hom, sê die vrou, Hulle is prinsesse, hulle het iets, ek weet dit, maar dis weggesteek, dit sit iewers vas, ek moet dit uitlok, dis hulle toekoms.

Ek loop agter die vrou aan. Hoe ek op die perd beland het, het ek deur die jare met sagte musiek en meditasie uit my gedagtes verwyder, maar uiteindelik is ek bo.

Lyk manlik, sê die vrou.

Ek sê, Dame, die perd stink.

Noem my Millie, sê sy. Sy krap in haar roksak.

Hou vas die appel, sê sy.

Ek sê, Die prins gee nie die appel nie.

Dit weet hulle nie, sê sy, Sit net stil, ons is nou hier.

Sy draai om. Ek buk vooroor en gee die appel vir die stink perd, maar hy't nie meer tande nie en die appel val doef! op die bakkie se kap. Ek kyk op. Voor my staan die vrou met twee bedremmelde meisies in pienk sweetpakke.

Dis Clarissa en Strik, sê sy.

Sy gryp albei aan die ken en lig hulle koppe op.

Wat sien julle? vra sy.

Clarissa kry die kant van 'n struik beet en begin een-een die blaartjies afpluk. Strik het haar mou beet en pluk die een wolletjie na die ander.

Kyk na hom, sê die vrou, Kan julle dit aanvoel? Bons julle harte? Wat sê julle binnestes?

Clarissa pluk nou bolle uit 'n dooie bos en Strik het 'n pienk wolk om haar arm.

Kry end met die gepluk! skree die vrou.

Hulle's net gespanne, sê ek.

Dis al wat hulle doen! skree die vrou, Hulle pluk gare uit die gordyne, hulle pluk wolle uit die mat, hulle pluk klere uit die kas, hulle pluk hare uit hulle koppe, hulle pluk hulle wenkbroue, hulle pluk hulle moer, hulle pluk matriek! Wat wil hulle hê?

Iemand sit die bakkie aan en ek en die perd gaan albei aan die bewe.

Hulle is tieners! skree ek, Gee hulle kans!

Die vrou gryp haar dogters en sleep hulle binnetoe. Ek gly van die perd af en hol gril-gril tot in my woonstel.

Die volgende aand sit ek op my matras met 'n bakkie vla toe iemand aan my deur klop. Ek maak oop. Voor my staan die vrou.

Noem my Millie, sê sy, Ek hoop jy's nou gelukkig.

Ek was tot 'n oomblik terug, sê ek.

Hulle's weg, sê sy, Laas nag verdwyn.

Ek sê, Het jy die polisie gebel?

Om wat te sê? Twee prinsesse is ontvoer? Kyk uit vir 'n sweet-pak?

Ek sê, Dalk pluk hulle iets iewers.

Soos wat? sê die vrou.

Ek sê, Vrugte op 'n kibboets of druiwe op 'n plaas. Mense doen dit om bietjie te dink of iets nuuts te sien.

Die vrou kyk my verstom aan.

Die Diana-klitser moes met die pos kom! skree sy, Vir wat?

Toe's sy weg.

Die volgende oggend maak ek my deur oop. Onder is die parkeerarea vol motors en groepe mense loop af met die pad. Hulle praat opgewonde en beduie met krom arms. Ek storm af by die trap en loop agter hulle aan. In die veld agter die woonstelblok staan honderde mense, party sit op mekaar se skouers, ander hou kameras in die lug.

Wat gaan aan? vra ek vir 'n man.

Hulle sê dis óf aliens óf 'n sekte, sê die man, Mens moet van bo af kyk.

Ek hardloop terug woonstel toe en skuif die gordyn oop. In die middel van die veld is die gras weg. Daar is twee reusesirkels, perfek en koeëlrond. Dit lyk soos landerye uit 'n vliegtuig of die spore van twee ruimtetuie.

Dae lank loop die stories. Party sê dis die merk van die ondier. Party sê dis vir die nuwe wateraanleg. Ander sê dis studentekuns.

Uiteindelik, toe daar niemand meer is nie, loop kyk ek self. Ek buk af en sien onmiddellik die gras is nie gesny of gevreet of geoes nie, dis gepluk. Een vir een gepluk deur iemand histeries, iemand wat iets te lank moes binnehou, wat dit nie meer kon vat nie, iemand wat nooit weer terugkom nie.

Sammy Marks

Jare gelede het ek 'n baie mollige vriendin gehad. Sy was elke dag geklee in 'n plooitjiesromp en groot houtklompe. Sy't gesê as jy te feestelik gebou is om jou voete te sien, moet jy hulle ten minste hoor.

Sy het nooit daaroor gepraat nie, maar 'n jaar voor ek haar

ontmoet het, is haar verloofde weermag toe en het daar begin eksperimenteer met 'n medesoldaat. Uiteindelik verlaat hulle die oorlog en begin saam 'n gastehuis. Dae nadat my vriendin die nuus ontvang, is sy verslaaf aan stroop. Pynstroop, hoesstroop, griepdruppels, heuning of gouestroop, so vind liters en liters vertroosting die pad na haar heupe.

Naweek na naweek sluit sy haarself toe in afsondering. Ek bly klop en skree, Jy hoef nie alleen te wees nie.

Tot sy haarself een aand teen die voordeur slinger en my van binne af meedeel dat geen mens ooit alleen is nie. Hulle is die heeltyd om jou. Jy moet totaal simpel wees om hulle nie raak te sien nie.

Jare lank sien ek nie een raak nie. Tot 'n paar maande gelede, ek tree op by 'n oggendtee in die tuin van die Sammy Marksmuseum. Die personeel verduidelik dat die groot huis gesluit is vir toeriste tydens die funksie en dat ek daarbinne kan ontspan totdat dit my beurt is. Ek dwaal van kamer tot kamer en verkyk my aan die weelde, ragfyn beddegoed, antieke kristal en handgemaakte speelgoed. In die kombuis bly ek omkyk, want ek kan voel ek word dopgehou, maar ek neem aan dis die kelners op die stoep. Op met die trap loop ek 'n slaapkamer binne en kry twee keer hoendervleis, maar daar's 'n pot onder die bed en ek het nog altyd gegril vir historiese geriewe.

My gunstelingvertrek is die snoekerkamer. Dit het 'n asemrowende plafon, beeldskone lampe en 'n houtpawiljoen wat lyk soos kerkbanke. Teen die muur hang 'n reusefoto van Sammy Marks, sy pa en 'n baie klein vroutjie. Dis eers toe ek nader stap dat ek sien die vroutjie staan langs die foto. Sy staan tjoepstil soos Edith Piaf tydens applous. Sy't 'n swart kerkrok aan en 'n kruis om haar nek.

Ek skrik so groot dat ek buig. En toe begin my neus jeuk. En ek onthou hoe't Ant Kit altyd gesê 'n gees laat jou nies, hulle loop met die stof van die ander kant.

Ek weet dis tienuur in die oggend en buite is tweehonderd vrouens in 'n tent vol skons, maar ek bewe soos 'n ghong. Ek weet ek moet iets sê. As sy aan my vat, sit die merk vir altyd. Ek lig my hand.

Rus sag, sê ek.

Hoe kan ek rus? sê die vroutjie, Sy's weg.

Ek lig weer my hand.

Sy's op 'n beter plek, sê ek, Sy wag vir jou.

Ek ruik in die lug. Ant Kit het gesê daar's 'n baie spesifieke reuk, dis nes sigaretrook.

Daar's nie 'n beter plek nie, sê die vroutjie, Ek gee haar melk en sardiens en die tuin is vol muise.

Ek raak yskoud. Ek sien beelde van rituele, pikswart kerse, vlermuisbloed en offerandes.

Ek maak die teken. Ek skree, Wyk, dooie dame!

Piaf gee 'n tree. Jy's baie onbeskofter as die ander, sê sy.

Ek sien dwarsdeur jou, skree ek.

Ek storm by die trap af, ruk die voordeur oop en hardloop deur Sammy Marks se roostuin. Vir die eerste keer in my lewe is ek bly om die son te sien, dankbaar om by 'n tent in te gaan. Ek lewer 'n vertoning soos min vantevore. Die dames vergeet van hulle skons, huil hulle wange nat en beaam my gedagtes.

Ná die tyd stap die Sammy Marks-bestuurderes saam met my tot by die motor.

Dit het my lewe verander, sê ek.

Sjoe, sê sy, En ons dog jy doen baie van hierdie goed.

Ek het haar gesien, sê ek, Die vrou in swart.

Ek hoop nie sy't jou gepla nie, sê die bestuurderes, Haar naam is Lissabet, sy woon hier op die gronde.

Noem julle dit woon? vra ek.

Sy was getroud met die opsigter, sê die bestuurderes, Maar ná sy dood het sy begin met die ding van die katjie. Vertel vir almal dié's weg. Ons was bang sy pla die toeriste, maar hulle gesels vir ure, party kom weer terug. Mense soek iemand om jammer te kry, sy soek iemand om mee te gesels, almal is gelukkig.

Ek sê, Maar ek kon dit ruik, die sigaretrook.

Lissabet rook soos 'n skoorsteen, sê die vrou, Jy ruik haar op 'n myl. Moenie sleg voel nie, 'n mens noem dit bakens. Mense sien wat hulle wil sien. Ons almal soek geleentheid om ons lewe te verander of onsself te herskep. Party lees die sterre, ander ontmoet nuwe mense. En sommiges, soos jy weet, sien spoke.

Ek klim in my motor. Die vrou buk by die venster.

Bel ons, sê sy, Ons sluit vir jou oop nes jy dit nodig het.

Oorbegin

Ouma het altyd gesê smart is soos goedkoop drank, dit maak jou óf dapper óf mal. 'n Weduwee is 'n tydbom, vorentoe of agtertoe, een of ander tyd maak sy vir jou skrik. Kyk vir Una, Skipper se graf het nog nie reën gehad nie, toe vat sy die pad. Gaan klim in 'n harnas by Paarl se skou en sleep 'n bus 2 meter ver. 'n Maand later is sy op Vredenburg, sleep 'n beestrok byna 3 meter.

Ouma sê sy was 'n groot vrou, onaangenaam in vorm en bar met die tong. En al slaap jy nou nie lekker met die wete jou bloedfamilie sleep voertuie nie, ten minste kon die vrou haar gewig inspan en 'n geldjie inbring vir liefdadigheid.

Oupa sê mens moet haar oornooi dat sy die pakkamer kan nader sleep voor die winter kom.

Kap maar na jou medemens, sê Ouma, Ten minste is sommiges nog aktief. Kyk daar, ná Erlank se siekbed, van die blomme was nog regop, toe bestel daai plat vroutjie vir haar twee skaatse. Sê sy't haar lewe lank al 'n ding vir sierskaats. En as jy daaroor dink, sy's gebou vir die ys.

Watter mens is gebou vir ys? sê Oupa.

Jy, sê Ouma, Met die hoeveelheid ys wat al in jou whiskey was, gaan jy die ewigheid inskaats.

So ontvang ons gereeld tyding van nog 'n weduwee en haar ommekeer. Die een is gebroke, die ander speel kaart. Een bly inkennig, die ander klim uit haarself.

Daai tyd bly ek op Stellenbosch. Op 'n dag bel my ma en vra of ek kan deurry middae, die buurt sal betaal.

Ek sê, Ma, ek kom mos Sondae.

Nee, sê my ma, Giesela se man is vermis. Kan ek middae daar gaan klavier oefen, hulle's bang sy raak onverantwoordelik.

Giesela het aan die einde van ons straat op Kuilsrivier gewoon. Sy was presies vier vingers hoër as 'n kombuistoonbank, dik, maar stewig soos 'n ham, met klein pikswart haartjies op haar voorarms, bolip en kuite. Dít kon 'n mens nog oorleef met naasteliefde en wegkyk, maar min was bestand teen haar sangtalent.

Giesela was in haar veertigs, maar het vas geglo haar sangloopbaan lê voor die deur. Sy het opera-lesse geneem by 'n Poolse vrou in Bellville en gesing net waar sy kans kry. Die volume was verskriklik, die klank vreesaanjaend. Vyf note kon jou geloof laat wankel.

Oupa het haar eendag in die kerk hoor sing.

Jy sal haar die genadedood moet gee, sê hy, Dis soos 'n perskespreeu. Sy maag sal gaan of hy geëet het of nie.

Die man is al 'n week weg, mens weet nie wat om te verwag nie, sê my ma, Mens moet net haar gedagtes 'n bietjie aflei, musiek is mos haar lewe.

Daai man sit al in Ysland, sê Oupa, Daar sing niemand nie, te bang hulle lok die bere uit.

So daag ek die eerste middag by Giesela se huis op. Die gordyne is toe. Sy sit in die donker met haar pers baadjiepak en drink Southern Comfort uit 'n sjerrieglas.

Ek oefen my Beethovensonate. Ek kan niks sien in die donker nie, maar ek speel sonder ophou, te bang om te kyk wat sy doen.

In die middel van die derde beweging begin ek opbou na die finale gedeelte, toe maak Giesela keelskoon in haar stoel. Ek raak yskoud, maar speel moedig voort.

Twee bladsye verder sprei ek my arms en tref Beethoven se wêreldberoemde klimaks in C-mineur. Agter my spring Giesela regop en ruk haar diafragma na bo. En toe sing sy. Sy sing dat donker wolke saampak en die aarde se voorspoed tot stilstand kom. Sy sing dat elke draak uit elke sprokie ontsnap en in my hart kom wegkruip. Sy sing dat die wêreld se kraaie mal word en dit wat nog dierbaar was in die bol kom pik, dat die Groot Muur van China spontaan begin groei, om en om die aarde totdat niemand meer 'n ding kan sien of hoor nie.

Ek klap die deksel toe, spring op en ruk 'n gordyn oop.

Stop dit! skree ek, In die naam van die mensdom, hou jou bek vir ewig!

Giesela vries met haar mond nog oop.

Kan jy dit hoor? skree ek.

Wat? skree sy.

Jou gebulk! skree ek, Dit waarmee jy jou man, jouself en ons almal doodmaak, al vir jare!

Dis al wat ek kan doen, sê sy, Dis al wat ek ken. Sodra hy terug is, sal ek ophou. Ek sal doen net wat hy sê.

Hy kom nooit weer terug nie, sê ek, Hy's in Ysland.

Wat moet ek doen? sê sy.

Ek weet nie, sê ek, Iets anders. My ouma sê enige mens kan oorbegin. Dis in ons bloed. Sy sê dit maak nie saak wie jy is of hoe oud nie, jy kan in 'n sekonde rigting kry. Die verkeerde ding maak jou oud, lelik, siek en eensaam. Die regte ding kom as jy lank genoeg stilbly om hom te hoor. Ouma sê as jy vashaak, begin voor. Sy sê as Laetitia Leibrandt kon trou in wit, is dit feitlik seker dat enigiets moontlik is.

'n Oomblik

Partykeer wou sy ons aanmoedig, ander kere wou sy ons waarsku, maar van kleins af het Ouma ons geleer, die lewe verander in 'n oomblik. Die atoombom, Sneeuwitjie se appel, Tulbagh se aardbewing, een sekonde. Lorinda se val, een mistrap, waar sit sy vandag, eet beenmeel, maar niks wil groei nie. Oom Danie se drinkery, een sluk, toe's hy terug waar hy was.

Ja, het Ouma gesê, Dis 'n fyn kuns. Partykeer sien jy hom kom, ander kere nie. Partykeer moet jy koes, ander kere moet jy gryp. Kyk vir Ina, hoekom, sal g'n mens weet nie, en ons hoop die sonde is al vergewe, maar daar gaan sy oorsee, 'n uitgegroeide kerkvrou, stap in by 'n dobbelplek, trek daai ding een keer, daar kom soveel geld uit, sy moes terugkom met 'n boot, vandag is haar rondawel afbetaal.

Elkeen kry sy oomblik, lank of kort, geleerd of simpel, mooi of lelik, voorbeeldig of skeef, niemand weet wat kom nie, maar jy hou jou oë oop en jy dink vinnig.

Later, toe ons ouer was, het Ouma ons saamgevat bakkery toe. By die toonbank het sy betaal en dan gesê, Lekker dag, Engela, ons hoop dis 'n mooi tyd.

Buite het sy haar kop geknik en gesê, Ons groet haar vriendelik. Ons oordeel nie. Maar sy was 'n oomblik vir hierdie dorp.

Engela was die jongste van die Vuurhoutjies. Hulle was drie susters. Hulle van was Malherbe, maar almal het hulle die Vuurhoutjies genoem. Hoekom, kon niemand sê nie. Nadat ons die hele storie leer ken het, het ons self aan 'n paar redes gedink, almal te lelik om hier te noem.

Die susters was van die begin af onkeerbare terte, kwaadstokers van bomenslike proporsies. Ouma sê van skool af was hulle so, krap waar hulle nie moet nie, loer orals, dit was soos plafonrotte, maar met rook, drink, vloek, steel en lieg ook by.

Die oudste een was blykbaar die ergste. Sy was groot, met

skrefiesoë en 'n dik nek vol wit en rooi voue soos een wat hoepel gespeel het in die son. Sy kon 'n lelike plan uitbroei tydens een sigaret. Die middel-een was brandmaer met vreeslik baie vlekkies en spasies tussen die tande. Seker 'n ander pa, het Ouma gesê, Die ma was self nie een wat jy van 'n preekstoel af sou bedank nie.

Engela was die mooi een, lang wimpers, atletiekbene en 'n gewilligheid wat net met griep, hongersnood, kwarantyn of in-enting in toom gehou kon word. So het die Vuurhoutjies onheil gesaai net waar moontlik en uiteindelik skool verlaat. Een vir een verdwyn hulle toe uit die dorp.

Die oudste het blykbaar gaan au pair in Arabië en is daar toe swaar gestraf vir 'n onwelvoeglikheid met 'n sluier. Sy't nooit her-stel nie en is vandag bedlêend van eet.

Die middelste is iewers opgelei as 'n bewaarder by 'n vroue-tronk, Ouma sê sy weet nie deur wie nie, want sy begin toe goed smokkel tussen haar tande, word uitgevang en is toe met 'n wolk en 'n knal daar weg.

Engela is oorsee en daar laat sy haar toe afneem vir 'n mans-tydskrif met haar hele paradys op skou. In daai jare was daar nog nie sulke lelike goed binne ons grense nie, maar ontbloting was reeds 'n groeiende besigheid in verlore lande.

Ouma sê sy weet nie wat het verkeerd gegaan nie, maar die dorp het net begin asemhaal, hier's die Vuurhoutjies weer terug. Engela loop met haar tydskrif en wys vir al wat 'n man is of 'n los oog het. Ouma sê sy praat op hoorsê, maar blykbaar kry Lorraine dit toe onder oë. Dié sê Engela is hande-viervoet daar op 'n tafel of 'n ding, maar sy moenie vir 'n oomblik dink sy's grand of iets nie, daai rooiholbobbejane in Bainskloof doen presies dieselfde ding op 'n kar se bonnet, al vir jare.

In presies daai tyd sleep Tannie Kitshoff en haar helpers die eerste staanders in by die kerk, die dorp is aan die regmaak vir stil Gerhard en Kleintjie se langverwagte troue.

Twee dae voor die troue besluit van die manne hulle verras

Gerhard met 'n haneparty. Ouma sê niemand kan rêrig onthou hoe dit gebeur het nie, want daar was alkohol op die spel, maar dinge het net begin rof raak, toe spring Engela daar uit 'n koek of 'n kas, so kaal soos 'n konfytvy.

Werner Bos was ook daar, hy sê daai vrou het vir haar blink gemaak op plekke wat sy girlfriend nie eens het nie. Hy sê sy wriemel daar rond soos een wat die verkeerde pille inhet. Hy sê niemand het dit sien kom nie. Sy's daar al om Gerhard met haar danspassies, die manne is warm en luidrugtig, toe buk sy en soen hom.

Werner sê, verloof of nie, Gerhard is laas gesoen by die skool se prysuitdeling, en Kleintjie is nou nie juis die eienaar van 'n pretpark nie, sy wou trou in wit. Hy sê daai los vrou soen vir hom soos 'n ding wat 'n boomwortel by 'n drein wil uitsuig. Hy sê toe sy losbreek, toe weet die lot hulle kan maar lank drink, daar's nie meer 'n troue nie.

Werner sê teen die tyd dat Gerhard uiteindelik vir Kleintjie opspoor om te sê hy's jammer, toe loop hy al met side whiskers en puntskoene.

Ouma sê albei van hulle is nog op die dorp, nou heeltemal ander mense, vir goed of sleg, mens wil nie oordeel nie. Solank ons net bly onthou, of dit 'n soen is of 'n bom, die lewe verander in 'n oomblik. En dis hoe jy hom vat, wat van jou maak wie jy is.

Pille

Ek weet nie of die hele ding met my pa begin het nie, dit kon sekerlik nie net sy fout gewees het nie, maar met dié dat hy dit nog nooit kon weerstaan om sy hand in die lug te steek tydens 'n vergadering of byeenkoms nie, was en is hy wel een van die wêreld se voorste vrywilligers.

Ek was omtrent twaalf jaar oud toe sy hand weer die lug inskiet. 'n Week lank is hy saans doenig in die garage en uiteindelik staan daar 'n houtbybel van ongeveer 'n meter hoog, bo-in is 'n lang gleuf. Die volgende week word dit staangemaak voor die kerkkantoor sodat sondaars en sieners dit kan vul met bydraes, klagtes en voorstelle.

In daardie dae was ons gemeenskap deeglik bewus van sy medemens en so draai die meeste voorstelle om die ouetehuis. Uitstappies, eetgoed, vermaak, besoeke en aktiwiteite word byna daagliks gereël. Saans slaap almal tevrede, want ons bejaardes is versorg.

So stap ek en my maatjie eendag af met die pad – ons is doodverveeld nadat die predikant verduidelik het twaalf is te oud vir dokter-dokter of enige van ons ander speletjies – toe 'n baie ou oom agter 'n bos uitspring.

Sê hulle moet ons uitlos, sê die oom, Ons kan dit nie meer vat nie.

Wie, Oom? vra ek.

Die hele lot, sê die oom, Ons wil nie meer busry en konsert hou en gimnastiek doen nie, ons is nie hondjies nie.

Hy druk 'n bondel geld in my hand.

Gaan koop vir ons gin, sê hy.

Ek is twaalf, Oom, sê ek.

Vra dan vir jou pa, sê die oom.

My pa drink nie, sê ek.

Hy's treurig, sê die oom en gaan staan weer agter die bos.

Ek en my maatjie stap verder. Ons is tjoepstil, ons het nie geweet oumense ly net soveel soos kinders nie, ons het nie geweet ons ouers doen dit aan almal nie. Elke dag loop ons voor die ouetehuis verby, elke dag is daar nog aktiwiteite, hulle plak vuurhoutjies, knoop mandjies, luister na blokfluit, skilder met ou kos en speel met sagte balle.

Eendag spring die oom weer agter die bos uit.

Sê hulle moet ons deure kom reg verf, sê hy, Ons is nie marmotjies nie.

Die aand praat ek met my ma. Wat makeer die ouetehuis se deure? vra ek.

Dis om hulle te help, sê my ma, Elkeen se kamerdeur is die kleur van sy pille.

Die matrone kan nie meer al die fyndruk lees nie, daar's honderde bottels, en van die susters het ook al verkeerd gekyk. Nou's elke deur sy eie kleur. Of gestreep vir meer kwale. Rooi vir hart, blou vir longe, geel vir cholesterol, pienk vir gewrigte, geel vir waansin of geheue, nou's almal veilig.

So gaan die tyd verby, ek en my maatjie stap af met die pad, die oom spring uit die bos, ons gaan dra sy boodskap oor, niemand luister nie. Maar dis nie lank nie, op 'n dag, ek is nog steeds twaalf, kondig matrone aan sy kan ook nie meer die deure sien nie, sy vat 'n pakket. In haar plek stel hulle vir Berryl Carstens aan. Berryl was 'n groot meisie wat een aand ná 'n dans van 'n bakkie afgeval het en van toe af net dwars kon loop, maar sy was dierbaar met 'n gevoel vir bejaardes en buitendien is dwars loop goed in 'n ouetehuis, want al die kamers is so vol.

Dit was net twee weke, toe begin die stories. 'n Tannie het die busdrywer probeer streel, van die bejaardes rook in die eetsaal, hulle luister popmusiek en twee ooms lê heeltyd op mekaar. Ek en my maatjie is verstom, die oumense doen nou alles wat ons nie mag nie.

Ek praat met my ma.

Dis sonde, sê sy, En ondankbaarheid. Ons moet net bid ons bly eendag helder tot aan die einde.

In die ouetehuis gaan dinge van krag tot krag. Die meeste loop heeldag in hulle pajamas, baie bestel kos in hulle kamers, baie weier om kerk te luister, 'n groep tannies dans met rafia en 'n oom het 'n kroeg begin.

Uiteindelik word Berryl ingeroep. Die regeerders van ons

dorp vermaan haar vir ure. Sy weet van niks, sê sy, hulle lyk almal gesond. Berryl word afgedank en 'n ongure vrou neem die leisels. Binne 'n week is die bejaardes tjoepstil, gedienstig en verswak.

Dis eers lank daarna, toe haar ma begin rondpraat, dat ons uitvind dat Berryl se val van die bakkie heelwat ernstiger was. Haar ma sê sy't eendag sommer met 'n skoonmaker begin praat, volgende ding kuier sy met 'n plaaswerker. Toe weet hulle sy's kleurblind. By die ouetehuis het sy nie geweet watter pil hoort waar nie, sy't maar probeer uitdeel soos sy goedgedink het, uiteindelik het sy dit net gelos.

En so weet ek al van twaalf af wat baie mense nou eers uitvind. Dis ander wat jou weghou van waar jy moet wees, hulle pille en hulle praatjies. Jy moet doen wat jy moet doen, selfs met bang raak, jy drink jou eie pil. En jy vind jou eie plesier.

When I Was

When I Was 7

When I was 7 years old my father took us to the farm to visit our grandparents for Christmas. Everybody seemed very happy until my grandfather asked me if I wanted to go to the dam.

I told him it would look much nicer if they made all the ducks wear little dresses.

After that my father had to hold my mother back. She just wanted to walk into the water. She said she needed to meet the Lord and ask him some questions.

Two weeks later my mother came to my room and told me although my development was not what they had hoped for, she needed to ask me a favour. She said her sister had a daughter with one really small hand. She said nobody ever thought this girl would find a husband with an income, but now she was getting married and they needed six flower girls. She said it would not be a real wedding without six flower girls. Sometimes when there was alcohol in the family people got married with only one or two, but look at what happened to Bet-Bet Landman. She got married with only five flower girls, then she swallowed the head of a teaspoon on her honeymoon. And all the way to the hospital that thing was blocking her oxygen, now she had to live with constant headaches and two boys who liked classical music.

My mother said sometimes we had to think about the happiness of others. She said we had only five cousins in the family, so her sister had asked if I would be the sixth flower girl. She said it would not be difficult because I did not run around like normal children anyway. She said I had to remember it would just be for the wedding, after that I would have to try and be a boy again.

When my father found out about the plans, he drove the car into the ditch and said nobody was going anywhere. Then Mother told him there were other people on earth as well and phoned the family. On the day of the wedding strangers picked us up and drove us to another town. Mother told me not to talk to anyone and never, ever lift my dress. The dress was peach. There was powder on my face and ribbons on my head.

At the church the five cousins would not even look at me. They just stood in a row and held their flowers. The bride with the small hand told me to walk behind them.

We were ten steps into the church when the fifth cousin turned around and looked at me.

You're not a real flower girl, she said.

I am, I said, Look.

Then I did what any real girl would do. I pushed her. She fell on top of the fourth cousin. The rest went down like dominoes.

I could see the whole church and all the people. And they could see me. In front of me the flower girls were crying, behind me the bride was waiting. But I did not move. I looked at the preacher, then the groom and the best man. And then I saw Bennie Wiege. He was holding a little cushion with two rings. He was eight years old. He looked at me and smiled.

And at that moment we both knew there were things in this world our parents would never have told us. I knew that in less than an hour the dress would be gone and my face would be washed. But I knew there would be trouble. Big trouble that would last for years.

When I Was 8

When I was 8 years old I discovered for the first time that most adults had problems. Up until then I had always believed that being a grown-up meant you had everything you needed, you could do what you wanted and never had to listen to anyone. But

376

then I started noticing things, things that did not seem right, like people frowning, whispering, crying and repeating outfits.

I lost all interest in other children and became obsessed with finding out what was going on with the grown-ups. I could not stop sneaking around, waiting around corners, hiding behind doors, opening cupboards and looking under furniture.

One night I opened my bedroom door and heard the most unbelievable conversation. My mother was telling my grandmother that it was time my grandfather confronted his demons. I knew my grandfather had chickens, ducks and rabbits, but where were the demons?

Then my grandmother said she kept hiding all the bottles but he kept finding them.

She said if he was an alcolic person, she was going to leave him. Then my mother became really upset and started using her high voice, so I closed my door.

The next morning I waited until I was alone in the kitchen with my mother. I tried to sound really innocent.

What is an alcolic person? I asked.

My mother looked at me.

Not alcolic, she said, Alcoholic.

What is it? I said.

It is a person who is very thirsty, she said.

Why? I said.

Because he is in a desert, she said.

Where? I said.

It is an emotional desert, said my mother.

That day I couldn't concentrate in school. I told everybody my grandfather was in a desert and kept his demons in a bottle. And the more I spoke about him, the more he became a hero. One with a secret.

The next time I found out my grandparents were coming to visit, I told everybody. That afternoon the house was filled with children. We followed my grandfather everywhere. Every time we saw a bottle we gasped.

What is wrong with you? asked Grandfather.

Show us your demon! shouted little Simon Minnie.

Grandfather looked at us.

Sit down, he said. Then he told us a story about a monster that lived in a forest. It was so scary that Corlia Joubert peed on the couch. Grandfather took a deep breath and told us another story. It was about a monster that lived nearby and walked the streets at night. He was harmless and would do anything just to have a friend. He was really tall and brittle and would sometimes lose a hand or a foot. Grandfather said Grandmother always picked it up in the morning and cooked it for supper and would we like a taste, there's a foot in the oven right now.

Then Vicky Eloff's asthma returned and we had to phone his parents.

That night I overheard another fascinating conversation. Grandmother was really angry.

How could you tell the children stories about monsters, she screamed, Are you drunk? Those children will never sleep again!

Every child needs a monster, said Grandfather.

I will have you arrested! screamed Grandmother.

When a child learns how the world works, he becomes scared, said Grandfather, He needs his own monster to fight the others. They have been giving children monsters in every fairytale since the beginning, dragons, eagles, geese and bats, creatures that can protect them and help them escape.

From what? said Grandmother.

You know what happens, said Grandfather, You know what they do to children. Teachers, strangers, people they know, parents, uncles. Better you have a monster when you need one, than a demon at my age. You know what happens.

It took me many years to find out what happens. But since

that day I have loved my grandfather, he might have been a little alcolic, but he gave me the monster that has been my protection to this day.

This story is dedicated to all those children who never had any.

When I Was 9

When I was 9 years old I often had to stay after school for my music lessons. One day, on my way out, I heard two of the older boys talking in the bathroom. One was saying that he had heard touching your genitals was not a bad thing at all. He said it released stress and stimulated the mind, and it was especially good for people with their own businesses. Then the other one said he hoped he hadn't started too late, he did not want to end up being a schoolteacher one day.

I had always thought a genital was a person who looked after a large complex or building like a church or a hotel. I was devastated. As far as I knew there was not a single genital or large building in my family. That night I wrote my parents a letter and told them that although they were very nice people I had to go and live somewhere else so I wouldn't have to be a schoolteacher one day. Then I threw some clothes into a bag and climbed through the window.

I walked three blocks until I reached the tallest building in our town. It was the house Miss Engelise lived in. I rang the bell and waited. Miss Engelise opened the door and looked at me and my bag.

Please don't be angry, I said, I have nowhere else to go. You are the only rich person I know of. I just need to know if I can stay here until I have touched enough genitals to start my own business.

Miss Engelise said nothing. She showed me into the dining room and made me sit at the table. Then she took my hand and closed her eyes.

God, she said, I am here with a strange boy. Bless our food and give me strength.

We ate onion soup with thin slices of bread and white cheese. Miss Engelise pointed to a large painting of two very old people.

My parents were both blind, she said.

Then we ate fish with small potatoes and cucumber salad.

Once I ran away, said Miss Engelise, And my parents became really upset. They thought I did it because they were blind.

Then we ate tapioca pudding with red figs. After that Miss Engelise showed me to my room. I was awake the whole night, listening for footsteps, thinking about what the older boys had said and wondering where on this earth I would find somebody to touch.

The next morning Miss Engelise was waiting for me in the dining room. The table was laid with fruit and flowers, pancakes and toast, scrambled eggs and tiny sausages, fruit juice and coffee, and on a glass pedestal, a huge vanilla cake.

I hear you play the piano very well, said Miss Engelise, I hear you won your first competition when you were only six. With a gift like that you can touch thousands.

Who looks after your house? I asked.

Miss Engelise grabbed my hand and closed her eyes.

God, she said, I'm still here with the boy. He wants to thank you for his talent. And for giving him the right parents. Bless our food and make us wise.

And then we ate.

When I Was 10

When I was 10 years old, Mother's sister came to live with us. She was a plump woman with dark eyes, enormous breasts and a voice like traffic. Aunt Pearl had lived in a small town twenty-five minutes from ours until the day her husband told her he was in love with a smaller woman. The night he left, Aunt Pearl ran after the car until she couldn't see it any more. Then she threw her arms in the air and stood there like a strange tree.

As she stood there, thunder and lightning came from heaven and then it started raining. And the whole time Aunt Pearl did not move once because she couldn't think of anywhere to go. Finally the storm was over. Aunt Pearl went home and slept for two days. Then she gave the house to a family with slow children and came to live with us.

Father had never been comfortable with having guests. We were living in a small house without a dining room and had to eat in the kitchen. Aunt Pearl had a huge mole next to her left eye. Father said it made her look like three people in a small aeroplane and told her not to sit opposite him because it felt like he was eating on a runway. Mother told her not to pay attention, that was the price they were paying for marrying beneath themselves. Then Father said something that made them both cry. Our house became an unhappy one.

Then one night we were having supper and Mother asked Aunt Pearl to pass the peas. Aunt Pearl always leaned forward so her breasts could fit under the table. She looked up at Mother and told her she did not want to use her hands. We immediately realised that something memorable was about to happen and stopped eating.

Father slammed his fork into a large piece of meat and started pushing it around his plate. Mother got up from her chair and grabbed the peas.

I can feel things, whispered Aunt Pearl.

Father dropped his fork.

When I touch something, I feel things inside, said Aunt Pearl.

What things? asked Mother.

Things that are happening, said Aunt Pearl, No matter where, I can feel everything that happens.

Put your hand on the table, said Father.

No, said Aunt Pearl.

And where will you sleep tonight? screamed Father.

Aunt Pearl put her hand on the table. The next moment she was out of breath and tears were coming from her eyes.

What do you feel? asked Mother.

Like I'm under the ground, inside the earth, said Aunt Pearl, I can feel somebody looking for food, there are people running around, somebody's being beaten. I can hear scratching, like somebody's trying to hide. I can feel war, I feel people's anguish and their guilt.

Father looked at us. Tonight you pray your aunt gets better, he said, And I will pray she finds accommodation.

Mother took Aunt Pearl's hand and lifted it from the table. You need to lie down, she said.

The bed will kill me, said Aunt Pearl, It connects me to all the sadness in the world.

Mother looked at Father. That happens to most of us, she said.

The next day, when we came home from school, Aunt Pearl was missing.

What is wrong with her? we asked.

My sister has a very special talent, said Mother.

What? we asked.

The night she stood in the rain, when she thought she had no-thing, she received a great gift, said Mother, She learned that she was part of something, that she was just one of a world of people with incredible needs.

Then why was she crying? we asked.

Knowledge is a huge burden, said Mother.

She opened the kitchen door. In the back yard stood a large port-a-pool. It was filled with water and on top Aunt Pearl was floating on a lilo.

The water disconnects her, said Mother, Too much feeling can kill you.

Our house became peaceful again. And when father was away, we opened the back door and listened to Aunt Pearl splash in the water. And on good days we could even hear her sing.

When I Was 11

When I was 11 years old our teacher told us that a very special choir was going to visit our town just before Christmas. She said they were really famous and were going to give a concert in the school hall. She said there were only boys in the choir and they needed to stay with different families, we had to discuss this with our parents and then put our names on the list of hosts. She said we needed to make them feel at home, they were really special.

I put up my hand and said, We'll take two.

That night I told my parents two choir boys were going to stay with us.

We don't have room, said my mother.

I don't like choirs, said my father, It's not normal.

Then I cried until my mother said they could stay in my room.

It's not normal, said Father.

The day before the choir arrived, our teacher told us that we had to collect our guests from the school at four o'clock, make them feel welcome and remember that all of them were orphans. We were all shocked and ran home to tell our parents.

I don't know anything about orphans! said my mother, What do they eat?

I've heard a lot about those, said my father, They look sad, but they develop faster than other children, they know every trick in the book, it's not normal.

The next day we all stood in front of the school to receive our orphans. We were really scared and by the time the bus turned through the gates, most people were crying. Our first orphan was a tall boy with blond hair and bright blue eyes that looked like there was a light shining behind them. Our second orphan was a short boy with black hair and very long lashes like a girl. The leader of the choir told Mother he was a soloist and should not sit in a draft.

That night we were having supper when Mother asked the first orphan to pass the peas.

Peas are healthy, said father, Have you had some before?

The blond boy looked at Father.

Peas are the green vegetables with the highest fat content, he said, And when they are overcooked like this they also provide no fibre or nutrition. We'd prefer not to have any.

We immediately realised something memorable was about to happen and stopped eating.

Father put down his knife and fork.

Another thing that is healthy, he said, Is being grateful.

Oh we are grateful, said the blond boy, For our talent and for the high standards that are being instilled in us.

We are sorry, said Mother, They told us you were orphans.

We are, said the blond boy, That means we have not met our biological parents, but we are not deformed, mentally inferior, unwashed, uneducated, spiritually impoverished or without taste.

You must be from a five-star orphanage, said Father.

We are not from an orphanage, said the boy, We live at the

academy where we have our classes and choir practices. It's one of the best in the world.

Father looked at his plate.

Academy, he said, It's not normal.

That night I was lying in my dark room with the two orphans. I was trying to hear the soloist breathe. Mother had covered him with so many blankets, I thought he might be dead. The blond boy switched on a torch and pointed it at me.

Are you coming to the concert? he asked.

Yes, I said.

He turned the torch towards himself. His eyes looked like stars.

When we sing about Christmas, you have to close your eyes, he said, You have to imagine things that are not there.

Why? I said.

We perform all over the world, he said, Some places have snow and tall trees with wooden angels and real candles and knitted gloves and people who sing carols without blushing and tiny cakes with wise men made out of icing. It's not how it really was in Bethlehem, but it's magical. Around here there is very little magic. Without it you don't believe in anything.

He pointed the torch at me.

Can you sing? he asked.

No, I said.

Then you just have to wait, he said.

For what? I said.

Your escape, he said.

It is now many years later and I haven't escaped yet, but I do sing for a living. And when I sing or hear a Christmas song, I can't help it, I think of snow, knitted gloves, green vegetables and an orphan with a torch and stars in his eyes.

When I Was 12

When I was 12 years old our cousin Velvet came to live with us. She was the daughter of Mother's sister Mary. We had never met her before and were really scared of her. She had a really small head, small shoulders and no breasts. But everything else was enormous. It looked like she had been stuck in a pipe.

Velvet never said a word. She just sat at the table and rolled her eyes.

Tell her to stop, said Father, It's like eating with a frog.

She's just quiet, said Mother.

We could never find out why Velvet came to stay with us. She just arrived, like sad news. She never made a sound, just moved around the house and cleaned everything she could find.

Why don't you send her down the street? asked Father, Let her scare some other people. Or clean their houses. We need the money – Pearl needs a bigger pool, she's been putting on weight on that lilo.

One night we were having supper when Mother asked Velvet to pass the peas. Velvet rolled her eyes and started crying. That was the first noise she ever made in our house. We immediately realised something memorable was about to happen and stopped eating.

I never expected it to happen, said Velvet.

But the peas are standing right in front of you, said Father.

Let her talk, said Mother.

His name is Wilson, said Velvet.

That's lovely, said Mother, And where is he now?

I don't know, said Velvet, He just spoke to me after church.

That must have been unexpected, said Father.

Leave her alone, said Mother. She put her hand on Velvet's arm. And what did he say? she asked.

Velvet rolled her eyes. He said that if I met him behind the church the next night, he'd show me why we were put on this earth.

And did you meet him? asked Mother.

Velvet nodded.

And then? asked Mother.

He took me, whispered Velvet.

Took you where? said Father.

There! cried Velvet.

Father looked at Mother. I liked her better when she was quiet, he said, Tell her to go to her room.

From then on we had to help Mother clean the house again. Velvet stayed in her room while we wondered what she was doing. And then one day we came home from school and a baby was crying in the kitchen. We looked around the door. Velvet was sitting at the table. She had a small bundle in her arms and was looking at it with dead eyes. Father stood in the corner, looking like one of those people who wake up at their own funerals. Mother was pouring milk into a bottle.

You have to decide on a name, she said.

What will become of us? said Velvet.

Millions of people would like to know, said Father, They don't have a clue. And then they bring more people into the world who might never have a clue. Only a few lucky ones ever find an answer.

Then he opened the back door so we could all hear Aunt Pearl sing in the pool.

When I Was 13

When I was 13 years old a new boy came to our school. His name was Kelvin Booyens. He was really pretty with dark skin and pitch-black hair. He was shy and spoke to nobody.

I had just started puberty and was temporarily insane and going through a friendly phase. Our teacher decided Kelvin Booyens should sit next to me. I was really excited because I'd never had a pretty friend. But on the second day, during English class, he had to lean over to read from my book. It was then that I learned beauty came with a price.

Kelvin Booyens had the breath of a three hundred-year-old wolf. The first time he exhaled close to me, I slipped into another world, lived through chemical warfare, danced naked with my forefathers, saw a white light beckoning and fell from my desk.

Our teacher asked Kelvin Booyens to wait outside. Then she told us that he might have a digestive disorder. People like that could brush their teeth but still smell bad because of tension or the wrong foods. She said we should not be judgemental. Many people with bad breath got married and had normal children. We didn't care. We called him Hyena Breath and never spoke to him again. He didn't seem to mind.

Six months later Mother came home from a church meeting and announced they had started an outreach programme. She said that every family was going to welcome a stranger into their home for supper.

We're lucky, she said, We could have gotten that Kloppers woman who can't swallow, but now we just have a lonely boy from school.

He stinks! I said.

And here comes the Da Vinci moment, said Father.

Mother crossed her arms and smiled like an angel.

We are all equal, she said. Somewhere a choir started singing.

But they were dead silent on the night of the supper. We were sitting at the table, waiting for our food. Mother was sitting in the back yard, talking to our guest. When she finally came into the kitchen, she was slightly squint, holding on to the wall. But she kept her smile. Behind her was Hyena Breath.

So where do you live? asked Father.

That lovely house behind the bakery, said Mother.

What do your parents do? asked Father.

They're not together, said Mother, His mother is with somebody new. Let's eat.

So who lives behind the bakery? asked Father.

He lives there with his mother and his new father, said Mother, The other one travels. Have some peas.

Hyena Breath sat down next to me. He put some peas on his plate and looked at them. Then he looked at us.

My father has been all over the world, he said, He sends me pictures from the newspapers. He's the Butterfly Man.

Is that a medical condition? asked Father.

He's with a circus, said Hyena Breath, He shoots from a cannon. Then he turns into a butterfly.

It must be fun to have two fathers, said Father, One on the ground and one in the air.

You go and live with a stranger, said Mother, Then you come tell us how much fun it is.

I looked at Hyena Breath.

Do you go to the circus a lot? I asked.

No, he said, My mother says it's unhealthy to be around people in tights. And she never wants to see a caravan again. So I just speak to my father when he phones.

And your new father, what does he do? asked Father.

He makes money, said Hyena Breath, And he wears suits. And he has a lot of rules.

Rules are good, said Father, It shows you people care. They want you to grow up the right way.

Hyena Breath pushed back his plate.

When too many people look after you, nobody notices you, he said, They all think the other ones will ask you what you want. It's like a tree, they sit against you, they walk past you, but they don't look at you. One day I will travel with my father and see the world and maybe live with the circus. There you can be what you want. And nobody feels sorry for you.

And at that moment Kelvin Booyens's breath stopped smelling bad. He turned back into a beautiful boy with dark skin and pitch-black hair.

Never again have bad breath or lonely people bothered me. In fact when I run into them, I'm a little bit jealous. I think, wow, there goes another one, he probably has a dad with tights and wings.

When I Was 14

When I was 14 years old my cousin Rupert came to live with us. He was not like the rest of us, he came from the city and looked like the people in the magazines I took to the bathroom every time I had to deal with my changing body.

When we asked why he had come to live with us, Mother said we shouldn't ask questions about the family and that he had no way of knowing the diamonds he had sold to those Japanese people were fake.

I thought he was a bus driver, said Father.

They were looking for souvenirs, said Mother, You can't be rude to overseas people.

I would have bought unlabelled chemicals from Rupert. I had never met anybody like that. He smoked cigarettes and walked around the house in cowboy boots and a pair of jeans that changed my outlook on life completely. Sometimes when my parents were not in the house he would speak on the phone and use bad words and say things that made me run into my room and bite into my desk so as not to cry out from joy.

It was like discovering the earth was round.

Every day Rupert opened new worlds to me and I followed him like a shadow. I even started forgetting about the day in the revival tent.

Just before Rupert had arrived, Father took us to the tent at the railway crossing. He said he heard the man was really good and maybe we needed a change. The tent was filled with plastic chairs and people with desperate expressions. People I had known for years were behaving strangely. They put their hands in the air and started waving like they saw an aeroplane. A man with a microphone and a Memphis wig sang eight songs in the same key and then he screamed we should all be like babies. Father started crying. Then he took off his clothes and ran to the front, screaming, Wash me! Wash me!

I was at that period in life where you wanted to see everybody on the planet naked except your family. The sight of my father running naked through a possessed congregation filled me with emotions that will never be resolved in this life.

When I told Rupert about the tent, he smiled in a way I did not know was possible.

Then one night we were having supper when Mother asked Rupert to pass the peas. As Rupert put his hand out he looked at Father.

So, he said, I heard you let the old banger out for Elvis.

We immediately realised something memorable was about to happen and stopped eating. Father turned as white as mash and looked at Rupert.

I beg your pardon, he said.

Rupert put his arm around my shoulder. My friend here tells me you showed your sins to the world, he said, That is wild.

Father said nothing. He took me to my room and beat me like we were living in a trailer. I thought I was going to faint but I did not make a sound. That night Rupert came into my room and asked me if I wanted a cigarette. I asked him if we could go away. The next night we got onto the bus and drove to a town I'd never been before. There we had breakfast, saw a movie and then Rupert bought me a pair of jeans that must have been sewn by Satan and every slut in the world. Turning around in front of that mirror was the sexiest, most deliciously sinful moment of my life. Then I burst into tears and asked Rupert to phone my parents.

It was evening when they finally drove into town. I turned around and Rupert was gone.

I got into the car and for hours nobody spoke. Until Mother got the sandwiches out. Then she turned around and looked at me.

There are no rules, she said, Everybody finds Jesus their own way.

When I Was 15

When I was 15 years old my father called me into the kitchen and told me that although they were churchgoers, my mother was pregnant again. He said that my music lessons were costing them a lot of money and if I wanted to continue, I would have to get a job during the holidays.

Just two weeks before that our schoolteacher had told us that it was much easier for attractive people to find work, but if the ugly ones tried really hard, they would find work too, although there would be emotional scarring.

I wasn't sure what I looked like. Because I was a gifted child I had to practice the piano for hours and could not go to the sports grounds with the other children for premature sexual activities.

So I went to the bathroom to look in the mirror. I was as ugly as the truth. My face was round and pink with scared little eyes and lips that looked like somebody made them out of scone dough. I looked like something very drunk people had blown up to play with. I cried for days. I couldn't think of a place in the world that would give me a job.

Then one day, I was on my way home, the couple from across the street called me. Nobody knew much about them. They were Methodist people, their name was Bluebottle, they wore identical glasses, had lots of gold in their teeth and cement animals on their lawn. They told me they were going away for Christmas and would pay me to look after their house. All I had to do was open the windows every day and water the garden twice a week.

That night I told my parents I had found a job. My father said the money was too little, but my mother said it was fine, as long as I didn't open their drawers, because it was like looking into somebody's soul and that could be a very dark place.

Two weeks later the Bluebottles left for their holiday. That afternoon I went to their house and opened all their drawers. They were filled with tools, knives and forks, photographs, magazines, unopened mail, underwear, chocolates, very old make-up and broken jewellery. I was shaking with excitement. Not even the doorbell of a whorehouse could match the promise of an unoccupied house in the care of an adolescent. But for some reason, the same reason that is still a mystery after twenty years, in the middle of my treasure hunt, I turned around, went back to the kitchen and opened the fridge.

It was filled with food. Not for a moment did I think it was strange for people to fill their fridge when they were going away for three weeks. I was overjoyed. I bent over to reach a can of cooldrink.

The food is for me, said a voice.

I jumped up, banged my head and fell to the floor.

You are all the same, said the voice.

I turned around to see where the voice was coming from. On the stove-top sat the ugliest little creature I had ever seen. It looked like a dwarf with a very large head. He had pointed yellow teeth, a long crooked nose, tiny hands like a bat, and wore clothes from five hundred years ago.

Why does everybody always want to drink my cooldrink? asked the creature.

Who are you? I asked.

My name is Edward Bluebottle, said the little man, My parents hired you to babysit.

They did not, I said, I just water the garden.

No, you open the drawers, said Edward Bluebottle, And the fridge, like all the others. So I just wait here.

I got up from the floor.

How can they just lock you up? I said, Do the police know?

Edward pointed to a hole in the door.

I'm not locked up, he said, Did you think that was for the dog?

Why didn't they take you with? I asked.

They always try to, said Edward.

He scratched his long nose with a bat finger.

But I don't want to be seen with them, he said, Not with those glasses and those golden teeth.

He jumped down to the floor.

Come, he said, Let me show you where the nice drawers are.

I looked at the stove. The plate was on. And it was red-hot.

* * *

One week after the Bluebottles had left for their holiday it started raining. It rained for days. It rained so hard we couldn't see the neighbours' house or the cement animals across the street. It felt like we were the only people on the planet. After three days our street became a river with people's belongings floating past our house.

The man on the radio said it was a disaster. He said when it rained like that all the poor people with small cars got their engines wet and blocked the road and then the rich people with big cars couldn't go anywhere either and eventually nobody had anything to eat.

Mother said we should be grateful she bought in bulk when Father got paid overtime, we had enough Weet-Bix for three weeks.

I thought of the Bluebottle fridge with all that food, but struggling through a river to ask a dwarf on a burning stove-top for food just seemed impossible, so we ate the Weet-Bix.

Four days later it stopped raining. Still, nobody could go anywhere because outside it looked like the ocean. Then one morning, finally, somebody knocked on the door. It was Roberta Breedt from down the road.

There's a payphone in my garden, she said.

Thank you, said Father, But our phone is working perfectly.

No, said Roberta, Miss Baps is inside.

I'm sure she won't be long, said Father.

She's stuck! screamed Roberta, You have to come!

Miss Baps lived four houses from us. She was a teacher at our school and taught typing with a stopwatch. She spoke to no-one, rode a bicycle and was really, really fat. When she passed the house we used to run after her to try and see if she was walking or on the bicycle. Father said it looked like someone left the knife in the pork.

By the time we got to Roberta's house, a whole crowd was standing on the soaked lawn. The payphone was lying on its side with the door at the bottom. It was filled with Miss Baps. It looked like Eskimos had frozen a large mammal for winter. It took eight men to turn the payphone around and open the door. Miss Baps was crying.

I just wanted to phone my mother, she sobbed, Then the waters came.

It was all too much for me. The secret I carried inside, seven days of Weet-Bix and the fact that I had never known fat people had parents. I burst into tears.

The Bluebottles have a son! I screamed, He's a dwarf with bat fingers! He comes out at night to sit on the cement animals!

There was absolute silence. Everybody was looking at me. I could not stop myself.

His name is Edward! I screamed, He cannot feel pain and he hates his parents. He showed me their drawers, they have guns and secret maps!

It was like a parade. Everybody was marching down the street with Father in front. He made me fetch the keys and unlock the door. They stormed into the house. There was nobody there.

He must be hiding, I said, Look, all his food is in the fridge.

They opened it. It was empty.

I showed them the drawer with the guns. They opened it. Inside was a Bible and a very old KitKat. Everybody looked at me and left. Father said I should go home and stay in my room till I was forty.

In the middle of the night I woke up. Somebody was tapping on my window. I peeped through the curtains. Miss Baps was standing in the garden.

Do not feel bad, she said, They will not believe you, but I do. I've known Edward Bluebottle for years.

Did you look after the house as well? I asked.

Edward lives in my mind, said Miss Baps, And in yours and many others.

But I'm gifted, I said, I don't imagine things.

Oh, Edward is very real, said Miss Baps, He only appears when you need him.

For what? I asked.

Whatever, said Miss Baps, If you need to feel attractive, Edward will be your ugly friend. If you need to feel thin, Edward will be your fat friend. If you think your life is hard, Edward will suffer more. He will do anything for you.

I closed the curtains and turned around. Sitting on my bed was the most beautiful creature I had ever seen. He smiled.

I can't sleep either, he said.

When I Was 16

When I was 16 years old my family moved to a town that nobody could see from the highway. Everything was flat, people woke up in flat houses, bought their stamps at a flat post office, sent their children to a flat school and held their meetings in a flat hall. Next to every building was a tree that covered it completely. My father said the town was still unspoilt and offered more opportunities. My mother said she hoped the opportunities came before the end of the world so we could move to a place that was visible from heaven.

Life was predictable and without passion. Until Mrs Temple died in her sleep. She was a widow who lived in a large house and drank gin every day from two o'clock. The day after the funeral we heard she had left all her money to the church. She wrote her will by hand and said that it was a disgrace to baptise and marry people in a church with such a short little tower. It was because the youth had nothing to look up to they became such feeble people and that's why she drank herself to death. They should use the money to build a better tower.

One month later there was a meeting in the hall. The architect showed everybody the plans and then told them Mrs Temple's money was not enough, they needed to make a plan. Una Staple suggested they should have a cake sale.

Then feminine Celia said maybe Una should try a new recipe, how many caramel cakes do you need to bake in one lifetime.

Then Una said baking a decent caramel cake is better than having your car parked in front of the hotel every time there is a male visitor in town.

Then the preacher said maybe they should have a sale where people could bring anything.

On the day of the sale people arrived at the church hall with everything from live chickens to caramel cakes, handmade radios and wheelchairs for couples. In an effort to broaden a few horizons, my mother decided to bring a map of the world and sell geography lessons, an enterprise which, by the end of the day, had strengthened the building fund with the breathtaking amount of R37,80.

Outside in the parking lot feminine Celia was selling hugs and kisses. By lunchtime she was so bored she started slipping the tongue to anything with five rands and a deep voice. By four o'clock she had guided every single high-school boy into manhood. Old Mr Buckman took his wife home, returned, queued twenty-eight times and made a contribution that took Celia's final takings to a total of more than six thousand rands.

Three weeks later a bus filled with builders stopped in front of the hotel, Celia shaved her legs and work on the tower began. For weeks people spoke of nothing else. Every day they went to the church and looked in wonder at the new tower being built. But by the time the tower became as tall as the trees, people suddenly became nervous. Some of them stopped going to the church completely, while others found it really hard to look up as high as the scaffolding.

By the time the tower was rising above the trees, most people were too afraid to go near the church, those brave enough to look all the way up started hyperventilating and some even fainted.

One week before Christmas the new tower was complete. The builders got into their bus and left. Suddenly the town was quiet. Apart from feminine Celia trying to start her car in front of the hotel, there was not a sound. People were staying inside, keeping quiet and decorating their tiny Christmas trees.

Why does nobody want to look up? I asked.

They're afraid they might see something unbelievable, said my mother.

Why? I asked.

When you see something you do not believe, it changes everything you know, said my mother.

What happens then? I asked.

You might become somebody else, said my father. Somebody unexpected, someone who will surprise himself and many other people. We looked at each other. Then we stormed out the door and ran down the street.

And since then, every Christmas while the world decorates trees, worries and looks elsewhere, you will find our family outside, looking for a church or a tower, desperate to see something unbelievable.

When I Was 17

When I was 17 years old, my father called me into the kitchen. My mother was sitting at the table with Mrs Noppe. On the table was a bottle of champagne and a plate of biscuits.

Surprise, said Mrs Noppe.

Mrs Noppe was a recovering alcoholic who lived four houses from us. Mother said there was some damage, that's why she smiled all the time, even when she fell off her chair.

Father looked at me.

You have been working really hard at your music lessons, he said.

Yes, said Mother, And we know you are upset because your voice hasn't changed liked the other boys'. So we wanted to give you something.

Surprise, said Mrs Noppe.

It has not been easy, said Father, We never expected to have three more children, but we did manage to save a bit of money.

Next year you'll be a man, said Mother, So we decided to get you a little car.

Champagne, said Mrs Noppe.

It is not a new car, said Father, But it will do for now.

You still have to learn to drive, said Mother, But you can use our car for that.

Why? I said.

Get the glasses, said Mrs Noppe.

We cannot open the bottle, said Mother.

Just a sip, said Mrs Noppe.

Where's the car? I said.

Mrs Noppe has all that open space behind her house, said Father, So we thought we'd keep it there.

Why? I said.

It has no wheels, said Mother.

Surprise, said Mrs Noppe.

I got a really good price, said Father, Next year we can get the wheels.

So we're not opening the bottle, said Mother, We'll keep it till we get the wheels.

Go and have a look, said Father, They put it on bricks.

I went to my room and cried like a seal. For a whole year I did not walk past Mrs Noppe's house. I did not want to see the car. Then one day Father called me into the kitchen. Mother was sitting at the table with Mrs Noppe and the bottle of champagne.

Surprise, said Mrs Noppe.

Father pointed to the back door.

Go look, he said.

I opened the door. Outside there were four wheels stacked neatly on top of each other.

We got them, said Father.

Why didn't you put them on? I said.

We couldn't, said Mother, We were feeling too sorry for those people.

What people? I said.

There's a family living in the car, said Mother, They didn't know it was yours when they moved in.

It was the bricks, said Father, They thought nobody wanted it.

So we're not opening the bottle, said Mother, We'll wait till they're gone.

I went to my room and slammed the door. Father went outside and kicked the wheels. Mother put the champagne in the cupboard and Mrs Noppe fell off her chair. And that was that. I never saw my first car, not once. It was somebody's home. Not that they stayed in Mrs Noppe's back yard for long. One night they came and stole the wheels and drove away.

When I Was 18

When I was 18 years old my mother called me into the sitting room. She was pouring tea into a cup. Sitting on the couch was Mrs Flinny, looking at a very large biscuit. Mrs Flinny lived with her husband in a yellow house two streets from us.

This is a very large biscuit, she said.

Old Mrs Dekker baked them, said Mother, If she makes them smaller she can't see them.

Mrs Flinny tried to break the biscuit in two. A thousand pieces flew through the room.

I'll vacuum later, said Mother.

Mrs Flinny looked at me.

Everybody is talking about how well you play the organ, she said, Do you have a girlfriend?

No, I said.

There you go, she said, You don't need one if you know how to use your hands. I hear you play in church now.

Sometimes, I said.

Mother picked up a biscuit. The next moment we were covered in crumbs. We looked like biscuit ghosts.

Next time I'll get smaller ones, said Mother.

My husband loves music, said Mrs Flinny, He would like you to play at his funeral.

When did he die? I said.

No, he's alive, said Mrs Flinny, That's why he wants to have the funeral now. If he's dead he can't hear the organ.

I looked at Mother.

A funeral costs thousands, she said, Why spend all that money if you can't enjoy it?

Exactly, said Mrs Flinny, Every time I go to someone's funeral, they're dead. My husband is not like that, he wants to see where his money is going. He'll pay you well.

Three weeks later, on a Tuesday afternoon, the church was filled with people. There were huge flower arrangements, hundreds of candles and an empty coffin.

People sat quietly while I played all the pretty songs I knew. Finally the Flinny family entered. They walked slowly to their seats. At the back were Mr and Mrs Flinny. They waved and sat down.

He was a good man, said the preacher.

Thank you, said Mr Flinny.

We will miss him, said the preacher.

I will miss you too, said Mr Flinny.

Mrs Flinny looked around. Nobody was crying. She looked at me.

Play something sad, she said.

I played "Send in the Clowns".

People started crying and went to hug Mr Flinny.

Thank you for everything, they said, We love you.

Afterwards everybody went to the hall. There was a lot of wine, a ton of food and a band in the corner. The party went on till the next morning. Many people decided to have their own funerals and asked Mr Flinny if they could borrow the coffin.

Mrs Flinny looked at me.

There you go, she said, No more playing for dead people, they don't enjoy anything.

And that's how it still is. Recently I spoke to my mother.

I still can't believe you gave up the organ, she said, Yesterday we went to Mr Weiland's funeral. He had so much fun, next year he's having another one.

When I Was 19

When I was 19 years old I went to study music at the university. I had hoped to share a house with other young people who enjoyed life and sometimes forgot to close the door while having a shower, but my parents decided I should rent a room from the oldest woman on earth. She lived in a tiny flat on the first floor of a historic building.

Because she was the oldest woman on earth, on certain days her eyes did not open at all. Thinking it was night, she would go to bed really early and forget that I was renting a room. Then I would return from class and the door would be locked from the inside. Many nights I had to sleep on the stairs or go back to the university and try to make friends.

One night, near the end of my first year, I came home and found the oldest woman on earth had locked the door again. I had been practising for the exams and was really tired. I started knocking.

The woman across the hall opened her door. She was a nurse, her name was Diekie van Aggelen and she worked at a home for unwanted pensioners.

Last year she slept for three days, she said.

I need to rest, I said.

You can stay here, she said, Then we can see if the robe fits.

What robe? I said.

For the Christmas show, she said, I help you, you help me.

Inside her ugly flat Diekie van Aggelen threw a blue cape over my shoulders.

Every year we do a show at the home, she said, But Mr Booysen died, so you have to be one of the wise men.

Just use the other two, I said.

The other three, she said, We have four. One carries the radio.

I said, What radio?

We have to have music, she said.

They didn't have music, I said.

They had angels! said Diekie van Aggelen, Thousands of them!

Three days later the oldest woman on earth opened her eyes and unlocked the door. While she sat on her chair, sucking on one of the biscuits she had left from World War I, I packed my things. I had finally found accommodation with young people and a shower that didn't even have a door.

That night, on a small stage in front of two hundred unwanted pensioners with paper hats, four wise men entered Bethlehem. They carried gold, myrrh, incense and a radio. The one in front was ninety-two years old. Everyone called him The Long Goodbye because he had been living without a pulse for four years. He slowly walked up to the stable door, lifted his hand and then just stood there.

You have to knock, I said.

Nothing happened.

I walked to the front and knocked on the door.

The door opened and there was Diekie van Aggelen. She was wearing a long blue skirt with a tie-over blouse and a huge corsage.

Where's Mary and Joseph? I said.

I don't know, she said.

We are the wise men, I said. I turned on the radio but it was exactly seven o'clock and somebody was reading the news.

This is the first Christmas somebody has knocked on my door, said Diekie van Aggelen.

That's not how the story goes, I said.

It is exactly how it goes, she said, When we take a knock it's not on the door. Do you think anybody in this room had a visitor last Christmas or the one before? Can you guess what it is we wish for?

I'm sorry, I said, I didn't know.

That's the story of our Christmas, said Diekie van Aggelen. Then she counted to three and everybody sang "Silent Night".

As much as I love the songs of Christmas, I have never liked that one, and these days even less so. To me it is the song of un-wanted people, of a lonely nurse in a long skirt, of The Long Goodbye with his hand in the air, of the oldest woman on earth, fast asleep for days, not hearing a thing.

(from *Songs of Saints*, 2004)

When I Was 20

When I was 20 years old I woke up one morning and realised that I was truly unhappy. I knew that although I sometimes spoke to other students in my class, owned a pair of pointed shoes and had one night stayed out till after eleven, my life was different from other people's.

Other people always looked like they had secrets, they whispered things to each other, exchanged knowing glances and made suggestive moves during rhythmic music. None of those things had ever happened to me.

I went to look in the mirror and realised I still did not have the right face for popular activities. All through my childhood I had been uncomfortable with the way I looked, but had never worried, because Grandmother told us an honest person always developed the right face. But at twenty I was stuck with a front that was not mine. And when you have the wrong face, nobody kisses you after a date, they say, Thank you, I have never laughed so much. They do not hug you like a grown-up, they pinch your cheeks to see if they are for real. They say, Not tonight, I have to study, and then they go and lie on top of somebody with a fringe and a cleft chin.

The day after I had realised I was unhappy I went to the library and found a book on genetic disasters. In the chapter on breeding they said a bad gene could stay with a family for hundreds of years. They said that really distinctive defects appear every three generations and will only affect some members of the family.

My parents, my brothers and my sister all had good faces. So that weekend I went home and asked my mother for a picture of my great-grandparents. She showed me a picture of the three strangest creatures that ever sat in a row. They looked like trolls who stole furniture, two men, and between them, a woman with no arms and all her hair combed to the front.

The man on the left was short and bloated and although it was a black-and-white photograph, he had a red face. Mother said that was my great-grandfather. The man on the right looked like a boxer with a small child on his nose. I looked at Great-Grandmother.

I can't see her face, I said.

That's the photographer's pot plant, said Mother, Great Grand-mother's the one on the right.

I was not upset or angry. I did not think long and hard. I went to the chemist, bought a bag full of make-up and painted my face. Twenty years later I'm still painting. And people are paying to see it.

And my friends say, You should find somebody, you should share your success with someone, the right one will come.

Oh, and there were a few.

One said, Just be yourself, your spirit is enough.

I thought, Join a group, you nut.

Someone else sent flowers with a card. It said, I want to be with you, I love the way you play with words.

I thought, Go screw a dictionary.

And my friends say, What is wrong with you?

And I say, I'm happy, I don't want the freaks and the poets. The day I do popular activities, it will be with someone who has a secret, who whispers things, exchanges knowing glances, makes suggestive moves during rhythmic music, someone who lies on top of me and plays with my fringe and my cleft chin.

When I Was 21

Two weeks before I turned 21, I went home to visit my family. As I arrived, my parents were sitting at the dining room table with a group of people I'd never seen before.

We are planning your party, said Mother.

I don't need a party, I said.

We have to celebrate your manhood, said Father.

Yes, said Mother, But not like that Erasmus boy, he was under the influence. Now he's stuck with a giant baby and a wife who sleepwalks.

Yes, said Father, Every night another man brings her home.

A woman put her hand on Mother's arm.

Don't worry, she said, The sensitive ones never multiply.

Mother pulled away her arm and looked at me.

This is Mrs Bailey, she said, She's helping with the food.

I looked at Mrs Bailey. She had a row of long hairs on her top lip. They were five millimetres apart and made her look like she was eating a ruler.

We don't need help, I said.

A celebration like this costs a fortune, said Father, Everybody is using people from the community.

Yes, said Mrs Bailey, We do this all the time. And you are so fortunate, Miss Wilge has offered her house.

At the other side of the table sat a thin woman with sagging eyes and grey skin. She looked like one of those street posters that's still on the pole six months after the concert.

That's not all, said Mother, Mrs Klemp is doing the flowers and it doesn't cost a cent. She's blind, she arranges by smell, so the colours don't really go together, but people say it symbolises the political change in our country.

Then, without using a single muscle, Miss Wilge spoke.

How many guests? she said.

We all shivered and looked at each other.

How many friends do you have? asked Father.

None, I said.

Don't worry, said Mrs Bailey, Mrs Klemp has an artistic son she can bring. He's a bit fat and he sometimes smells of hormones, but he can play and sing at the same time.

And that was final. Two weeks later I climbed the stairs to Miss Wilge's ghost house to celebrate my manhood with a group of people with whom I had nothing to do. The entrance hall was filled with a flower arrangement that looked like the vein system of a demented alien. In the dining hall people were quietly staring at plates of food that would bring the toughest group of prisoners to their knees and in the sitting room Mrs Klemp's smelly son was performing the only version of *Cats* that ever contained a suicide attempt.

I had just started planning my escape, when Father asked for silence. Everybody stood in a circle.

A toast! said Mrs Bailey, With my special guava and cream soda punch!

We all shivered. Father lifted his glass.

We have our differences, he said, But I wish my son the best.

Cheers! said Mrs Bailey.

Mother stepped forward and handed me a huge, ugly key with a blue ribbon.

Your key, she said, May you find happiness and great success.

Thank you, I said.

There was an awkward silence. I had no idea what to say or what to do with the key. Then Mrs Bailey screamed, More food! and everybody fled in a different direction. I really wanted to leave but I felt bad that my parents said such nice things, so I stayed.

There was nobody I wanted to talk to, I just walked through the house until I saw the staircase behind the flower arrangement. I started climbing the stairs and found myself in a long, grey passage with five doors on each side, huge wooden doors with large keyholes.

Because you do strange things when nobody's watching, I lifted my ugly key and pushed it into the first keyhole. Why the key to my manhood fitted a door in a ghost house I did not know, but I turned it and the door opened. I stepped into a grey room. Against the grey walls were hundreds of grey photographs. A baby girl with her mother, a baby girl with her parents, a young girl with her servants, a young girl with her teacher, a young lady with her pony, a young lady with her key, a key that looked just like mine. Not once did she smile. She just stood there against every wall, alone and non-smiling until she turned into Miss Wilge, who was standing in the doorway.

She looked at me, grey and dusty. Then, without using a single muscle, she spoke.

Go and find somebody, she said, Go and make friends.

I went downstairs and walked into the sitting room. Mrs Klemp's smelly son was sitting in the corner. He looked at me and smiled. It was a weak smile, insecure and hormonal.

But I smiled back at him.

Where's your key? asked my mother.

I used it, I said.

Then I went to find some punch.

When I Was 22

When I was 22 I thought I knew everything. Then a man asked me if I knew what the Dow Jones was. I told him it was the spiritual leader of Tibet. He then laughed and said he wished he could be stupid and carefree again.

I could not sleep for days. I had always thought of myself as hard-working, responsible, conservative and hygienic. I knew I was an emotional eater, judgemental and nervous most of the time, but I was not stupid or carefree. I decided to prove myself to the world. I started reading newspapers, I listened to the radio, watched documentaries on TV and memorised whole passages from encyclopedias and classical literature.

I also decided to get to know more people, so I joined a choir, to be physically more active, so I walked to the choir practices, to become involved in the community, although the idea filled me with fear, and to help the less fortunate, although I had no idea where they lived.

The choir was called The Western Cape All Walks Of Life Ensemble, which meant it consisted mainly of lonely, depressed, untalented, unemployed, unattractive or fat people. We did not represent a church or a university, we were just four rows of misery. We performed at cremations, demolitions, jails, mental institutions, droughts, plagues, eclipses and floods.

Behind me stood a large girl with short black hair that was plastered into a Gatsby style. She always smelled of oats and sang extremely loudly. At the end of every song she used to sigh and say, Ooh, that was nice.

One day I could not take it any more. I turned around and looked at her.

I'm trying to become a better person, I said, So please stop saying that.

I love the high notes, said the girl, When I leave here I have to be quiet or speak softly.

Why? I asked.

I'm a volunteer, she said.

Where? I asked.

At the hospital, she said, I sit with the sick people. I fetch them water or call the nurses, but I always have to be quiet.

I want to be a volunteer, I said, But I'll faint if I see blood.

You get used to it, she said, And you must never go on an empty stomach. I always eat oats.

Two weeks later I was standing in a long, green passage. In front of me was a door that said, Silence.

You'll start with an easy one, said the nurse, Just sit on the chair and try not to sleep.

What's wrong with him? I said.

He's in a coma, said the nurse, We don't know if he can hear anything. But there are no signs of life.

What if I faint? I said.

Then there will be two of you, said the nurse.

Then she walked away and I opened the door. The room was almost dark. On the bed was an old man, as pale as a gymnast. Behind him was a huge thing that made noises like a photostat machine. There was a chair and a cupboard with two drawers. I sat down.

One hour later I knew that I was not meant to be a volunteer. I decided to go and find the nurse. Just as I started to get up, the man opened his mouth.

You are pathetic, he said, At least the others try to steal something.

At that moment I was sure of only one thing: my stomach was too empty for what was about to happen. So I went to the canteen and ate a hamburger. Twenty minutes later I sat down next to the pale man again.

I am just trying to be a caring person, I said, I am trying to learn as much as I can. And I really want to be a volunteer, but I don't belong here.

The man in the coma opened his eyes.

Nobody belongs here, he said, Unless you're sick or a coward.

They said you have no signs of life, I said.

Very few people have, said the man, Only a few lucky ones get it right. They make a plan.

What about you? I said.

This is my plan, said the man, This was the only thing I could think of. I couldn't afford a divorce. There would have been nothing left. And I didn't have the energy for the confrontation. So I went to lie down. It's not bad. Except for the drip. And you can never watch TV.

So what now? I said.

You keep quiet and I make another plan, said the man.

And that was what we did. After two months he disappeared. And I stayed a volunteer until this day. Whenever anybody needs me, whenever somebody cannot think of anything better, he just lies down. And I sit with him.

When I Was 23

When I was 23 I got arrested for failing to report for National Service. National Service was a two-year-long character building course for young men presented by the government in large open-plan buildings near the borders of this country. There they had to get up really early to be screamed at by people who never finished school. Afterwards some went into the bush to kill strangers while the rest stayed behind to cook. Evenings were spent with singing, showering and sodomy.

My arrest was a nonviolent but memorable event. Four members of the Military Police waited for me in the entrance foyer of a block of flats in Sea Point. They were wearing tight but immaculately ironed uniforms. Two of them had bulging muscles, one had plucked eyebrows and a really even tan and the fourth one had a terrific scar next to his left eye.

One of the bulging ones told me I had to be at the Military Court the next morning at eight thirty, the one with the eyebrows told me not to bring anything, prisoners were provided for and the one with the scar asked me if I wanted to go clubbing. I wasn't sure if that meant killing small animals for their furs or making seductive moves near a mirror ball, so I declined.

The next morning I arrived at the Military Court. My outfit was inspired by Marlene Dietrich's court scene in *Witness for the*

Prosecution. I wore a floor-length black velvet coat with pointed shoes, long gloves and a great number of silver bracelets.

I held my hand in the air and in a soft, trembling voice I swore that I would tell the truth.

The judge asked me why I ignored my call-up instructions.

I told him I had already made other plans.

He told me everybody had to serve their country, it was not a matter of personal choice.

I then told him that every single thing was a personal choice, that I could serve my country in a thousand better ways, that I came into this world a free soul and I was not taking instructions from people I did not know.

Then I he asked me if I had ever received psychiatric treatment.

I asked him if he had ever considered some.

People in the room were gasping, but I was sure it was because of the way my bracelets were catching the light. The judge then ordered that I'd be taken away for observation. The two bulging policemen from the previous night stepped forward and led me to a tiny khaki vehicle.

Where are we going? I asked.

They told me that I would be flown to 1 Military Hospital in Pretoria for psychiatric evaluation. I started preparing myself for an aeroplane full of soldiers, but when I stepped out of the tiny vehicle, I found myself standing in front of a helicopter.

Why can't I fly with a plane? I asked.

They don't want the others near you, said one of the policemen, It's just you and the pilot.

I don't know if they had helicopters in Marlene Dietrich's days, but it took me a while to get inside. Finally I was seated. The pilot was a friendly man. He looked at me.

Your first time? he asked.

Yes, I said.

Throw up in the white bag, he said.

Then the helicopter went up into the air and I threw up on the windscreen.

Just take a deep breath, said the pilot. Then we turned left and I threw up on the left window.

What do you do? asked the pilot.

I'm going to be a singer, I said.

That's good, he said, I'm an idiot.

Idiots can't fly helicopters, I said.

Idiots can do anything, said the pilot, It's not about your brain, it's about your choices.

So what's wrong with you? I asked.

I fly people to places they shouldn't be to do things they shouldn't do, said the pilot.

Then why do it? I asked.

Because I'm an idiot, said the pilot. Then he turned right and I threw up on the last window.

Now you can't see a thing, I said, We're going to die.

Don't worry, said the pilot, Idiots don't see, they just do. That's how they find more idiots. You will meet a lot of them today. Just don't become one, even if they put you in jail.

Today I am proud to say that many people have called me an idiot, but I'm not one. After two days at 1 Military Hospital I was declared insane. My certificate states that not even in the case of war will they make use of my services. And insanity has brought great joy, common sense and purpose into my life and the lives of those around me. I have also made a pledge – after my one and only helicopter ride – that whenever I fly, it will be to de-idiot my-self, to go my own way, to seek happiness and progress.

As I'm doing right now.

(from *Men Who Fly*, 2008)

My Brother Fonzo

Mrs Benites comes to me in the middle of the night. After a day in which I've been as busy as a madman, busy enough not to think about anything. And when I lie in bed, too exhausted to sleep, then she comes. She rips off the sheets and pulls me down the hallway, puffing and moaning, until we get to a door she kicks open with such force that we both stumble into the dark room.

No, Mrs Benites is not the landlady having her way with me after midnight. It is my memory, my stubborn, relentless memory that I've named Mrs Benites because it acts just like that house-keeper you cannot fire because she's been with you too long. And no matter how many times you tell her not to, she keeps finding that key and opening that room at the end of the hallway and dragging you there to show you what state it is in. And then you tell her the light isn't working, and she says no problem and takes out her flashlight.

And then that white beam shoots out and pulls from the darkness the things you put there a long time ago.

That is Silvano, the strongman who deflowered Francesca the night the elephants broke free. Francesca was releasing one passionate scream after the other, but because she had her head in a feeding bucket she really sounded like a ghost. That must have upset the elephants – who were the gentlest of animals – so much they started running as if there were no cages. Then a cable snapped and one of the bulbs burned a black spot on Silvano's beautiful buttock. When we found out what had happened, several offered to dress the wound, but he wouldn't even let us have a look.

And that is Leos. Originally he came from Czechoslovakia where he lost his eye in a training camp. Then he married a German woman and lost his arm in a fight. After the woman had been put in jail, he joined the circus. Because a man with only one hand can do only two things. One of them is throwing knives.

And that is Estralla, the bearded lady, who was never allowed to perform inside the ring because Uncle Peska said how the hell can you do tricks with a beard when there are children in the place. So Estralla just walked in the parade and then went back to her trailer. We could never find out if that beard or any of her other parts were real because, of the hundreds of men who went into her trailer, not one would talk afterwards.

And this here is Tulio who worked as a clown because he was the saddest little creature ever to blemish the face of this earth. As a baby he was left on the steps of the Catholic Church in Calbaca. For two days the priest fed him on goats' milk until he produced such a vicious rash they took him to the orphanage. As soon as he was old enough he escaped and took a boat to Europe where he lived with the gypsies until he fell off a horse and lost all will to live. When Uncle Peska went to Europe to look for a new act he saw Tulio walking across the street and burst into tears. Then he gave him three coins and offered him a job. The first night he walked into the ring the people cried so much nobody could hear the musicians. Two nights later we had more people in than the miracle service in the white tent. Everybody loved Tulio.

And so it comes back. In small fragments and long-forgotten creatures, stumbling out of the dark every time Mrs Benites finds the key and drags me down the hallway.

*   *   *

Everything changed the day they carried Uncle Peska out of the whorehouse. He had been celebrating the famous loins of a beast called Felixa when his cup overflowed and made his heart stop.

They dressed him in his ringmaster suit and laid him on a table behind the screen in the big top. Mother would not get out of bed. She kept rearranging her saints around her and crying, What will happen to us?

Father took the train to Iguala to fetch Uncle Peska's wife, Aunt Espa. As much as she had loved her husband, Aunt Espa could never come to terms with his extraordinary social needs and refused to travel with the company. She stayed in Iguala in a little house she inherited from her side of the family. Lonely and saddened by her circumstances, she devoted all her time to raising a pig she called Voleta. It was this pig that Father was carrying in his arms when they finally arrived two days later.

By this time a stream of prostitutes, gamblers and other legends of the underworld had gathered to pay their respects and were doing it in such a special way that the town council had threatened twice to have us evacuated. When Aunt Espa and her pig, both draped in identical mantillas, entered the tent a silence fell over the crowd. Seconds later Mother burst into the tent and threw herself on the ground.

Cursed are the organs of all men! she cried, Are we on this earth for nothing but childbirth and humiliation?!

Aunt Espa stepped over Mother and walked up to the table. She lifted Voleta from the ground.

Say goodbye to your father, she said.

The pig started chewing her mantilla. Aunt Espa turned around.

Let us put him away, she said.

It was a procession like no other. Fallen souls, physical wonders, deformed creatures, family members and misfits, parading their sorrow and their disposition. They knew Uncle Peska loved them all.

Everybody was there, except the Romanian tightrope act who said funerals made them homesick, drunk Nino who had to look after Voleta, and the women who had to start preparing the huge meal.

When we returned, long tables were set up in the ring, hoops from the dogs' act were burning with high flames and the musicians were playing Uncle Peska's favourite songs. Most people had stopped crying and started drinking, a few were singing with the band and women were carrying huge platters of food.

Aunt Espa was sitting at the head of the table.

You have to take over now, she said to Father, I'm going back tomorrow.

He's a schoolteacher, said my mother, What does he know?

He can calculate, said Aunt Espa, And he can read a map. What more do you need?

Then she looked up and her jaw dropped. Through the entrance came the Romanians. They were carrying a massive tray with a roasted pig, glazed to perfection and decorated with apples and chillies. Aunt Espa never closed her mouth again. Slowly she rose from her chair.

Voleta, she whispered and fell backwards.

Two days later we buried her next to Uncle Peska. Father fired Nino and the Romanians and ordered the crew to strike the tent. We needed to move somewhere quiet and reorganise the show, he said. Nobody spoke, even the animals were quiet. Mother sat hugging her saints. The rest of us were packing.

And through it all I could not stop thinking about Uncle Peska. And how different from us he used to be. Even lying on that table he looked happy.

* * *

The first time I appeared in a newspaper it was not at all how I dreamed it would be. It was on the second page, a small notice under the heading, The Big Top Murders. There was a hideous picture of me and next to it a blurred one of terrified children running from a circus tent. Underneath they reported on how many children were traumatised and how many of their parents had to stop working because they too were plagued by nightmares about the killings.

The day after the story appeared I went to confessional.

Bless me, Father, for I have sinned, I said, Seven days ago I saw Eduardo take his bath. By the force of the devil I could not turn my head to look away.

Is that all? asked the priest.

I also killed one hundred rabbits, I said.

Are you a chef? asked the priest.

No, I said, I'm a magician from the Circus Mundo. Every night I have to pull a rabbit from a hat but they always get suffocated or strangled or stuck in that little hole in the table.

What happens then? asked the priest.

There's a lot of vomiting and fainting, I said, And many go home.

And then? asked the priest.

Usually my mother makes a pie, I said, When we have two shows she also makes stew.

The priest thought for a while. Then he cleared his throat.

You may be the worst magician in the world, but that is not a sin. I suggest you find an act that is kinder on you and your audience. As far as your friend in the bath is concerned, the creation offers us many wonderful species and moments to savour and appreciate, do not chastise yourself. But should you find yourself lying awake at night, should you experience a wild burning sensation or have the urge to act upon some strange desire, then, my friend, you must come and tell me.

I left the church. A woman and two little girls walked past me.

Murderer! hissed the woman and pulled the girls away. I wanted to turn around and run back into the church, but then I saw Eduardo standing across the street. He was smiling.

You are famous now! he shouted. He started walking towards me, a symphony of muscles, bad breeding and dark blue tattoos.

I started sweating like a cake under a cloth.

What do you want? I said.

I am being friendly, am I not? he said.

Where's your wife? I said.

Locked in the caravan, he said. I let her out for the show. But you and me, we're going to have a drink first.

Eduardo was part of the balancing act. He was dark and temperamental and never spoke to anyone. But on that day he put his arm around my shoulders and led me around the church, down the street and through the swing doors of the sleaziest bar.

*   *   *

The circus was in our family but not in our blood. Father had been a schoolteacher until he lost his job after a foolish attempt to expose a corrupt headmaster. Two months later we lost the house and Uncle Peska took us in. He had bought a bankrupt circus ten years earlier and through his deep affection for the abnormal had turned it into a profitable affair. Not profitable enough for us to sit around. Father had to help with the driving and security, Mother became a seamstress, Fonzo started training on the trapeze and Elio had to feed the animals. I cried for weeks. I could not believe we had to live in a caravan and talk to dwarfs. Until Uncle Peska told me to be a man and gave me a box of tricks and a magic book. It was like a cookbook from hell, nothing worked. During my first performance I dropped a deck of cards, set a family on fire and killed a rabbit.

Fonzo became the darling of the circus. With his perfect Latin looks and his sequinned tights he had them at his feet. Within three months he had his own caravan, his own postcards and a flock of hysterical women everywhere he went. Mother looked at him like he was one of her saints and Father stopped asking who his real father was. After Uncle Peska died it became worse. Many of the performers left and Fonzo became the main attraction.

And that was the reason Eduardo was pushing a drink across the table to me in a place beyond my darkest imagination. On the counter behind him a woman was standing. She was wearing nothing but red shoes.

So what are we doing about your little brother? said Eduardo.

Behind him the woman was striking a pose of devilish proportions.

What about my brother? I asked.

He is looking for trouble, said Eduardo.

The woman picked up a red plum and started doing unspeakable things.

He's getting too big for his shoes, said Eduardo, And he has something going on with my wife.

Six pesos to find the plum! screamed the woman. Three men started shoving money into her shoes.

I know nothing about your wife, I said.

You know nothing about anything, said Eduardo, Look at you! How old you are? How much money do you have? Where do you live? Who's giving you bang-bang? The whole world is just Fonzo, Fonzo. I've had enough. He must stay the hell away from my wife.

Ten pesos to kiss the booboo! screamed the woman.

What do you want from me? I said.

You help me, said Eduardo, We get rid of him. I want my wife to look at me again with little chihuahua eyes. And I'm good, I want to be the big star too.

I don't know, I said.

We can be partners, said Eduardo.

I looked at him. My heart and my mind were racing each other. I would have done a lot to be partners with Eduardo.

I have to think, I said, I'm going now.

Eduardo threw his drink down his throat.

One day you'll be nothing, he said.

Behind him an old woman was pulling the naked one from the counter.

Is this how I raised you? she screamed, Is this how you show yourself in front of men?

I'm sorry, Mama! cried the one with red shoes.

You go upstairs, screamed the old one, And you don't come down before you put a bow in your hair!

Then she climbed onto the counter and lifted her skirt.

Five pesos to find the apricot! she screamed.

* * *

"Ladies and gentlemen, and now to attempt the Dive Diabolo, a triple summersault followed by a double turn and a one-handed catch, here is the famous, the unbelievable Alfonzo Mundo!"

Fonzo was in his third swing, gathering height, when both cords of the swing snapped. He fell and hit the side of the net. The impact bounced him back into the air, flipping him over. He dropped to the ground like a shot seagull.

I was behind the screen, gathering the evidence of another failed magic act. Even before they started screaming, I knew something was very wrong. It was as if those few seconds of silence were snowballing into a massive force that was coming for me. It came rolling through the big top and knocked my breath out of me. Inside, the people started screaming. I heard Father shouting, I saw Silvano and the others running with a stretcher, I saw somebody standing in the folds of the curtain, somebody with a beautiful arm and a vicious tattoo, but I stood motionless, holding my top hat, my cloak and a lifeless rabbit.

An hour later I buried the rabbit under a tree behind the caravans. Nobody was hungry, my parents were at the hospital and the rest was sitting speechless in front of their caravans. I stood looking over the grounds. A huge moon was throwing a cold light over the circus. It looked as though my entire life, everything I knew, had been carved from ice. The only sound was coming from Tulio's caravan. Tulio the clown, who never made a sound, was crying without restraint, wailing like an animal in a trap.

That night I spoke to God for the first time. Not for long, just I'm sorry and Help me and Amen. God sent a messenger with one eye and one hand. The next morning Leos told Father he had seen Eduardo up on the trapeze before the show. That afternoon the police came and took Eduardo away. As they put the chains on his ankles he looked at me. This time I could turn my head and look away. The same way I did when they finally brought Fonzo home. He sat in a wheelchair and smiled as they pushed him up the ramp we had built in front of his caravan. Mother ran into her caravan and started rearranging her saints.

What will become of us? she cried.

*　*　*

"Ladies and gentlemen, balancing a sword on his chin, holding fifty plates in the air, here is the famous, the incredible Alfonzo Mundo!"

I could not believe it: sitting in his wheelchair, his black hair shining in the spotlight, his smile melting their hearts, my brother was a bigger star than ever. He had taken over Eduardo's act, eagerly assisted – in and out of the ring – by Eduardo's beaming wife. People were flocking to Circus Mundo to witness the inspirational comeback.

I was listening to the applause from behind the screen. I had stopped doing my magic act and was now assisting the Russian woman with her dogs, seven jittering poodles who were so scared they pissed down your sleeves every time she set the hoops on fire. I was thirty years old, had no money, lived with my parents, had no sexual experience that involved anybody but myself and the only person who had ever bought me a drink was in jail.

As Eduardo's wife pushed Fonzo out of the ring, Tulio came running up to me. Since the night he had found his voice, he hadn't stopped talking. He caught his breath and gave me one of his exhausting new smiles.

It doesn't get better than this, does it? he said.

*　*　*

It's been about ten years since I've last heard from Fonzo. Not that I don't see him in the papers all the time. He's still a hero, received a medal from the President, talks on the radio and published a book about his life.

After Father died we sold the circus, went our separate ways. Once again Fonzo miraculously rose to the occasion and fathered a child with Eduardo's wife. Elio feeds the animals in a zoo and I opened a little costume shop. I'm not rolling to the bank, but I live in a flat with its own balcony and I enjoy my work. All those years, watching Mother in the circus wardrobe I'd learned a lot. At carnival time you can recognise my costumes a mile away. I am really, really good and one day the world will discover me and I will be ready. Most days I sit and bead till long after midnight. But then my fingers go numb and I have to go home. And there Mrs Benites waits for me and grabs me and opens up the darkness.

What do you want from me? I scream, I should have warned him, but I didn't. Telling him now won't change anything.

Maybe you will be able to sleep, says Mrs Benites.

I don't want to sleep, I say, I need to work. I am a genius and nobody knows it yet and I am getting old.

One night it was so bad, the next morning I took the train and went to see Eduardo in jail. He was as dark and dangerous as ever.

Why did you do it? I asked.

He was taking everything I had, said Eduardo.

He took it anyway, I said.

At least I tried to do something, said Eduardo, Look at you. What have you done?

I got up from my chair.

Don't you read the papers in jail? I said, I'm going places. I have a business. I talk on the radio. And they're publishing a book about me.

I turned around and walked away. Let him deal with that.

Only on the train I realised I never gave him the fudge I had made so carefully.

(from *My Brother Fonzo*, 2002)

Hopeful

Benjamin Rafales was fifty-two years old, the age at which many people are finally ready to start dwelling in the avenues of honesty and maybe find some form of salvation. He owned a small apartment in a building of red face brick, had no living relatives and ate three meals a day, two very ordinary and one extremely exotic. He used public transport, wore a hairpiece and lived two separate lives.

During the day he was a servant of the government. He sat behind a desk in a light green office and handed forms to those who entered. They were called from the line of corpses in the passage and sat down opposite Benjamin to fill out the intricate forms with great difficulty and sometimes, obvious pain.

Benjamin had no idea why they were doing this. Once he actually read one of the forms but could make no sense of it. He asked a woman in another office, but she had no idea what they were doing either. So he started concentrating on the people and wondered if anyone attractive or clean would ever walk through the door. Sometimes he would pick up something from the floor, hoping to straighten up and find somebody extraordinary standing in front of him, maybe a marine with devilish eyes and sunbleached hair who would say something like, Forgive me for being late, I had to pick wild flowers on a desolate island and make love to several of the ship's breathtaking passengers.

But in twenty-nine years it never happened. And Benjamin grew tired of waiting. He lost patience and became desperate. He had stopped lying to himself and wanted to stop lying to the rest of the world. But that was really difficult because he never spoke to anyone.

The only person he could almost call a friend was the alcoholic seamstress who made the costumes for his other life. And she already knew the truth.

And the truth about Benjamin was that every night, as he got off the train, bought a few ingredients at the market, climbed the stairs, unlocked the door to his small apartment and tore off his hairpiece, he entered another world.

He painted his pale face with a delicate brush, he wrapped his bald head in fine cloth with shining stones and draped himself in the exotic creations the drunk seamstress copied from the many books he showed her. On a tiny stove he concocted meals from the corners of the earth, poured himself wine from a crystal decanter and listened to recordings by the world's greatest performers. He sat in his only comfortable chair and became king or sultan, prince or duke, lord or lady. He felt his soul rise from his nervous self, fly past the hell of ugly people with clumsy handwriting and no opportunities, rising higher and higher until it reached the place where love, lust, possibility or pride could never be constricted or contained by small existences or red face brick.

Benjamin had never thought about his lifestyle or questioned his strange habits. Since childhood he had known he'd been brought into the wrong world and that the only escape would have to be himself.

It was two weeks before the birthday that would make him fifty-three. It was a cold morning and Benjamin had collected a new outfit on his way to work. The day felt longer than any other day before, the corpses in the passage seemed more dead than ever and inside his chest his heart was bouncing like a rabbit in a forest. At one o'clock he grabbed his parcel and ran to the bathroom. He ripped off his clothes, tore the paper and pulled out a shimmering cloak. He threw it around his shoulders and stood quivering in a shower of black velvet and silk.

The bathroom door opened but Benjamin had his eyes closed. He was a famous Latin lover, a rich and powerful being, a beautiful creature of royal descent, not an office worker caressing himself while two speechless colleagues watched in shock.

At three o'clock Benjamin was standing in front of Mr Pepesto's desk. He had just been relieved of his job and given his final envelope, but because it was his first real life-changing experience he had lost all feeling in his legs and could not even consider the joy of leaving without being dismissed. Mr Pepesto was a man of little consequence, but thanks to a government that made him head of the Department of Unexplained Affairs, he occasionally had the opportunity to act as mouthpiece for the devil, and was now doing so in a speech filled with words like trash, poofter, unnatural and death penalty.

On the way home, people on the train were staring at Benjamin. While cleaning out his desk, he had thrown his hairpiece into a drawer and left the building looking a little less ordinary. By the time he got off the train he even felt a bit brave. Brave enough to walk into an agency and put his apartment up for sale. Then he walked around the corner and bought himself a suitcase.

*　*　*

It was the second last week of the run, it was a Friday night and the show was going up thirty minutes late. As always, people had arrived at the last minute and were demanding to be served. Finally the band started the intro. I threw back my head and lifted my hand up into the beam of blue light. Then there was the usual moment of silence before I hit the first note.

I'm not paying, said the man at the first table.

Why not? asked the woman next to him.

This food is shit, said the man.

I lowered my hand and looked down.

This piece of meat is like a bloody shoe, said the man, And I can't see a thing.

That's because that man with the eyeliner is going to sing, said the woman, Order something else.

I said, Excuse me, Sir, the reason your food tastes like shit is because, like me, Bustos the chef hates late-coming big-mouthed inconsiderate trash like you and what you're eating is probably a dog he hit with his truck three weeks ago and is now feeding you simply for the pleasure of remembering it thirty years from now.

The man spat into his food and pushed back his chair.

Don't make me get up, he said.

You don't have the guts to get up, I said, Neither does any part of you deserve to get up in my presence. So why don't you get the hell out and go back to your beer-drenched-wife-beating-hamster-brain-small-dick-used-up-paisley-printed-I-can-smell-the-breadline existence and take that flat-chested post mortem next to you with you.

Please don't do this, said Charles from the piano.

I turned around and looked at the band.

I've been waiting twenty years to do this, I said, Millions of times I have told myself, Give everything you've got, tonight they will listen to your songs and hear what you say and not be drunk or loud or rude or completely ignorant. A trillion times I have painted my face hoping that when the light hits me I won't be stuck in a sea of blanks, staring like they don't know how they got through the door or why the sign says Dinner and Show and they sit there with no past or future, just utter amazement at the fact that they're alive or that their husbands are bloated or their wives are sagging and their daughters are completely talentless and their sons are liking it the wrong way and life is just a big puzzle and then somebody comes and tries to sing a song.

You would think that after a thousand shows somebody, one soul, would find the vocabulary to stand up and say, Fuck, that was beautiful.

It was dead silent.

I'm still not paying, said the man.

And he did not. He left with the rest of the audience. The manager paid the band while I emptied my dressing room.

The next morning I left the city and drove without direction. I had packed only two bags, a few comfortable things, a few warm things and because that looked really sad, a few shiny things. I was not giving up, I was just taking a drive to save my soul.

The sun was purple as I drove into a town with beautiful trees and no people. I slowed down and started looking for a place I could buy something to eat. Almost at the end of the main street I found a square little house with open shutters, a burning light and a sign that said FOOD. I opened the door and saw a few round tables, a large woman wiping a knife and a bald man drinking from a tall glass.

There also was a waitress in a colourful dress who told me her name was Gita and took my order. As she walked away, I could see her smiling.

Good for her, I thought, She probably has no idea she is spending the evening with the three saddest people on earth.

* * *

By the age of nine Olive was already a large girl. She wore dresses the size of family arguments and shoes other people would only consider in really bad weather. Part of a family with striking features, dark skins, aristocratic noses and sinful mouths, nobody could understand why Olive came to this earth with the complexion of poached guava and the shape of a butcher's block.

Every Sunday, after the huge family meal, Olive would arm herself with a plate of gingerbread and go to sit between the family graves. From there she would watch her cousins play silly games in the garden, running around or doing cartwheels, their pitch-black hair falling onto their faces, their young voices rising to the sky. The grown-ups would say things like, Aren't they angels, or, Anetra will make such a beautiful bride. Olive knew that even with a gun against the head, the friendliest person in the world could only describe her as homely.

One night, after a giant slice of nut pie between the blankets, she fell asleep. She dreamed of a silver forest, a white horse and a beautiful man with long legs like cousin Dolfo. He picked her up in his arms and without falling over lifted her onto the horse. The horse did not collapse but simply galloped into the forest with the young lovers on his back. Olive dreamed of a house with large windows and three chimneys. There the beautiful man went on his knees and asked her to marry him. She said yes and put on a lovely white dress. At the reception there were so many people and so much food that she could not find the groom. She decided to wait for him at the cake.

She had just eaten the third layer when somebody grabbed her shoulder and started shaking her. She woke up and saw the maid standing next to her bed.

Put on your church clothes and go to your grandmother's room, she whispered.

Olive grabbed the dress with the ribbons, pulled it over her head and struggled up the stairs. She caught her breath and pushed open the door to her grandmother's bedroom.

Everybody was there. The entire family with their striking features, the doctor with his gold watch, the nurse with her wet cloth, the lawyer with his tension and the priest with his eternal dress. The room was dark with only a few candles burning. Grandmother was lying against a mountain of pillows. Behind her the carved headboard of her massive bed rose to the ceiling. It looked like she was about to be swallowed by a huge dragon.

My time has come, said Grandmother, I have no purpose or pleasure left in this life.

She looked round the room.

I have watched you, she said, And I have learned your ways. I will conduct my final business the way I think best for each of you.

Then the nurse dabbed her with the cloth, the doctor touched his watch and Grandmother started dividing her possessions. She gave her motorcar and horses to the nephews. She gave the doll collection and the porcelain to the nieces. She gave the portraits, the furniture and the jewellery to the daughters, she gave the house and the gardens to the sons and her money to the church. On and on she went until Olive was the only one with nothing.

Her grandmother looked at her. Stand closer, she said.

Olive walked up to the bed.

You are like me, said Grandmother, For those who are not pretty, life can be hard. You have to be stronger than the others.

The lawyer put a piece of paper in Olive's hand.

You will need it, said her grandmother, Use it wisely.

Then the angel of death entered the room, a candle flickered and the dragon swallowed her.

Long after the others had left, Olive was still standing in the room. She was turning the piece of paper over and over. She kept looking for a clue. The only thing she could see was a few lines written in a swirly hand. Recipe for Orange Cake, it said.

* * *

It was an unusual coat he was wearing the first time he walked through the door. It was the sight of this that changed our lives forever and will probably be the last thing each of us remembers the day we give ourselves back to the earth.

We were sitting at one of the tables, Benjamin, Olive and I. I had been staying in the little town with the beautiful trees for a month and had been spending most of my time in the little house that said FOOD. I looked at Olive.

All it needs is a coat of paint and a few fresh flowers, I said, And Benjamin can wear some of his things and greet the guests.

And where will they come from? asked Olive.

Everywhere, said Benjamin, The moment you stop cooking.

And when were you sober enough to taste anything? asked Olive.

People, I said, We'll get a chef. And we'll dress up the place. Think of a name, get some tablecloths, book a musician and put a few surprises on the menu.

I have always been slow, said Olive, But now you are telling me there are people on this earth who will travel to a place in the middle of nowhere where a freak in opera clothes will scare them into eating a surprise while everybody waits to see if the town's only musician, ninety-four-year-old Andros, will find the front of his guitar between taking a nap and sinking into a coma.

What have we got to lose? said Benjamin.

Who's we? said Olive.

We're just trying to help, I said.

Who asked for help? said Olive.

Nobody, said Benjamin, We've just travelled all the way here to watch you jump through a hoop and wish we could also be that happy.

Why are we at this table? I said, Because we are the Queen and the Queen and the Queen of Misery. Each one waiting for a message or a miracle. But a miracle needs a place to happen. And this is not the place. So let's fix it. And then find a chef.

I can cook, said a voice.

We turned around and saw the coat. Long, flowing, meticulously made and hanging on a frame that could only have been sent from heaven. In silence we stared at the strong jaw, the full lips, the thin moustache, the piercing eyes, the silver earring and the tight headcloth.

Again the stranger spoke. I can cook, he said.

Not that you need it, said Benjamin, But the stove is at the back.

The stranger unbuttoned his coat and walked through the kitchen door.

Benjamin swallowed a mouthful of wine. They used to come with wings, he said, But if this is how they're made these days, then let us not resist.

We were possessed. We were beside ourselves. You couldn't tell if we were running a restaurant at the end of the earth or a chapel in Las Vegas. Every day, from the moment we woke up, we were cleaning, wiping, dusting, ironing, smiling, humming, running, opening wine, grinding coffee, slicing cakes, dishing up and serving until we collapsed exhausted and drained in the late hours of the night.

We were happy. We were like a group of volunteers experimenting with anti-depressants and every other uplifting drug in the world. We loved life and our sense of purpose, but most of all we loved being near the chef. I was the luckiest because I became assistant in the kitchen, doing everything from scrubbing floors and washing dishes to plucking chickens. The others were using every possible excuse to come and talk to the beautiful creature.

It was a Friday evening. I had just tried to settle my nerves with a glass of red wine and was about to ask the chef what his name was, when he pulled a tray of breads from the oven and said, It looks like we have people in from Egypt.

No, I said, That's just Benjamin wearing the drapes he bought when they closed the whorehouse.

A courageous man, said the chef.

At that moment Benjamin floated through the door and looked at the chef like a puppy smelling his very first bone.

I said, Put back your tongue, you dehydrated slut.

So, said Benjamin, Do you do miracles?

Of course, said the chef, Didn't you see we've had customers every night this week?

Just then the door opened and Gita followed a cloud of hormones into the kitchen.

She had the eyes of a wolf as she turned towards the chef. In one second she swept him off his feet, devoured him, gave him two healthy sons and lived happily ever after. Then she took a breath and said, What are the specials for today?

Who would like to know? asked the chef.

The two people at the front table, said Gita, But Olive can't talk to them because she just stabbed herself at the cake stand.

We all stormed through the door. Olive was lying next to the counter in a pool of blood. She had the cake knife in her hand. Benjamin looked at the two people at the table and threw his arms in the air.

And that was our opening act for tonight, he said, Our next performance will start shortly.

I kneeled next to Olive and took the knife.

I have nothing to live for, said Olive.

We know, said Benjamin, But you've really upset those people.

I have no purpose, said Olive.

You have a new restaurant, I said, And your name up on a sign.

You did that, said Olive, And there are still too few people at night.

You can change that, said the chef, If you allow me to try this.

He took out a piece of paper.

I found it in the drawer, he said, A recipe for orange cake. I think it's yours.

Benjamin looked at me. Did you see how beautifully he raises his eyebrows when he reads? he said.

Yes, I said, So does the rest of the world when they see you.

Benjamin jumped up, grabbed my arm and pulled me to the centre of the room.

Ladies and gentlemen! he cried, Here to perform a medley of the songs that sent him into retirement, the nightingale every kitchen should have!

Then he pushed me in front of the two stunned people and walked away.

And so it was that I stood in a small room at the edge of the earth, and without a drop of make-up sang every song I had ever learned. And as my voice came back to me and I sang, Benjamin threw a blanket over Olive and poured himself a glass of wine, Gita cleaned the floor, the two customers smiled and ordered dessert and through the door came the smell of oranges.

The cake the chef made from Olive's recipe was unlike anything we'd ever seen or tasted. Thin layers of dense cake, assembled with a mixture of citrus sugar, home-made butter and fresh cream, and topped with slices of ripe orange, flambéed in liqueur. Our guests ate two slices each and then went home to tell their friends. The next day a few people arrived before lunch and ordered cake. And on the Sunday the restaurant was full. Even the priest, having told everybody they were going to hell, joined them for orange cake.

And on the morning Stavros from the hotel came to tell us our chef had paid his bill and checked out, we heard and we said thank you, but we were too busy to really pay attention. I was putting another batch of cakes into the oven. Olive was on the phone, screaming at a farmer, What kind of person has trees that only grow oranges once a year? Gita was setting a long table for a group of tourists and Benjamin was showing a customer the right way to fold a kimono.

Only later I went outside and lit a cigarette. And as I stood there, blowing smoke into the early evening, I wondered if he would ever come back. Or if he had gone to the other hopefuls.

Oh yes, that is what the whole world is doing, hoping, whether for a teacher or spiritual guide, a professional partner, a financial backer, the love of a lifetime, a saviour, a lost friend, a biological parent, a hero, a romantic being with perfect features, dark skin, brooding eyes and remarkable cooking skills who will appear unannounced on the doorstep. Then life will be good because there will be approval or confidence or trust or love or magic or commitment.

(from *Finding Gabriel*, 2003)

Turquoise

Eugenie Wideriver was thirty-nine years old the day she walked into a chemist and saw the love of her life. Only a year before, she had finally made peace with the fact that no man would ever fill the hole in her heart and that no stranger would ever wander into the desert of her life, but when she saw the tall man holding the bottle of cough syrup in his giant hand, she finally turned into the starving wolf she really was and walked up to him.

I'll give you my car if you take me, she said.

I have a car, said the tall man.

I made a granadilla flan this morning, she said.

Twenty minutes later Eugenie was screaming like a captured beast while the tall man unleashed the full force of nature on her trembling turquoise bed. Three months later they got married and bought a turquoise cot. Eugenie's pregnancy was enormous and uncomfortable, she looked like she was expecting furniture.

The day her water broke the tall man fainted and only woke up ten minutes after the birth. The doctor took him by the arm.

They are fine, he said.

Twins? asked the tall man.

No, it's a girl, said the doctor, But they'll be fine.

The tall man walked into the room and looked at his wife. Eugenie was sitting in her turquoise gown, holding a two-headed baby.

Not a word, she said.

And that was the last time the tall man ever saw both his daughters.

No one ever found out the truth. The girls looked exactly the same. One was named Dahlia and the other one Almost. Eugenie took her daughters home and started training them. When one was awake, the other one was sleeping, when one head was out, the other head was gone.

They may think we're fat, said Eugenie, But we're not circus people.

Dahlia grew up to be full of energy, always laughing and with the appetite of a wrestler. Almost was quiet and highly intelligent. She hated turquoise and was deeply unhappy. Every time she fell asleep Dahlia would eat anything she could find. Almost would then wake up with a stomach ache and a body that grew bigger by the day. She would run crying to her mother. A few hours later Dahlia would wake up and ask for food.

When they were nineteen, Eugenie died of exhaustion. They decided to use Almost's head at the service and Dahlia's at the reception. Everything at the funeral was turquoise. Almost cried so much, Dahlia could not sleep, she was just hanging there inside the dress, missing her mother and listening to her sad sister. At the reception she ate a whole cake and fell in love with a distant cousin, a fat boy with an unbelievably huge head. They became inseparable. He started coming to the house every day. Dahlia was the happiest girl in the world. Until the day he came to the house while Almost's head was out. She opened the door and looked at him.

He asked her if she wanted to kiss.

She told him she'd rather be tortured by a religious group than kiss a cousin with breasts.

He left and stayed away for weeks. Dahlia ate so much, she had to sleep standing up. Eventually Almost became so sick she knew she had to save herself. The only thing sadder than a fat person with two heads is a fat person with one dead head.

One morning Dahlia was lifting an omelette towards herself. Almost had been awake for days.

You can have him if you stop eating, she said.

And? said Dahlia.

We can wear what you want, said Almost.

Two weeks later Dahlia got married in turquoise. She and the fat cousin moved to the city. Almost said nothing.

And that is why I believe, and keep reminding myself, you cannot be unkind to somebody just because they're loud, or laugh too much, or eat too much or wear turquoise. Somewhere inside that dress is somebody quiet, intelligent and sad, somebody who had to save herself, somebody who had to make a deal to survive. And above all, two heads have always been better than one.

(from *Soul, Swing and Sugar*, 2003)

First-born

The tall one's name was Hector. He had the frame of a giant, broad and indestructible. He had long, wild hair tumbling from under his hood, covering his face and falling over his shoulders. Nobody could see his eyes and people believed him to be dangerous and unpredictable.

Rubbish, Old Yeta used to say, You judge a man by his actions, the tall one is harmless.

He's a bit distracted, said Mother, His demon has been woken. He thinks of nothing but his needs.

I did not know much about needs. I thought Hector was the rock of the tribe. He was reliable, always there. You could see his silhouette against the pale sunrise or the burning sunset. It was for this frame I kept looking, searching in the crowd on the Night of the Selection.

Once every three years, during Cold Moon, everybody gathered at the weeping trees. Mothers cried, fathers boasted and families huddled together, their voices hovering like a swarm of bees, provoked and frantic. We would wait for the clouds to move away. When there was light, everybody shuffled backwards until a circle was cleared. Into the circle stepped the Seers. Old and leathery, heavy with memories and visions, they stood like hawks.

The families would push their first-born sons to the front. Nine would be chosen. The ones with determination, courage and strength. They would say farewell to their families and leave their homes, tears running down their faces, they would march towards the East until they were completely out of sight. At the mouth of the caves they would live, train to be soldiers, learn about our history and gather wisdom until they were men, ready to guide, guard and travel to the borders of our world.

That night was like a dream. There were not many of us, I would have had to go. I remember my mother sobbing, my father putting his hand on my shoulder and gently forcing me forward, the Seers brushing their yellow eyes over me. Then there was movement in the crowd, voices fluttering like bats, shocked expressions and then faces being turned away from me. I turned around.

What is happening? I asked.

My mother grabbed my arms.

They have chosen your brother, she whispered.

But I'm the first-born, I said.

They know more than we do, said Mother.

What about me? I asked.

You will find peace one day, said Mother, You never really wanted to go.

I started running, pushing people away, looking for Hector. I needed to see something familiar, something strong and reassuring. But Hector was missing. He was not there because his demon had woken up and he was looking for Eoda, the priestess with the dark eyes and the breasts from heaven. And he couldn't find her because she was standing in a dark spot between the trees, the spot where I fell to the ground and cried like a small child. Eoda knelt next to me and put her hand on my back.

It is just pride, she said, Pride and tradition. Both will kill you if you cannot see past them.

There was the sound of leaves breaking. A large figure appeared from behind the trees. In a moment Eoda was gone. Hector looked down at me. Then he sat down next to me and took my hand. And then we cried. Like small children.

Thirty nights after my brother had left, I felt the thing for the first time. It felt like a large insect or a soft leafless plant attaching itself to the curve of my back. I could not see it, I could not touch it, I could only feel pain as it kept clawing, digging into me. It forced itself inside me, clinging to my spine, pulling itself upwards until it was living in my neck and my shoulders. It was feeding itself on me, taking my energy and clouding my thoughts.

I was afraid, I went to the stones and made offerings, I prayed to the four corners, I chanted endlessly until my throat was burning and I had no more breath. I became so weak, some days I could barely get up or eat anything.

Take your time, said Mother, Acceptance is not easy.

Father had never said a bad word to me, had never raised his voice and was still treating me with his usual grace, but I knew everything had changed.

I went to Hector for help.

Hector was a mess. He sat in front of his little hut, drunk and broken, eating handfuls of fermented berries, crying over the unwilling priestess.

I am ill, I said, Something is growing inside me. If my father has magic like everybody says, why does he not heal me?

Your father serves the Forces of Good, said Hector, He has no spells, he only recognises magic and shows it to those who have it.

He swallowed a fistful of berries. I have none, he said.

During the night the thing grew faster and more painful than ever. I could feel it moving inside my skull, pulling itself over my brain like a tight skin.

The next day I went back to my only friend.

What does it want? I asked.

Ask the gods, said Hector, Be brave, offer them something.

That night I put on my ceremonial cloth and went to the stones. When the moon arrived, I fell to my knees and called the gods.

I have dishonoured my family, I said, I am weak and becoming more so. I need to be rid of the thing that grows inside me. I need to have the blessing and approval of my father again.

I waited: there was no sound, no movement.

I will give you my eye, I said, I will lose both if the darkness in me grows any more.

I took out my dagger and lifted it to my eye. Eoda found me in the morning. I was unconscious and bleeding. She held my head against her festive bosom and started cleaning the wound.

Was it a grand offering? I asked, Was it a brave gesture?

No, said Eoda, Just a big mistake. One you will never forget.

Why? I asked.

Just as I cannot give Hector what he so longs for, so your Father can never give you what is not his to give, she said, Everything you might ever need is already yours. Only fools make deals with gods.

Ten days later, as the wound started healing, I left my family. I followed the steep little trail away from the settlement and walked into the forest, my new vision unfamiliar and obstructed, but suddenly precious, I knew that one day I would return, the man who could love his brother, befriend his father and live comfortably, handicapped and gifted.

(from *Walking with Wizards*, 2004)

Profession

A long time ago, in a world ruled by poets, playwrights and noblemen, when streets were paved with stone and houses lit by lamps, fathers wanted their sons to be obedient, groomed and educated. Every penny they could find was used to send their sons to the countryside, where they were housed and haunted in institutions surrounded by stone walls and creeping ivy, disciplined by perverted priests and disturbed by angry intellectuals.

In the student quarters of Bentwood College I shared a room with my only friend, Edmond. Born into a poor family and sponsored by the landlord, he was never allowed to forget his humble beginnings. He learned that survival meant silence, not to speak, not to challenge or question.

But Edmond could not escape attention: he was tall, slender and as pretty as an angel on a ceiling. He was the envy of every pale and pimpled student and the sword in the heart of more than one lustful member of staff, lurking like wolves in the shadows of that campus.

Edmond avoided confrontation, staring at the floor or at his books, conversations were short and few. Until he fell asleep. His dreams were stormy and regular, filled with fear and accusations. Every night he would talk, loudly and endlessly, until lamps were lit in the corridors and I had to wake him up before anyone entered our room.

No-one knew the truth about Edmond. Until the day Dr Medwell took us on one of his trips.

He was a lecturer in astronomy and science, a friend of the devil, mean and unforgiving and bitter about his failed experiments. Once a year he took his class to an open field about two hours' walk from the college, made them stay overnight and explained the positions of the stars with crooked fingers and the voice of somebody who had swallowed fire.

We were tired and uncomfortable. We arranged our blankets in a circle and tried to sleep. I woke up when a hand was put on my arm. Everybody was staring at Edmond. He was fast asleep next to me, his hand in the air.

No more, he said, No more.

He moved his head from side to side.

I will die, he said, If you put your hands on me again, I will die.

I sat up on my blanket. I knew what was coming.

I smell your breath, said Edmond, Everywhere I go I smell the rot.

I put out my hand to wake him up. Somebody grabbed my arm.

Let him talk, said Dr Medwell.

Edmond opened his eyes.

I curse your breasts, Elizabeth Miller, he said, I curse your fat bottom and your blue legs. I curse the beast that lives inside you. I curse every filthy demand.

Nobody made a sound. Mrs Miller was the matron at the student quarters. A devious woman with the hands of a butcher and a tongue like his knife.

Dr Medwell made us walk back through the dark, silent and stumbling. The next day we went through our classes with our hearts pounding, expecting some dramatic event. But there was nothing, nobody pulled a face, nobody made a remark.

That afternoon I found Edmond in our room, stuffing his clothes into a bag, his books already tied up with string.

Where are you going? I asked.

The landlord is no longer paying for my stay here, he said, I have to go home.

Why? I asked.

Edmond put on his jacket and looked at me.

She made me do it, he said, She waited for me everywhere I went. She grabbed me, pulled me, mounted me like a horse. Told me to keep quiet or I'd go home and be a worker like the rest of my family.

I know, I said, I heard you sleep for almost a year. But why do you believe no-one will listen to you?

Because they will not, said a voice.

In the doorway stood Father Michael, the only kind man employed by the church. I spoke before I could stop myself.

Why would they punish Edmond for things done to him?

There is a system in place, said Father Michael, People protect those they fear. Long ago, money was stolen from the chambers of the board. Mrs Miller found the coins in the clothes of Dr Medwell. He would never speak against her. Just like Miss Kelsey would never speak against him, because he caught her slipping out of nurse Bolling's room, all rosy and puffed with passion. And so the chain is linked and somebody else always pays for the sins.

But he is innocent! I said.

Father Michael smiled like a brave but wounded soldier.

Many lives have been sacrificed for the sake of a system, he said, Many souls damaged for the sake of secrets, that's how it works in our world.

He looked at Edmond.

The horse-cart is waiting, he said. Then he looked at me.

What matters, he said, Is how you remember him.

*　*　*

I waited until it was dark before I left my room and went into the courtyard. I walked as fast as I could, but the cleaning woman was faster. She came flying through the kitchen door and started following me.

You should be grateful I'm such a quiet person, she panted, One word from me and your little romance is over.

She blew her milky breath down my neck. I started running.

Five years ago they caught the other boy, she said, On his knees he was, face in his master's lap, sniffing like a little dog. Nobody's ever heard from him again. Or the priest.

I started climbing the stairs. She stood flapping at the bottom, tired and hideous like a wilted bat.

I like him too! she hissed, But go, let him ruin your life. You bloody bastards!

I fell before I could knock. Father Michael opened the door and smiled. Let me give you something to drink, he said.

But he gave me something that would change everything. He took a cup and poured water into it. Then he turned towards me, his eyes wide open and frightened, his face as white as the saint in the fountain. He dropped the cup and fell to his knees.

My head is bursting, he whispered.

I caught him just before he hit the floor.

*　*　*

My mother was a nervous woman, upright and uncomfortable. Since childhood I had the feeling that somehow her flesh had become detached from her skeleton and she had to use all those bodices, corsets, ribbons and hairpins to keep everything together. She wore her hair in such a tight bun, there were tears in her eyes at any time of the day. How my father warmed his loins and got close enough to that gateway to nowhere to create me, I will never know.

After the death of my grandmother, my grandfather mended his heart with sweet wine and a worldly woman called Noodle. When he refused to marry her, she threw a lamp at him and burned down the family mansion. After that my father had to work for an income and my mother refused to appear in public. She had only one friend, Mrs Maydepike-Williams, an overweight American woman who wore so much jewellery she looked like a private box at the opera house. Mrs Maydepike-Williams did not understand the rules of our society. She smoked cigars, never kept a secret and talked so loudly, people always thought she was screaming for help.

It was during one of her weekly visits that I walked into the drawing room and told my mother that I did not want to continue studying law. My mother opened her fan and pretended not to hear me.

That's so delightful, said Mrs Maydepike-Williams, Let's all go on a boat trip.

I could not tell my mother that I had been with Father Michael when he'd collapsed and that I could not go and ask for help because I was not supposed to be in a priest's room at night, but that it was just because he was my friend and he let me read his books.

I am interested in the medical profession, I said.

A doctor! shouted Mrs Maydepike-Williams, How lovely! Let's put gin in our tea.

Medical school costs a fortune, said Mother, You will need a scholarship.

I could not tell her that I had stayed with Father Michael and had looked after him until he was better. That I had not been scared or uneasy. That I had wiped his face until the fever had gone, that I had made him feel comfortable, that I had understood him although he could not speak. That I knew what I was supposed to do for the rest of my life.

I do not want to be a doctor, I said, I want to help people, be with them when they are frightened, stay with them till they are no longer helpless or sick.

A nurse! screamed Mrs Maydepike-Williams, Let's just have gin.

Mother was completely out of breath.

Girls become nurses, she whispered, To find husbands. Young men follow their fathers. Go and tell the servants to poison me at supper.

Mother spent the rest of the day in her room. Mrs Maydepike-Williams went to spread the news. When my father came home that night I told him about my plans. He fainted, but I caught him just before he hit the floor.

Two weeks later I arrived at the nursing school in my neatly pressed suit. They had no uniforms for men. I stayed outside for a while, just enjoying the first happy moments of my life. Then I took a deep breath and pushed open the door, ready to be stared at by a hundred stunned young ladies.

(from *Walking with Wizards*, 2004)

My Name Is Diamond

Monday morning I was all alone
Tuesday there was still no sign of you
Wednesday came and I was crazy
Once again my world was blue

What kind of love brings thunder
What kind of lover just stays away
What kind of voice just never calls
I cannot live another empty day

My name, my name is Diamond
I gather dust but still I shine
My name, my name is Diamond
Watch me glow, I'm superfine
No, life isn't just for the young ones
And love is more than your apology
And I lift my head and rise again
Won't go down with your history

I'll get up and I will walk again
Experience has made me stronger now
You can say it's just a pretty face
But I cannot wait a second longer
I used to be the light that shone for you
I used to be the rock you leaned on
But baby when you're done with your dirty days
You won't find me, I'll be gone

Two days before I sang that song for the last time, I had turned forty-five. And it was not a radiant, sexy, look-at-me forty-five. I was tired, surprised, cynical and afraid of my own life. But that was the end, first I will take you to the beginning, twenty years earlier, when the club had just opened, when people still dressed to have supper, when eating made no-one fat and smoking was still healthy. The girls and I were so excited, we spent hours trying out new routines, sewing new costumes and writing new songs. We did not care about spiritual growth or the spreading of kindness, we did not know that things might come back to you. We wrote songs about anyone who had problems. This one was about the receptionist. Her name was Betsy.

Betsy saw a magazine
with pictures of a can
It said that you should spray your hair
then you will find a man
But all the men just ran away
She could not find them anywhere
'Cause all her hair was in the air
Her hair was everywhere

Chorus:
Shake, shake, shake it out
You don't know what it's for
Take, take, take the fake
and throw it out the door
Wake, wake, wake yourself
If you don't clean your head
then break, break your little heart
there in your empty bed

Betsy saw a magazine
with pictures of a breast
It said, Invest in cleavage
and you will pass the test
But when she stuffed her bosom
she looked just like her mother
And all the men were shouting
We'd rather date your brother

Chorus

Betsy saw a magazine
It said that you'll go far
if you do things on your own
So she went to a bar
And all the men looked at her
and then they screamed: What's that
Please get another whore
This one is ugly and she's fat

Chorus

When I was a child of about seven, years before my awkwardness, my true talent and my real self rose to the surface and destroyed the life planned for me, we lived only a few streets away from my mother's sister, Aunt Gesta.

She was a young woman then, but due to a loveless existence, a serious medical condition and a devastating lack of aesthetic values she had earned the title of Aunt long before she turned forty. Like all women who had never been held or kissed by a man with imagination, she kept her passion locked up inside a body that with time became more and more square, until she finally looked like a building in a black dress.

By the age of thirty-five she wore her hair stacked in a merciless bun and collapsed to the ground every ten days. Each time she was unconscious she would receive a message or have a vision and would then reveal the future to those present when she woke up. Aunt Gesta called her fainting spells greetings and believed she was more a bride of God than anybody in a habit.

One day we were all sitting at the table, wrestling with another one of Mother's fossilised chickens, when Aunt Gesta fell off her chair and lay motionless on the floor.

And that is what happens when you swallow, said Father.

Aunt Gesta opened her eyes and looked at him.

Byleveldt, she said, I had a greeting. I saw you as an old man. You have a daughter, she is large and a virgin. She looks after you. But you have no wife. And you have no son.

Years later that vision became the truth. My family came to see the show. I had no idea what effect the show would have on them. They had barely seen me since the day I had left home. I had also forgotten how much the show had changed since the club had opened. What started as an evening of slick songs for elegant diners, had with time turned into an aggressive show, the kind put together by performers when they realise talent does not guarantee fame, true love or great fortune.

My mother, father and sister sat frozen. Around them the room was bursting with intoxicated, overdressed, unemployed, bisexual fanatics cheering us on, urging us to step over another line.

After the show my mother came to the dressing room, fragile and pale, like most people who do not have their own transport. She hugged me and then spoke with her eyes to the floor.

It's really hot inside, she said, Maybe you should put in a fan. Your father is waiting in the car, he says he has no son.

Afterwards I was not sad for myself or my mother. I was sad for my sister. I was thinking of her face during the show, round and white, like a little moon, not daring to look around but dying to see the world she would never live in.

* * *

Disappointment – that is the cruellest of all emotions. Waking up on your birthday and remembering you have no friends, waking up at Christmas and remembering your family is poor, walking past the jewellery shop and remembering you gave your money to the church.

For twenty years that was my life. I could not kill the expectation. It stayed alive and broke my heart. Maybe *this* one was the show, maybe *tonight* was the night, maybe *this* would be the phone call.

I had no peace. So I prayed and asked for a sign. The sign came. She wore blue and sat at the front table. She wore a hat and ate sliced peaches from a plastic bowl. Afterwards she sent her card to the dressing room and invited me to her house.

I went on a Tuesday. Her name was Delta Flackwood and she lived in a mansion. The inside was a vision of hell. It takes a rare and determined person to make fresh flowers look ugly, to arrange priceless and handcrafted furniture into the most uninviting display and to chill your soul with a collection of paintings that confirms some people are truly godless.

She had the voice of a fenced-in miniature dog. It moved around the room while she sat motionless in an enormous blue chair. She looked like food in the mouth of a bored whale.

Did you enjoy the show? I asked.

Oh, it was perfectly revolting, said Delta Flackwood.

Still you invite me to your lovely home, I said.

I have a daughter, said Delta Flackwood, She is the girl in the painting next to you.

I turned my head. Inside the frame was a girl with the kind of face that makes you grateful for what you have.

Very few people seem to understand her beauty, said Mrs Flackwood, She has not been spoiled yet. I have been looking for a suitable gentleman, somebody whose circumstances would be considerably improved, should he take her hand.

I fail to see my involvement in this project, I said.

On stage there seems to be an illusion of youth, said Mrs Flackwood, But you are no child anymore. Marry my daughter and you will live well. This life you lead, what has it given you?

I closed my eyes. Apart from a scrapbook with press clippings, a few almost-good recordings and a collection of incredibly tight pants, there was not much. I did not give Delta Flackwood a reply or take my leave of her, I left her house and walked down the street. I had no purpose, no recognition, no awards or rewards.

I now confirm what I have always believed. Freeing yourself of addictions like drinking, smoking or overeating is only hard because somebody tells you so. On that day, before I had turned the corner, everything had ended. After twenty years onstage it took only a few moments to end my career, my search for world fame, a flat stomach and a lover with a modelling portfolio.

I sold everything I didn't need, took the things I loved and left for a new place. A place I will show you.

* * *

Dendron was a small town with narrow roads, tiny shops and many trees. The house was easy to find. You could see it from the main road: it was standing on its own, like a troubled guest at a large wedding. It was yellow and had a thousand chimneys.

I pushed open the gate and walked through the garden. The trees were standing with stretched out arms and open fingers. Save us, they whispered. I started climbing the stairs. I had almost reached the door when it opened.

The woman was large and not a day younger than fifty-five. She was wearing green tights and a leotard printed with seashells. She put her hands on her hips and looked at me.

Welcome to earth, she said.

You seem to enjoy creative dressing yourself, I said.

I am comfortable, she said, Why does nobody read the poster? How will you get your legs above your head in that?

Lifting my leg is a pleasure I am saving for a future life, I said, May I see the house?

The woman turned around and I followed her. I stepped into an enormous room. Except for a tired rug on the floor it was completely empty.

We start with a few stretches, said the woman, Get the blood flowing.

She sat down on the rug.

Do you mind if I watch first? I asked.

It's not difficult, said the woman and hooked both legs behind her head. Two green pigs were fighting over their owner. The woman fell backwards.

This one we call the flower. It loosens your joints and electrifies your sexual persona.

Then her legs shot open. She lifted her head and smiled at me. And to this day I think of that image and wonder why people find it unnatural for men to be attracted to each other.

Why are you in this house? I asked.

It belonged to my friend, Blessing, said the woman, She let me use this room for my classes. I specialise in body alignment, recreation and physical forgiveness. Blessing was married to a man who was visited by demons. If you have a medium or large mole they can enter you. One night he attacked himself. After the funeral she developed an affection for the man at the bread shop. He was from foreign parts. And that was the end. In this town you stay with your own kind. They would not leave her alone. So she sold the house and left.

The woman kicked her legs into the air and started making circles. I was talking to an inflatable helicopter.

Now I just use the house till the new owner comes, she said, Then I'm on the street. But I hear the new one is a real billboard. Dresses like those people who have their own churches and take money from the poor. He won't last long in this town. He will just have to go back to Freakworld.

I am going nowhere, I said, This town is about as dangerous as a butterfly collection. I bought this house because I have plans. And I need help. If you never wear tights again, you can stay.

The helicopter made a landing.

I want the room in the corner, she said.

* * *

Twenty years on stage and you learn to sleep when the world is awake, you learn to work when the world is playing, you hold your pose when the world is drunk. You survive rude customers, abusive press and ignorant managers. It makes you tough, it builds a wall around your heart.

That wall fell down the day I opened the guest house. I discovered I knew very little about life in the real world, I knew nothing about other people. I had always lived in front of people, never among them. I met people who were breathtaking, they had beautiful faces and perfect bodies. I discovered people with exotic voices, I discovered talented people who did not care about being known, I met people with extraordinary histories. But most of all I discovered how needy I was. With the exception of the leotard woman, I fell in love with everybody who walked through the door. I fell in love with the twins who came to train for the marathon, I devoted my life to the German who had Nina Hagen lyrics tattooed on his behind and asked me to sing them before he fell asleep, I became obsessed with the pre-Raphaelite girl who made armchairs for the reading room, I gave my soul to the ex-priest who came to finish his thesis on masturbation and poetry.

I became a slave to everybody who was friendly. When the man who brought the eggs told me I had good hands I told him he could be a film star and then I gave him my favourite shoes. When the vegetable man asked for a glass of water I gave him a bottle of wine and a massage. I will not tell you what the deacon got when he asked for a donation.

After a few months I was exhausted. There was little to complain about, all the rooms were booked, most people in town had stopped screaming insults and it had been two weeks since the last death threat. But I was tired to the bone. I was an emotional wreck. Every morning I made a commitment to somebody else, every night I had a break-up, and nobody knew. It was a Tuesday night, I was on my way to Room 9 with a bottle of lavender oil and an Al Green record. The leotard lady was standing behind the counter.

Who do I phone when you die? she asked.

Why, do I look old? I asked.

You look like a circus poodle in a very warm tent, she said, What are you doing?

I am serving customers, I said.

As a host or a hooker? asked the woman, People do not like it when you do too much, it makes them nervous, they think there's something wrong.

It was a rare moment. I could not find anything to say. My face was burning and I felt really stupid.

People will like you anyway, she said, And even if they don't, you know who you are.

I left the oil in front of Room 9 and went to my room. Round and round went the record. Can't get next to you, sang Al Green. And I wondered if it would ever be different.

* * *

Throughout history people have been addressing issues, trying to solve problems, trying to improve the system in which we exist. But I can find no evidence that anyone is even thinking about one of our biggest problems, the naming of children.

Ask people for their name and how many will reply with a representative, truthful title instead of just telling you what they were called by their parents. Is a name not the first and most important aspect of an existence? This is how a life is represented to the world. This is the first impression by which people are often judged. This is how somebody will be addressed for a lifetime. This is how somebody will be remembered for generations to come.

Should we not have the opportunity to choose our own names? Should children not be given a temporary name until they have grown enough to make that choice. Would it not be wonderful to hear a mother say, This is my son, Bobby-John-for-now, this is my daughter Ricky-Anne-for-now and this is my eldest, Deena, she used to be Maroelette, but now she has friends.

I have known that my real name was Diamond since I was a boy of five and started using it the day I left my parents' house. Before that I had been known by some obscure word I have to look up in my passport to remember.

How many lives have been crippled by names given in moments of parental insanity, disasters concocted during the euphoria of breeding? In my time at the guest house I had met people with names like Hibiscus, Headrest and Leaflet. Exhausted people who spent their entire lives trying to prove their names wrong.

Others tried to live up to theirs.

Beulah Brickroad was a large woman with majestic breasts that pointed upwards like those of the opera singer in the Tintin books. She could not turn her head and wore sunglasses that were so big birds flew into them. According to medical rumours she never had a heartbeat, but had more money than the devil and ruled over Dendron like a ghost over a captured kingdom.

Once every year Beulah Brickroad organised a costume parade. Everybody dressed up and marched through town until they reached the town hall where they devoured over 50 metres of puff pastry and waited for her to announce the person of the year.

Not once, from the moment I first drove into Dendron, had that woman greeted me or acknowledged my existence. In return I ignored each of her tasteless events.

It was a Saturday morning. I was standing in my study with a burning stomach, looking at a devastating bank statement. God had given me many talents, moderation was not one of them.

The leotard lady came round the corner.

Come look at the parade, she said.

They are fools, I said.

She grabbed my sleeve and started pulling me.

Look, she said. She opened the curtains.

My entire life was marching down the street. A replica of every outfit I had ever worn in that town was passing in front of the guest house. In the middle of the parade was a float with Beulah Brickroad and the school choir. They were holding a banner. Grow up to be a Diamond, it said.

I thought they hated me, I said.

Oh, they do, said the leotard lady, But they like your clothes. They think you are brave. And demented.

But that woman ignores me, I said.

People do not have to be your friends to take from you, said the leotard lady, You showed them possibilities. That's more than enough. And by the way, the gown the deacon is wearing is the real one. He said you wouldn't mind.

(from *My Name Is Diamond*, 2005)

I Wear a Coat

The first time I told the story of Kenny Greeff, my friend asked me why I was wearing an Oriental coat.

I said, I have no idea, you know how I dress.

The second time I told the story, my friend said, You're wearing the coat again.

I said, What is the problem? Is there not enough suffering in the world? Do I not get criticised enough? Do you not like the colour?

That is not the point, said my friend, I just find it strange that you wear an Oriental coat when you talk about Kenny Greeff.

I said, It is a coincidence. You act like talking about Kenny Greeff is my hobby or my career.

The third time I told the story, my friend said, It's the third time.

I said, Many people talk about Kenny Greeff.

You're the only one who wears a costume, said my friend, That's not what worries me, you put on a costume to watch TV, but wearing an Oriental coat to talk about Kenny Greeff is not normal.

Maybe I know something, I said.

Like what? said my friend.

I don't know, I said, Sometimes it takes a while for things to make sense. Sometimes you have to wait before you find the reasons. Until then I will tell the story of Kenny Greeff in any coat of my choice.

* * *

The first time I heard about Kenny Greeff, I was standing in a school hall, staring at a small green onion on a toothpick. I was back in my home town for the first time in twenty years.

I had left that place the moment I had finished school. Two hours after my final exam, I was gone. And now, twenty years later, I was back, attending the annual spoon ceremony, being honoured by the community who had taught me everything about jealousy, mistrust, judgement, rudeness, resentment, insecurity and small minds.

The principal stood behind the microphone and said he would have loved to say more about me, but he only joined the school after I had left, he had also never heard me sing, but he was sure I was very successful. Then he handed me a gold-plated spoon with my name on and everybody stormed the table and started sucking green onions off toothpicks.

A man came and stood in front of me.

We do this every year, he said, The first spoon was for Kenny Greeff.

A round woman pulled a toothpick out of her mouth and spoke with a green tongue.

Where did they park your bus?

I don't have a bus, I said.

Kenny Greeff had a bus, she said and left.

Somebody grabbed my arm. It was a young woman with huge gums and tiny teeth. She was completely out of breath.

Does God speak to you? she asked.

I think so, I said.

Before a concert, she said, Before you talk to the people, does He tell you what to say?

I usually work with a script, I said.

Kenny Greeff never had a script, she said, He was a messenger. He would just look at you and open his mouth. Once I fainted.

The woman walked away. I looked around to see if I could recognise anybody. I needed to find out who they were talking about. There was nobody I knew. Everybody looked as alien as when I was a child. I started heading for the door. In the entrance hall a group of people were standing in front of a display cabinet. I walked up to them. Behind the glass doors, on a tiny pedestal, was a spoon just like mine.

Whose is that? I asked.

They answered in unison, like a choir of ghosts.

Kenny's, they said.

Why is it in there? I asked.

A woman turned her head and looked at me in disbelief.

It is real gold, she said.

Outside I walked towards my rented car, deeply ashamed that it was not a bus. I could not believe where I was. After everything I had done, all the places I had been, I was back in this little town, filled with idiots like it had always been. And it felt as if nothing had ever happened to me. I was fearful and puzzled.

* * *

Wendy Greeff was one of three sisters who lived with their large family on a small farm 12 kilometres from town. When she was twenty years old, she fell in love with a rep from Pest Control and became pregnant after his third visit. The family then used words like slut, shameful, illegitimate and wedlock. When she told the rep, he asked for a transfer and she never saw him again.

Wendy Greeff completely lost her will to live. She gave birth to a boy and never loved him, not for a minute. She suffered from migraines and stayed in her room while the rest of the family raised the child the exact way embarrassed people on a small farm would.

When he was six years old, Wendy came out of her room and told the family they should take the boy to school and make him stay at the hostel. She didn't kiss the boy or say goodbye, she just waited until they were all gone, then she went into the attic, found the biggest gun and filled it with bullets.

That night, while the family was having supper, she walked into the kitchen and shot them all. Then she went to her room and slept. But the next morning they were alive again and sitting in the kitchen. Wendy was so shocked she developed a migraine, but that night she shot them again.

The next day they were alive. Wendy went to the attic, filled the gun and killed the whole lot again. And so it went on, every morning they were alive again. Finally Wendy Greeff lost her mind and shot herself.

When the people at the hostel told the little boy about his mother, and that he could never go back to the farm, there was no reaction. He did not speak for a whole year. He listened to his teachers, avoided other children, and kept to himself. By the end of that year, he could read really well. While the rest of the children went to their families for Christmas, he stayed at the hostel, sat on his bed and started memorising the Bible.

It was the cleaning ladies who heard him first. He had a clear voice, like a bell. He could recite verse after verse without taking a breath. They went and told the principal. He told the preacher. And so, at the age of seven, the boy made his debut, reciting the final chapter of the book of Matthew at a church service during Easter.

That boy was Kenny Greeff.

All of this I learned while holding a depressed parrot in the kitchen of Elsabé Goosen.

Before the grace of God had saved my family from growing old in that town, my mother's best friend had been Elsabé Goosen, a shining light in the community and a rock of wisdom. I had promised my mother that if I survived the spoon ceremony I would take Elsabé some flowers and be polite for twenty minutes.

I could never stand the woman. She was the mother of all efficiency. Her house used to have bars of soap on the roof, because the sun made them last longer. Once a month she used to drive to the factory and buy the whole town broken Weet-Bix, because it was cheaper. All her children were tennis champions on the small town circuit, four grinning idiots who used to smell of Deep Heat even in off season. What I hated most were their extra large jerseys. Elsabé Goosen used to knit massive jerseys for her whole family. She said they were practical for group activities, unexpected visitors, fat people, natural disasters and gifts for the needy.

Twenty years after I had last seen her, Elsabé Goosen opened the door in a giant, shapeless jersey, looked at me and said, Good, I need help.

Then she went to the kitchen and took a parrot out of a cage.

Hold this, she said.

I hate animals, I said.

It's not a wedding, she said, We have to feed this bird. It's not eating because the owner has gone to a funeral.

It's not eating because it can see your jersey, was what I wanted to say. Instead I said, Who is Kenny Greeff?

And so, while force-feeding an unstable parrot, Elsabé Goosen told me what I have just told you. I needed to find out a lot more, but I had to leave. I was getting flashbacks from my childhood, I could smell Deep Heat and I knew she was feeding that bird Weet-Bix.

I drove through the dark streets of my hometown, thinking I would die if I had to live there again. And I thought of Wendy Greeff. She must have known that too.

*   *   *

This section of the story has three parts. The first part starts with me phoning my mother.

How was the spoon thing? she asked.

Fine, I said, And Elsabé Goosen is still the same. She made me hold a parrot.

Lovely woman, said my mother.

I said, Mother, do you know who Kenny Greeff is?

There was a pause. And when my mother finally answered, she was using her second voice, the one she kept for funerals and avoiding confrontation.

Yes, she said.

Who is he? I said.

He was a little orphan boy who went to the same school as you for a while, said my mother, But long after you had left.

Did you know they gave him a golden spoon? I said.

Yes, said my mother, That was when he became so famous.

Famous for what? I asked.

Oh, he could speak like nobody else, said my mother.

About what? I said.

The Bible, said my mother, People who had never been to church came to listen to him. He could speak to your heart.

Did you go? I asked.

He had such a sad life, said my mother, When his father came it got better for a while.

Who's the father? I said.

He was a rep, said my mother, He was very successful with poison. At first he didn't know about his son. But everybody was talking about Kenny's talent, so he found him and took him out of school.

To do what? I asked.

Kenny gave his own sermons, said my mother, His father was the manager. He bought a bus and took Kenny wherever people wanted to hear him. They loved him, they said he was a messenger. And when his father gave him the guitar, he became really famous.

Did he sing? I asked.

No, said my mother.

Did he play? I asked.

No, said my mother, He never played. He just held the guitar. The people used to scream. The first time I saw it, I cried.

Why? I said.

He held it really well, said my mother.

And here starts the second part.

How often did you go and see him? I asked.

All the time, said my mother, Especially after your father . . .

There was a pause.

After Father what? I said.

Started helping out, said my mother, They needed somebody to drive the bus and help with technical things.

My father drove a bus? I screamed, Why didn't you tell me?

Your father said it would upset you, said my mother, You were struggling with your shows at that time. We were afraid you would not understand.

How long did he drive the bus? I said.

Not long, said my mother, We had to move.

What do you mean, had to? I said, You said you needed a change and the house was too big.

We needed a place to stay, said my mother, Your father had invested our money in Kenny's business. We thought we were saving lives. We lost everything. Even our friends. Elsabé Goosen was the only person who would help us.

This is where part three starts, because I put the phone down. The next day I drove all the way to see my parents. When I got there they were sitting in their tiny sitting room. My mother was holding a photograph of a teenage boy in a suit and my father had a huge guitar on his lap. They looked like mad people from Nashville.

This was Kenny's guitar, said my father.

He changed people's lives, said my mother.

I looked at them.

My parents, I said, The people who, in all these years, came to my show only once and afterwards asked if it wouldn't be better if I just played the piano, threw away everything because they were infatuated by a possessed orphan who made people cry by holding a guitar.

He did write a song, said my father.

When his father wasn't there, he used to sing it on the bus, said my mother.

You were on the bus too? I said.

Somebody had to cook, said my mother.

He set us free, said my father, But he could never escape. Never in all his life.

* * *

Imagine an ancient city, built on a hillside, at the top is a mountain, at the bottom is the sea. Suddenly, one day, the hill starts shaking, the mountain opens up and fire comes from the inside. Nobody knows what is happening. They look at this in amazement. Then red burning liquid starts coming down the mountain. It starts covering the city and people disappear. You do not run towards the sea, you just stand there. You wonder if this red burning mass will stop moments before it reaches your house or if it will cover you completely, turn you into stone and preserve you forever. You don't realise it, but you find this fantastic. At that moment you are a little hysterical.

It is a rainy day, you are late for work, the light turns red, you hit the brake and your car starts sliding towards the one in front of you. For part of a second you are in wonder, will your car stop millimetres before you hit the other one or will you simply slide into it? Who will you meet when you get out? You feel wonderful, for a moment you are free from years of routine, you escape the dullness of every single birthday, anniversary or holiday, you are on your way to a surprise. At that moment you are a little hysterical.

Imagine walking into your house. You put the groceries on the kitchen counter and then realise you have been burgled. They took everything. And in that moment, just before shock, anger, the reality of having to deal with police, getting a case number and phoning the insurance people, just then, your soul screams, Thank you, finally there will be a change! You are in fact a little hysterical.

Say you are fat, your body is sagging and wherever you go people stare at your enormous and unattractive behind. You know you have to do something and you really want to, you are just not sure when the right time will be. You are in your car, thinking about this, but still you turn into the drive-through lane of a fast food store. You know it is wrong, but you place an order. You are tired of your nagging family, you know every magazine and billboard is telling you to get into shape, you know you are unhealthy, but you drive to the next window to collect your order. You know you will feel guilty, but you take the first bite. And at that moment, as all the chemicals of a mass-produced meal explode in your mouth, you are in heaven. During that first bite nothing matters, you are free, you are a little hysterical.

Long before any American talk show host, any spiritual do-it-yourself magazine or any TV psychologist had coined the phrase, Living in the moment, Kenny Greeff knew that was what people wanted. He knew that the moment somebody was hysterical, everything was forgotten, all reality disappeared, for that moment, that person was part of a phenomenon.

And that was what Kenny Greeff gave the people. He knew he was a circus dog and that every time he did his act, his father was taking the people's money, stealing thousands of rands, destroying lives. But Kenny did not care, he knew that if he kept doing what his father wanted, he might one day hear those words.

Even when they were finally caught, even when they were sentenced and even though he recently turned thirty inside a jail, he still does not care. Every day, when they go outside to exercise, he sees the man who fathered him. He is part of a phenomenon. Like the rest of the world he is waiting. Whether it be from God, from the President, from a biological father, a CEO or a rep from Pest Control, everybody is waiting for those words, Daddy loves you. And while they wait, they'll do anything to stay a little hysterical.

*   *   *

I was wearing an Oriental coat the first time I told the story of Kenny Greeff. But the truth is that it was not the first time I wore the coat. I have been wearing coats for many, many years.

Moses had a staff. Napoleon had a sword. Hitler had a moustache. Elvis Presley needed a fringe and a cape. So did Superman. Kenny

Greeff had a guitar. Madonna exercises three hours a day to have the perfect body. That body allows her to be who she needs to be. Pamela Anderson has millions of blonde hairs that jump out of her head and then fall back onto her shoulders. It keeps her, and everybody who sees her, a little hysterical.

I wear a coat every time I talk about Kenny Greeff, or sing a song, or step out to do what I do. The coat makes me the geisha who is loved and remembered by hundreds of men. It makes me the priest who is adored and trusted by his flock. It makes me the soldier who is protecting himself against winter while he waits for the bullet that will eventually come. It makes me, in fact, a little hysterical.

(from *The Moses Machine*, 2006)

The Hong Kong Kiss

I was nine years old the first time I experienced something really exotic, something truly extraordinary. It was at the house of our art teacher, Miss Snyman.

She was a remarkable woman. She was fifty years old and wore long dresses with velvet hats and gloves. None of the children cared about art, but we loved going to class. The last hour of every Tuesday was chaotic, loud and liberating. There were no rules and never any homework. Still Miss Snyman taught us everything we needed to know about life. When it's warm, open the windows just a little so the draught will be stronger. Always look at your work from a distance so you can see if it has a purpose. When you go outside, protect your face, nothing makes you more ordinary than bad skin.

One day Miss Snyman told three of us to stay after school. We got into her car and drove to the river. We filled the car with hundreds of white stones and slowly drove to her house. At the house she took us into the living room, took off her hat and started ripping out the floor boards. Then we carried the stones into the house and built a new floor with beautiful patterns.

Afterwards Miss Snyman served tea and biscuits. On the table was a tiny white bowl with sugar. I put two spoonfuls in my tea and started stirring it. Miss Snyman put another bowl on the table.

Here's the milk, she said.

Then came a third bowl.

Here's the sugar, she said.

I realised there was something else in my tea. I wanted to ask her what it was, but I was nine years old and shy, so I drank it. It was salt.

On my way home I vomited like a young actress, but I did not care, I had just seen the most elegant thing on earth, salt in a bowl. It changed my world, it changed the way I would look at things for the rest of my life. The white bowl became the symbol of possibility, intelligence, progress and serenity, a perfect object that came from a foreign place, carried magic with it and saved the life of everyone who took it into his home.

I started imagining my future, I started dreaming about bowls, I started drawing pictures of bowls, I went to every bookshop and library to read about bowls.

For centuries, in the East and the Far East, the bowl has been at the centre of life, the circle around which a family or a kingdom was built, the cup that gave food and strength to all, from the mother to the child to the emperor to the farmer. It held the riches of the world, the rice, the noodles, herbs, spices, medicine and the exotic ingredients that made loins fruitful and populated the earth. It held every offering to every god at the altar of every temple.

In Europe the bowl has held coffee, tea, wine, milk, pasta, fruit and nuts in millions of households, palaces and prisons, at banquets, weddings, funerals, carnivals and sacred ceremonies.

To the modern world it is still the design that has no beginning or end and holds a thousand secrets and a million promises. It is the symbol of the half-moon. It is the breast of the waiting bride and the buttock of the young lover. It is the cup that holds the coin that brings the great fortune.

So, thirty years after I had my cup of salted tea, when one of my biggest dreams was taking shape and I was preparing to open my first shop, I knew that the first object I would put on a shelf would be a white bowl. I wanted every human being who never knew a Miss Snyman to come into my shop and find a bowl. Not some ordinary thing made in a factory, but an original piece, a perfect bowl, designed, handcrafted and glazed by a master.

And that's why I went to Hong Kong.

* * *

My fear of flying has nothing to do with weather conditions or the abilities of the pilot, but with the fact that people you have never seen before will come and sit next to you and take off their shoes. Some of these people own Miami Vice DVDs or have at some point cycled through the Dutch countryside and believe that wearing shoes without socks is fashionable. No matter how much I pay for my ticket, how long before the time I prebook my seat, or which medical, emotional or religious conditions I state to the airline, one of these people will always sit next to me.

On the flight to Hong Kong I sat next to a man who was so large, he should only be transported by cargo or boat. As he arrived, I looked down. He was not wearing socks. The plane had not yet reached the clouds when he took off his shoes and revealed two of those feet you wouldn't ever want to look at even if they were your own. They were huge, pink and bloated. They looked like those frightening desserts old people feed children at church functions.

I put my hand in the air and asked for a glass of wine.

I didn't know you people drank, said the large man.

I had no idea who he was talking to.

I saw you in Beijing, said the man, You were incredible. I still don't know how you did that thing with the pole.

The only thing I ever did with a pole was at school on Republic Day. I looked at the man.

Are you talking to me? I said.

Yes, said the man, I can't remember the name of your circus, but it was the best one I've ever seen.

I am not a circus person, I said.

Then what's with the costume? said the man.

I just want to blend in when I get there, I said, I don't want to be stared at.

Oh they will stare, said the man, Since the death of Mao Tse-tung only acrobats and prisoners still dress like that.

Then what do they wear? I said.

Clothes, said the man, Like in the rest of the world.

Why? I said.

Hong Kong is not a rice farm, said the man, It is a modern city with modern people trying to make a living. They come from everywhere. The place is crawling with Americans, Germans and Filipinos.

I was shocked. I had thought I was on my way to a place of culture and history, filled with quiet people, white bowls and tame dragons.

One of the pink feet moved towards me. I put my hand in the air and asked for more wine.

People go there to make money, said the man, They plan to stay for a few years and then go back to their families, their villages or their own countries. But most of them never earn enough, so they stay. In grey skyscrapers with tiny windows. It's all concrete and washing lines. But it's the fastest place in the world. It will knock your socks off.

And that was the truth. Never in my life had I seen so many boats, buses, taxis, trams or people. One moment I was between hundreds of stalls selling vegetables and live things in buckets, the next it was all skyscrapers, escalators and neon signs.

And nobody looked at me. They were all busy, running, talking, pointing, bargaining or listening to their iPods.

There were twelve boutiques in the foyer of the hotel. I bought clothes and went to my room. There I took three Panados and had a long bath. Then I took the lift to the restaurant.

It was like a rainbow. A yellow person took me to a red table. Then a black person served me a green drink. After that I ate a blue meal while French songs were sung by white people. My first night was indeed colourful.

* * *

Ni Hao. Qin wen zhao sjui?

Hello?

Good morning.

Is that reception?

Yes, Madam, how may I help you?

I'm not a madam.

I apologise. I cannot always tell.

Listen, there's a thing in my room. Somebody has to come and do something.

I will need a bit more information, Sir.

I can't sleep.

Can you describe the thing, Sir?

It doesn't stop. It's been screaming since I got here.

A cricket?

Yes. Somebody has to come and find it.

Sir, the cricket is in the little wooden container next to the television.

Just say the whole sentence again.

Your cricket is in the carved wooden container next to the television.

Why?

We place it there as a courtesy to our guests.

Why?

The sound of a male cricket is considered musical and pleasant by many. It makes people feel at home.

That is true. I'm from South Africa and we don't sleep well.

Which part of South Africa?

Pretoria. Listen, first of all, a cricket is lovely if you're a frog or from Tibet. But I'm really tired, last night I had a meal that was made entirely out of gelatine, this morning I ate a stir-fry that probably went by the name of Fifi, now it's a loud thing in a box, you have to come and fetch it. Secondly, it is dangerous. This is the twenty-second floor, a cricket is something you hear on the ground. People might forget they're in the air and sleepwalk through the window.

It's the custom, Sir.

In South Africa people kill each other but they don't torture insects or eat their pets.

I know, Sir, I'm from the Free State.

Hello?

I grew up in the Free State. Then I lived in Johannesburg. Now I'm here.

How long?

Fifteen years, Sir.

Aren't you hungry?

You learn to cook for yourself.

And do you like it here?

People leave you alone. It is a hard life, people don't have time to interfere.

And your name?

Robert, Sir.

So where do you live, Robert?

On the ninth floor, Sir.

And do you have a cricket?

No, Sir. I might walk through the window.

*   *   *

On the second day I did everything a tourist should do. I went to Victoria Peak to look at the city. Then I went to Central Plaza to look at the harbour. I went to the oldest temple, the biggest park, the longest escalator and the largest market. I was overwhelmed by the number of people, the English street names, the modern architecture, the ancient decorations and the strangeness of it all.

The strangest of all was the fact that I had spoken to somebody from the Free State who behaved like it was completely normal. In London, Sydney, Auckland or Buenos Aires, when you see a South African coming, you hide, but not in China! You say, I cannot believe this! Can I show you the city? Is there anything you need?

All of my life I have been trying to figure out what is wrong with people. Why, if you have something in common with somebody, would you behave like a mad person? For years and years, people I know, I see them and they act like they swallowed something.

Just because they have been on television for a second or have married somebody with more than five rands or have lost a kilogram or changed their hair, they turn into aliens. You greet them and you have to go home and write in your journal. You question your entire existence because some idiot has forgotten the basics of human courtesy.

I'm not asking for friendship or commitment or passion or a holiday together, God knows, I have enough to do, I'm only asking for recognition, a sign that there is a functioning brain. I'm asking that certain key phrases be memorised and used. How are you? What a surprise. Good to see you.

My grandmother always said, When your feet itch, move. That day, at a dumpling stall in a tiny street in Wan Chai, my feet started itching. I decided that Robert from reception would be the final person to take a day out of my life. Or the life out my day.

I went back to the hotel. There I took three Panados and had a long bath. Then I caught the lift to Reception. Behind the counter was a man as pretty as the sunrise on a spring morning.

I am looking for Robert, I said.

I am Robert, said the man.

I spoke to you last night, I said.

I know, Sir, said Robert, How may I help you?

There was no expression. He looked at me like somebody trying to read a book through a ghost.

Do you have some free time? I asked, And what do you usually do?

Tomorrow is my day off, said Robert, I go to the horse races.

Maybe we can go somewhere afterwards, I said.

Robert looked at me. I counted to ten. Eleven. Twelve.

Fine, he said.

Do you know a place? I said.

Not really, he said.

Eight o'clock, I said, I'll meet you in front of the hotel.

I pushed the button and waited for the lift. In my room a woman with extra eyeliner was making the bed.

Where do you take a dead person? I asked.

You want to say goodbye, you throw him off boat, said the woman, You want give him life, you take him to Miss Gold.

Who is she? I said.

Is nightclub, said the woman, In Kowloon. Is where we go.

* * *

On the third day I went to the studio of Fang Chao, creator of the finest porcelain in the world. Although every moment in that city had been a surprise, I still imagined the studio to be traditional and dark with heavy wooden furniture, calligraphy on the walls and people with long hair and embroidered coats.

Instead, it was the most advanced building I had ever seen: a gigantic structure of glass, concrete and steel. Doors reacted to body heat, lights reacted to movement and windows to breath. The staff was dressed in off-black suits with short tailored coats and designer shoes.

Fang Chao must have been in his fifties, but he was dressed like a rich teenager, tight-fitting jeans, white vest, dragon tattoo, soft leather jacket and shoes with open toes. A black strap wrapped around his head and covered one eye. Inside the display room there were more people, each with an eye covered. One handed me a strap.

A bowl is not a piece of clay, said Fang Chao, It is an experience. You cover one eye, you heighten the other senses. You touch, you smell, you listen. Two eyes are distracting to most people, they see too much and know too little.

I placed the strap over my eye.

Now make a prayer with your hands, said Fang Chao.

I held my hands in front of me. He placed a small bowl in them.

A bowl should be light enough for a child, said Fang Chao, But heavy enough for a strong man. It should feel like velvet and never slip in your hand. Now you place it against your chin and whisper. If you hear music, the porcelain is good, if there is a hollow sound, there is no quality.

Fang Chao looked at me.

After ten minutes you use the other eye, he said, We do not like our customers to have headaches.

Then he left the room.

Two assistants appeared and placed bowl after bowl in my hands, each one more exquisite than the one before, each one more expensive. Finally I placed an order and wondered how, without the use of ammunition, I would convince a South African to spend that amount of money on something that would probably be used for ice cream or cereal.

That night I sat with Robert from Reception at a small table in a corner of Miss Gold. A Chinese girl dressed like Tina Turner served us drinks with smoke coming out of them. On a small stage three Asian Chippendales were playing with their bow ties.

Have you ever closed one eye to look at something? I asked.

Robert from Reception looked at me. I counted to twelve. Thirteen. Fourteen.

Why? he said.

Because when you lose depth and that whole panoramic thing, you make better use of your other senses, I said.

Oh, he said, Probably.

Why did you come to Hong Kong? I said.

I was tired, said Robert.

Of what? I said.

Everything, said Robert, Family, politics, crime, race, everything is an issue, you can't just wake up and work and live and go back to sleep.

But why this place? I said.

Nobody can find you, he said.

Do you have a secret? I said, Everybody wants to be found.

Where is the freedom in that? he said.

At that moment Tina Turner put two more drinks in front of us and gave Robert from Reception her phone number. He looked away and saw one of the Chippendales staring at him.

I have to go, he said, It's late.

And then he left me at the table. Where I had one smoking drink after the other, where nobody gave me their number or stared at me, where I realised even dead people had more fun than me.

* * *

There has never been any doubt in my mind that the good things have always been somewhere else. To rise above the burden of your birthplace or the limitations of what you know, you have to leave. As long as I have been on this earth, the people of my country have been leaving. Thousands had to escape the horror of the past, thousands more are trying to escape the terrifying future. People do not want the demands of a family, the ignorance of tradition or the judgement of society. People leave to be anonymous, people leave to be gay, to be artistic, to be safe or to be excited. People go to where it is normal to use public transport, eat good cheese or shop until midnight.

I had to travel around the world and pay eight hundred dollars a night for a suite in the Conrad International to meet Robert from Reception and learn that a foreign place is no guarantee. You might see famous landmarks, hear the strangest language and live with the greatest technology, but your soul carries your history.

It was none of my business and it was all of my business. Before I packed my bags, I needed to know about Robert from Reception. He had been unhappy in the Free State and now he seemed unhappy in one of the greatest cities in the world. Did he just dislike me because I reminded him of things? Had he simply adopted a whole different culture? Was he on medication? Was he in denial? Was he just quiet? Or extremely dull?

I decided to phone him again. I could not go home knowing there were no promises on earth. I needed to know that Robert from Reception was an exception, the fool that could not be saved.

But that call was never made. Something completely different happened.

* * *

Ni Hao. Qin wen zhao sjui?

Is that Robert?

Speaking. Can I help you, Sir?

I just wanted to thank you for the basket. It's a complete surprise. I haven't opened it yet, but it's just so.

Sir? I have no knowledge of a basket. I will need more information.

The basket on my bed. I just got here and somebody must have left it for me. And I don't really know anybody except you.

I can assure you the basket is not from me.

Oh. Because I wanted to ask you why it's moving.

I beg your pardon, Sir?

The basket is moving.

Moving in what way, Sir?

It's wiggling. Like Moses or somebody is inside. So I thought you sent me a rabbit or something because we went for a drink. But I didn't want to open it in case it jumps out. That's why I phoned, because I can't take it on the plane.

Sir, please do not open the basket. I'm asking you to step away from the bed.

What now?

Sir, please do not go near the basket. I need to call for assistance and I'll be with you as quickly as possible. Please unlock your door and step into the passage.

* * *

Overheard in the dining room:

– Well, apparently when the rest of the people came into the room, they were both on the floor, the man from the hotel was on top.

– Two South African men on top of each other in China. That's not good. The people in this country are very spiritual.

– I don't know what the fuss is about. South African men have been lying on top of each other for decades. It's called rugby.

– The best way to treat a snake bite is to suck on the wound. You have to get the poison out as fast as possible.

– Well, then the snake must have bitten him in the mouth. Because apparently that was the area in which they were active.

– I think it's the most romantic thing in the world. To be kissed by an attractive person while you might be dying.

* * *

I was standing at the window, looking at the city. It was a few minutes before I had to go to the airport and I still could not believe what had happened.

I remembered I had put the phone down and turned around. The snake was halfway out of the basket. A grey, slimy thing with sad eyes. For a few seconds I tried to think of a plan. Then I fainted. Then I woke up and Robert from Reception was next to me. After that he never said a word and now I was leaving.

Behind me the lady with extra eyeliner was making the bed.

You enjoyed snake? she said.

I looked at her.

You friendly, she said, I brought you snake. Chef cook for you. Is best food. Is good luck.

And at that moment I knew what my grandmother meant when she said, A gift will go where it's needed.

I will never know the truth about Robert, maybe he needed to kiss, maybe he needed to save a life, often it's the same thing. But I certainly hope he had his moment. And that staying away this long has been worth his while.

I looked at Hong Kong one last time. Then I took three Panados and wheeled my luggage into the passage.

(from *The Hong Kong Kiss*, 2007)

Nuwe Stories / New Stories 2014

Nappy

When I was a young boy, my father used to take the whole family to the large Woolworths in Bellville the first Saturday of every third month. We children would eat cheese curls with my father in the station wagon while my mother went inside to buy us clothes.

The Saturday she got back into the station wagon and handed me a brown striped shirt and a brown short with a belt of the same fabric, I realised I would have to start earning my own money. And lots of it. For years I did everything possible, watered gardens, walked dogs, carried parcels, demonstrated cleaning products, cried at funerals and sold my hair.

Diagonally across the street from us lived a young couple. The man was pale and thin. He had a very small mouth and never blinked his eyes or bent his knees. He looked like the little man in the municipality's dead fountain. His name was Blair and his wife's name was Clarissa. People with long hair have a very specific look when they wake up in the morning. Like they've opened a car window at a very high speed. Clarissa looked exactly like that. She had wild yellow hair and always wore the same apricot dress.

The reason was that she suffered from a rare condition. The night of their wedding she got a cold and drank very old cough syrup. She became sick for twenty-four hours and completely lost her short-term memory. Since then she woke up every morning and thought it was the day after the wedding.

Every morning she said, Look at my new dress! And put on the apricot thing.

A year after the wedding they had a baby boy, the ugliest child ever to be born outside a war zone. He had a tiny, tiny head with red round eyes and enormous ears.

My mother always used to say, May God forgive me, but that

child looks like the front of a racing bike, I'm sure those eyes go on at night.

Every morning the same thing happened. Clarissa woke up and thought she was on her honeymoon. She put on the apricot thing and then she turned around and discovered the baby.

When we heard the scream we knew it was time to leave for school. We would go outside and she would be crying on the front lawn while her husband was screaming through the window, The baby is yours!

When the child was one and a half years old, Blair came to our house one night and said – with his very small mouth – he needed a babysitter. He said his wife was very tired, she was suffering from shock and surprise and he needed to take her to the movies. Would I be able to look after the baby Friday night? He said they would pay me well.

I was really scared of the little fountain man and his apricot wife and their ugly child and wanted to say no, but then I remembered my mother coming out of Woolworths with brown shopping and got even more scared. I said yes.

That Friday night I knocked on their door with trembling fingers. Clarissa opened the door and asked me what I wanted. I said I was coming to look after the baby.

We don't have a baby, she said, We're on our honeymoon.

Then her husband appeared.

Sweetheart, he's from room service, he said.

Come inside, he said to me.

The baby was sitting against a large pillow on the couch, drinking fruit juice from a bottle. His enormous ears were resting on either side of him. He looked like a bat having a cocktail on a deck chair.

You can talk to him, said his father, He can smile. He'll cry when you need to change the nappy.

Then he pushed his wife out the door.

I sat down and looked at the baby. He finished his bottle and looked back at me.

Do you want to go play in the kitchen? I said.

He burped like a dinosaur.

Let's go, I said and picked him up. I carried him into the kitchen. I held him very tight so that he would not fly away. In the kitchen was a baby chair. I put him down. I looked around for something to play with. On the counter was a large glass container with flour. I took a handful and sprinkled it on the counter. Then I took a spoon and drew a face in the flour.

Draw, I said.

The baby stared at the flour.

I wiped the face away and wrote, BABY.

Write, I said.

Then I put the spoon in the baby's hand. I smiled.

You write, I said.

The baby looked at me and then at the flour. Then he leaned forward and wrote, STOP PATRONISING ME.

I gasped.

You can write! I screamed, Do your parents know?

The baby pointed at the flour. I wiped away his writing. He leaned forward. THEY HAVE ENOUGH TO COPE WITH, he wrote.

Who taught you? I said. Babies cannot write!

I wiped the flour.

He wrote again. MANY OF US DO. WE WERE SENT TO SAVE THE WORLD. TO TEACH AND HEAL.

I just stared at the words.

But you're a baby! I said.

He looked at me. Then he wrote again. OK. NAPPY. I knew he was punishing me. I carried him to his room. And I can tell you today that I would rather run into toxic waste than face the droppings of that superintelligent child again.

When his parents returned I took their money and that weekend I bought myself a mask that I carry with me to this day. I want to be ready. I know they are here. I walk through a mall or shop and see parents with an ugly child. And I nod respectfully. Because I know we will be saved.

(from *10 Winter Nights with Nataniël*, 2011)

Broad Shoulders

When we were young children my father decided to go to university and study to become a preacher. He said he had finally found his calling.

How will we live? I cried.

God will provide, said my mother.

Well, He did, because all of us are still alive, but most of the time we had very little or no money. Occasionally my father fixed cars and trucks for other people. Each time he got paid, my mother cooked a huge meal and told us children we could choose one guest. We always chose Aunt Phoebe, she had always been the most interesting person we knew.

Aunt Phoebe was not part of our family, we had met her at a wedding. She was sitting at one of the tables and started crying after a waiter had put a tray with food on her one shoulder. Aunt Phoebe had very broad shoulders and was wearing a shawl with fringing, so the waiter thought she was a side table. My mother got up and grabbed the tray and told her to come sit with us. Aunt Phoebe stopped crying and told us how people were always putting stuff on her.

Broad shoulders are very fashionable, said my mother.

I don't have broad shoulders, said Aunt Phoebe, I have four.

Four shoulders? we screamed.

Then Aunt Phoebe told us she had been born with four shoulders. She said it must have been the water on their farm, because her brother had four ears and was working as a spy. She said she always had to cover herself because she looked like a windmill with legs. She said it was very costly because she had to wear clothes with four straps.

Then father said she had to be a fantastic swimmer.

I don't have four arms! said Aunt Phoebe.

Yes, said father, But you must be very strong.

A strong woman is attractive to very few people, said Aunt Phoebe, But at least I can defend myself. And I float really well.

That sentence must have upset or inspired father, because the following week he announced we should all have swimming lessons, we did not have enough shoulders to be completely safe. Within weeks my family were swimming like bacteria, but I did not take to the water. I clung to the side of the pool and screamed like a mating squirrel. Once, when the instructor tried to pull me into the water, a large piece of concrete came loose. Once they just threw me into the water to see if I would swim, but I just sank to the bottom and saw the school choir singing at my funeral. I started feeling really insecure.

Then one day our English teacher told us to make a sentence with the word pathetic.

I put up my hand and said *South Pathetic* was a musical by Rodgers and Hammerstein.

The teacher said no, pathetic meant somebody was extremely useless. He said you used the word pathetic when somebody was scared of something harmless or could not swim.

I became more insecure. I couldn't understand what was wrong with the world, if God had wanted me to swim, he would have made me a little fish. From then on I worked very hard to be excellent in everything else, to be so successful I would not have to go near water ever again.

We children became grown-ups, my father realised you could spread the Word without a degree and started working again and every time we went back home, there was lots of food. And Aunt Phoebe. By then I was a well-known singer, water did not feature in my life.

Until one day, a few years later, we were all sitting in front of the television after another huge meal. It was during the Athens Olympic Games and there was a swimming pool on the screen. There was a strange bang and a lot of people jumped into the pool. The whole world was screaming, so was my family. There were many teams from many countries, but by the final lap one swimmer was glowing like a diamond in water.

Who is that? I said.

Ryk Neethling! screamed Aunt Phoebe.

Where's he from? I said.

He's on our team! screamed Aunt Phoebe.

And then Ryk Neethling won. My family was crying like people in a hospital passage. There were other swimmers on the team too, but nobody cared, all eyes were on one person only. And then he got out of the water, a wet angel wearing a pair of tights that was announcing peace on earth and joy to all men.

Look at the shoulders! screamed Aunt Phoebe, That's a real man!

That same day she threw away her shawl and never covered her shoulders again. To this day people stare at her, but they never put food or anything else on her.

Ryk Neethling became my hero. He was the symbol of what I could never be. I have a box with every picture ever taken of him. Every day I do push-ups, as many as I can. And when nobody is looking, I practise with heavy books and large plates of food. I may never be able to swim, but in this world you have to survive on land too, and for that you need broad shoulders.

(from *Ryk Neethling Doesn't Talk to Me*, 2011)

Hagga & Dagga

The most important fact about living in a small town is that everybody knows you. You can never get lost or forget who you are, they will remind you. And no matter what your background or achievements may be, you will be known by your most prominent feature or characteristic. If they do not find a new name for you, they will add a description to the one you have.

And so it was that as a young boy I lived with my family in a small town, just a few houses away from Old Cholesterol and his wife, Diabetes, who bought the house from Hendrik The Corpse and his wife, Dumpling, who went to live in a flat behind the dairy. Across the road was the small park where Jimmy Knuckles found his wife, Anna The Whore, fondling Slow Albert, who at twenty-three was still in standard 9. Although they had to go to the clinic, this incident was never reported to the local police, Flathead Visser and his brother, Vacuum, who at the time were hiding from the police, who was them, because of some missing cash. All and all it was a quiet little town, kept in order by our preacher, The End, and his wife, Dead Elsa.

Just outside the town was a farm that belonged to a very down-to-earth couple. The woman was a tiny creature that looked like she had been torn apart by wolves and sewn back together by children, nothing was working properly. Her face was made of leather and she wore men's shoes and a blue overall and was called Hagga. The man was tall and wide with a thick neck, large breasts and a massive stomach. He had a red face and hair that looked like straw, he wore a blue overall and everybody called him Dagga. They had a child, a skinny, hyperactive thing that everybody assumed was a boy, but nobody was sure because he never stood still, he ran very fast in circles like a hedgehog. He was called Wagga.

When I was about twelve years old they brought him to school one day to see if he could be educated. He could not sit still and ran so fast from classroom to classroom that nobody could see him. Finally our standard 5 teacher, Poisonface, tied him to a desk, but he took a coin and disassembled the desk and disappeared through a window. After that we only saw him, or almost saw him, on Saturdays when his parents came to town to sell their goods. At first nobody would buy anything from them because they had a grey fence around them, but then we realised it was just Wagga running in circles.

And then one day, out of the blue, Hagga and Dagga arrived at The End's house and said they had never been married, they wanted to have a wedding, it was the right thing to do. The End was really shocked and said they should do it as soon as possible. The news spread like a fire. Nobody was going to miss this event and everybody volunteered to do something at the wedding. They spoke of nothing else.

Who's going to clean up Hagga? they said, She's never worn a dress!

And how is Dagga going to get into a suit? they said, And is he going to get a haircut?

Anna The Whore said she would donate her wedding dress, she was never going to wear that thing again. Then Jimmy Knuckles said she should donate her underwear as well, she wasn't wearing that either. Then they had a fight and had to go to the clinic. Diabetes said she would make a cake, she loved icing, and Dumpling said she would make tiny snacks. One-legged Anina said she would sing, she could hold on to the rail and Poisonface offered to bring the paper flowers from the school production. She asked if Dead Elsa would help her. Then Dead Elsa said she wasn't dead.

Everybody was ready for the Big Day, which turned out to be a bigger day than anyone could have imagined.

On the day we all sat in the church. The organist, Fit Mrs Nel, had been stung by a bee two days earlier during tennis practice and was playing "Largo" with her right hand. Then One-legged Anina got up and sang "I'll Stand by You". After that the bell rang and then the door opened for the groom to enter. We all stretched our necks to see what Dagga would look like in a suit. But a tiny person walked in. It was tiny Hagga, wearing a black suit with a white carnation.

What is going on? whispered the people.

Then Fit Mrs Nel struck up the right-hand version of the "Wedding March" and a massive bride appeared in the aisle. It was Dagga. The straw had been set into soft curls, the red face had been powdered, most of the world's white satin had been sewn into a dress and he was holding a bouquet of white lilies, fresh corn and ivy.

We gasped.

The End got up and held on to the pulpit. Hagga took Dagga by the arm and they both walked to the front. A grey fence appeared around them.

What is this? asked The End.

Marry us, said Hagga.

Who is the man? said The End.

I am, said Hagga.

We thought you were a woman! said The End.

Why? said Hagga, Because I'm small?

Or because I'm big? said Dagga.

We thought . . ., said the preacher.

It doesn't matter what you think, said Hagga.

There was silence, even the grey fence disappeared. A boy, prettier than we had expected, appeared next to Hagga.

Daddy, here's the ring, he said.

Then the man we thought was a woman got married to the woman we thought was a man and went home with their son we thought was a fence. Nobody stayed for cake or tiny snacks.

Nobody ever bought goods from them again, maybe because we felt guilty or awkward. Finally they left their farm and moved away, maybe because they felt guilty or awkward.

After that nobody really spoke about Hagga, Dagga and Wagga. But I did get a little fright. And I did learn this: If, for some reason, you are not who or what you are thought to be, you are definitely playing with fire.

(from *Black Man White Woman*, 2012)

Alzera

I grew up as part of a very close-knit family. Large family gatherings happened regularly and everybody was part of everybody else's business. But I was already in high school when I heard for the first time my grandmother had a cousin called Alzera.

Why has nobody ever mentioned her? I asked.

We forgot, said my mother.

We've been extremely busy, said my aunt.

You talk the whole time! I said, About everyone!

Yes, said my mother, But we do it alphabetically.

I said, A is the first letter.

Don't you spell Alzera with a u? said my aunt, Like ulcer?

Or unnecessary, said my mother.

On and on they went. I knew something was wrong. I went to look for my grandmother. My grandfather was in the garden.

Where is Grandmother? I said.

She's making turtle soup, said Grandfather.

Who eats turtle soup? I said.

It is a family tradition, said Grandfather, You serve it steaming hot, with lots of white pepper and a bunch of watercress on top. It's the best thing in the world.

I went to the kitchen. My grandmother was sitting on a chair. Next to her was a gigantic tortoise. Both of them were sleeping.

Grandmother, I said.

She opened her eyes.

What are you doing? I said.

She looked at the tortoise.

Waiting for it to die, she said, I can't kill it.

A mountain tortoise gets two hundred years old, I said.

Then we're going to eat very late, said Grandmother, Help me push it under the table. I'll make mushroom soup, it's tastes the same.

Why does nobody talk about your cousin Alzera? I said.

She's very interesting, said Grandmother, She was born out of wedlock.

Then half the world should be interesting, I said.

She lives right by the sea, said Grandmother, Everybody is a bit upset.

Are they scared she will drown? I said.

No, said Grandmother, Her little house is worth millions, if she sold it nobody in this family would have financial problems.

But it's her house! I said.

In this family nothing is your own, said Grandmother.

They don't talk about her, I said, They don't invite her, but they want her money! When can we go and visit her?

It's too disturbing, she said, All that marble and water features.

My mouth went dry with excitement. Marble and water features, those were the two things that my mother always told us were only found in the houses of smugglers or people who started their own churches.

She grew up in that house, said Grandmother, Those days there were only a few houses next to the sea, but then the city started growing, buildings just popped up everywhere, every day they just popped up until her little house was the last one standing, they offered her millions, but she just said no.

But then she must be happy, I said.

Not really, said Grandmother, They built half a hotel on one side of her and another half on the other side. Then they realised that she did not own all the air above her house and built a very high bridge to connect the two.

They can't do that! I said.

They can, said Grandmother, Only the bit of sky directly above your house is yours, the rest is for bridges and airplanes, one day the whole world will look like that!

Then we must go to her! I said.

Wait, said Grandmother, Then they bought half the pavement from the municipality, where they built enormous pillars and huge glass doors, now her house is in the foyer!

It is not possible! I cried.

Living in a foyer is not easy, said Grandmother, When she waters her pot plants, tourists take pictures, some people think it's a photo booth and keep ringing the doorbell and once a Chinese couple wanted to have her dog with noodles.

Then she must sell it! I said.

Where must she go? asked Grandmother.

She can live with us, I said.

She says family is much more upsetting than strangers, said Grandmother, Strangers pop up and leave, family stays.

Then the tortoise woke up and started looking around.

Get a tablecloth, said Grandmother.

The tortoise had a long grey neck and no nose, it looked exactly like Mrs Vermaak when she sang the high notes of the national anthem. I imagined her floating in a bowl of soup and shuddered.

Cover the table, said Grandmother, And bring some chairs.

Then she placed a large pot of mushrooms on the stove.

Grandfather can take us, I said.

She's not there, said Grandmother, She heard a noise in the night and forgot her house was in a foyer and shot two people from Arabia at reception. Now they're keeping her in a place to see if she's mad or not.

She poured chicken stock over the mushrooms.

Late that night, later than any supper before, the whole family sat around the table. Grandmother was serving bowls of steaming soup with bunches of watercress.

Turtle soup, said Grandfather, Bring the champagne.

He lifted the bottle and popped the cork. Then the tortoise's head popped out from under the table. My aunt made a strange noise and popped off her chair. Outside a bubble popped in the pond and a star popped in the sky. All over the world buildings and bridges popped up around innocent little houses and into my head popped a dream.

I knew it would never happen, but since that night I could not stop dreaming about being a family secret, having an exotic name, living in a foyer, being a little bit lonely and possibly insane, but not caring because I'm worth millions.

(from *Pop-up!*, 2012)

My Shoulders

In my whole life I have never heard anybody else say this, but I have never liked my shoulders. They're not pretty, they're not ugly, they're just there on either side of my neck like two baby seats in a car driven by a childless person.

When I was very small my mother took me to a children's party. All the children wanted to swim so my mother took off my shirt.

A little girl looked at me and started crying and the rest became very sad, slowly they all started walking away, disappearing on the horizon like tiny figures who had just discovered that there was no hope on this earth.

I was clever and at school I knew all the answers but before I could answer my shoulders just went up and the teacher looked away.

When I grew up I was really thin for two weeks and a very attractive person asked me if I wanted to mess around, but before I could answer my shoulders went up. Then the attractive person said, Whatever, and walked away.

I decided to punish my shoulders, to become really serious and carry the world on them. I wrote poetry and joined experimental church groups. My shoulders got really heavy and started hating me. One night when they thought I was asleep my left shoulder said to the other one, We have to leave, I can't take this.

Then I said, But you have to hold my arms, I'm studying piano!

They said nothing, but a while later they started aching. They wouldn't move the way I wanted them to. I would be walking down the street and they suddenly would move forward. Strangers would stop and say, What's wrong with you? There's a toilet at McDonald's. Sometimes they would pull back and people would say, Hey penguin! And throw sardines at me. I spent years inside McDonald's and I ate more fish than a pirate.

Finally I went to my doctor.

I said, My shoulders are killing me.

It's very common, she said, Let me feel them.

My shoulders pulled up like I was Ryk Neethling in the middle of a dive.

I can't feel anything wrong, said the doctor.

This is what they do! I said.

I'm sending you for a sonar, she said, Just give them this form.

And so, on a day that was beautiful to those who care, I arrived at the X-Ray division of the Pretoria East Hospital. The kindest people showed me to a counter, then to a small office and then to a waiting room. It was like another world. There were people in wheelchairs, people who had needles and pipes coming out of every limb, there was an ex-rugby hero in a plastic bag because he peed through his knee, there was a woman who died two months before, but could still move her legs. There was a child with four arms who kept saying, Mommy, am I a crayfish.

I don't belong here, I said to myself.

Oh, you do, said my right shoulder.

I want sex, said my left shoulder.

Finally the kindest woman on earth took me to a room. She put gel on my shoulders and started rubbing one shoulder with a remote.

I want sex, said the left shoulder.

The woman was saying that she could not see anything wrong, but I did not really listen. She was the first person to touch me in a long time and it was my first time with gel. I couldn't help myself.

I can picture you in a long gown made of silk, I said.

The woman looked at me.

I said, And if you have a brother, I can picture him riding naked on a sweating horse through my front door.

I can't see anything wrong, said the woman, You need an MRI.

Is that the tunnel? I said, I'm not going in there. You go in there to see how long your lashes are and when you come out they tell you there's a tumour.

You are going in, said the left shoulder.

You are going down, said the right shoulder.

Somebody put me in a blue outfit and I was led to another room. I was really scared, the tunnel was waiting like the mouth of a dragon. They made me lie down on a board and strapped my arms to my sides. Then they started the machine. I started moving. I felt like a pie in a microwave, I was hot and hysterical.

Let me out, I screamed.

Shut up, said the left shoulder.

I hate you, I said.

We're all you've got, said the right one.

That's why we brought you here, said the left one, To see what happens to other people.

You should be grateful, said the right one.

You could have been walking around with a tennis ball on you forehead, said the left one.

Well, I have you, I said.

We've been given to you, said the right one, Sent to you for a reason.

The machine stopped. The woman undid the straps.

Get dressed, she said, I can see nothing wrong.

I put on my clothes and started walking down the passage.

Walk like a man, said the left shoulder.

Be proud, said the right one.

I reached the waiting area. It was still full of the sick and the deformed. I just looked straight ahead. The most beautiful doctor in the world was walking towards me. I smiled.

Hi, I said.

Then my shoulders pulled back and the doctor threw me a sardine.

(from *Factory*, 2013)

Steel

Deesdae sien ek al hoe meer dat vrouens onbeskof of aggressief optree. In 'n winkel sal een haar inkopies bo-oor jou uitpak terwyl jy nog besig is om te betaal, 'n ander een sal die verkeer ontwrig en 'n paar bejaardes omry vir die naaste parkeerplek terwyl daar honderde oop is 'n meter verder. Nog een sal op 'n bankklerk begin gil oor iets wat niks met die stomme wese te doen het nie.

Dan onthou ek hoe Mevrou Kitshoff altyd gesê het, wanneer 'n vrou begin ontspoor, is dit nie omdat sy moeg of oorweldig voel nie, dis oor sy verveeld is tot in haar wortels. Mevrou Kitshoff het gesê dis wanneer 'n vrou voel die wêreld kyk verby haar, haar tyd begin min raak, dis wanneer sy begin trippel soos 'n wolf teen 'n heining.

Ons dorp was 'n wêreldjie op sy eie, groot was die behoefte, klein was die opwinding. Een voorbeeld was die jaarlikse oesfees, ons kinders moes om die veld marsjeer, elkeen met 'n geel serpie. Vir jare was die dorp verdeeld oor hoe die serpies gedra moes word, die helfte het geglo met 'n ringetjie, die ander helfte het geglo met 'n knoop. Uiteindelik dreig daar oorlog en vergader almal in die skousaal vir debat. Mevrou Kitshoff sit langs Helleneen Kleindrag.

Heel eerste praat Meneer Basson wat die kinders afrig en sê 'n serpring is al eeue lank 'n teken van netheid en trots. Toe praat Mevrou Erlank van die Landbouforum en vra wat het 'n ring met koring te doen, jy dra 'n serpie om af te koel.

Mevrou Kitshoff kyk na Helleneen. Sy leun oor.

Helleneen, sê sy, Verbeel ek my of kry jy hengel-ogies?

Wat is dit? vra Helleneen.

Die oomblik dat jy 'n vis vang, hou hy op rondkyk, sê Mevrou Kitshoff, Hy gaan aan die staar want hy kan nie glo wat gebeur nie.

Visse kan in elk geval nie glo nie, sê Helleneen.

Ja, sê Mevrou Kitshoff, Maar vat sy asem weg dan kan hy éérs nie glo nie. Dis hoe jy vir my lyk. Voel jy 'n bietjie gewurg?

Helleneen vee 'n traan weg.

Ek kan dit nie meer vat nie, sê sy, Elke dag dieselfde. Niks gebeur nie. Ek gaan mal word.

Nee wat, sê Mevrou Kitshoff, Jy moet net 'n bietjie skeeftrap. Glo my, daar is niks wat jou regruk soos 'n bietjie skoorsoek nie.

Voor in die saal spring 'n ou man op.

Mans met serpe is Daisies! skree hy.

Dandies, jou baksteen! skree Mevrou Erlank.

Wat moet ek doen? snik Helleneen.

Vat ietsie! sê Mevrou Kitshoff, Wees onwettig. My eerste keer was 'n lipstick. Hier by die apteek. Ek was aan die rondkyk en toe, woerts! in my handsak. Dis asof jy ontwaak, jou kop draai, jou hart klop, dis soos kaal dans.

Is dit nie steel nie? vra Helleneen.

Steel is wanneer jou lewe voor jou oë verdwyn, sê Mevrou Kitshoff, Dis wanneer jy sit en hyg want daar's vir jou niks meer oor nie.

Toe steek almal hande in die lug en stem serpringe uit vir ewig, niemand wil 'n Daisy wees nie.

Twee dae ná die oesfees is daar een aand 'n klop aan ons deur. My pa gryp die geweer want dis ná ses. Ons kinders gaan lê onder die meubels soos ons geleer is. My ma maak die deur oop. Dis Mevrou Kitshoff.

Skiet my later, sê sy, Help gou eers. Helleneen het 'n gesin gesteel. Ek dink dis my skuld. Ons moet plan maak voor hulle agterkom.

Ons hardloop almal in die straat af.

Moet ons nie nog mense roep nie? vra my ma.

Die versoeking is groot, sê Mevrou Kitshoff, Maar hulle gaan praat, dan sit sy vir jare.

Ons hardloop om die hoek. Voor die Kleindrags se huis staan 'n hut met wiele. Ons gaan staan.

Wat is dit? vra my ma.

Dis 'n motorwoonwa, sê my pa. Die Amerikaners het dit uitgedink, hulle bou dit vir afgetredenes en sektes.

Agter die motorwoonwa is Helleneen besig om 'n nommerplaat los te skroef. Ons sluip nader.

Wat maak jy? fluister Mevrou Kitshoff.

Ek ruil die nommers om, sê Helleneen, Hoekom fluister jy?

As hierdie mense wakker word is dit verby met jou, fluister Mevrou Kitshoff, Hoe onnosel is jy?

Jy't dan gesê vat iets, sê Helleneen, My kop draai en my hart klop! Van watse mense praat jy?

Dié wat binne-in slaap, fluister Mevrou Kitshoff, Wie steel ou-mense?

Ek dog dis 'n trok, sê Helleneen.

Watse trok het gordyne? skree Mevrou Kitshoff. Ek't gesê steel lipstick!

Toe loer 'n baie ou dame met 'n pêrel-oog by die venster uit.

Kan ek help? sê sy.

Mevrou Kitshoff kyk na my.

Praat met haar, sê sy, Lieg as jy moet.

Jy lieg nie, sê my ma.

Ek kyk na die ou dame.

Julle's ontvoer, sê ek, Ons probeer net help.

Sy rol haar lewende oog agtertoe.

Pappa, hier's al weer 'n groepie wat wil help, sê sy.

Eers gaan die woonwa se ligte aan. Toe verskyn 'n ou man se bloedrooi kop.

Jare se soetwyn, sê my pa.

Wie wil help? sê die ou man.

Ons almal, sê ek.

Ons is goeie mense, sê my ma.

Ons is gatvol van goeie mense, sê die ou man.

Ja, sê sy vrou, Ons wag al lank. Nes iets gebeur, wil iemand help. Wat is fout met julle?

Dis ons plig, sê my ma.

Ons soek moeilikheid, sê die ou man, Ons wag ons lewens lank al vir gevaar, ons weet nie meer waar om te parkeer vir 'n bietjie opwinding nie.

Beslis nie in dié dorp nie, sê Mevrou Kitshoff, Hier wag ons self vir 'n bom of twee.

Nou gee terug ons nommerplaat dat ons kan ry, sê die ou man.

Helleneen kniel agter die woonwa, Mevrou Kitshoff loop tot by die venster.

So 12 kilometer uit die dorp is daar 'n laning bome, sê sy, Stop daar. Daar's blykbaar kort-kort moeilikheid.

Toe groet die oumense en ry by die dorp uit. Helleneen staan voor haar huis en ons loop om die hoek.

My ma het nooit weer 'n woord gesê oor daai aand nie, maar so af en toe vang ek haar met 'n blinkheid in die oog. Dan loer sy net vir 'n oomblik na iets, Tannie Fick se armband, Dominee Robinson se vulpen, Mevrou Stander se helderpienk bek. Maar sy sê niks, sy glimlag net.

(uit *10 Winter Nights with Nataniël*, 2011)

Titia

Een van die onaantreklikste menslike eienskappe is desperaatheid. Nog voordat die aksies of stemtoon van 'n desperate persoon beleef word, is die blote teenwoordigheid genoeg om enige mens te laat vlug. Ongelukkig was dit nog altyd een van my sterkste eienskappe. Byvoorbeeld:

Ek kan glad nie eet die middag voor 'n show nie, ek voel te ongemaklik. Maar halfpad deur die derde liedjie begin ek gewoonlik honger word. Ek sal nie dan by myself dink 'n broodjie sal nou lekker wees nie. Nee, ek sal begin om 'n 2 meter by 3 meter-lasagne te visualiseer. By die vyfde liedjie kan ek skaars sing want ek kwyl soos 'n hond ná 'n resies. By die sesde liedjie begin ek bid die krag gaan af, sodat ek my mou kan suig of kan huis toe gaan.

Wanneer ek in 'n vergadering sit en daar is aantreklike persone in die vertrek, kan ek nie soos 'n ander mens vir myself sê dis 'n professionele situasie en konsentreer op die gesprek nie. Ek word eers doof, ek kan glad nie hoor wat iemand sê nie. Dan begin ek uiteindelik my verbeel ons lê almal op die vloer en soen tot ons tonge opswel. Teen die einde van die vergadering begin mense in die gang af roep of pille aandra, want ek sit en wikkel op my stoel.

Op 'n vliegtuig is ek die ergste. Die geringste lugborrel of rukking laat my gryp na enigiets hards of sags, myne of iemand anders s'n. Ek is oortuig daarvan ek gaan val en die vliegtuig gaan aan die brand slaan en hulle gaan dit vir weke nie geblus kry nie want my rugspek gaan aanhou braai. Met elke rukking draai ek my kop na die vreemdeling langs my en sê iets pateties. (Ghoems!) Ek is lief vir jou. (Ghoems!) Ek is lief vir jou. (Ghoems!) Ek is lief vir jou. 'n Mens sou dink dat ek van beter weet, want ek het hierdie gedrag reeds vroeg in my lewe waargeneem.

Tydens my studentejare het ek kerkorrel gespeel by eredienste om sakgeld te verdien. Nadat die predikant my aangespreek het oor die kerk se verlore tradisies, het ek begin met 'n kerkkoor. Daar is nie oudisies gehou nie, gewilligheid was die enigste vereiste. Gewoonlik was dit 'n stryd om so 'n projek aan die gang te hou, maar nie op ons dorp nie, uit alle windrigtings het hulle ingestroom, wesens wat al lank droom van 'n lewe in die kollig, egpare wat al jare nie meer praat nie, oues wat hulleself in stellasies voortsleep, jonges met kougom en loer-ogies, dikkes en dunnes, lelikes en armes, 'n paar vooraanstaandes en Titia.

Titia was iewers tussen dertig en veertig, iewers tussen medium en mollig. Sy was die enigste person op ons dorp wat in 'n woonstel gebly het, dit was bo-op die dennehoutwinkel. Sy het nie gewerk nie, maar op een of ander manier oorleef. Titia was een van daai mense wat niemand kon verduidelik of verdra nie.

Alles aan haar was pienk, sag en effentjies. Haar gesig, hare, haar klere en haar buitelyn. Niemand was rêrig seker waar sy begin of opgehou het nie. Dis soos wanneer iemand tweetalig is, jy weet nie wat aangaan nie.

Titia was 'n koorlid, maar het nie 'n stem gehad vir sing of praat nie, dit was asemrig en iewers tussen hoog en laag. Haar glimlag was die ergste, iewers tussen die Mona Lisa en 'n polisiehond. Niemand het ooit geweet of sy bly was of besig was om iets te sluk nie. Wanneer jy gegroet het, het sy net 'n paar asemrige woorde laat uitkom terwyl sy 'n klam hand op jou arm sit. Tydens kooroefening het sy by die tweede soprane gesit, langs Tannie Wilge.

Naand, het Titia gewoonlik gehyg.

Ek kan jou nie hoor nie, sê Tannie Wilge dan, Ek kan jou ook nie sien nie.

Kom ons warm op, sê ek dan en speel middel-C. Dit bulk, dreun, snik en steun.

Konsentreer! skree ek.

Ek sing! skree Tannie Wilge.

Harder! skree ek.

Titia fluit soos 'n band wat afblaas, die vrou voor haar se hare beweeg later, maar jy hoor niks. Ek besef opwarm help nie en begin met die eerste lied. Titia draai haar kop en kyk agtertoe. In die laaste ry het Dokter Toit tussen die basse gesit. Hy was die dorp se dokter. Lank, aantreklik, donker hare, hoë wange, potblou oë en vol tydskriflippe, alles wat jy verwag het van mediese hulp.

Ek dokter myself, het Tannie Wilge altyd gesê, Daai man se Du is weg. Ek vertrou hom glad nie.

Dokter Toit het baie mense laat wonder. Hy was jonk en suksesvol, maar nie getroud nie. Baie mense het gesê sy span skop anderkant toe. Die res het net gekyk. Hy was te mooi om weg te kyk. Titia het met elke kooroefening van Lied 1 tot aan die einde gestaar. Sy't nie omgegee wie sien of sê iets of hoeveel keer hy van sitplek verander het nie, sy't gekyk. Honger en desperaat. Dit was soos 'n groot, dowwe pienk mensvreter wat 'n toeris sien aankom, almal het geweet sy dae is getel.

Of so het ons gedink. Op 'n dag bel die dominee en sê ek moet kom speel vir 'n begrafnis. En die koor moet sing. Hy sê dis Titia, hy weet sy was ongewild en lastig, maar dis die minste wat ons kan doen.

In die middel van die week ry ek dorp toe vir die diens, ek was nog te jonk om rêrig vir enigiets om te gee en gaan stop eers by my ma vir eetgoed en om my pak aan te trek. Tannie Wilge sit in die kombuis.

Blykbaar was sy daar vir 'n vroulike ondersoek, sê sy vir my ma, Dokter Toit is toe nou in 'n hoek en sê toe maar sy moet uittrek.

Tannie Wilge kyk vir my.

Verbeel jou ons praat oor die aarde, sê sy, Dan's dinge makliker.

Ja, sê sy vir my ma, Maar blykbaar het sy toe haar ge-glitter. Daar oor Afrika. En jy weet Toit soek mos nou maar 'n maatjie. Sy Du is weg. Hy sê toe blykbaar vir haar sy moet haar toemaak, hy is nie beskikbaar vir daardie deel van die wêreld nie. En toe's sy daar weg, terug woonstel toe. Die man van die dennehoutplek sê hy't nog daar gesit op 'n bed, toe word alles net rooi buite, hy sê dis asof die son verkeerd sak. Hulle het toe rondgebel vir polisie en wie ook al 'n lig op sy dak het, en so is almal op met die trap. Hulle sê dit was nie selfmoord of moord nie. Sy't haarself doodgebloos. Daar was niks van haar oor nie. Net haar twee pienk enkels het in haar skoene gestaan, so voor die bed.

Ja, sê my ma, Dis wat desperaatheid doen, dit brand jou uit, verteer jou tot daar niks is nie. Hierso, drink 'n teetjie. En dan gaan sing julle. Maar sing iets moois.

(uit *10 Winter Nights with Nataniël*, 2011)

Been

Hierdie is 'n ware verhaal. Ek is mal oor ore, koppe en horings. Op een tafel in my huis staan 'n hele versameling spierwit beelde van verskillende diere, party is net nek en kop, ander is die hele dier, maar hulle is vreeslik oulik, almal het opstaanore of -horings en almal kyk in dieselfde rigting. Dis vir my vreeslik mooi en maak party gaste nogals gespanne.

Eendag loop ek verby 'n winkel in Kaapstad en sien die mooiste beeld. Dis die kop van 'n kameelperd met 'n lang nek en pragtige oortjies. Ek koop die beeld onmiddellik en vra die vrou om dit mooi toe te draai in bobbeltjieplastiek.

Die volgende oggend klim ek op 'n vliegtuig, ek is op pad terug huis toe. Onder my arm is die kameelnek, hy is te lank vir my tas en ek is bang hy breek as ek hom saam met die ander bagasie inweeg. By die deur van die vliegtuig groet twee lugwaardinne my vriendelik.

Ek hou die kameelkop voor my en sê saggies, Kan julle dit asb. in 'n veilige kas of iets wegpak?

Wat is dit? vra die een.

Ek sê, Dis my ma se been.

Sy begin giggel en die ander een se oë rek 'n klein bietjie.

Wat maak jy met jou ma se been? vra die een.

Ek sê, Ons vat haar altyd in stukkies op Gauteng toe, dan is sy daar teen Kersfees. Dis goedkoper so.

O, sê die lugwaardin, Dis slim.

Sy vat die pakkie.

Ons sal mooi na haar kyk, sê sy.

Sy sit die kameelkop versigtig in 'n kassie en ek gaan sit op my plek. Ek gespe myself vas en begin blaai deur 'n tydskrif.

Krap my, sê 'n stem.

Ek het al baie vreemde goed op 'n vliegtuig gehoor en kyk nie eens op nie.

Hierdie handdoekie laat my jeuk, sê die stem.

Ek steur my aan niks nie. Uiteindelik is ons in die lug, die ouer mense begin toustaan vir die badkamer en die res van ons kry verversings. Skuins voor my sit 'n vrou wat lyk soos iemand wat hou van rook op 'n opvoustoel of wydsbeen sit langs 'n vuur. Sy het 'n driekwartbroek aan, spierwit pofferenkels en vreeslike yl hansworshare, dis krullerig en oranje en 'n mens kan deur dit sien. Sy draai om en loer na my. Toe staan sy op en haal 'n swart sak uit die boonste rak. Sy maak die ritssluier oop en gooi 'n bietjie tee in die sak. Toe sit sy die sak terug.

Ek het al baie vreemde goed op 'n vliegtuig gesien en blaai verder deur my tydskrif. Op 'n bladsy is daar 'n foto van Oscar Pistorius wat parfuum adverteer. Hy het net 'n klein silwer broekie aan, dis ongelooflik treffend en my een oog begin traan.

Hier's te veel suiker in, sê die stem van netnou.

Shut up! sê die oranje vrou. Toe draai sy om en gee vir my 'n tissue.

Droog jou trane, sê sy, 'n Mens raak dit gewoond.

Ek sê, Maar het jy gesien hoe sit daai broekie?

Ek weet nie waarvan jy praat nie, sê die vrou, Maar ek het jou dopgehou. Dis nog vir jou moeilik, maar dis net omdat die samelewing jou kondisioneer.

Ek sê, Waarvan praat jy?

Jou ma se been, sê die vrou.

Ek het 'n grappie gemaak! sê ek.

Ons maak almal grappies, sê sy, Dis van spanning. Maar dis die natuurlikste ding op aarde, vra my ma, ek het haar hier.

Sy staan op en haal weer die swart sak uit. Sy maak dit oop en sit dit op my skoot. Binne-in lê 'n kop op 'n handdoekie. Dis 'n ouerige vrou met 'n bietjie tee op haar ken.

Ek gaan mal word, sê die kop. Sy kyk na haar dogter.

Vlam, sê sy, My voet het hoendervleis, dis van stillê, doen iets.

Jou voet is in die tas, sê Vlam, Dis onder in die vliegtuig!

Ek sê, Is julle 'n poppekas?

Nee, sê Vlam, Dis sy, sy wil nie betaal vir 'n kaartjie nie. Sy wil vir niks betaal nie, ons moet haar fliek toe smokkel in 'n sak met gaatjies. Sy's meer werk as 'n siek tweeling. Partykeer wil mens haar net aanmekaar sit en sê, Gaan self aan.

Ek sê, Hoekom is sy uitmekaar?

Sy't begin loskom ná die egskeiding, sê Vlam, Nou's sy mal daaroor.

Dis nie dit nie, sê die kop, 'n Ding moet behoorlik loskom voor jy hom reg aanmekaar kan sit. Dan's hy heel vir ewig. Baie van ons kom los, maar die meeste is te skaam om dit te wys. Maar ons sal weer heel raak, jy begin voor as die tyd reg is. My suster is ook so, skoon in stukke ná die begrafnis.

Maar sy's nie so moeilik nie, sê Vlam.

Dis anders, sê die kop, Sy skroef los, ek moet loswikkel soos 'n wynprop, dit vat aan 'n mens.

Net toe verskyn die lugwaardin met my pakkie.

Hier's jou ma se been, sê sy, Ons gaan nou land.

Ek sê, Maar nou sit ek met 'n kop.

Die lugwaardin loer by die sak in.

Moenie judge nie, sê die kop.

Die lugwaardin is wasbleek. Sy loop swik-swik af met die paadjie.

Sit my terug, sê die kop, Ek upset hulle al weer.

Ek sê, Maar wanneer gaan jy weer heel raak?

Wanneer ek geld het vir 'n vliegkaartjie, sê die kop, En wanneer ek reg is om oor te begin.

Ek gryp my tydskrif en skeur die Oscar Pistorius-bladsy uit. Ek sit dit langs haar in die sak.

Hierso, sê ek, Jy kan net sowel nou begin.

(uit *Winter with Nataniël*, 2012)

Die speld

Ek is mal oor borsspelde. Maar dit moet groot wees, met baie stene en 'n dramatiese, simmetriese ontwerp. Dit moet lyk of jy kan kontak maak met 'n magiese wêreld of asof mense sal slimmer word as hulle lank daarna kyk.

'n Klein borsspeldjie is 'n treurige ding, dit lyk asof iemand wat jy ken vermis is en jy nou te skuldig voel om die lewe te geniet. In my tyd op aarde was daar nog net een klein borsspeldjie wat wel 'n indruk gemaak het.

My ouma-hulle het langs 'n rivier gewoon, daar was baie eike-bome en wilgerbome en oorkant die pad was twee baie mooi Victoriaanse huise. Langsaan was een lelike huis met 'n stoep vol hangende ornamente. In die huis het 'n vrou gebly wat mal was oor gehekelde jasse. Sy het elke dag verskillende lae klere aan-gehad en bo-oor 'n gehekelde jas.

My ouma het altyd gesê dís hoe dit lyk as jy gaan kreef uit-haal op 'n verkeerde plek, dan kom jy huis toe met 'n tuna of 'n vyandige boot in jou net. My ouma het gesê sy weet nie hoekom die vrou soos 'n heks wil aantrek nie, maar dalk het sy allergieë of Hollandse familie.

Haar dogter was ook mal oor klere met verskillende lae. Sy het 'n baie hoë voorkop gehad en lang kartelende hare soos in 'n kinderboek. Sy't gelyk asof sy nou net ingeasem het om iets te antwoord wat jy nie gevra het nie. 'n Oop, vriendelike gesig met belangstellende wenkbroue. Ek wil sulke mense net klap of beledig. Dis soos wanneer jy iemand in 'n winkelsentrum sien loop met 'n musiekinstrument. Dit het niks met jou te doen nie, maar jy's onmiddellik woedend, niks wat 'n mens met 'n musiek-instrument in 'n winkelsentrum kan doen is reg nie.

Dié dogter se naam was Basmyn, maar my ouma kon dit nie onthou nie, sy't haar aangespreek as Badsout. Sy kon ook nie die tuna-vrou se naam onthou nie, as die twee in die pad afgeloop het, het my ouma gesê, Middag Dinges, Middag Badsout, onthou julle is medium!

Dan het ons gesê, Hoekom sê Ouma so?

Dan het Ouma gesê, Want ek dink nie hulle weet wat hulle sizes is nie, kyk hoe groot is hulle klere.

Dinges was die eienares van 'n klein borsspeldjie. Dit was twee hartjies van diamanterige steentjies met 'n lint van rooi steentjies. Dit het presies gelyk soos die logo van die Bloedoortappings-diens. Elke dag het sy die borsspeld teen haar gehekelde jas vas-gesteek en voor middagete dit iewers op die dorp verloor. Almal het geweet wie se borsspeld dit was en dit altyd by haar huis gaan afgee, maar eers nadat hulle dit gebruik het.

Dié ding het jare vantevore begin, toe Dinges die borsspeld by 'n musiekaand verloor het. Meneer en Mevrou Combrink se stadige seun het toe daarop gaan sit. Hy het regop gespring en gemaak soos 'n slang. Ssss! Die volgende dag het hy skielik begin somme maak en het hulle ontdek hy's 'n genie.

Toe begin mense rondvertel dis van die borsspeld, die speldjie agterop het gif in sy punt, dis Dinges wat dit so dokter voor sy dit aansit. My ouma sê toe dis heel moontlik, tien teen een steek sy vir Badsout soggens met die ding, dis dié dat sy altyd lyk soos een wat wil sing.

My ouma klim toe een aand op 'n omgedopte blombak en loer deur Dinges se sifdeur. Sy sê Dinges is toe op daai oomblik aan die meng in 'n bakkie, twee lepels Elizabeth Arden-nekroom, een eierwit en toe iets uit 'n koevertjie, wat dit was sal niemand weet nie.

Mense begin toe soek na die borsspeld, elke dag, net waar Dinges kom is daar 'n streep agter haar. Die een wat die borsspeld optel se lewe verander.

Mevrou Enslin steek haar sleg man dat hy begin tennis speel en gratis die kerk se tuin oordoen. Dik Velia steek 'n polisieman dat hy haar dieselfde dag nog vra om te trou. Juffrou Gouws het net die voorste ry van die skoolkoor geprik, toe wen hulle die streeksmedalje, elke middag hoor jy net 'n gil en dan weet jy daai borsspeld is iewers in by 'n boud of 'n boarm.

So draf die biologie-onderwyser een middag om die hoek en sien hoe Dinges haar borsspeld verloor. Die biologie-onderwyser was 'n pragtige man met meer spiere as 'n koedoe. En dis mos altyd die mooies wat die pret bederf. Hy tel toe die borsspeld op en draf skool toe, daar druk hy die naald onder 'n mikroskoop in en sien die punt is silwerskoon, daar's geen gif of nekroom te sien nie.

Die dorp is in rep en roer. Almal was oortuig daar's gif op die naald. Hoe is dit moontlik? Die stadige seun maak dan nog steeds somme, die skoolkoor sing soos engele en dik Velia is al weer swanger.

Een aand sit my ouma op haar enkelbed en kyk hoe slaap my oupa op syne. Hy snork soos 'n sementboor. Almal weet hy kry geen oefening nie, hy drink skelm, eet net vet vleis en rook hom-self by 'n vroeë graf in. Ouma staan op en haal 'n borsspeld uit die laai, 'n grote. Toe draai sy om en gaan staan langs Oupa se bed. Sy steek vir hom dat hy eers hop en toe wakker word. 'n Week later is hy nugter en stap elke dag 2 kilometer.

Moes geweet het, sê Ouma vir ons, Party mense kort net 'n hupstoot. Hulle moet eers goed skrik voor hulle regkom.

Maar dis nie hoekom ek borsspelde dra nie. Op my erewoord, ek het nog nooit iemand gesteek nie, ek het hom net by my. Sou die geleentheid opduik. Ek het hom.

(uit *Winter with Nataniël*, 2012)

Pop

Oor die hele wêreld is daar miljoene mense wat elke dag probeer om hulleself te verbeter deur fisiese oefening of sportiewe aktiwiteite en ek slaan dit gade met bewondering. Mag ek geruk word tot reinheid as ek ooit my medemens kritiseer, maar as daar een ding is wat ek nie verstaan nie, is dit mense wat draf. In meer as dertig jaar agter 'n stuurwiel het ek nog nooit een gesien met 'n mooi lyf nie. Die een helfte het sulke maer bene vol woestynsenings en diep, dooie oë, die ander helfte is heeltemal pap en drillerig, bloedrooi in die gesig en gaan staan elke vier tree. Wat beteken dis óf hulle heel eerste keer óf dit werk glad nie.

Dis 'n ander storie met fietsryers. Weens die posisie waarin hulle apparaat hulle dwing en die gepaardgaande kleredrag, lyk amper almal goed. Solank hulle op die fiets is. Daar is hooftooisels, waterbottels, sonbrille, rubberhempies en ongelooflike stywe broekies wat tussen die bene verder versterk word deur 'n dik paneel, dis amper soos om 'n karmat aan 'n balletkous vas te stik. Partykeer lyk een só goed dat jy so stadig as moontlik probeer verbyry. Dan kyk jy in jou spieëltjie en sien dis 'n stokou oom, dís 'n gril wat jou gedagtes vir 'n week skoonhou.

Ek bly nou al agt jaar in dieselfde huis en in hierdie tyd het daar 'n moegheid – die soort moegheid wat jy gewoonlik net vind by 'n pensioenaris ná 'n groot bord kos – oor my kom sit. As jy by my agterdeur uitloop dan is daar vyf trappies na onder, dan gee jy vyf treë, dan is daar weer vyf trappies op na die garage. Die hele dag is dit op en af, op en af, dis soos wanneer 'n dom kindjie se ouers hom op 'n swaai vergeet. Ek is gedaan.

Toe, so 'n tydjie terug, staan iemand en kyk die trappies en sê, Maar bou net 'n deck, dan loop jy reguit. Ek is 'n week lank verstom.

Daar is 'n tipe mens wat een keer in sy lewe iets beleef en dan vir ewig net daaroor praat. Iemand woon dalk 'n gholfdag by vir

514

liefdadigheid en ontmoet dalk vir Francois Pienaar. Daarna sal hy oor Francois Pienaar praat, al vra jy net vir hom hoe laat dit is. So ken ek 'n egpaar wat al vir twee jaar in elke gesprek noem hoe mal hulle is oor hulle boekrak. Ek bel hulle toe en sê ek wil 'n deck bou by my agterdeur. Hulle sê toe hulle is mal oor hulle boekrak en sal die ou na my toe stuur. Twee dae later staan hy voor my drumpel. Hy is toe 'n fietsryer, maar een van dies wat mooi lyk as hulle afklim ook. Lang perfekte bene, plat maag, tot sy karmat sit simmetries. Hy sê toe hy't 'n bakkie ook, maar hy kom gee net 'n quote.

Wat is jou naam? vra ek.

Spelfout, sê hy.

Ek dog eers dis 'n speletjie.

Tippex, sê ek.

Nee, Spelfout, sê hy. Hy vertel toe sy pa het 'n fout gemaak toe hy sy geboorte moes gaan registreer, hy spel toe Danie met twee n'e, soos Dannie, soos Gaan ons dannie braai nie?, toe trek hy dit dood en skryf Spelfout en onderaan Danie, maar hulle vat toe net die boonste deel, so is hy toe Spelfout Minnaar, en dis daai tyd baie duur om so iets reg te maak.

Die volgende Maandag is Spelfout en sy handlangers terug, hulle kap en saag en skuur, ek en mý handlangers hang teen die ruite soos melkvlieë, Spelfout is 'n treffer uit enige hoek, hy kan net 'n skroef optel dan klap ons hande in ons binneste.

Weens sekuriteitsredes laat ek nie gewoonlik iemand met 'n ambag in my huis toe nie, maar van die eerste dag af eet Spelfout saam aan die tafel. Intellektueel staan hy nou nie voor in enige ry nie, hy gebruik woorde soos *chick*, *cherry* en *goose*, maar as jy lyk soos 'n bladsy uit 'n tydskrif, gee niemand om wat jou dialek behels nie.

Die deck vorder mooi, bly ek sê, Vat jou tyd, moenie jaag nie.

Op 'n Saterdag daag hy met sy fiets op by my huis.

Ek bring net iets, sê hy, Vat hierdie.

Toe sit hy 'n klein geskenkie in my hand. Dis 'n glasoog.

Sjoe, dankie, sê ek, Ek was juis bang een van myne val uit.

Ek is die hele naweek verward. Wie gee vir iemand 'n oog?

Maandag bring hy nog 'n een.

Ek sê, Waar kry jy die goed?

Hy gebruik toe weer *chick*, *cherry* en *goose*. Hy vertel hy moes rakke inbou vir een van daais. Toe op 'n middag gee sy vir hom 'n paar doppe in, dinge kry rigting, hulle loop soek 'n matras en hy skud vir haar goed. Hy sê toe hy weer daar kom, toe kyk sy vir hom met konfetti in haar oë, sy dog hulle gaan vas uit. Hy sê toe vir haar dit was oor die drank, hy loop as die laaste rak sit. Sy raak toe mal, agtervolg hom, bel in die nag, skryf briewe.

Ek sê, Wat is haar naam?

Hy sê toe, Mallorie.

Ek sê, Ek sê, Spelfout, kan jy lees? As jy die lorie wegvat, sit jy met Mal. Jy maak nie jou knoop los vir so 'n ding nie!

Hy sê toe laat maak sy 'n pop wat lyk nes sy, nou laat sy dit aflaai, stukkie vir stukkie. Hy sê sy sê hy gaan nooit van haar ontslae raak nie. Hy sê dit maak hom baie benoud, maar hy kan sien ek hou van sulke goed, hy bring môre die kop.

Die volgende dag sit Spelfout Mallorie se kop op my tafel. Ek druk die twee oë in en dink ek kan dit dalk gebruik in 'n show. Daai aand soek ek 'n tydskrif, dit lê langs die kop. Ek wil net omdraai en loop, toe knip die kop sy oë. Ek besluit toe ek gebruik nooit weer alkohol in die week nie, en gaan lê.

Elke dag bring Spelfout nog 'n stuk van Mallorie. Stadig raak sy volledig, dingetjies gebeur, hier beweeg 'n vinger, daar draai 'n hand, maar ek maak of ek niks sien nie, dit ís mos nou onmoontlik.

Op 'n Dinsdag is die deck klaar, ek loop reguit tot by die garage. Spelfout sê hy kom haal sy laaste geld die Woensdag. Hy's toe weer op sy fiets, ek gee hom sy geld, hy gee my Mallorie se voet, dis die laaste. Ek sê ek sal hom bel, ek soek 'n rak in my kantoor. Toe's hy weg. In die huis loop ek tot by die pop met die

voet. Ek het dit net vasgesit, toe maak sy haar mond oop en sê,
Varke, dis wat julle is.

Dit klink nou belaglik, maar ek het nie eens geskrik nie, iewers
in my binneste het ek dit verwag.

Ek sê, Ek gooi jou kop in die vullisdrom. Jy's 'n pop. Dis al.

Twee dae lank gaan sy aan, sy hou nie op nie, voel my ek is
getroud. Saterdagoggend sit ek haar in my kattebak, ek kan nie
meer nie. Ek is dorp toe, in by 'n winkel. Daar is baie, baie mense,
ons moet in 'n ry staan om te betaal. Voor my staan 'n ma met 'n
dogtertjie, die dogtertjie draai om en steek haar tong vir my uit.
Ek kyk weg. Die dogtertjie stamp aan my en steek weer haar tong
uit. Ek tik haar ma op die skouer.

My kop sê, Hierdie ettertjie moet sterf, maar my mond sê, Ek is
mos mal oor kinders, kan ek vir haar ietsie gee?

Die vrou glimlag opgewonde. Sy en die dogtertjie loop agter
my aan. By my motor haal ek die pop uit.

Hierso, my engel, sê ek, Jy verdien dit.

Dalk was dit nie mooi nie, maar ek is baie moeg van onbeskofte
dogtertjies, oud of jonk, en van al die poppe, oud of jonk. Hulle
moet ons uitlos. Hulle verdien mekaar, laat hulle mekaar hel gee.
En hulle kan ook nie iewers gaan kla nie, want niemand gaan
hulle glo nie.

(uit *Pop-up!*, 2012)